갇혀버린
시간

SCARLET ROMANCE STORY

갇혀버린 시간

류은채 장편 소설

Contents

프롤로그

한 여자가 거울을 보며 이어링을 오른쪽 귓불에 꽂고 있다. 어딘 가 나가려 잘 차려입은 모습이었다.

검은색 실크 재질의 원피스는 몸에 딱 맞게 피트되어 몸매를 여실히 드러내 주었고 목선은 시원스레 파여 있었다. 스스로 어떻게 옷을 입어야 매력적으로 보이는지 잘 알고 있는 여자의 탁월한 선택이었다.

"준비되었나?"

"네, 잠시만요."

떨어진 곳에서 셔츠의 커프스 단추를 끼우던 남자가 어느새 여자 쪽으로 다가오더니 자상하게 반쯤 올려진 등 뒤의 지퍼를 마저 올려 준다.

"고마워요."

살짝 목을 뒤로 젖혀 남자를 향해 부드러운 미소를 짓는 여자를 보던 남자는 자신의 소유임을 확인이라도 하듯 입술로 여자의 매끄러운 목을 훔쳐 낸다.

"향기 좋은데? 내가 선물한 향수를 뿌렸군. 음……."

남자는 여자의 목덜미에 코를 파묻고 그녀의 향기를 음미하고 있었다.

"늦겠어요."

"그래, 다 되었으면 이만 나가지."

여자는 마지막으로 향수를 손목에 한 번 더 살짝 분사한 뒤 숄을 손에 쥐고 남자와 함께 아래층으로 내려갔다.

오늘은 회사 창립기념일이었다. 여자는 그들을 태우고 출발하듯 미끄러지는 차 안에서 조용히 입을 다문 채 창밖을 바라보고 있었고 남자는 밀린 서류들을 챙겨 보고 있었다.

서로가 입 밖으로 내뱉진 않았지만 나름 결혼 생활에 만족하고 있었다. 남자는 점잖고 바르고 사회에서 성공한 매력적인 남자였고, 여자는 남편인 그를 뒷받침해 주고도 남을 집안과 배경 그리고 미모를 가지고 있었다.

정략결혼은 아니었지만 열렬히 서로를 사랑해서 결혼한 것도 아니었다. 불만은 없었다. 잠자리에서도 열정적이고 성격도 모나지 않은 두 사람 사이는 속칭 잘 지내 보이는 관계를 유지하고 있었다.

하지만 둘 사이엔 일정한 거리감 같은 게 존재하고 있었다. 여자는 가끔 그가 왜 자신을 선택했는지 궁금했지만 묻지는 않았다. 자신의 일로도 머리가 터질 것 같았기에.

비어 버린 6개월의 기억은 대체 언제쯤 돌아오는 걸까? 뭔가 중요한 것을 잃어버린 것 같았다. 아주 중요한 것을.

"어디 안 좋은가?"

여자가 자신도 모르게 한숨을 내쉬었나 보다.

"아니에요. 신경 쓰이게 해서 미안해요. 일 보세요."

남자가 다시 서류로 눈을 내린다. 일에 열중한 남자. 한결같고 다른 재벌남처럼 밖에서 여자를 만들거나 딴짓을 하지 않는 바른 사람이 바로 그였다.

"멀미하겠어요."

"응?"

"차에서 그렇게 서류를 들여다보다간 멀미하기 십상이라고요."

남자의 눈동자에 기이한 빛이 비쳤다 사라지더니 여자의 말을 인정하기라도 하듯 곧바로 들고 있던 서류들을 손에서 놓는다.

"그렇군. 당신 말이 맞아."

여자는 자신의 충고를 기분 나빠 하지 않고 바로 수용하는 그로 인해 기분이 좋아진다. 그에 좀처럼 짓지 않는 자연스러운 미소가 지어졌다.

"밤늦게 돌아오셨잖아요. 조금 걸릴 것 같은데, 눈 좀 붙이세요. 도착할 즈음 깨울게요."

"그럴까?"

등받이에 머리를 댄 남자가 이내 기절하듯 얕은 잠에 빠졌다. 무방비한 그의 모습은 그녀만이 볼 수 있는 특권이기도 했다.

남편은 오늘 새벽 덴마크에서 돌아왔다. 아무리 강철 체력이라고는 하나 그도 사람이 아닌가. 피곤할 게 틀림없는데도 일을 계속 강행하는 모습에 권유한 것이다. 더구나 출장에서 돌아오자마자 그녀를 두 번이나 품지 않았나.

결혼 전, 여자 하레인은 남자 강혁진의 비서였고 그들의 시작은 서로에 대한 데일 것 같은 욕망에서 출발했었다.

✳

파티에는 각계의 인사들이 모두 참석했다. 정무수석인 국회의원 하태석, 그리고 요즘 뜨는 정치인 국민환 등등 알 만한 사람들이 대거 참석한 자리. 파티장 한가운데 놓인 대형 얼음조각이 여기 모인 면면만큼이나 화려하기 그지없다.

친한 척 서로 예의를 차리고 격식을 갖추는 듯 보였지만 서로 비수를 감춘 채 끊임없는 탐색을 하고 있단 걸 그녀는 알고 있었다. 혁진도 그런 이유로 출장 후 피곤해도 참석할 수밖에 없던 중요한 자리였다.

혁진이 비서인 그녀와 결혼을 발표했을 때 임신설 등 억측과 루머가 나돌았지만 레인이 하충렬 국회의원의 질녀이며 현재 낙향해 인재를 양성하는 재단의 이사장인 하헌승의 친딸이라는 사실이 알려지자 일제히 사그라들었다. 필요에 의한 결합, 뭐 이런 소문으로 바뀌었지만 말이다.

혁진은 레인에게 청혼을 하기도 전, 그녀와의 결혼을 발표했다. 무릎을 꿇고 반지를 끼워 주는 이벤트를 기대한 건 아니지만 전혀 로맨틱하지도, 정중하지도 않았던 탓에 레인은 입맛이 썼다. 왜냐고, 왜 저와 결혼하려 하느냐고 묻는 질문에 대한 그의 답은 가관이었다.

'내가 널 원하니까.'

사랑한다도 아니고 너와 함께하고 싶다도 아닌 원한다는 말은 노골적이고 직설적인 그들의 뜨거운 관계를 암시하고 있었다. 정말 싫었다면 거부하거나 결혼을 하지 않으면 될 일이었지만 결국 레인도 그와의 결혼에 동의했다.

레인은 파티에서 자신이 맡은 임무를 충실히 이행한 후, 잠시 쉬기 위해 밖으로 나갔다. 잘 꾸며진 실내와 완벽한 성장을 갖춘 교양 있는 사람들의 무리 속에서 잠시 벗어나고 싶었다.

"후우."

"공기가 이곳이 훨씬 낫군요."

중저음의 목소리가 들려 레인이 고개를 돌리니 한눈에도 여러 여자 울렸을 법한 미남자가 자신을 바라보고 있었다.

여자들이 모인 자리에서 계속 회자되던 화제 속의 인물이다. 이름이 뭐라더라? 성우현이라고 했었나? 이상할 정도로 자신을 집요하게 바라보는 시선에 레인은 뭔지 모르지만 가슴이 뜨끔했다. 뭐지?

"저에게 말씀하셨나요?"

레인이 조용한 말투로 대답하자 상대방은 아무 대답 없이 이상한 얼굴로 자신을 쳐다보고 있었다. 왜 저렇게 모호한 표정으로 바라보는 것일까?

우현의 시선이 레인을 뚫어질 듯이 주시하고 있었다. 우현은 눈으로 보는데도 믿을 수가 없다. 그녀가 맞다. 분명 그녀가 맞는데, 마치 저를 처음 본 사람처럼 대하고 있지 않은가. 결혼을 해서 그런 건 줄 알았다. 하지만 저 모습이 연기라면 그녀는 여우주연상감이 틀림없었다.

"실례지만 혹 언니나 동생 있으십니까?"

"네? 아니요. 전 외동딸인데요."

얼굴도 말소리도, 더구나 저 헤아릴 수 없이 깊은 눈동자도, 그가 기억하고 있는 모습과 일치했다. 의문이 꼬리를 물며 우현을 괴롭혀 대고 있었다.

"그럼, 실례하겠습니다."

"잠깐만 나이를 물어도 될까요? 괜찮다면 대학을 어디 나왔는지……."

레인은 피식 웃고 말았다. 작업을 거는 건가?

"글쎄요. 알려 드릴 의무는 없는 것 같군요. 실례, 남편이 찾을 것 같아서."

레인은 그 말을 끝으로 가벼운 목례를 하고 사라졌다. 충격을 받은 얼굴로 멍하니 서 있는 우현을 놓아둔 채.

파티가 대충 마무리되어 갈 때 레인은 혁진과 함께 파티장을 나왔다. 돌아가는 차 안에서 레인은 평소보다 더 말이 없었다.

"무슨 일 있나?"

"네? 아니요. 그냥 좀 피곤하네요."

"좀 전 파티에서……."

"네?"

"아니야. 아무것도."

혁진은 아내가 보이지 않자 찾아 나섰던 참이다. 인사를 드릴 사람이 있었기 때문이다. 그런 그의 시야에 대진그룹 성회유 사장 외아들 성우현과 그녀가 담소를 나누는 모습을 포착했다.

그녀를 바라보는 눈빛이 거슬렸다. 욕망이 담긴 남자의 눈빛이 아닌 이상한 표정이 맘에 걸렸다. 놀랍고 믿기지 않는다는 듯 그녀를 애잔한 눈으로 바라보고 있었다. 레인, 그녀를……

두 사람이 아는 사이인 건가? 그러기엔 레인의 표정엔 아무 변화가 없었다. 다시 파티장으로 들어와 자신을 찾아온 그녀에게 질문을 하려다 멈춘 혁진이었다.

그녀의 행동이 이상하다면 자신이 눈치채지 못할 리 없었다. 지독하게 민감한 여자인 자신의 와이프 하레인, 그에게 다가오는 발걸음도 자신을 바라보는 눈빛도 흔들림이 없기에 무시하려 했었다.

하지만 이렇게 단둘이 차에 오르자 다시 기억이 떠올랐다. 둘이 아는 사이였냐 묻는 건 옹졸한 자신을 나타내는 것 같아 결국 입을 다물고 말았다. 대신 우회적인 질문을 던졌다.

"당신은 결혼 전 인기가 많았었나?"

"네? 무슨?"

레인은 갑자기 그가 왜 저런 질문을 하는지 몰랐지만 최대한 성실하게 대답을 해 주었다.

"뭐, 인기랄 것은 없어요. 당신도 알다시피 제가 애교가 없잖아요. 그래서 아이스라 불리기도 했죠."

"아이스?"

"네, 얼음이요."

묘하게도 아이스라는 말이 그녀와 딱 어울린다는 생각이 얼핏 드는 건 왜인지……

"그래도 좋아한 사람 하나쯤 있지 않았나?"

좋아한 사람. 좋아한……

레인은 멀리서 까르르 웃는 웃음소리를 들은 것 같았다. 더불어 얼굴이 없는 희미한 잔영도 떠올랐다.

제인. 제……인. ……인.

누구지? 누구?

"왜 그래?"

혁진이 부르는 소리에 레인은 몽환에서 현실로 돌아왔다

"아, 잠시 학창시절이 생각나서요. 그땐 참 좋았는데."

젊고 활기차고 생기 있던 자신이 좋았단 뜻이었다. 하지만 그녀의 말에 혁진의 얼굴이 급속히 굳어 간다.

'그땐 좋았다라? 그럼 지금은 만족스럽지 않다, 이건가?'

그 말을 끝으로 두 사람은 입을 다물었고 대화가 끊기고 말았다. 두 사람 사이를 파고드는 묘한 거리감. 하지만 그녀는 침묵이 차라리 반가웠다. 말로 하는 대화보다 육체로 나누는 대화에 익숙한 두 사람은 서로에 대한 욕망을 숨기지 않았다. 처음부터.

그는 레인을 본 순간부터 가지고 싶어 했다. 자신의 여자로 원했다. 욕망이라면 언젠가 끝이 보일 것 같았는데, 그는 끝없이 그녀를 원했고 탐했다. 그리고 마침내 그녀를 법적으로 소유하게 되었다.

1.

"어머머, 그럼 본사로 완전히 들어오시는 거잖아?"

"그렇지. 후계자 검증작업은 끝났다고 보면 되니까."

J그룹이 어수선했다. 이번 인사 이동으로 많은 변화가 생겼고 이사진도 전면 교체가 되었다. 치밀한 강 회장은 아들이 자리를 잡을 수 있도록 물밑작업을 확실히 하고 기반을 다져 놓는 등 만반의 준비를 해 놓았던 것이다.

J그룹 여직원들은 설레는 맘과 기대를 숨기지 못했다. 알려진 바대로 강 회장의 외아들 강혁진은 미혼이었고 대단히 매력적인 인물이라는 정평이 나 있었다.

레인은 홍보부에 근무하였을 적 그룹의 사생활 보호 차원에서 회장 일가에 대한 글이 올려지면 삭제하는 일도 담당했기에 회장 댁의 인적 사항이나 가족관계를 들여다볼 수 있었다. 그에 대해 알게 된 것도 그때였다.

그녀는 이번 인사이동으로 회장실 직속 비서가 되었다. 그녀의 빈틈없는 일 처리와 업무능력 그리고 외국어 실력 등이 좋은 점수를 땄고 무엇보다 입이 무겁고, 입바른 말을 한다는 점이 뽑힌 이유였다.

하레인, 26세. 학창 시절부터의 별명은 ICE. 응용미술을 전공했으며 독어, 불어, 중국어, 영어에 모두 능통하고 업무능력도 최상. 매력적인 외모에 키는 아담하나 황금비율을 자랑하는 몸매의 소유자. 인간관계에 있어서도 냉정하고 계산적이며 빈말은 곧 죽어도 못 하는 성격. 바른 생활, 바른 옷차림, 바른 말투 등 매사 바르게 행동하며 옷차림 또한 단정한 정장에 낮은 굽의 구두를 신어 전문직 여성의 분위기를 고수.

8년째 회장을 모시고 있는 비서실장 차훈석은 그녀를 이렇게 평가했다. 그는 아이가 둘 있는 가장인 40대 초반의 중년 남자로, 입사 초기부터 레인을 눈여겨보다 회장실 비서에 그녀를 적극 추천한 사람이었다.

회장 비서실로의 첫 출근 날. 훈석은 그녀를 밝은 얼굴로 맞이했다.

"하하. 잘해 봅시다, 하레인 씨."

"네, 차 비서님. 열심히 하겠습니다."

레인은 입사 2년 만에 회장실의 비서가 되었다. 레인은 자신이 누구의 딸이라는 말도 어떤 집안이라고 밝히지도 않고 얻어 낸 이 자리가 아직도 먼 나라 이야기인 것만 같았다.

*

어릴 적 레인은 외할아버지와 함께 지방에서 자라났다. 아버지가 생존해 계신 것은 알았지만 중학교 2학년 때까진 만난 적이 없었다. 중2 무더웠던 여름, 그날까지. 겨우 말을 떼고 어른과 대화를 나누는 정도가 되었을 무렵부터 레인은 자신이 고아나 다름없다는 것을, 버림받은 거나 마찬가지라는 것을 알게 되었다.

"할아버지, 나요, 엄마 아빠 없어요? 고아예요?"

"아니다. 네 아빠는 살아 계신다."

"그런데 왜 레인을 찾지 않아요?"

"그건, 너무 슬퍼서 그래. 너무 슬프면 그럴 수 있단다."

"히잉, 애들이 놀려요, 고아라고. 고아 아닌데."

"그럼 아니고말고, 이 할애비가 있잖냐."

"그래도 아빠 보고 싶은데……."

"레인아."

어머니에 대해 물어보면 사진을 보여 주시던 외할아버지였다. 아름다운 어머니, 사진 속에만 남아 있는 어머니는 레인을 낳고 얼마 지나지 않아 돌아가셨다고 했다. 원래 심장에 무리가 가니 아이를 낳지 말라고 권했는데 우겨서 레인을 낳았다고 했다.

그래서 레인을 찾지 않는 걸까, 나 때문에 엄마가 죽어 버려서? 내가 태어나서? 날 미워하나? 어려도 눈치는 백단인 그녀였다.

"레인아, 우리 레인이 공부 잘하고 착하게 크면 아빠가 찾아오실 거다. 알겠지?"

"정말? 그럼, 아빠가 날 만나러 오실까?"

"그럼."

믿었다. 그 말을 철석같이 믿었기에 공부를 열심히 하고 남에게 흉잡힐 일은 절대 하지 않았다. 하지만 1년, 2년, 5년이 되어도, 착한 아이가 자라 소녀가 되어도 아빠라는 사람은 얼굴조차도 비추지 않았다. 산타가 없는 것을 알게 된 3학년 때도, 생일날 아빠가 선물을 주는 거라고 그것도 모르냐며 절 약 올리던 반 아이에게도 아무 대꾸도 하지 못했다.

5학년 때였다. 실낱같은 희망을 품고 있었지만 서서히 깨달아지는 현실 속에 레인은 제 살길을 스스로 찾기 시작했다. 그건 체념이었다. 자신이 버려졌다는 것을 인정하는 것이 우선이었기에 시리고 아팠다.

"콜록콜록."

요새 잔기침이 부쩍 느신 외할아버지가 걱정되어 레인이 생강차를 끓여 나갔다. 그런데 문 앞에 다가가자 안에서 들려오는 할아버지의 숨죽인 목소리에 레인은 긴장했다. 본능적으로 아버지와 통화를 하고 있다는 것을 알 수 있었다.

"이보게, 하 서방. 이제 잊을 때도 되지 않았는가. 자넨 아이가 보고 싶지도 않은가. 지 어미를 꼭 닮아 얼마나 예쁜지 몰라. 이젠 레인이 어미 잊게. 잊으시게. 잊어야 살아."

레인은 방문 앞에서 그대로 멈춰 서 버리고 말았다.

"레인이 부쩍 컸어. 이제 중학교 1학년이야. 공부도 얼마나 잘하는지 몰라. 항상 1등이야. 자넬 닮은 것 같아. 아비 노릇 쉽지 않을 테지만 더 늦기 전에 데리고 가게. 정을 붙이는 것도 절차와 때가 있어. 어찌 그걸 몰라, 우매한 인사 같으니. 콜록콜록."

한동안 외할아버지의 기침이 이어졌다. 꼭 숨넘어갈 것 같은 그

기침만큼 레인도 숨이 조여 오는 것 같았다.

"이보게, 이보……."

다급한 부름이 끝나기도 전에 침묵이 찾아왔다. 한동안 조용하던 방 안에서 달칵, 수화기를 내려놓는 듯한 소리가 들렸다.

"쯧쯧, 미련한 인사. 가 버린 사람 언제까지 붙들고 슬퍼할 건가. 그렇다고 죽은 사람이 돌아오는가. 산 사람은 살아야지 어이 저리 모질꼬. 제 새끼 보고 싶지 않다는 말을 저리 쉽게 뱉다니. 나중에 어떤 벌을 받으려고 저럴꼬. 에휴. 콜록콜록."

어렵지 않게 내용이 파악되었다. 결국 핑계지만 부친은 레인을 보고 싶지 않아 했고 그렇기 때문에 찾아오지도 않는 것이었다.

드륵.

"레, 레인아!"

"다 들었어요. 다신 전화 걸지 마세요. 이제 저도 아버지 오는 것 싫으니까요. 맘 없는데 의무 때문에 억지로 절 데리고 가는 거 싫어요. 저도 잊을 거예요!"

"레인아!"

탁!

생강차를 탁자 위에 올려두고 레인은 방을 뛰쳐나왔다. 그리움이 한순간에 독이 되어 버렸다. 사진 속에서 인자하게 웃고 있는 그 사람을 얼마나 그리워하였던가. 얼마나 만나고 싶고 사랑받고 싶어 했는가. 14년이었다. 자그마치 14년을 그리워했다. 중1 레인은 그렇게 부친에 대한 미련을 끊기로 결심했다.

중2 여름, 유일하게 사랑했던 외할아버지가 세상을 버렸다. 레인이 사랑한 단 한 사람, 레인을 사랑한 단 한 사람 외조부의 죽음이었다. 장례식장의 영정 앞에 엎드려 절을 하는 아버지라는 사람을 지켜보는 레인의 눈에 그 어떤 감정도 담겨 있지 않았다.

이미 상처 입고 훌쩍 커 버린 레인과 돌이킬 수 없는 세월을 후회하기 시작한 레인의 부친 하헌승의 사이는 몸은 가깝지만 마음만은 그간의 거리를 전혀 좁히지 못하고 있었다.

하헌승은 깜짝 놀랐다. 장인의 부고 소식에 한걸음에 달려온 장례식장에서 무명 소복을 입고 차분하게 절을 하는 아이는 한눈에 그녀의 딸임을 알 수 있을 만큼 그녀를 그대로 닮아 있었다. 제 영혼이었고 이 세상 유일무이한 존재였던 아내 서린을 그대로 빼다 박았다.

"와 주셔서 감사합니다."

꾸벅 맞절을 하고 위로의 말을 귀담아들으며 중2답지 않은 어른스러운 몸가짐으로 문상객들을 맞이하고 있었다.

"여기 상주 하실 분 드디어 오셨습니다."

영정 앞에 두 손을 맞잡고 다소곳이 손님들을 맞던 레인의 고개가 잠시 들렸다가 헌승과 눈이 마주치자 가볍게 묵례를 했다. 그 침착함과 덤덤함에 오히려 헌승이 놀라고 말았다.

유난히 갈색빛이 나는 테두리를 가졌던 서린의 보옥 같던 눈동자를 그대로 닮은 딸 레인이었다. 너무나 사랑해서, 사랑하고 사랑해서 그녀가 죽고 난 뒤 전국을 돌아다니며 방황했던 그였다. 그리고…… 딸을 일부러 찾지 않았다. 그녀가 죽은 탓을 레인에게 돌린 것이다. 그땐 그렇게라도 하지 않으면 숨을 쉴 수 없었다. 누구 탓이라도 하지 않으면.

두 부녀를 한자리에 앉히고 식사를 챙겨 주는 사람들로 인해 두 사람은 난생처음으로 겸상을 하게 되었다.

"레인아."

"……."

"늦어서 미안하구나. 혼자 힘들었지?"

레인은 목구멍이 따끔거렸지만 절대 울지 않으리라 결심하며 밥과 국을 의무적으로 떠먹고 있었다. 할아버지 영전을 지켜야 했다. 지금 그녀는 그 생각뿐이었다.

돌아가신 조부 앞에서 못난 꼴을 보여 드리고 싶지 않았다. 눈물로 보내 드리고 싶지 않았다. 그럼 맘이 편하지 못하실 테니까. 그럼 정말 좋은 곳으로 떠나지 못하실 테니까.

저 때문에 많이 고생하신 분이었다. 저 때문에 한시도 맘 편하지 않으신 분이었다. 가시는 길이라도 편히 가시게 험한 꼴, 모진 맘을 비치고 싶지 않았다.

"먼저 일어나겠습니다."

탁.

수저를 나란히 내려 두고 레인은 다시 자리로 돌아가 문상객들을 맞이하기 시작했다. 그 모습에 모두 혀를 내둘렀다.

"저 아이가 고 영감 외손녀라면서요?"

"그렇다는구만."

"고 영감이 그리 칭찬하더니 빈말이 아니네. 아이가 야물딱지고 옹골차구먼."

"그러게요. 공부도 전교 1등이라던데, 총명하네요."

"외동딸이 그렇게 가고 하나 남은 손녀 그리 귀애하더니 어찌 눈을 감았을까. 쯧쯧."

레인은 슬픔이 극에 달할수록 점점 더 침착해지는 자신을 깨달았다. 죽을 때까지도 자신의 손을 잡고 제 걱정을 놓지 못하신 분이었다.

'레인아, 용서해라. 네 아비는 네 어미를 너무 사랑해서 그런 게야. 너무 사랑하면 그리되기도 하는 게야. 네 어미기 전에 내 딸이었다. 이 할애비도 자식 앞세우고 억장이 무너졌었다. 그렇지만 나에겐 네가 있기에 슬픔을 이길 수 있었다. 네 아비는 아무도 없었어. 그러니까 네가…… 네가 용서하거라. 할아비 말 알겠지?'

용서할 수 없습니다. 나이 드신 할아버지에게 저를 떠맡기고 속 편히 살았던 그 사람을 어떻게 아비라 부를 수 있습니까. 낳기만 하면 부모입니까. 본인 슬프다고 다른 사람은 돌보지 않는 게, 그게 사랑입니까. 그렇게 외치고 싶었지만 총명한 레인은 입을 다물었다.

앙상히 마른 외조부의 주름진 손과 애절하게 저의 대답을 기다리는 눈동자를 외면하고 싶지 않았다. 가시는 길 맘 편하게 가게 해 드려야 옳았다.

'네, 네. 걱정 마세요 할아버지 말씀 기억할게요. 아버지잖아요. 잘 지낼게요. 그러니 일어나세요. 몸 챙기세요. 일어나시면 할머니와 자주 가셨던 그 느티나무까지 산책해요, 할아버지. 네?'

'그래그래. 불쌍한 것, 기특한 것. 넌 내 손녀다. 서린이가 남긴 내 핏줄. 아암, 그래야지, 그래야지.'

레인은 무릎을 꿇고 앉아 영정을 바라봤다. 미소 지으며 저를 바라보는 모습에 울컥한 레인은 화장실에 달려 들어갔다.

'울지 않을 거야. 약한 모습으로 동정을 구걸하지 않을 거야. 가시는 길 두 눈 똑바로 뜨고 마지막까지 지켜볼 거야.'

레인은 심호흡을 하고 나와 세수를 했다. 귀신 같은 형상, 핏기 없는 제 모습이 비쳐 보였다. 지독히도 닮은 누가 기억나 레인은 화장실의 거울에 물을 촤악 뿌려 버렸다. 밀랍같이 하얗게 바랜 안색의 그녀가 마치 갓난 그녀를 안은 채 죽음을 앞두고 있던 마지막 서린의 모습과 거의 흡사해 보였던 탓이다.

문득 자신을 바라보던 부친 하헌승의 눈빛이 기억나자 레인은 비웃음을 짓는다.

'생각나기도 했겠지, 그건 나를 보는 눈이 아니었어. 나를 통해 엄마를 본 것일 뿐.'

레인의 눈빛이 얼음처럼 차갑게 빛났다.

아버지라는 존재가 길을 걸어도 눈을 감아도 그리웠었다. 하지만 아무리 기다려도 오지 않았다. 산에 올라가 아래를 내려다보며 아버지라고 소리쳐 봐도 돌아오는 건 대답 없는 메아리뿐. 마주 보며 웃고 떠들었던 유일무이의 존재 그분이 없었다면 난…… 아마 삐뚤어졌겠지.

기쁨과 슬픔을 함께했기에 절대적 존재로 자리 잡은 그분으로 인해 내 인생은 아름다웠다 말할 수 있었다.

생각이 난다. 어린 시절 뛰어놀던 그 동산도, 함께 웃었던 느티나무도. 가슴속의 희망이 잔재로 사그라질 때, 꿈을 잃어 가기 시작할 때 아쉬움을 위로로 바꿔 주며 날 감싸 주던 단 한 사람이 눈물 너머 손이 닿지 않는 저 멀리로 떠나가셨다.

마지막 가는 길에 눈물 아닌 의연함으로 보내 주는 것이 내가 할

수 있는 최선이었기에 미치도록 울고 싶고 통곡하고 싶은 마음을
꾹꾹 밟아 참고 참아 냈다.

화르르, 화르르륵.

유골을 혼자 뿌리겠다고 이해해 달라는 레인의 부탁에 헌승은
고개를 끄덕일 수밖에 없었다. 눈이 발개져 있었다. 그토록 눌러
참았던 눈물이 불길에 휩싸인 관이 타들어 가자 급격하게 흐려지는
것을 보았다. 이를 악무는 딸의 모습이었다.

"그래, 여기 있다."

유골함을 받아 나룻배를 젓는 사공과 홀로 탄 레인은 강 중간에
서 유골을 흩뿌렸다.

"부디 편하게 가세요. 레인이가 많이 사랑해요, 할아버지…….
으흐흑, 흐흐흑."

그렇게 레인은 서울에 위치한 부친이라는 탈을 쓴 헌승의 집으
로 들어갔다. 2층의 양옥집이었다. 회사를 운영하던 레인의 부친
하헌승은 부인이 죽은 뒤 회사를 내팽개치고 여행을 다니며 방황을
했다 한다. 회사는 법인으로 전환되었다가 아예 인재를 양성하는
재단으로 성격이 바뀌었다. 그래서 그는 지금 재단 이사장이 되어
있었다.

"서울 생활에 적응하려면 힘이 들 거다."

"네."

"내일 전학 수속을 밟으마."

"네, 전 제 방으로 올라가겠습니다."

2층으로 올라가는 레인을 보며 헌승은 한숨을 내쉬었다. 큰집에 단둘뿐, 적막감이 둘 사이를 파고들었다. 시계 소리도 유난히 크게 들렸다.

헌승은 훌쩍 커 버린 딸을 어떻게 대하면 좋을지, 어떻게 비어 버린 시간을 채워야 할지 알지 못하고 있었다.

✳

혁진은 긴 다리로 성큼성큼 걸어 회장실로 향하고 있었다. 원래 그가 귀국하기로 한 날짜는 내일이었기 때문에 갑자기 나타나 놀래 드리고 싶은 맘에 연락 없이 들이닥친 그였다. 하지만 강 회장은 오늘따라 일찍 외부로 나간 참이었다. 공장 부지 선정에 문제가 생겼던 것이다.

7시. 레인은 회장과 비서실장이 함께 공장으로 나가 홀로 비서실에 남아 있었다. 아직 업무에 익숙하지 않아서 이것저것 살핀다는 게 늦어 버린 모양이었다. 이만 가야겠다 생각하고 회장실을 다시 한 번 점검하러 들어갔다가 그녀의 눈에 기가 막히게 붉게 물들여진 노을이 들어왔다.

미술을 전공한 그녀는 노을이 가지는 천연의 색감에 감탄하고 있었다. 아무리 아름다운 색깔일지라도 자연이 만드는 색은 흉내 낼 수가 없었다. 그녀는 하늘색에 빠져 누군가 회장실로 들어온 것을 알지 못하고 있었다.

혁진은 비서실을 지나 문이 반쯤 열려 있는 회장실에 들어섰다. 그리고 노을을 배경으로 한 여자가 창밖을 넋 놓고 보고 있는 것을 발견했다. 그의 시선을 느꼈는지 여자가 몸을 돌리고 두 사람의 눈이 정면으로 부딪쳤다.

혁진은 호기심이 급격히 일었다. 자신을 만난 사람들의 반응이야 제각각이었지만 불쾌한 듯 보이는 저런 반응은 처음이었다. 감상의 여운을 침범당해 기분이 나쁜 것 같아 보였다. 감히 강혁진을 상대로 눈살을 찌푸리는 여자라…….

"예정보다 일찍 귀국하셨습니다. 강혁진 본부장님."

"그렇게 되었습니다."

"인사드립니다. 회장실 비서 하레인이라고 합니다. 현재 회장님께서는 퇴근하셨습니다만 무슨 일이십니까?"

"그렇군요. 그런데 비서가 이 시간에 회장실에서 뭘 하고 있는 겁니까, 혹 기밀이라도 훔치려는 겁니까?"

여자를 당황하게 만들려고 일부러 딴지를 건 혁진이었다.

"기밀은 회장님께서 아직 열람할 권한을 주지 않으셨습니다. 비서실장님이 기밀을 관리하시니까요. 그리고 이곳은 회장실이고 저는 비서이니 들어올 권리가 있습니다. 명확한 대답이 되었습니까."

혁진은 오만해 보이는 여자와 정면으로 날 선 눈빛을 교환했다. 찔러도 피 한 방울 나오지 않을 것 같은 차가움이 온몸에서 뚝뚝 떨어지는 여자였다.

"내가 누구인지 알고 있는 것 같은데."

"네, 잘 알고 있습니다."

"그럼 공손한 태도를 배우는 게 좋겠습니다."

"……."

혁진은 그가 기대한 죄송합니다란 말을 끝끝내 하지 않고 침묵을 고수하는 레인을 향해 윗사람으로서의 권한을 행사하기로 했다.

"그런 식이면 회사에서 오래 버티지 못할 겁니다."

"잘 모르시고 있는 듯해서 말씀드립니다. 제 상사는 회장님이지 본부장님이 아니니 그런 걱정은 하지 않으셔도 됩니다."

혁진은 레인의 대답보단 당황한 기색 하나 없이 그에게 냉기를 폴폴 날리는 레인에게 흥미가 일었다.

"도도한 비서 씨."

"하레인입니다. 아까 말씀드린 걸로 아는데요, 본부장님."

"자주 만날 것 같은데 외국식으로 인사나 합시다. 자, 악수."

손을 내밀며 그의 트레이드마크인 부드러운 미소를 짓는 혁진에게마저, 레인은 시큰둥한 얼굴이었다.

"죄송합니다만, 여긴 한국입니다. 상사일지라도 말과 행동 조심해 주시기 바랍니다. 그리고 전 상사와 친밀해지고 싶지 않습니다. 불편하니까요."

'이 여자 뭐야? 뭘 믿고 이렇게 도도한 거지?'

기가 막힌 혁진이었다.

✳

길을 걸어도 숨을 쉬어도 허공에 부웅 뜬 듯한 기분, 다른 어떤 말로도 설명할 수가 없다. 꼭 언젠가 경험했던 그날처럼 익숙한 느낌을 받는 내 모습에 전율을 느낀다. 모든 것이 변해 버렸는데 시간을 멈춘 난 그 시간 안에 여전히 살고 있었다.

내가 살고 있는 지금이 정말 현실인 걸까? 확신이 들지 않는다. 그렇다고 깊은 생각을 하는 것도 무섭다……. 누가 시원한 대답을 해 주었으면, 미치도록 답답하다. 아무도 날 기억하는 사람이 없었다. 난 그 시간 동안 어디서 무엇을 한 것일까?

어제도 이상한 영상이 오락가락하는 꿈을 꾸어서인지 레인은 오늘 더욱 까칠했다. 얼굴도 푸석거리고 화장도 받지 않아 결국 가볍게 트윈케이크와 볼 터치로 안색만 숨긴 그녀였다. 굽 있는 하이힐을 신고 정자세로 걷던 레인은 엘리베이터에서 반갑지 않은 인물과 마주쳤다. 본부장 강혁진이었다. 레인은 딱 적당한 30도 각도로 그에게 목례를 했다.

"안녕하십니까, 본부장님."

출근 시각인 9시보다 1시간이나 이른 시각이기에 아무도 마주치지 않을 줄 알았건만 본부장과 무슨 찰거머리 같은 인연이 있는 건지 다시 만나게 되었다.

"좋은 아침입니다, 하레인 씨."

영화 속 화보에서 튀어나온 듯한 말끔한 슈트 차림의 그는 햇살 같은 미소를 지으며 레인을 바라보았지만 레인은 들어서자마자 그에게 등을 돌려 버튼 가까이에 몸을 붙이고 섰다.

혁진은 첫 출근 날 첫 번째로 마주친 사람이 레인이라는 게 반가웠지만, 그녀의 얼굴엔 반가운 기색보다 날 귀찮게 하지 마시오라는 접근금지 명령어가 쓰여 있는 듯했다.

혁진은 출근하면 오전 중으로 회장실에 들르라는 아버지의 명령 때문에 본부장실이 아닌 회장실로 바로 향했다. 행선지가 분명한 두 사람은 앞서거니 뒤서거니 한마디 말도 없이 회장실로 걸어

갔다.

레인은 혁진이 있든지 말든지 자신의 업무를 하던 대로 수행하기 시작했다. 간단한 청소, 화초에 물 주기, 회장의 금일 업무 일정 파악, 서류 준비, 외국 바이어들이 보낸 서류 번역 등 여러 가지였지만 그녀는 능숙하게 순서에 따라 일을 진행시켜 나갔다. 회장실 책상 위에 업무 일정을 내려놓는 그녀의 모습을 바라보던 혁진이 침묵을 견디다 못해 말을 건넸다.

"차 한 잔 부탁해요. 하 비서."

"뭘로 드시겠습니까."

"그린티라떼 있습니까?"

레인은 혁진의 말에 고개를 들어 그와 눈을 마주쳤다. 까만 동공에 그의 모습을 선명히 담고 여기는 한국입니다란 말을 또 한 번 읊어 대고 싶어 하는 얼굴이었다. 그리고 그녀는 그 표정을 숨기지 않고 냉정한 말투로 대답했다.

"준비되지 않았습니다."

"그래요? 아침엔 꼭 마셔야 하는데. 회사 앞에 카페 있던데 괜찮다면 부탁해도 될까요?"

혁진은 레인의 반응이 궁금해서 미칠 지경이었다. 저 차도녀가 순순히 그러겠다고 하지 않을 것이라 생각했기 때문이었다. 그런데 대답이 가관이었다.

"비서 업무 중에 출장은 계약 조항에 없는 부분입니다만."

"뭐요?"

"잊으셨나 본데, 전 회장님 사람입니다. 직속상사가 아닌 본부장님이 외부에서의 음식 반입을 명령하시니 난감할 따름입니다."

"……."

채각채각.

8시 반을 가리키는 시계 초침 소리가 침묵과 냉기로 가득 찬 회장실에 유난히 크게 들렸다. 혁진은 당황이라는 감정을 그녀에게서 끄집어내고 싶어졌다. 오기가 발동한 것이다. 그는 벌떡 자리에서 일어났다.

"하 비서 말대로 차 한 잔 사 오는 데 다른 사람 쓸 필요는 없겠습니다. 내가 직접 다녀오겠습니다. 오랜만에 아침 공기도 마시고 주위도 살피고."

혁진이 이 정도로 나오면 마지못해 그녀가 다녀오겠다고 말할 줄 알았다. 그러나 레인의 입에선 기대하지 않은 말이 흘러나와 그를 기함하게 만들었다.

"다녀오십시오."

얼결에 그린티라떼를 사러 회장실을 나와 엘리베이터에 오른 혁진은 저도 모르게 키득거리며 웃고 있었다.

'강적이네, 강적. 저런 성격으로 회사 생활은 어떻게 하고 있는 거지? 놀랍군.'

첫 만남부터 제 주의를 단박에 끈 흥미로운 여자였다. 일부러 그를 자극하기 위해서라면 그녀는 반은 성공한 거나 진배없었다. 혁진이 그린티라떼와 카페라떼를 사 캐리어에 담아 회장실로 돌아온 건 8시 50분이었다. 혁진이 카페라떼를 레인에게 내밀었다.

"자, 내 것만 사기 뭐해 샀습니다. 마셔요."

"……."

"왜, 독약이라도 탔을까 봐 그래요?"

"그럴 리 없겠지만 조심해 나쁠 것도 없겠지요. 전 절대 밀봉되지 않은 음료나 드링크는 받아 마시지 않습니다."

"뭐요?"

혁진은 호의를 거절당하자 기분이 몹시 나빠졌다. 애교로 봐주자니 정도를 넘어서고 있지 않은가.

그의 얼굴이 굳어졌지만 레인은 무시로 일관했다. 커피를 마시고 싶단 이야기를 한 적이 없었다. 홍차나 보리차는 먹지만 커피는 즐기지 않는 레인이었다. 할아버지 손에 자라서일까. 그녀의 입맛은 매우 토종이어서 식혜나 수정과를 즐기는 편이었다.

"내 성의를 봐서 마시는 척이라도 해야 예의 아닙니까."

부글거리는 화를 눌러 참으며 혁진이 재차 권유했으나 레인의 태도는 달라지지 않았다.

"예의를 지킨다고 싫어하는 음료를 억지로 마실 수는 없잖습니까."

제대로 화를 내게 만드는 직격탄이었다. 혁진은 이제 인내가 한계에 다다랐다.

"이봐요, 하레……."

"굿모닝. 어? 본부장님."

언성이 높아지려는 찰나 차훈석 비서실장이 들어왔다. 혁진은 얼른 화난 기색을 얼굴 뒤로 감췄다. 훈석은 회장을 모신 8년 차 너구리이기에 자칫하단 지금의 이 어이없는 상황이 강 회장의 귀에 들어갈지 모른다고 생각했기 때문이다. 우습지 않은가, 커피를 직접 사 오고 마셔 달라고 사정하는 이 상황이.

"좋은 아침입니다, 차 비서님."

"커피 냄새 좋은데요? 레인 씨가 준비했어요?"

"아니요."

"참, 하 비서는 커피 안 마시죠? 그럼……?"

차 비서의 눈이 레인에게서 혁진에게로 옮겨지던 때 마침 강 회장이 회장실로 들어왔다.

"어서 오십시오, 회장님."

단정한 몸가짐으로 45도 각도로 정중히 인사하는 레인이었다. 그런 그녀의 모습을 일별하며 혁진은 아버지를 따라 회장실로 들어갔다.

레인은 아무렇지도 않게 자리에 앉아 다음 업무를 시작했다. 한동안은 조용한 평소의 아침 같았다. 그렇게 얼마의 시간이 흘렀을 때, 갑자기 레인의 인터폰이 울렸다.

삐이―

"네, 회장님."

― 하 비서 안으로 들어와요.

강 회장의 갑작스러운 호출에 레인과 차훈석의 눈이 마주쳤다.

"들어가 봐요."

"네."

레인은 옷매무새를 가다듬고 회장실 문을 똑똑 두드렸다. 안에서 응답이 들리자 조용히 문을 열고 들어갔다.

"부르셨습니까, 회장님."

"음. 이 녀석, 아니 강 본부장이 비서로 자넬 원하는데 하 비서 생각은 어떤가?"

레인의 시선이 혁진에게로 향했다가 다시 강 회장에게 돌아왔다.

"하 비서가 많이 도와주어야 할 것 같군. 적응……."

"회장님."

"응?"

"명령이 아니시라면 전, 회장실이 좋습니다."

대놓고 싫다고 말하는 건 아니었지만 레인은 강 본부장의 휘하로 들어가고 싶지 않았다. 의욕이 넘치는 젊은 경영인 밑에서 보좌하는 비서는 고달프기 마련일 테고, 적당히 넘어가지 않을 성격의 소유자라는 것을 이미 파악한 영리한 레인이었다. 웃으면서 사람을 방심하게 만들고 완벽을 요구하는 무쇠 체력을 가진 후계자란 것도.

같은 월급을 받고 피곤한 일을 자청할 이유는 없기에 그녀는 거절 의사를 확실하게 밝혔다. 제가 아니어도 인재가 많은 곳인 데다 강 본부장의 비서가 되는 것을 염원하는 비서가 지천일 텐데 왜 제가 총대를 메야 하는가. 계산은 이미 끝난 레인이었다.

"강 본부장 어떻게 하나. 하 비서가 싫다는데."

"이유를 물어도 됩니까? 솔직히 말해 주었으면 좋겠습니다."

혁진은 여전히 도전적인 시선을 그녀에게 보냈다. 저 눈빛도 싫었다. 마치 자신을 시험하려고 드는 것 같았기 때문이다.

"네, 그럼 말씀드리겠습니다. 첫째, 아직 두서가 잡히지 않은 본부장실의 업무는 과할 것이 분명합니다. 둘째, 정해진 시간 외 야근이나 출장이 많아질 것으로 예상됩니다. 셋째, 본부장님은 아직 미혼이십니다. 괜한 구설수에 오를 수도 있고 이런저런 이유로 모시기 불편합니다."

"그러니까 같은 월급 받고 힘든 일을 하기는 싫다는 말 아닙니까. 도둑 심보 아닙니까?"

"그렇게 들리셨다면 죄송합니다. 전, 제가 할 수 있는 역량 이상의 것을 요구하시니 할 수 없다 처음부터 말씀드리는 겁니다."

"……."

"허허. 하 비서가 싫다면 어쩔 수 없지. 알았네. 나가 봐요."

"네, 회장님."

그녀가 회장실 문고리를 막 돌리려 할 때 등 뒤에서 혁진의 말이 들려왔다. 목소리가 큰 것이 그녀더러 들으라는 고의성이 다분한 말이었다.

"아버지, 저 비서 뭡니까? 당장 잘라 버리세요."

"혁진아……."

탁.

강 회장의 말은 다 듣지도 않고 레인은 문을 닫아 버렸다. 자리에 앉는 레인에게 사정을 들은 차 비서는 괜한 걱정을 해 주기 시작했다.

"하 비서, 이 기회에 본부장 직속으로 들어가면 월급도 올려 줄 거고 혜택이 많을 건데 왜 그랬어요?"

"전 원하지 않습니다. 조용히 제가 좋아하는 일을 하고 사는 게 좋습니다."

레인은 어느 것도 아쉽지 않았다. 비서직은 미술을 전공한 그녀와 어울리지 않는 일일지도 모르겠지만 정시에 출근하고 퇴근하는 일은 생각보다 충분히 매력 있는 직업이었다. 승진을 원하는 것도 아니고 신분 상승을 원하는 건 더더욱 아니었기에 부당한 상사의 요구를 받아들이지 않겠다고 당당히 밝힐 수 있었던 것이다.

차훈석은 도무지 요새 아가씨 같지 않은 레인을 보며 고개를 절레절레 흔들었다.

하레인이라는 아가씨는 매력적이고 아름다웠다. 뭐 까칠한 성격이긴 했지만, 스스로 그걸 알기에 나서지 않았고 어디에도 섞이지 않은 채 조용히 지내고 있었다. 식사는 구내식당에서 하고 식사를 끝내자마자 올라와 책을 읽거나 음악을 감상한다. 간혹 책상 위에 러브레터가 있긴 했지만 한 번도 펼쳐 보거나 하지 않았다.

참, 특이한 아가씨였다. 누구나 원해 마지않는 강 본부장의 비서직을 미련 없이 발로 차 버리는 것도 그런 그녀이기에 가능한 것처럼 보였다.

혁진은 곧 회장실을 나왔다. 깍듯하게 인사하는 레인은 물론이고 차 비서 쪽도 돌아보지 않은 채 그는 앞만 보고 뚜벅뚜벅 걸어 나갔다. 그 모습에 겁을 먹을 만도 하건만, 레인의 얼굴은 그저 평온하기만 했다.

왠지 분위기가 냉랭했던 출근 시간대를 지나 오전 업무를 마쳐 갈 즈음 점심시간이 되었다.

"레인 씨, 오늘도 구내식당에서 식사할 거예요?"

"아뇨 간단하게 샌드위치 싸 왔어요. 다녀오세요, 차 비서님."

점심시간이 다가오자 차 비서는 동료들과 사무실 밖으로 나갔다. 레인은 입맛이 없어 식사를 거르고 샌드위치를 베어 먹고 있었다.

따르르르.

— 여보세요.

그녀의 부친 하헌승이었다.

— 이번 주말엔 내려오너라.

"무슨 일이십니까."

— 네 어머니 기일이잖니. 왜, 바쁘냐?

"아니요. 내려가겠습니다."

— 레인아, 별일…… 없지?

"무슨 말씀이세요?"

— 아니, 아니다. 별일 없다면 되었다.

"이만 끊을게요."

업무를 보고하는 것보다 딱딱한 부녀간의 대화였다.

레인은 전화를 끊고 먹다 남은 샌드위치를 바라보다 그대로 휴지통에 버리고 말았다. 입맛이 썼다.

부친을 떠올리거나 음성을 들으면 가슴 한가운데가 뭔가로 막힌 것 같은 답답한 기분이 들고 명치끝을 누르면 저릿한 느낌이 들었다. 틈을 비집고 들어오려는 사람과 틈을 내어 주지 않는 사람 사이의 밀고 당기기. 가깝고도 먼 부녀 사이가 바로 그들이었다.

1년 한 번 어머니의 기일. 어김없이 돌아오는 그 날. 사진 속 그녀의 얼굴은 성장한 레인과 너무나 흡사하게 닮아 있었다. 레인은 등받이에 머릴 기대고 잠시 눈을 감고 있었다. 자신을 보며 어머니를 그리워하시는 부친의 모습. 가슴이 아프다 생각해야 옳지만 감정이 메말랐는지 아무 감흥이 없는 그녀였다.

'이번에도 숨 막힐 듯한 무거운 공기를 한껏 들이마시다 오겠군.'

레인은 등받이에 기댄 탓에 머리카락을 고정한 머리핀이 자꾸만 머릿속으로 파고들어 통증을 유발하자 잠시 핀을 빼 책상 위 올려 두었다. 그러고는 의자에 반쯤 몸을 파묻은 채 손은 깍지 끼어 배

위에 올려 두고 휴식을 취했다.

외부와 단절되길 원하는 나만의 휴식시간. 이어폰을 꽂고 음악의 세계에 흠뻑 빠져 들어간다. 그녀는 미술 외에 음악에도 조예가 깊었다.

나나 무스쿠리(Nana Mouskouri)의 사랑의 기쁨(Plaisir D'amour)이란 곡이 MP3에서 흘러나온다.

Plaisir d'amour ne dure qu'un moment, 사랑의 기쁨은 한 순간이지만,

Chagrin d'amour dure toute la vie. 사랑의 슬픔은 영원하죠.

그리스어를 배워 볼까? 레인은 눈을 감고 가사를 따라 부르며 그런 생각을 하고 있었다.

스스로를 고립시키고 있다는 걸 알고 있었다. 하지만 누군가에게 더 이상 실망하고 싶지 않았다.

따스한 체온을 나눈다는 건 마음을 교류해야만 가능한 일, 제 차가운 성격을 보듬어 줄 사람을 찾기 어렵다는 걸 알고 있었다. 꼴에 자존심은 세서 스스로 굽히느니 미리 포기해 버리는 소심쟁이 하레인.

학창시절, 그래도 순진함이 남아 있던 그때도 몇 번 시도는 했었다. 그러나 그녀에게 돌아온 건 친구라 생각했던 이들의 배신과 뒷담화였다.

혼자서 잘 살 수 있다. 아니, 잘 살아가야 했기 때문에 이 악물

고 내가 할 일을 완수했었다. 자기 자신의 능력을 키우기 위해 도서관에서 밤을 새웠다. 누구의 딸이라서 특채로 들어왔다는 그런 말은 듣고 싶지 않았다. 어차피 인생은 혼자 사는 거니까. 나는 나니까. 바로 하레인이니까.

2.

강혁진, 그는 거절에 익숙한 사람이 아니었다. 더구나 여자에겐 더더욱. 비서야 그녀 말대로 지천이었지만, 왠지 그녀는 공과 사를 정확히 구분 짓고 깔끔한 업무능력을 보여 줄 것 같다는 믿음이 생겼다. 사람 보는 눈이 틀리지 않았다면 앞으로 하려는 일에 많은 도움이 될 여자가 분명했다.

'하지만…… 정말 그 이유뿐인가? 그래, 강혁진?'

혁진은 턱을 쓸어내리며 스스로에게 물어보고 있었다. 여기는 한국이지 미국이 아니라는 말에 동감했다. 그렇다면 더더욱 레인은 한국의 보수적인 명령체계를 따라야만 한다는 것을 잘 알고 있을 터였다. 그런데도 눈 똑바로 뜨고 자신의 비서가 되지 않겠다고 의사를 밝혔다. 같잖은 이유를 들먹이면서.

이유는 그럴듯했지만 결국 자신과 엮이기 싫다, 이 말 아닌가. 무심하게 절 바라보는 표정과 그를 내려다보는 듯한 시건방진 말투가 그의 신경을 몹시 자극했다. 하여튼 무진장 신경 쓰이는 여자였다.

하레인이라…… 하레인.

한 주의 중간인 수요일 저녁. 이번 주 주말에 내려가야 한다는 생각 때문인 건지 레인은 평소보다 피곤이 더했다. 업무에는 어느 정도 익숙해진 그녀였다. 세상은 빠르게 돌아갔고 어느새 퇴근 시간이 되었다.

'오늘은 아무래도 뜨거운 물에 목욕을 해야겠어.'

목을 이리저리 주무르던 레인은 토드백을 집어 퇴근을 서둘렀다. 레인은 퇴근 시간인 6시에서 일부러 30분 정도 지난 뒤에 주차장으로 내려갔다. 다른 사람들과 부딪쳐 가며 번잡한 엘리베이터를 타고 싶지 않은 이유 때문이었다.

스륵.

엘리베이터 문이 열리자 고개를 숙인 레인의 코끝으로 시원한 향이 스며들어 왔다. 향수를 좋아하지 않는 레인이었지만 은은한 그 향은 충분히 고급스러워 주인이 누굴까 궁금해졌다. 아로마틱 머스크, 레인이 그나마 기피하지 않는 스포츠 향이었다. 시선을 들자 마주친 검은 눈동자, 혁진이었다.

"퇴근입니까."

"네."

"향이 진한가요?"

귀신 같은 남자였다. 그녀가 무엇 때문에 그를 바라본 건지 알아차린 게 분명했다. 돗자리 깔아야겠군.

"샤넬 알뤼르 옴므군요."

그녀의 입에서 정확하게 향수 이름이 흘러나오자 혁진은 자연스러운 미소를 지었다.

"개인적으로 좋아하는 향입니다. 자주 뿌리고 다니진 않지만."

"네."

고개를 까닥이고 마는 레인의 절도 있는 동작에 혁진은 짓궂게 굴고 싶은 묘한 마음이 일렁였다. 언제나 예상대로 움직여 주지 않는 하 비서의 반응이 궁금했다.

"혹, 향수의 유래를 압니까?"

"……."

"프랑스 루이 14세 때, 당시 프랑스는 하수도 시설이 제대로 갖춰지지 못해서 여러 가지 질병, 냄새, 악취가 심했다고 합니다. 그래서 사람들은 향기를 발생시키는 방법이 필요했는데, 그것이 바로 향수의 유래가 되었다는군요."

땡.

엘리베이터는 지하 3층에 멈춰 섰다.

이 층은 레인이 좋아하는 조용한 주차 구역이었다. 지하 1, 2층과는 다르게 많은 사람들이 맨 아래인 지하 3층에는 주차를 잘 하지 않는 습관을 알고 있기 때문이었다. 그런데 본부장이라는 사람도 지하 3층에 주차를 시킨 모양이었다.

또각.

저벅.

또각.

저벅.

"하레인 씨."

"말씀하십시오."

"바쁩니까? 약속 없다면 같은 회사 사람끼리 가볍게 술 한잔 어때요? 알고 있거나 자주 가는 단골 있으면 더 좋고."

결국 그것인가. 본부장이라는 사람이 참 싫다고 느껴졌다. 대꾸하고 싶지 않았지만 그는 상사였다. 그것도 차기 후계자. 일부러 밉게 보일 생각은 없기에 예의 있는 대답은 해 주어야 할 것 같았다.

"죄송합니다만, 전 술을 즐겨 하지 않습니다. 그리고 본부장님과 사석에서 술을 할 만큼 친하지도 않구요. 거절해도 실례 안 되겠죠? 그럼 이만."

그녀가 차를 향해 몸을 돌리자 혁진의 이죽거리는 말이 신경을 자극했다.

"스스로 고슴도치처럼 가시를 곤두세우고 있는 거 압니까? 매사 뭐 그리 어렵습니까?"

고슴도치, 아이스, 찔러도 피 한 방울 안 나올 것 같다.

수없이 들었던 말이었고 더 이상 신경 쓰이지 않는 단어라 치부하고 있었지만, 혁진에게서 흘러나온 말이 새삼 레인의 가슴에 비수를 꽂았다. 그녀는 천천히 몸을 돌려 혁진을 바라보며 다시 한번 알아듣게 그를 훈계했다.

"본부장님은 세상이 쉽고 만만해 보이시나 봅니다. 전 소심하고 누구처럼 미래를 확신할 수 없어서인지 매사 조심하고 몸을 사립니다. 그리고, 좀 전 프랑스가 향수의 유래 어쩌고 하셨는데, 향수의 시작은 인도입니다. 후추, 계피, 차 등 힌두교 분향의식에서 시작되어 발달하였고, 사람들 몸에 향을 뿌리는 기술로 변화한 것입니다. 조용히 모르는 척하고 싶었지만, 얕은 지식으로 다른 곳에 가서 실수하실까 봐 알려 드려요. 그럼 고슴도치는 이만 실례하겠습니다."

혁진의 대답을 듣지도 않고 레인은 주차 구역으로 가 자신의 흰색 푸조 508세단에 올라탔다. 헌승이 그녀의 의사도 묻지 않은 채 장만해 준 것이었다. 주차장 한구석에서 썩히느니 타고 다니는 게 좋겠다 싶어 받기는 했는데……. 제 뒤로 그의 찌르는 듯한 시선을 느꼈지만 오늘은 정말 힘들고 피곤했다. 욕조에 들어가 몸을 담그고 싶은 마음뿐이었다.

부웅, 부아아앙.

핸들을 돌려 능숙하게 차를 몰고 출입구로 향하는 레인의 차를 혁진은 가만히 서서 바라보았다. 역습당한 혁진이 그녀의 차가 시야에서 멀어지는 걸 지켜보며 담배를 입에 물었다.

'역시 만만치 않군, 하레인. 일개 비서가 5천만 원 상당의 세단을 몬다? ……대체 정체가 뭐지?'

혁진의 눈에 불이 들어왔다. 그건 절대 안전을 보장하는 녹색이 아니라 주의를 요망한다는 노란 불이었다. 레인을 향한 흥미의 정도가 점점 고조되어 갔다. 그리고 자신도 모르게 순식간에 위험지역에 스스로 발을 들여놓고 허우적대고 있었다. 그리고 레인의 도발은 옵션으로 작용했다.

＊

"흐음."

욕조에 정종을 풀어놓고 머리에 샤워캡을 한 레인이 몸을 담그며 만족스러운 소리를 냈다. 개인적으로 수영장이나 목욕탕 같은 공공장소에 잘 가지 않는 레인이었다.

회사에서야 머리를 틀어 올리고 딱딱한 정장을 입어 몸매가 드러나거나 투명한 살결을 보이지 않았지만 공공장소에서 머리를 풀어 내리거나 노출이 있는 옷을 입으면 여지없이 따라다니는 시선들이 불편했다.

마지막으로 목욕탕에 간 건 중학교 때였다. 원래 나이가 들면 그러는 건지 중년의 여인들은 살결이 장난 아니라며 다가와 대뜸 팔다리를 만지작거리기도 했고, 뚫어지게 그녀의 알몸을 훑으며 살피는 사람들도 있었다.

거기다 레인의 피부는 섬세한 비단결과 같아서 한 번 만지면 도저히 손을 뗄 수 없을 만큼 부드럽고 유연했다. 그리고 살짝만 쥐거나 잡아도 흔적이 남았고 실핏줄이 보일 정도로 투명했다. 어머니 서린에게서 고스란히 물려받은 것 중 하나였다.

"아…… 살 것 같아."

오피스텔을 구하고 인테리어를 조금 손본 레인이었다. 미술을 전공했기 때문에 디자인에도 관심이 많았고, 그중 가장 신경 쓰고 투자를 한 곳이 욕실이었다. 특히 르네상스풍 넓은 욕조를 들여놓았다. 눈을 지그시 감고 뜨거운 물에 몸을 담그니 피로가 풀리고 여유가 다시 돌아왔다. 마음이 편안해지자 지하 주차장에서 있었던 일이 오버랩 되었다.

'내가 지나쳤나?'

아쉬울 게 없어서인 건지, 아니면 혁진 그가 그녀의 신경을 유독 거스르는 남자여서인 건지 이유는 모르겠지만, 저도 모르게 날 선 응대로 일관할 수밖에 없었다. 객관적으로 어디 꿀릴 것 없는 남자 니 더 이상 제게 친절을 가장해 신경을 쓰지 않을 것 같았다.

'뭐, 그게 내가 바라는 바니까.'

레인은 물속으로 몸을 서서히 눕혀 들어갔다. 물은 안정감을 주 었다. 마치 모체의 태내에서 양수에 몸을 담고 있는 듯한 아늑함을 느끼게 한달까? 편안하고 또 고요한 찰랑이는 물결 소리가 안정감 을 부여해 주었다. 그녀는 스륵 긴장이 풀리며 조금씩 조금씩 침잠 해 들어간다.

……니. 제……이니.

하하하, 아하하. 으응.

사……해. 사…….

이봐요, 돈이라면…….

앞길을…….

남자가 누군가를 부르는 소리가 들렸다. 애타는 그 목소리가 멀 어지고 그다음으로 앙칼진 여자의 목소리가 왕왕 울렸다.

누구?

다녀올게…… 다…….

챙.

챠아앙, 챙그랑, 와장창.

안…… 그만……!

헉.

괴로운 숨소리 비슷한 소리를 끝으로 눈을 번쩍 떴다. 물에서 벌떡 일어난 레인은 오한으로 몸을 떨고 있었다. 물은 이미 차갑게 식은 지 오래. 깜박 잠이 들었었나 보다.

그보다 아주아주 기분 나쁜 꿈을 꾸었던 것 같은데 뭐지? 대체 뭐야? 기억하려 하면 할수록 어두운 그림자만 아른거렸다. 그리고 깨질 듯이 머리가 아파 왔다.

"흐윽……."

레인은 비틀거리며 몸을 일으켜 샤워 가운의 매듭을 매고 욕실을 나왔다. 비틀거리며 거실장에서 꺼낸 약 상자에서 두통약을 찾아 물과 함께 삼켰다. 식도를 흘러내리는 알약이 효과를 내기까진 20분 정도 소요된다는 것을 경험으로 알고 있었다. 그만큼 두통약을 자주 먹었던 레인이었다.

✱

레인이 회장실에 근무한 지 두 달로 접어든 어느 금요일이었다. 시계는 오후 6시 30분을 가리키고 있었고, 자리를 정리한 그녀도 막 퇴근길에 오르려던 때였다.

따르르.

사무실 전화가 울렸다. 근무시간은 지났으나 그녀는 지체 없이 수화기를 들었다.

"네, 실장님."

— 아, 레인 씨! 레인 씨 집이 회장님 댁하고 가깝죠? 미안한 이야기지만 토요일에 회장님 자택으로 서류 하나만 가져다주면 고맙겠는데.

주말엔 일정이 잡혀 있었던 레인이었다. 좋아하는 연극도 보러 가고 서점에 가서 새로 나온 책들도 둘러보는 일이었다. 레인은 혼자 책을 읽는 시간이 가장 행복했다. 그리고 틈나는 대로 미술관에 가 그림에 흠뻑 빠지는 것도.

레인이 굳이 청담동에 위치한 오피스텔을 구한 이유가 여기 있었는데, 하필 회장님 댁과 지척일 줄이야. 차 비서의 부탁을 거절하기 어려웠다. 비서실장이 웬만하면 그런 부탁을 하지 않는 사람이라는 걸 알고 있기에 더욱. 그래서 레인은 호림아트센터에 들러 관람을 한 후에 회장님 댁에 들르기로 결정했다.

다음 날 청담동 미술의 거리에 나온 레임은 기대감으로 발그레한 얼굴이었다.

민화전이 열리고 있다는 오페라 갤러리도 가 보고 커피가 맛있기로 유명한 아라리오 갤러리도 들러 볼 생각이었다. 예술작품을 둘러보다 보면 먹지 않아도 배부른 포만감이 그득해진다. 더불어 대학 졸업 후 하기 힘들었던 붓질도 다시 해 보고 싶은 욕구도 일어났다. 머릿속이 맑아지고 답답한 속이 풀리는 것도 같았다.

지난 어머니의 기일에 집으로 내려갔던 레인은 부친 헌승이 전보다는 훨씬 나이 들고 기력이 없어 보여 마음이 좋지 않았다. 하지만, 여전히 부친은 레인 그녀에게서 어머니 서린의 모습만을 찾고 있었다. 사랑이 모든 의무를 내던질 만큼, 자식을 외면할 만큼 처절하고 독한 것이라면 하고 싶지 않았다. 제 아버지같이 맹목적인 사랑이라면 더욱.

다시 떠올리자 또 마음을 복잡하게 만드는 생각을 접고 한 아트센터에 들어갔다. 가끔 신인 화가의 그림이 마음속에 깊이 와 닿을 때가 있었다. 유명한 작가든 아니든 영향을 받는다는 것, 작품을 보고 신선한 자극과 생동감을 부여받는다는 것, 바로 그것이 레인이 미술을 좋아하는 이유였다.

장르를 가리지는 않지만 민화나 엉뚱하고 기괴한 상상력을 바탕으로 하는 전위 미술엔 아직까진 영감을 가지지 못했다. 요새는 작가의 작품 설명과 작업 스타일, 작품이 만들어진 계기를 설명해 주는 스토리텔러라는 직업이 있어 흥미롭기도 했고 더욱 화가들을 이해할 수 있어 도움이 되었다.

레인은 주말에 가끔 도슨트(docent) 일을 맡아서 하곤 했다. 미술관에서 관람객들에게 전시물을 설명하는 일이었다. 일정한 교육을 받고 박물관·미술관 등에서 일반 관람객들을 안내하면서 전시물 및 작가 등에 대한 설명을 제공하는 일로 일종의 봉사였다. 봉사라고 해도 문화재나 미술에 대한 애정과 일정한 수준의 전문 지식이 있어야 하며, 2개월 내외의 교육과정을 마쳐야 할 수 있는 일이었다.

나서기 싫어하는 레인이 자발적으로 도슨트가 된 것은 아니고 레인이 졸업할 때 미술학부 교수가 졸업 필수사항이라며 권장한 것이었다. 이점도 많았기에 가끔 안내를 부탁한다는 전화가 오면 거절하지 않았다.

유명한 미술품을 바로 가까이에서 볼 수 있는 기회가 주어졌고 다양한 사람들의 미술 해석을 관찰할 수 있다는 장점이 있었다. 그래서 그녀는 도슨트 일에 꽤 애정을 가지고 있었다.

아트센터 관람을 마친 레인은 회장 댁으로 출발했다.

차에서 내려 레인은 백미러로 복장을 점검했다. 이곳에 들렀다 집으로 돌아갈 거라면 대충 입고 머리도 올리고 왔겠지만, 미술관으로 가야 하기에 결국 딱딱한 정장이 아닌 크림빛 블라우스와 베이지색 치마를 입은 그녀였다. 머리카락은 귀밑머리만 살짝 남기고 핀으로 고정했다.

삐이— 덜컹.

육중한 철문이 열리자 레인은 손에 든 서류를 쥐고 안으로 들어간다. 회장님 댁답게 집은 규모가 매우 컸지만 정원의 모습은 아담하고 소담스러웠다. 그 묘한 비대칭적인 엇갈림에 레인은 피식 웃고 만다.

"웃으니까 사람이 달라 보입니다, 하 비서."

뜬금없이 울리는 목소리에 레인이 고개를 들어 위를 보았다. 몇 계단 위에서 태양을 등지고 저를 내려다보는 건 강혁진 본부장이었다. 그는 개와 산책을 한 건지 얼굴이 보기 좋게 달아올라 있었고 옷차림 또한 평소와는 사뭇 다른 분위기를 연출하고 있었다. 체크 남방에 청바지라······.

"본부장님도 그러신데요."

혁진은 레인의 대꾸에 빙긋 웃었다.

혁진은 그녀가 평소보다 다르게 응수해 오자 기분이 좋아진다.

주말이고 번잡하지 않은 곳이라서인지 표정이 한결 여유로워 보였다.

멍!

갑자기 혁진이 데리고 있던 개가 크게 짖었다.

"베토벤 이 녀석, 너도 인사하고 싶냐?"

베토벤이라는 개의 머리를 연신 쓰다듬는 동작엔 개를 향한 자긍심과 아끼는 마음이 묻어났다.

레인은 문득 중학교 때 항상 혼자인 것을 걱정하던 부친이 사다 준 치와와를 기억해 냈다. 치치라는 이름을 지어 주고 나름 예뻐한다고 생각했지만 그건 저만의 착각이었다. 치치는 느끼지 못했나 보다.

실수로 잃어버린 치치를 발견했을 때 강아지는 주인인 그녀를 외면했었다. 다시 찾은 강아지의 곁에는 한눈에 보기에도 치치를 무척 아끼는 가족이 있었고 그들의 일원이 되어 동화된 듯 보였기에 주인이라 나설 수 없었던 레인이었다.

마음을 주지 않으려 했지만 외로웠던 사춘기, 치치는 어느새 그녀의 위안이 되었었나 보다. 다시 한 번 보답받지 못한 사랑, 외면받은 마음이었다. 그 이후론 애완동물, 식물, 인형 그 어디에도 마음을 두지 않았던 그녀였다. 물건은 물건일 뿐.

"세인트 버나드군요."

"맞아요."

컹!

"자, 인사해요. 여긴……."

"죄송한데, 나중에 하지요. 위생 문제도 있고."

레인을 향해 앞발을 내밀게 하던 혁진의 행동이 멈추었다.

"뭐……요?"

눈살을 찌푸린 혁진의 반응에 아랑곳하지 않고 제 할 말을 또박또박 내뱉는 레인이었다.

"기분 나쁘셨다면 죄송합니다. 보아하니 산책하고 오시는 길 같은데, 그렇다면 더더욱 청결에 신경 써야 하니까요."

"하 비서."

"네, 본부장님."

"개 싫어합니까?"

"네, 싫어합니다. 동물을 좋아하지 않아요. 비위가 약해서 가까이 오면 속이 울렁거리기도 하고요."

혁진은 보다보다 이런 여자는 처음이었다. 보통 예쁘지 않아도 예쁘다, 동물 좋아하지 않아도 좋아한다, 뭐 이러는 거 아닌가? 그런데 뭐라고? 깨끗하지 않은 것 같으니 인사는 나중에 하자고? 백번 양보해서 저런 성격도 있겠거니 했지만 제가 아끼는 베토벤의 인사까지 거절하는 저 여자를 어떻게 해석해야 하는지 모르겠다.

"이만 올라가 봐도 될까요?"

앞을 떡하니 가로막고 있으니 비켜라 이 말씀이다. 기분이 상해 있던 혁진이 살짝 몸을 비틀자 레인이 틈 사이를 비집고 집으로 들어가고 있었다.

멍!

베토벤의 소리에 곰곰이 생각에 잠겨 있던 혁진이 그제야 베토벤의 머리를 쓰다듬는다.

"야, 베토벤, 서운해 마라. 뭐 그런 날도 있는 거지. 항상 네가
여자에게 인기 많은 건 아니잖냐? 특이하고 개성이 강한 사람도 있
는 법이니까. 서운해 마. 알겠지?"

멍멍!

혁진은 개를 우리에 데려다 놓고 손을 탁탁 턴 다음 집 안으로
들어섰다. 차 비서가 무슨 사정이 생겨 레인을 대신 보낸 것이라는
걸 쉽게 짐작하는 그였다.

'받아 주니까 하늘 높은 줄 모르는군. 하 비서 저 여자 얼굴에서
당혹스러움이란 감정을 끄집어낼 수 있을까?'

혁진은 자꾸만 비틀리며 이죽거리고 싶은 마음이 비어져 나오려
는 걸 겨우겨우 참고 있었다.

이때까지만 해도 주말인 오늘 레인을 졸졸 따라다니며 신경을
긁을 생각은 없었다. 레인이 예술을 아느냐는 식의 도발을 감행하
지 않았더라면…….

아버지와 셋이 앉아 차를 마시고 있을 때였다. 아버지가 꺼낸 갤
러리 이야기에 갤러리를 운영해 볼까, 하고 말하자 그녀가 자신을
일별했다.

"미술관을 운영하는 건 미술을 이해하고 사랑하는 사람이 하는
게 좋다고 생각합니다."

"그 말은 내가 예술 방면에 무식하다 이 말입니까?"

"……조예가 깊지는 않잖습니까?"

"이봐요, 하 비서."

레인이 혁진을 바라본 눈길에는 그녀가 품은 생각이 여실히 드
러나 있었다.

'당신이 예술을 알아? 뭘 아는데? 그저 관람하는 거라면 몰라도 미술관을 운영한다고? 돈을 벌기 위함인가? 아니면 사교장으로 이용하기 위해서인가, 그것도 아니면 과시욕 때문인 건가?'

혁진은 레인이 얼굴을 돌리기 직전 고스란히 드러난 그녀의 무시를 읽어 내리고 확 돌아 버렸다. 열이 치받친 것이다.

'이 여자 가만두면 안 되겠군.'

그의 자존심을 건드린 걸까. 레인은 자신을 따라오는 혁진 때문에 신경이 쓰였다. 무사히 서류를 전달하고 나오던 길, 차라도 한잔하고 가라는 말에 응접실에 앉은 게 화근이었다.

복장이 자유로워 어디 가는 거냐고 묻기에 사실대로 예술의 거리에서 미술을 관람할 예정이라고 말한 그녀였다. 대화가 자연스럽게 갤러리 운영으로 향한 건 뼛속까지 장사꾼인 강 회장으로부터 기인한 것이었다.

회장의 운영 방식에 대해서는 그저 듣고만 있었지만 혁진이 옆에서 나도 갤러리를 운영해 볼까, 하고 말하는 바람에 저도 모르게 냉소적인 성격이 삐져나오고 말았다.

조용히 넘어가고 싶은데 자꾸 질문을 하고 반응을 끄집어내려는 그의 아는 척이 부담스럽고 꺼려졌던 레인이었다.

'실수했군.'

청담동 미술의 거리로 향한다는 레인의 말에 그가 따라붙을 줄이야. 갤러리들을 한가로이 거닐려던 계획이 수포로 돌아가자 그녀는 슬그머니 짜증이 일기 시작했다.

하지만…… 채프만과 권기숙의 작품에 대해 그녀보다 더 상세하고 전문성 있게 설명하는 혁진의 모습에 레인은 그에 대한 선입관을 내려놓아야만 했다.

"보아하니 하 비서는 기발하고 창의적이고 해학을 가미한 미술에 대해선 그다지 흥미가 없나 봅니다."

사실이었다. 그걸 단박에 알아내는 혁진의 날카로움에 레인은 속으로 놀라고 있었다.

"난 예술에 편견이 없습니다. 이 작품은 이래서, 저 작품은 저래서 좋습니다. 우선 미술을 평가하고 분석하는 것보단 처음 받은 느낌이 오래가더군요. 난 그랬습니다만."

인정할 수밖에 없었다. 갤러리와 전시관을 종횡무진 누비며 레인은 혁진의 입에서 줄줄 나오는 해박한 지식에 어느덧 공감하는 의미로 고개를 끄덕이고 있었다.

"자, 이만하면 하 비서에게 사과를 듣기에 충분한 것 같은데."

우뚝 제자리에 멈춰 선 레인은 그가 무슨 뜻으로 하는 말인지 알아들었다. 갤러리 두 군데에서 모두 해박한 지식을 뽐낸 그였다. 인정하긴 싫지만 사실이었다.

"죄송합니다. 제가 잘못 생각한 게 맞습니다. 제가 선입견을 가졌던 것 같아요. 편협과 아집에 갇힌 건 저였는지도 모르겠습니다."

깨끗하게 그리고 분명하게 제 실수를 사과하는 레인의 태도에 혁진의 입가에 미소가 깃들었다.

"하하하, 이거 이거 기분이 좋은데요? 하 비서가 날 인정해 주니 말입니다."

처음으로 두 사람 사이에 공통점이 생겼다. 레인은 호탕하게 웃어 젖히는 인혁을 보며 재벌, 그리고 후계자라는 타이틀에 집착한 건 바로 그녀 자신이었다는 것을 인정했다. 휴일에 미술을 관람하고 나니 여유로움이 절로 생겨난 탓도 있었다.

"아라리오 갤러리 커피가 유명해요. 제가 대접할게요. 시간 되세요?"

혁진의 눈동자가 더 이상 커질 수 없을 정도로 커지자 레인은 빙그레 웃고 만다. 냉소적인 웃음이 아니었고 진심에서 우러난 미소였기에 혁진은 그녀의 얼굴에서 눈을 뗄 수 없었다.

'사람 여러 번 놀라게 하는 여자군, 하레인.'

그녀가 태도를 누그러뜨리자 남자는 기분이 절로 들떴다. 두 사람은 미술에 대해 의견을 나누기도 하고 서로가 가진 생각에 동조하기도 하면서 시간을 보냈다.

살랑 어디선가 불어오는 바람이 레인의 귀밑머리를 스치듯 날리자 문득 혁진은 핀으로 꽂은 머리를 흩트려 버리고 싶은 열망이 솟아올랐다.

"머리 풀어 내리면 더 좋을 것 같은데."

"네? 아……. 일하기 편해서 그렇습니다."

혁진은 머릿속에 떠오른 사람들을 하나하나 기억해 보았다. 하지만 레인처럼 머리카락을 완벽하게 틀어 올려 80년대 비서 스타일을 고수하는 사람은 몇 되지 않았다.

"그럼 오늘만이라도 자유를 주지 그럽니까?"

"훗, 나중에요. 오늘은 뇌와 온몸에 자유를 부여하는 시간으로 충분하다고 생각해요."

결국 풀어 내리는 것은 싫다는 대답이었다. 이 여자는 그 어떤 것도 쉽지 않은 여자였다.

"레인이라, 이름이 특이합니다. 진작부터 묻고 싶었던 건데, 이름 누가 지었어요?"

"……외조부께서요."

"왜?"

"비 오는 날 태어나서 레인이라 지으셨대요. 어머니께서 비 오는 날을 유난히 좋아하셨다는 이유도 있었구요."

레인의 입가엔 숨길 수 없는 씁쓸함이 묻어 있었다. 혁진은 그녀의 서늘한 표정에서 뭔가 말하지 못할 사연이 있음을 짐작했다.

혁진의 짐작처럼 비는 레인과 연관이 많은 단어였다. 부친과 모친이 처음 만난 날도 비 오는 날이었다고 한다. 첫눈에 반한 두 사람, 비를 피하러 들어간 편의점 안에서 아르바이트를 하던 어머니와 우산을 사러 왔던 아버지가 처음 만났고, 비 오는 날 레인이 태어났다.

장례를 치르고 사라져 버린 사위 대신 갓난쟁이를 데려와 고민고민 하시다 지은 이름이었다. 나중에 들었지만 국화, 국희, 지유 이런 이름들을 내내 적어 두고 고민하셨다고 한다. 이 세상 유일무이한 이름을 지어 주고 싶으셨던 마음에 결국 레인이라는 특별한 이름으로 낙찰되었지만.

"비 오는 날 레인이라. 아주 좋은데요, 이름의 유래를 알고 나니까?"

"그렇게 말씀해 주시니 감사합니다."

"사람이 말이죠, 내가 물어보면 그쪽도 내 이름에 대해 물어 와야 하는 것 아닙니까?"

"쿡, 그런가요? 혁진이라는 이름은 어떤 한자를 쓰세요?"

"엎드려 절하기입니다만, 내 특별히 가르쳐 줍니다. 빛날 혁, 나아갈 진. 어때요?"

"좋네요. 강 회장님께서 지으신 건가요?"

"맞아요."

레인은 혁진을 바라보았다. 사랑을 받고 태어난 사람, 태어난 순간부터 금수저를 입에 물고 모든 사람의 기대를 한 몸에 받고 자란 사람이 바로 그였다.

배경이 부러운 게 아니었다. 그가 가진 평범함, 평범한 가정이 샘이 난 건지도. 난 그를 질투했던 것일까? 모든 것을 갖추고 인기도 많은 그에게?

"본부장님도 힘든 점이 있었겠죠?"

"……사석에선 혁진이라고 불러요, 하 비서. 아니, 레인 씨."

거절해야 맞는데 부드러운 미소를 띠고 낮은 중저음의 목소리로 권유하는 혁진을 보자 살짝 흔들렸다. 오늘만……. 오늘은 하늘도 높고 모처럼 취미도 같은 사람과 이야기하는 시간이니까, 오늘만 특별한 날로 만들자고 생각하기로 한 레인이었다. 가끔은 그녀도 자신을 얽매고 있는 모든 것에서 자유롭고 싶어질 때가 있었다.

"그러죠, 혁진 씨."

혁진은 제 이름이 이렇게 쉽게 불릴 줄 생각도 못 했다. 그냥 해본 말인데 그녀가 곧바로 제 이름을 부를 줄이야. 가면을 벗기면 벗길수록 새로운 면을 발견한다고나 할까? 종잡을 수 없는 성격의 소유자였다.

호기심, 그리고 레인을 향한 호감이 급상승하고 있었다. 가시 돋친 꽃같이 고고한 레인, 가을을 닮은 미소를 띠고 눈 맞춰 오는 레인, 상반된 모습에 그의 눈길이 한참을 머물러 있었다.

"나도 사람이니까 힘든 적이 없다면 거짓말일 겁니다. 하지만 피할 수 없다면 즐기란 말 있잖습니까. 어느 날부터 그렇게 생각하니까 맘이 편해지더군요."

레인은 혁진의 말을 이해했다. 태어나는 것은 선택할 수 없는 일이 아닌가. 자신이 서린과 헌승의 딸로 태어나고 싶어서 태어난 게 아닌 것처럼.

어머니 서린은 왜 위험한 줄 알면서 자신을 낳았던 걸까? 사랑하는 사람의 아이라서? 그러다 죽는다면 사랑하는 사람에게 큰 상실감을 준다는 것을 몰랐던 걸까? 더불어 남는 사람들에게도. 레인의 얼굴이 다시 어두워지자 혁진은 레인의 주의를 환기시켰다.

"자, 일어납시다. 저녁은 내가 살 테니."

두 번째 거절할 타이밍이다. 레인은 고개를 가로저었다.

"오늘은 여기까지요. 할 일이 있습니다."

"……."

부드러운 말투였지만 단호한 태도에 혁진은 못내 서운해졌다. 할 일이 밀려 있긴 했지만 레인과의 시간이 즐거웠던 탓이다. 그러나 신사답게 여기까지라는 말에 동의하는 혁진이었다.

"그러죠. 오늘은 여기까지."

각자 차를 몰고 집으로 향하는 혁진의 얼굴에 희미한 미소가 깃들어 있었다. 그는 다음 주 월요일이 기대되었다. 출근하자마자 회장실에 찾아갈 구실을 떠올리는 것조차 즐거웠다.

하지만 레인과 나름 친해졌다 믿었던 혁진의 생각은 월요일 아침, 곧바로 수정되었다. 회사에선 철저하게 하 비서로 돌아간 레인 때문이었다.

"회장님은 안에 계십니다."

"공과 사는 구분 지어야 하니까요. 여긴 사석이 아닙니다."

"본부장님은 제 친구가 아닙니다. 상사시죠."

그리고 기대가 무너지는 순간, 혁진은 자신의 안에서 묘하게 꿈틀거리는 이상한 감각을 느꼈다.

사랑의 시작. 호감 가는 대상이 내 눈을 멀게 하고 자꾸만 시각과 촉각이 아프게 반응한다, 오직 한 사람을 향해. 형체 없는 사랑이라는 무형물에 지배당해 중독된 사람처럼 맹해지고 만다.

사랑이 시작되면 가슴 한구석에 공간이 만들어져 서로의 영혼을 비추게 한다. 그 사람의 행동 하나하나에 의미를 부여하고 다른 사람을 향하는 눈길에 가슴이 미어지기도 한다. 처음은 소유욕으로 잠 못 들고 나중엔 갈망하는 맘으로 밤을 새운다.

경험이 있든 없든 사랑은 경험과 무관하게 마음을 설레게 하고 서투른 행동을 하게 한다. 사랑을 처음 하는 사람처럼. 사랑은 소리 없이 다가와 이성을 잃게 하고 눈을 멀게 한다.

3.

"네, 박사님. 두통은 괜찮아졌어요."

— 자주 아픈 건가?

"근래 들어 꿈을 자주 꾸는 것 같은데, 깨어나면 도무지 생각이 나질 않아요."

— 마음을 편하게 가져.

"네, 죄송해요."

— 죄송하긴. 환자이기 전 내 친구 딸이잖아, 레인이는.

레인은 입가에 살짝 미소를 띠었다. 아침 출근 전 저명한 신경정신과 의사이자 부친 헌승의 죽마고우인 권호석 박사의 전화를 받았다.

친딸처럼 자신을 살피는 세세함이 처음엔 부담스러웠지만, 이렇게 한 번씩 안부 전화 겸 증상을 상담하면 막힌 속이 제법 시원해지는 것도 같았다.

어쩌면 부친보다 더 살갑게 챙기는 권 박사였다. 한참 지난 뒤 알게 된 사실이었지만 권 박사도 어머니 고서린을 맘에 담았었다고 한다. 현재 아들 한 명이 있었고 사별한 뒤 혼자가 되었다.

6개월의 사라진 기억을 가진 뒤 의사와 환자로 만난 두 사람. 부친 하헌승은 사택에서 개인적으로 레인을 죽마고우인 권호석에게 상담을 받도록 조치했었다.

정신과 진료를 받으면 기록이 남게 된다는 것을 알고 있었기 때문이라고 생각했었지만 여기에는 레인이 모르는 비밀이 감추어져 있었다.

기억을 찾기 위해 상담과 진료를 받는 것이 아니라 기억하지 못하게 하기 위해 진료를 받고 있었다는 것을. 레인은 권 박사가 걸어 둔 최면 암시에 걸려 있었다.

— 두통약은 되도록 남용하지 말고. 알지?

"네, 박사님."

— 출근해야지?

"다음 달이 되어서나 내려갈 것 같아요. 그때 뵐게요."

— 그래.

레인은 전화를 끊고 왠지 모를 편안한 느낌에 눈을 내리감았다.

딸칵.

권 박사는 전화를 끊은 뒤 서재에서 파이프 담배를 입에 물었다. 친우의 딸, 그리고 서린 그녀가 남긴 일점혈육. 복잡한 표정이 그의 얼굴에 떠올랐다.

'두통이 반복된다라……. 암시가 풀리는 건가?'

어느 날 갑자기 연락을 급히 해 온 친구 헌승이었다. 그런 절박한 모습은 서린을 잃고 난 뒤 처음 보는 것이었다. 구해 달라고, 이 아이마저 잘못되면 안 된다며 매달리던 그의 모습에서 처음 부성을 엿보았다.

사실 레인을 내버리다시피 방치하고 차갑게 굴던 그를 이해할 수 없던 권 박사였다. 중학교 다닐 나이가 되어서야 딸을 데리고 올라와 같이 살게 된 부녀 사이가 순조로울 리 없었다.

외모는 서린을 닮았지만 성정은 제 아비 헌승을 빼닮아 단호하고 하나만 보는 외골수였다. 서린 그 아이는 이미 마음의 벽을 두텁게 쌓아 누구에게도 접근을 허용하지 않고 있었다.

평행선상을 걸어가는 두 부녀의 모습을 지켜보며 안타까워하던 그였지만 뭐라 간섭할 수도 없었고, 두 사람 다 충고를 받아들이려 노력하지도 않았었다. 그러다 레인이 대학을 외국으로 가게 되었고…….

'살얼음판을 걷는 것 같군.'

똑똑.

"들어오거라."

"아버지, 식사하세요."

문을 열고 들어온 것은 권 박사의 외아들 유한이었다. 훤칠한 키에 이지적인 마스크 그리고 부친을 닮아 자애스러운 성격을 가진 MK통신회사 차장이었다.

"아버지 무슨 일 있으세요?"

"그래 보이냐?"

"네."

"레인이 때문에 신경이 쓰이는구나."

"레인이요? 하레인? 하 이사장님 따님요?"

"그래, 기억하니?"

유한은 주말을 이용해 부친의 집을 방문한 참이었다. 어제 늦게까지 술을 마시는 통에 월요일인 오늘은 연차를 쓰고 막 서울로 올라가기로 했다.

그는 레인이라는 이름을 듣자 호기심으로 눈을 반짝거렸다. 어려서부터 항상 칭찬과 호의에 익숙했던 유한이 딱 한 번 무시당하고 내쳐진 대상이 바로 그녀였다. 당돌하고 단호했었던 중학생 꼬마, 하레인.

레인이 16세, 유한 22세일 때 부친을 따라 레인의 집에 들렀던 적이 있었다. 어른들이 이야기를 나눌 동안 당연한 듯 두 사람만 남겨졌다.

착한 오빠 신드롬이 다분했던 유한이 레인의 머리를 쓰다듬으며 공부는 잘하느냐 어떤 일을 하고 싶으냐 무엇에 관심이 많으냐 대학생인 내게 물어보면 아는 만큼 알려 주겠다고 설레발을 쳤다. 물론 레인이 전교 1, 2등인지 몰랐었다.

'손 떼 주세요.'

'응? 뭐?'

'손 떼 달라고요. 누군가 제 머리 쓰다듬는 거 싫거든요.'

감정이 담기지 않은 무미건조한 말투가 화내며 팔팔 뛰는 것보다 무섭고 차갑게 느껴지는 것은 왜일까.

'아, 미안 미안.'

정원 벤치에 앉아 있던 유한이 머쓱해져 궁금한 건 뭐 없느냐며 대화를 억지로 이어 가려 하자 레인이 귀찮은 듯 대답을 했다.

'없어요. 정보는 인터넷 검색만 하면 넘치도록 알 수 있으니까요.'

'……'

그리고 또 유한을 외면한 채 뚫어지도록 정원수에만 시선을 두는 레인이었다. 하얗고 말간 얼굴, 긴 목, 목까지 올라온 폴라티를 입은 아직은 어린 소녀 하레인은 좀 특이하다고 생각되었다.

부친이 젊을 적 마음 주었던 여자의 딸인 것을 알고 있었기에 궁금해하던 참이었다. 남자에게 첫사랑은 영원히 잊을 수도 지울 수도 없는 로망이 아닌가. 통계에 의하면 남자들은 첫사랑 여자를 닮은 여자를 계속 찾는다고도 했다.

'그분을 쏘옥 빼닮았다고 들었는데…… 그분도 저렇게 차갑고 무심한 모습이었나?'

도저히 중학생답지 않은 도도함과 자존심으로 무장한 레인을 보며 유한이 고개를 절레절레 흔들고 있었다.

이후 30분이 넘는 시간 내내 햇볕을 받으며 정원에 만들어진 흔들 벤치에 나란히 앉아 한마디 말도 나누지 않았던 두 사람이었다. 마지막으로 나눈 대화가 뭐였더라?

'안 들어가니?'

'조금 있다가요.'

'왜?'

'혼자 있는 시간이 부족해서요.'

그건 자신이 방해를 해서 혼자 생각할 시간이 부족했다는 말이었다. 유한은 자신이 사라지길 기다렸다는 레인의 돌직구에 그저 사람 좋은 오빠 웃음을 흘렸던 것을 떠올렸다.

"레인이는 여전해요? 아버지."

"응? 뭐가?"

"그애 특이했잖아요. 지금도 그렇게 칼 같으냐고요."

"후후, 그렇지. 성격이 변하진 않지."

"그래요? 궁금한데요?"

권 박사는 아들이 레인의 이야기를 꺼내자 마침 잘 되었다는 생각이 들었다.

"너 시간 있냐?"

"무슨 시간요?"

"레인에게 전해 줄 것이 있구나. 택배로 부쳐도 되지만 따로 부탁할 것도 있고 해서."

"뭔데요?"

전해 줄 것은 약 처방이었고 부탁할 것은 레인의 상태를 살피고 오라는 것이었다. 자신이 의사로서 레인을 만나기 때문에 긴장하는 상태가 될 수밖에 없던 것이다.

편한 사람과 응대할 때 그 아이의 모습은 어떤지, 다른 문제는 없는 건지 선입견이 없는 상태에서 이야기를 듣고 싶었던 권 박사였다.

"가서 전해 주고 맛있는 것 좀 사 주고 해라. 아무래도 서울에 혼자 살면 의지할 상대도 없을 테니."

"네, 그럴게요."

사실 회사 일이 바빴지만 레인이 지금은 어떤 모습일지 궁금하기도 했던 유한은 부친에게 꾸러미를 받아 가방 안에 챙겨 넣었다.

✳

"오셨습니까, 본부장님."

레인이 30도 각도로 인사를 하자 손을 흔들어 인사하려던 혁진은 뻘쭘해졌다.

"들어오시랍니다."

강 회장이 혁진을 회장실로 불러들였다. 혁진이 들어간 뒤 부자가 무슨 중요한 일을 상의하는지 1시간이 넘도록 회장실 안은 조용한 침묵에 휩싸여 있었다.

삐이.

"네, 회장님."

― 하 비서 들어와요.

"네."

그때 인터폰이 울리고 회장이 그녀를 불러들였다. 그녀가 소파 뒤에 자리 잡고 서자 강 회장이 바로 본론을 꺼냈다.

"국민호 화백에 대해 알고 있는 거 있나?"

국민호 화백이라면…….

"네, 알고 있습니다. 그분이시라면 향배 나무나 꽃, 산수유, 자운영, 조팝나무, 개나리, 장미, 철쭉, 진달래, 선인장을 주로 화폭에 담는 분으로 대표 작품으로 〈유월, 산수유가 익어 가는 계절〉이 있습니다."

"잘 아는군. 역시 미술 전공이라 다르네. 허허."

"과찬이십니다."

만족스럽게 웃은 강 회장은 곧 시선을 앞에 앉은 혁진에게로 옮겼다.

"하 비서, 저번 주 이놈, 아니 본부장이랑 화랑에 갔다는 말도 들었고 미술 전공이라는 것도 알았으니 부탁 하나 해야 할 것 같은데."

"부탁이요?"

"다음은 본부장실에 가서 듣도록 해요."

레인은 조용히 앉아 있는 혁진과 강 회장을 바라보다 고개를 끄덕일 수밖에 별도리가 없었다.

"알겠습니다."

"오늘 업무는 비서실장에게 맡기고 날 따라와요, 하 비서."

레인은 앞서가는 혁진의 뒤를 따라가며 궁금한 사항을 묻지 않았다. 회장과 혁진이 조금 전 1시간이나 이야기를 나눈 일과 관련이 있는 듯해서였다. 어차피 자신은 회사에 묶인 장기판의 말이지 않은가. 시키면 시키는 대로 해야 했다.

본부장실에 들어서자 혁진이 소파에 앉으며 레인에게도 권했다.

"앉아요."

"네, 본부장님."

이곳에 들어서면서부터 탁 트인 전경에 감탄한 레인이었다. 누가 꾸몄는지 모르지만 범상치 않은 인테리어 솜씨였다. 색채 감각이 뛰어나 보통은 그림을 걸어두는 자리를 전부 없애고 단순하지만 예쁜 색감의 벽지로 채운 심플한 공간이었다.

보통 회사 사무실에서 선호하는 회색이 아닌 검정과 카키색을 번갈아 교체하듯 이어진 버티컬이 멋스러웠다. 아무리 무심한 척해도 감탄한 바가 레인의 눈동자에 드러나자 기분이 좋아지는 혁진이었다.

"본론으로 들어가죠. 아까 이야기한 국민호 화백 말입니다. 이번 회사에서 도자기 그릇 출시한다는 건 알고 있을 겁니다."

"네."

"그 도자기 그릇에 새겨 넣을 그림으로 국 화백 그림을 넣으려 계획 중입니다만."

회사 기밀에 해당되는 사항이었다. 레인은 혁진의 말을 경청했다.

"그런데 쉽게 허락해 주지 않는 분이라는게 문제입니다. 워낙 모습을 드러내지 않는 분이기도 하고."

레인은 고개를 들어 혁진에게 의문의 눈빛을 보내고 있었다.

"콘택트를 했지만 시원한 대답이 없군요. 무작정 기다릴 수만은 없고. 그래서 내가 직접 국 화백 계시다는 담양으로 가 볼까 하는데, 하 비서가 동행해 주면 큰 힘이 될 것 같습니다."

무슨 말인지는 금방 이해가 갔다. 그러나 다른 인재도 있는데 굳이 왜 저란 말인가?

"무슨 생각 하는지 압니다. 내가 하 비서를 데리고 가는 이유는 회사 관계자라는 입장이 아닌 객관적인 입장에서 화백의 그림이 적합한 건지 보아 달라는 이야기입니다. 지금까지 검증을 여러 번 했지만 다양한 시각의 다양한 관점이 필요하니까요. 미술에 문외한이 아니라는 점도 적합하고."

회사 일, 그리고 강 회장이 특별히 지시한 일이었다. 레인은 납득한 일이니만큼 간단하게 대답을 한다.

"오늘 내려가는 겁니까?"

"네. 오전 근무 마쳤으면 바로 내려갑시다. 점심은 가면서 나랑 하기로 하고."

"네. 10분 후 준비하고 오겠습니다."

결정한 일에 군더더기 없이 요점만 대답하는 레인이 맘에 드는 혁진이었다.

레인은 정확히 10분 후, 다시 본부장실로 돌아왔고 둘은 함께 지하 주차장에 내려갔다. 뒷좌석에 나란히 오른 두 사람은 창밖으로 시선을 고정한 채 일체의 대화도 나누지 않고 있었다.

담양이라는 목적지로 향하는 동안 1시간이 지나도록 한마디 말도 없이 창밖만 바라보는 레인이었다. 휙휙 지나쳐 가는 풍경들을 바라보다 어느새 옆자리에 상사인 혁진이 앉아 있다는 것도 잊어가는 레인이었다.

복잡한 것도 세상 사는 게 힘든 것도 아니었다. 누군가 그녀 인생을 평가한다면 약간 어려움이 있었던 것 외에는 무난하다고 할 만큼 평범한 삶을 살아왔다 말할 수 있었다.

뿌옇게 망막을 아른거리는 희미한 영상, 그리고 신경을 거스르는 이상한 소음, 잡힐 듯 잡힐 듯한데 도저히 기억나지 않는 기억들로 인해 답답할 따름이었다.

레인으로서는 그 기억이 즐겁고 행복한 것이 아니라는 것만 예상하고 있을 뿐이었다.

미국에서 다니던 대학을 졸업할 즈음의 일인데……. 그녀는 그곳에서도 고고한 학처럼 집과 학교와 도서관만 다녔었다. 마지막 졸업 전 1학기만을 남긴 당시, 자신은 대체 뭘 하고 있었던 것일까? 아무도 아는 사람이 없다니 그게 가능한 일인가?

"후우."

저도 모르게 긴 한숨이 비어져 나오자 기다렸다는 듯 혁진이 말을 건넸다.

"숨은 쉬는 겁니까?"

레인이 그제야 혁진이 옆자리에 타고 있다는 것을 깨닫고 눈동자를 그에게 향하자 혁진은 그녀의 눈동자에 담긴 철저한 무감함에 자존심에 살짝 금이 갔다.

"무슨 의미인지 못 알아듣겠습니다."

"무려 1시간입니다. 내가 사람하고 탔는지 귀신하고 탔는지 궁금해지던 참입니다."

레인이 내리깔았던 속눈썹을 살짝 위로 올리자 혁진의 얼굴이 더 가까이 다가왔다. 심심하다고 말하는 것일까? 조용하면 보통 남자들은 좋아하지 않나?

"제가 기쁨조도 아니고, 애교를 떨어야 하는 건지 몰랐습니다."

혁진은 레인이 얼굴 표정 하나 변하지 않고 기쁨조 운운하는 게 기가 막혔다. 자신에게 이렇게 당당하게 할 말 안 할 말 다 하는 사람은 없었다. 여자뿐 아니라 남자라도.

"하 비서는 병원에 한번 가 봐야겠습니다."

"무슨……."

"간 말입니다. 아마 탱탱 부었을 겁니다."

"네? 아아……."

레인은 그제야 혁진이 무슨 말을 하는 건지 감을 잡고 피식 하고 웃고 말았다.

"정기검진 때 참고하겠습니다. 검사에선 간 수치는 정상이라고 나왔었습니다."

강적이었다. 레인은 혁진에게 전혀 밀리지 않았다. 오히려 그의 머리 꼭대기에서 나풀거리며 날아다니는 나비였다.

"본부장님."

마침 휴게소로 들어가며 차를 몰던 김 기사가 혁진을 불렀다. 잠시 쉬어 갈 모양이었다. 기름도 채우고 바람도 쐬기 위해 세 사람은 휴게소에서 잠시 휴식하기로 했다.

"하 비서."

"네."

"식사 안 했죠? 함께 먹읍시다."

"김 기사님과 드세요. 전 별로 생각이 없습니다."

제 할 말만 하고 돌아서 가는 레인의 꼿꼿한 뒷모습을 김 기사와 혁진은 벙찐 얼굴로 쳐다보았다.

"……김 기사."

"네, 본부장님."

"내가 이상한 건가, 아님 하 비서가 이상한 건가?"

"그게, 하 비서가 특이한 것 같은데요."

"그렇지? 여하튼 상사가 밥 먹자는데 거절하고 제 볼일 보러 가는 직원이라, 하극상 맞지?"

"네."

졸지에 혁진과 식사를 하게 된 김 기사 역시 레인의 태도에 상당히 놀란 듯 보였다. 그냥 건너뛰기엔 배가 꽤 고팠기 때문에 두 남자는 휴게소 식당으로 함께 향했다.

"자."

식사를 마치고 뒷좌석에 오른 혁진은 얌전히 자리에 앉아 있는 레인에게 뭔가를 내밀었다. 호두과자였다.

"입맛이 없다면 이거라도 먹어 둬요. 아무거나 먹지 않는 성격일 것 같기는 하지만 이건 먹을 수 있겠지?"

레인은 얼결에 뜨거운 호두과자와 생수를 봉지째 받아 들었다. 그는 과잉 친절을 남발하고 있었다.

"출발하지."

오후 4시경 도착할 것 같다는 김 기사의 말을 흘려들으며 레인은 호두과자를 먹지 않고 무릎 위에 올려두었다.

"하나 먹어 보지 그래요? 사람 성의를 봐서."

"조금 이따가 먹겠습니다."

"식으면 맛없습니다."

재차 권하는 그의 말을 계속 거절할 수 없었기에 레인은 하나를 꺼내 반을 베어 먹었다. 다행히 앙금이 많아 맛은 괜찮았다. 반응을 살피는 혁진이 불편해 레인은 목소리를 쥐어짜 내 겨우 의사 표시를 했다.

"맛있습니다. 사다 주셔서 감사해요."

겨우 하나를 먹었는데 혁진은 기분이 매우 흡족했다. 끝까지 안 먹겠다고 사람 속을 뒤집어 놓을 줄 알았는데 순순히 먹고 고맙다고 하니 뭐랄까, 기대하지 않은 선물을 받은 그런 느낌이 들었다.

온통 주위에 아양과 애교가 절절 넘치는 여자들로 넘쳤던 그로서는 딱딱하고 로봇 같은 레인이 흥미롭기도 했고, 저 딱딱한 가면을 화악 벗겨 버리고 싶다는 충동도 일기 시작했다.

반응이 있을 때까지 바늘로 콕콕 찍어 흠칫거리고 당황하고 아파하는 모습을 보았으면 좋겠다는 다소 사디스트적인 생각이 그를 지배하기 시작했다. 도리어 그가 가시에 찔리게 될 줄 모르고.

"미술이 전공이라면 어디서 공부한 겁니까?"

"샌프란시스코 AAU(Academy of Art University)입니다."

"뭘 공부한 건지 물어봐도 됩니까?"

"상업미술, 순수미술, 시각예술 전반입니다."

"흐음."

그리고 또 대화가 끊겼다. 대화란 주고받아야 이어지는 것인데 일방적으로 한 사람만 질문을 하고 있으니 이어 가기가 힘들었다.

"내가 물어봤으면 하 비서도 예의상 물어봐 주어야 하는 거 아닙니까?"

"그럴 필요까진……."

그때였다. 갑자기 차선을 바꾸어 앞으로 확 끼어든 차량 때문에 그들의 차가 왼쪽으로 확 휘며 휘청였다.

끼이이익!

"아앗!"

오른쪽에 앉아 있던 그녀의 가는 몸체가 급격하게 균형을 잃고 왼쪽으로 쏠리자 혁진이 그녀를 꽉 껴안아 제 품 안으로 당겨 안았다. 아슬아슬하게 김 기사가 균형을 잡고 갓길로 정차시켰다.

"본부장님 괜찮으십니까?"

겨우 정신을 추스른 김 기사가 황급히 뒤를 돌아보았을 때 그의 눈이 휘둥그레졌다. 본부장이 레인을 안고 다정하게 등을 두드리고 있었던 것이다.

"본부……."

"나가서 사고 나지 않게 조처해."

갓길인 만큼 2차 사고의 우려가 있는 것이었다. 김 기사는 재깍 정신을 차리고 대답했다.

"네."

김 기사는 트렁크를 열어 자동차 100미터 뒤에 안전 삼각대를 세워 두었다. 그리고 그제야 한숨을 길게 내쉬고 달달 떨리는 손에 담배 한 개비를 꺼내 피워 물었다. 하마터면 대형 사고가 날 뻔한 사태에 순간 눈앞으로 토끼 같은 자식과 여우 같은 마누라가 스치고 지나갔다.

김 기사가 밖에서 삼각대를 세워 두고 있는 동안, 레인은 놀라 몸을 웅크리고 눈만 끔벅거리고 있었다. 혁진은 그런 레인의 몸을 끌어당겨 안은 채 등을 쓸어내려 주었다.

"괜찮아, 괜찮아, 레인."

"……."

몇 분이 지나자 겨우 정신이 돌아온 그녀는 자신이 그의 품에 안겨 있다는 것을 알고 몸을 빼려고 했지만 웬일인지 혁진은 놓아주려 하지 않고 있었다.

처음 혁진은 무의식중에 두 팔을 뻗어 튕겨 오르는 레인을 껴안았지만 위험한 순간이 지나자 말할 수 없이 보드라운 촉감과 희미한 장미 향에 정신을 놓을 것만 같았다.

딱딱한 여자라 몸도 악어가죽같이 뻣뻣할 줄 알았는데, 웬걸? 부드럽기가 생크림 같고 말랑하며 섬세했다.

놀라 조용히 안겨 있던 여체가 가슴팍에서 벗어나려 몸을 뒤틀자 도저히 놓아줄 수가 없던 그는 오히려 놀라지 말라는 말로 안심시키는 가증스러운 말로 그녀를 안고 있는 시간을 연장시키고 있었다.

"놓아주세요. 이젠 괜찮습니다."

억지로라도 벗어나겠다는 의지가 확고해 보이자 마지못해 혁진은 그녀를 놓았다. 그러나 어깨를 잡은 두 손이 떨어지지 않고 있었다.

"……어디 다친 데는?"

"없어요."

"다행이야."

"감사합니다."

레인이 잡아 주어서 감사하다고 제 눈을 바라보며 인사를 하자 혁진은 이대로 어깨를 끌어당겨 품 안에 안고 싶은 강한 충동을 겨우 억제해야 했다.

그의 흔들리는 눈동자를 바라보던 레인이 먼저 그를 외면하고 시선을 반대 방향으로 돌리자 기다렸다는 듯 김 기사가 차에 올랐다.

"죄송합니다, 본부장님."

"아냐. 갑자기 끼어든 운전자가 잘못이었지. 올라가면 교통안전과에 연락해서 상대 운전자 찾으라고 해. 그냥 넘어갈 일은 아닌 것 같군."

그사이 그는 원래의 혁진으로 빠르게 돌아가 있었다.

업무를 지시하고 담담히 잘잘못을 따지는 그로. 하지만 그의 목소리가 평상시보다 약간 높았고 살짝 손이 떨리고 있다는 것을 그 누구도 눈치채지 못했다. 눈빛에 열이 들떠 있었고 체온이 2도 상승해 있다는 것도.

4.

그 이후로는 별 탈 없이 담양에 도착했다.

아무렇지 않은 듯 가장하고는 있었지만 혁진은 머리가 아프도록 레인을 의식하고 있었다. 하지만 레인은 몸을 사리며 창가 쪽에 바싹 붙어 한마디 말도 내뱉지 않았다.

제가 잡아먹느냐고 이쪽으로 좀 오라고 하고 싶었지만 그랬다간 제 몸 상태를 눈치채일까 우려되었고 혹시라도 저절로 손이 뻗어 나갈까 봐 이도 저도 못하는 인혁이었다.

대나무로 유명한 고장인지라 들어서면서부터 청량한 기운과 공기를 느낄 수 있었다. 국 화백의 집은 대나무 향기 가득한 죽녹원을 끼고돌아 안으로 들어간 곳에 있는 한옥이었다.

향교리 입구에서부터 범상치 않은 산세를 뒤에 두고 쏟아지는 햇살을 담뿍 받은 기와집이 마치 기인이 사는 듯 이질감을 느끼게 하기 충분했다.

"이런 곳에서는 이슬만 마시고 사는 신선이 있을 것 같은데. 안 그래, 하 비서?"

차에서 내려 노송과 주위 경관을 휘휘 둘러보는 레인에게 인혁이 묻자 고개를 끄덕이는 레인이었다.

"국 화백님 댁은 이럴 것이라 상상만 했었는데……."

중얼거리듯 말하는 레인의 얼굴이 조금은 부드럽게 풀어졌다. 곁에 있는 자신을 참 무색하게 만드는 재주가 있는 여자였다. 이렇게 대놓고 저를 무시하거나 말 걸지 마시오라는 표정으로 다가서는 것 자체를 거부하는 사람은 일찍이 없었다. 그래서 흥미를 느끼는 것일까? 혁진은 레인에게서 한참 동안 시선을 떼지 못하고 있었다.

"본부장님."

"음."

"들어오시랍니다."

미리 연락이 닿아서인지 별다른 절차 없이 그들은 곧 한옥 안으로 들어갈 수 있었다.

"잠시 기다리십시오."

이곳에서 일하는 사람으로 보이는 사람이 그들을 마중 나왔다. 개량한복을 정갈히 입은 여자가 그들을 안내한 방으로 들어간 레인과 혁진이 자리를 잡고 앉아 국 화백이 나타나기를 기다렸다.

고풍스러운 분위기가 물씬 풍기는 방이었다. 8폭 병풍엔 산수화가 그려져 있었고 그림 한쪽에는 누군가의 시도 쓰여 있었다. 레인의 눈이 한참 그곳에 머물렀다.

感遇四首之一(감우사수지일) ─ 張九齡(장구령) 孤鴻海上來(고홍해상내) 池潢不敢顧(지황부감고) 側見雙翠鳥(측견쌍취조) 巢在

三珠樹(소재삼주수) 矯矯珍木巓(교교진목전)…….

드륵.

미닫이문 여닫는 소리가 들리자 레인은 한문을 보던 눈길을 멈췄다. 바로 방석에서 일어난 두 사람은 국 화백을 마주했다.

"앉으십시오."

상석에 앉은 그의 외모는 상상하던 그대로에서 벗어남이 없었다. 레인은 조용히 입을 다물고 있었고 세 사람 사이에 침묵만이 존재하자 이윽고 국 화백이 차를 권하는 말로 운을 떼었다.

"먼 길 오신 손께 대접할 만한 게 차밖에 없습니다."

"감사히 마시겠습니다."

딱히 레인이 차를 따르고 거르는 일을 하려 한 것은 아니었다. 국 화백과 혁진이 서로를 견제하며 기 싸움을 하고 있었고, 이를 지켜보는 입장인 레인은 다도를 익혔기에 자연스레 손길이 향한 것뿐이었다.

다기를 다루는 방법과 물을 따르는 자태를 눈여겨보던 국 화백의 눈빛이 점차 부드러워져 갔다. 레인은 정갈한 손놀림으로 첫 물을 따라 버리고 두 번째 우린 물을 각자 찻잔에 담았다.

"허허. 이거, 손께서 다도를 아시나 봅니다."

"부끄럽습니다."

맑은 우롱차가 따라진 찻잔을 각자 든 세 사람이 두세 모금을 마시고 나자 본격적으로 대화가 시작되었다.

"내 듣자니 제 그림을 그릇에 새기고 싶어 하신다고요."

"그렇습니다. 여러 각도에서 검토한 바, 화백님의 그림이 그릇에 새기기 적합하다 판단되었기에 실례를 무릅쓰고 왔습니다."

"흐음."

다시 한 번 차를 마시는 그의 눈빛이 날카로워져 있었다. 하지만 강경하게 안 된다란 말이 나오지 않았기에 혁진은 찾아온 성의를 보아 국 화백의 마음이 움직이고 있다고 생각하고 있었다.

레인은 일개 비서로 살짝 뒤로 물러서 두 사람의 응수를 관망하고 있었다. 문득 눈을 들어 아까 읽다 만 한시를 읽어 내리니 음미할수록 와 닿는 시구였다.

레인의 부친인 하헌승이 고시와 고문서 수집에 열을 올리는지라 집 안에는 도자기와 한시 그리고 고서적이 한가득이었다. 부친과 대화를 하기보다 서재에서 책 속에 파묻혀 하루를 보냈던 레인에게 그것들이 모여 있는 부친의 서재는 도피처였고, 알게 모르게 공부가 되었던 것이다.

"……인. 레인."

"네?"

자신의 이름이 불리는 것을 깨닫고서 레인이 고개를 혁진에게 돌리자 국 화백의 시선이 파고들듯 그녀를 응시하고 있었다.

"병풍에 그려진 그림이 맘에 드시나 봅니다."

"아…… 네."

"지금껏 모든 손님을 이 방에서 대접하였지만 산수화에 깊은 관심을 보이는 손은 일찍이 없었는데, 이 늙은이가 짐작하건대 시조 뜻을 잘 아시는가 봅니다."

레인은 말이 없는 편이고 거짓말을 하지 않는 스타일이었다. 그래서 국 화백의 말을 긍정할 수도 부정할 수도 없어 입을 다물고 있었다.

"강혁진 본부장이라고 하였습니까?"

"네."

"함께 오신 분과 어떤 인연인지 물어봐도 실례가 안 될까요?"

"제 비서…… 아니, 회사 관계자입니다."

"흐음, 그래요?"

그의 눈길이 레인에게 한참을 머물렀다. 그의 눈에는 녹진한 사연이 담겨 있는 듯 보였다. 누군가를 떠올리게 하는 그녀의 모습에 화백은 갑작스러운 질문을 해 댔다.

"저 한시 해석 가능하겠습니까?"

"네?"

"하하, 무리입니까?"

레인이 당황해 혁진을 바라보자 혁진이 고갯짓으로 해 보라는 신호를 보내왔다.

"외로운 기러기 바다에서 날아와, 연못은 감히 내려 보지 않았네. 쌍취새 곁눈질해 바라보니, 둥우리는 삼주수나무에 있네. 높고 높은 진귀한 나무 꼭대기라, 능히 총알의 두려움 없앨 수 있겠는가. 좋은 옷 남의 손가락질 두렵고, 높은 벼슬 신의 질투 부른다네. 나는 지금 넓고 넓은 하늘을 날고 있으니, 새 잡는 포수가 어찌 나를 노리겠는가."

낭랑한 레인의 목소리가 울려 퍼지자 눈을 지그시 감은 국 화백이 뭔가를 아련히 떠올리는 듯 입가에 씁쓸한 미소를 담고 있었다. 얼마나 지났을까. 그가 눈을 뜨더니 뭔가를 결심한 듯 입을 열었다.

"회사 관계자라고 했던가요?"

"네? 네."

비서니 관계자라는 게 맞는 말이었다.

"강 본부장."

"말씀하십시오."

"원래 이런 일에는 얽히지 않고 조용히 살고픈 사람입니다. 하지만, 사업 계획서를 한번 보도록 하지요."

"정말이십니까?"

의외로 간단하게 승낙하는 국 화백 때문에 혁진은 당황스럽기까지 했다.

"그래요. 늙은이가 고집만 부리면 얻을 게 없겠다는 생각이 들었습니다. 좋은 인연으로 얽힐 수 있다면 좋겠지요."

"감사합니다. 올라가는 대로 즉시 시행하도록 하겠습니다."

"허허, 서두르지 마시고. 내가 한번 뱉은 말은 꼭 지키는 사람이니까 말을 뒤집거나 하지 않을 거요."

레인과 혁진의 눈이 마주쳤다. 레인은 약간 흥분한 듯한 혁진의 모습에서 사업가의 피를 이어받은 그의 희열을 고스란히 느낄 수 있었다.

'이 사람도 회장님을 닮아 사냥꾼인 거겠지.'

혁진의 눈이 레인 덕분이라고 말하는 것 같아 그녀의 마음도 덩달아 가벼워지고 있었다.

"그런데 한 가지 부탁하고 싶은 게 있는데."

"말씀하십시오."

"계약 이행 진행을 이 아가씨…… 레인 양이라고 했나? 이 아가씨가 담당해 주었으면 합니다만."

"네?"

"네에?"

두 사람 입에서 동시에 놀라움의 소리가 튀어나오자 국 화백은 빙그레 웃었다.

"회사 관계자라면서, 아닙니까?"

"아니 그게 저……."

"그게 내 조건입니다."

졸지에 레인이 협상 조건의 대상이 되고 말았다. 그녀는 화백을 가까이에서 볼 수 있으니 좋았지만 다들 뭐라 할 것인가가 문제였다. 일개 비서가 이번 일에 낀다면 모양새가 매우 이상할 터였다. 하지만 그의 뜻은 확고해 보였다.

"허허, 그럼 다음번에 내려올 때 다시 자세한 이야기하도록 합시다."

레인을 보는 국 화백의 얼굴에 미소가 드리워 있었다.

서울로 올라가는 길에 레인과 혁진은 나란히 뒷좌석에 앉아 머리를 굴리고 있었다. 방법을 찾아야 하는데 도무지 그녀의 머리로는 해답을 찾을 수 없었다.

"고민하지 마요."

"하지만……."

"내가 방법을 찾을 겁니다."

레인은 단답식으로 대답하는 그의 말에서 아이디어가 있을 것이라 짐작하고 일단 안도의 한숨을 내쉬었다.

복잡한 생각을 멈춘 레인은 고개를 돌려 밖으로 시선을 던졌다.

차창 밖으로 스치며 지나가는 풍경을 꼿꼿이 앉아 바라보던 레인의 고개가 어느새 옆으로 서서히 각도를 낮춰 가고 있었다.

"속도를 조금 낮추지."

"네, 본부장님."

피곤했다. 체력이 약한 레인으로서는 아침부터 서둘러 담양으로 내려가고 다시 올라오는 일이 피곤하고 힘들었다. 국 화백은 자신에게 무엇을 원하는 것일까. 그가 그냥 레인을 지목했다고는 믿지 않았다. 세상 사는 일은 그저 사심 없이 주고받는 것이 아니라는 걸 알고 있는 나이였으므로. 조용히 미끄러지며 서행하는 차 속에서 레인의 의식이 서서히 멀어지고 있었다.

"네?"

"어쩔 수 없지 않은가. 국 화백이 레인이 그 일을 담당하게 해야 계약에 응한다는데."

강 회장의 갑작스러운 지시에 레인은 혀를 깨물고 싶었다. 왜 그 자리에 따라갔으며 시에 대해 물었을 때 모른다고 할 걸 아는 척을 하였던가.

"이번 프로젝트는 중대 사안인 것을 하 비서도 알 거야. 일이 성사되면 내 두둑이 보너스와 휴가를 주도록 하지."

레인의 굳은 얼굴을 응시하는 강 회장의 얼굴엔 초조함이 드러나 있었다. 다른 사람이라면 회사 일이라고 밀어붙여 강제적으로 시킬 수도 있었겠지만 레인이라면 싫은 일을 시키면 사표를 제출하고 나갈지도 모른다 짐작했기 때문이다.

"하 비서, 도와주면 좋겠어."

결국 레인이 프로젝트를 시행하는 혁진의 휘하로 들어가야 한다
는 결론이 났나 보다. 그리고 강 회장의 부탁에 가까운 지시에 레
인은 어쩔 수 없이 승낙하고 말았다.

　그가 전두지휘하고 실행하는 프로젝트이기 때문에 레인은 본부
장의 비서와 졸지에 자리를 바꾸게 되었다. 레인이 난감한 표정으
로 고심하는 반면 혁진의 얼굴엔 감출 수 없는 기대가 떠올라 있었
다.

5.

레인은 화실에서 그림을 그리고 있었다. 그림을 그리는 건 그녀의 낙이었고 화실은 그녀의 도피처 같은 곳이었다. 맘 같아서는 그림만 평생 그리다 죽었으면 좋겠다는 생각도 해 보았지만, 그건 환상이고 꿈일 뿐이었다. 맘이 복잡했다. 인생은 왜 항상 의도하지 않은 곳으로 흘러만 가는 것인지 모르겠다.

"누구야?"

"어?"

레인은 같은 미술학과 동기이자 이 화실의 소유주인 이라를 멍하니 바라보았다.

"누구 그리는 거냐고."

"……글쎄, 나도 몰라. 그냥."

머릿속이 복잡해 그림에 몰두하지 못하고 연필만 움직이던 중이었다.

"음. 우선 남자는 맞는 거 같고 내가 아는 하레인의 주변인 중엔 이렇게 샤프하고 날렵한 턱 선을 가진 사람은 없는데 말이야. 턱이 오목하게 들어간 걸 보니 외국인인 건가?"

이라의 추측성 다분한 추리에 레인은 자신이 그려 놓고도 왠지 낯설지 않은 데생을 살펴보았다. 선만으로 표현된 그 그림은 자신이 보기에도 눈 밑과 턱 밑에 명암까지 부여해 그저 상상으로만 그렸다고 하기엔 무리가 있어 보였다.

"회사 본부장이라는 사람 아니야?"

"아냐."

본부장이 언급되자 다시 머리가 복잡해지는 레인이었다. 두 사람 사이엔 뭔가가 있었다. 아니, 전류가 흐르고 있었다. 남에게 냉정하게 선을 긋는 것이 그녀의 성격이기는 했지만 그에게 유독 더하다는 것을 레인도 알고 있었다. 그녀를 그렇게 행동하게 하는 묘한 감정의 변화가 있었다.

그것을 모르지 않는 레인으로선 그를 피하는 게 상책이라 생각하고 있었는데 당장 내일부터 그의 비서직을 수행해야 했다. 그만둘까도 생각했지만 강 회장의 간곡한 부탁으로 사면초가에 빠진 레인이었다.

"남자가 싫어하는 여자는 어떤 여자일까?"

"뭐? 좋아하는 여자도 아니고 싫어하는 여자? 글쎄…… 눈치 없거나 마구 들이대거나 쌀쌀맞거나…… 사차원?"

레인은 곰곰이 생각을 정리해 봤다. 강혁진 본부장이 대놓고 저를 어찌할 건 아닐 테지만 그녀라도 중심을 바로잡고 있어야 불미스러운 일이 발생되지 않을 것 같았다. 혹시 그가 만든 작위적인 일이 아닐까 의심도 해 보았지만 이내 피식 하고 웃고 말았다.

'본부장이 손만 내밀면 우르르 몰려올 여자들이 지천일 텐데 뭣 때문에 나에게……. 나도 참 웃기네.'

레인은 제가 생각해도 우스워 조소 섞인 웃음을 흘렸다.

"자자, 좀 쉬고. 차나 한잔하자."

레인과 이라는 마주 앉아 화실을 빙 둘러보았다.

"그래서, 어떻게 할 거야?"

"해 봐야지."

"내키지 않으면 안 하는 하레인 양이 결국 뒤로 물러서는 걸 보니 이제 어엿한 사회인이 되었나 보네?"

"비꼬지 마. 현실에 타협하는 건 나도 맘에 안 들어."

이라는 자신이 처한 상황이 정말 싫은 듯 얼굴을 찌푸리는 레인을 보며 그래도 시간이라는 게 사람을 변하게 하나 보다라고 새삼 생각하고 있었다. 막말로 회사 그만두고 화실에 눌러앉는다 해도 누가 뭐라 할 사람 없을 텐데, 하고 싶지 않은 일을 하려는 것을 보면 확실히 달라지기는 했다.

"이번 공모전에 참가해……."

이라가 막 공모전에 작품을 출품해 보라고 권유하려던 찰나였다. 전화의 진동이 요란하게 울리기 시작했다. 전화는 레인의 것이었지만 관심 자체를 두지 않는 그녀 때문에 결국 말을 멈춘 이라가 전화기를 들고 그녀 앞에 내밀었다.

"전화는 장식이야? 어서 받아."

"……여보세요."

힐긋 액정에 뜬 번호가 모르는 번호라는 것을 확인한 레인이 전

화를 받아 들자 나지막한 저음인 남자의 목소리가 기분 좋게 들려
왔다.

— 하레인 씨 전화 맞나요?

"누구시죠?"

— 레인? 레인 맞아? 나, 권유한.

"죄송하지만 모르는 분인 것 같은데요."

— 하하하, 너 정말 여전하구나. 권호석 박사님 아들이라고 하면
기억나려나?

레인은 권 박사라는 말이 나오자 안색이 바뀌었다. 희미한 기억
이었지만 그분 아들을 만난 적 있던 것도 같았다.

"네. 그런데 무슨 일이세요?"

— 아버지가 네게 전해 주라는 물건도 있고 해서. 한번 만났으면
하는데.

굳이 만나서 받을 건 아닐 것이다. 하지만 지금에 와서 택배로
부치라는 건 받는 주제에 너무 따지는 것이 아닌가 싶어 레인은 아
무 대답도 하지 않고 있었다.

— 쇠뿔도 단김에 빼라고, 월요일 괜찮겠니?

월요일이면 내일이다. 본부장 강혁진과 처음 손발을 맞추는 날이
었다. 매우 바쁘기도 하겠고 또 신경이 예민할 게 틀림없었기에 그
녀는 시간을 뒤로 미뤘다.

"괜찮으시다면 금요일 7시 어떠세요?"

— 그래, 금요일 좋아. 만약 무슨 사정이 생기면 이 번호로 미리
문자 해 줘. 우리 몇 년 만이지? 다시 만나려니까 기대된다.

뭐가 기대된다는 것인지 모르겠지만 레인은 권 박사를 떠올리며

최대한 예의를 갖추고자 애를 쓰고 있었다.

"용건이 끝나셨으면 이만 끊을게요."

— 어? 어, 그래.

그에게서 대답이 끝남과 동시에 레인은 미련 없이 전화를 끊었다. 옆에서 귀 기울여 듣고 있던 이라가 곧바로 질문을 던졌다.

"누구야?"

"권 박사님 아드님."

"그 사람이 왜?"

"나에게 줄 것이 있대. 박사님 심부름으로."

"그래?"

레인이 더 이상 이야기를 꺼린다는 것을 눈치챈 이라는 더는 관심이 없다는 듯 대답하고 입을 다물었다.

그녀가 치료를 받고 있다는 것도 최근에야 알게 되었다. 생리통으로 먹는 약인 줄만 알고 약을 먹는 게 좋지 않다고 말리다 레인이 어렵게 말문을 연 것이었다.

워낙 자신의 이야기를 잘 하지 않는 레인이었다. 말을 시키지 않으면 하루 종일 캔버스에 그림만 그려 대기도 했다. 처음엔 뭐 저런 성격이 다 있나 싶었지만 지금은 서로에게 적응이 된 상태였다.

화실은 공동으로 사용하고 있는 곳이었지만 일반인들은 철저히 배제하고 이라가 지도하는 학생 몇 명과 이라의 약혼자 박정한만이 드나들 수 있는 곳이었다.

화실이 위치한 곳은 포천으로 가는 길목으로, 허브나라 농원 옆이라 경관이 빼어남은 말할 것도 없고, 지천으로 널린 허브의 냄새가 향긋하게 스며들어 머리를 맑게 해 주는 곳이기도 했다.

세가 너무 비싸 망설이던 그녀에게 레인이 손을 내밀어 겨우 장만할 수 있었다. 레인이 입고 다니는 것, 가지고 다니는 물품, 끌고 다니는 자동차로 짐작하건대 뭐 가난하게 살지는 않는 것 같았지만 재단 이사장의 딸일 줄이야, 전혀 상상도 못 했던 일이다.

"레인아, 저번 그 학생 말이야. 오중이라는."

"누구?"

기억나지 않는 게 틀림없는 눈으로 레인이 이라를 바라보자 그녀는 고개를 흔들고 만다.

"너에게 러브레터 쓴, 얼굴에 여드름 난 고등학생 말이야."

"그런데?"

"다시 다니고 싶어 한다고 오중이 어머니가 붙들고 사정하더라. 너에게 미안하다고 사과한다고."

김오중. 고1에 여드름이 난 학생이 떠올랐다.

몇 번 본 기억 외엔 없는 학생, 그 학생이 레인에게 연심을 가지고 러브레터를 썼나 보다. 그 아이의 엄마라는 사람이 화실에 갑자기 들이닥치는 일이 있었다.

중년의 여인은 누구 때문에 오중이의 성적이 떨어졌다는 둥 얼굴 반반한 것이 누굴 감히 꼬드겼냐는 둥 말도 안 되는 억지를 부려 댔다.

특유의 차거움과 무시하는 듯한 눈길로 바라보는 레인의 무심함에 화가 난 그녀가 레인이 거의 다 그려 놓은 그림에 물을 끼얹어 버렸다. 그때까지도 입 한 번 열지 않던 레인이 차분한 목소리로 물었다.

"뭐 하시는 겁니까?"

"흥, 진작에 사람을 쳐다봤어야지. 그림이 망쳐지니 화가 나? 뭐 그리 대단하다고. 얼마야, 얼만데?"

"지불할 능력은 되시는 겁니까?"

"뭐야?"

"그림에 값을 매길 사람은 그 그림을 그리는 당사자뿐입니다. 이 그림은 다시는 그리지도, 그려지지도 않을 테니 가격을 매길 수 없는데요."

"뭐……야?"

기가 막혀 하는 여자 앞에서 보란 듯이 그림을 커터로 그어 버리는 레인의 모습에 중년 여인은 기가 질린 얼굴이 되었다.

"댁의 아들이 어떻게 생겼는지, 무슨 일이 있었는지 난 아무것도 모릅니다. 말을 섞은 일도 없고, 그 아이를 눈여겨본 적도 없으니까. 이곳에서 나가 주시면 고맙겠는데요. 아니면 경찰을 부를까요?"

"뭐…… 뭐?"

한 치의 흐트러짐도 없이 대꾸하는 레인의 대응 탓에 곧 꼬리를 내린 중년 여인은 씩씩거리면서도 그대로 화실을 나가 버렸었다. 시간이 지나고 오해였음이 밝혀졌나 보다. 하지만 그 어떤 것도 궁금하지 않은 레인이었다.

"어떻게 할까?"

"학생이 부족해? 아님 경영이 잘 안 돼?"

"그게 아니고. 하도 와서 사정사정 하길래."

"미안, 거절이야."

"후우, 그래. 그럴 줄 알았어."

사람들은 왜 그렇게 쉽게 후회할 일을 경솔하게 하는지 알다가도 모르겠다. 조금만 참고 이야기를 해 보았더라면 전후사정을 알수 있었을 텐데. 화내고 상대에게 상처 주고 난 뒤 사과만 하면 다된다는 어설픈 생각은 어디서 기인한 걸까? 단순하고 무식하면 다인가?

레인은 그림을 다시 그리기 시작했다. 이번엔 방해받지 않기 위해 휴대폰 전원을 아예 꺼 버린 그녀였다. 레인의 시선이 그리다만 화폭에 가 닿았다.

연필, 목탄, 콩탄, 파스텔, 붓 중에 그녀가 선호하는 도구는 목탄이었다. 자신이 목탄으로 그리던 이미지가 남자인 것은 맞는데⋯⋯. 어디선가 본 적도 있는 것 같은데 도무지 기억이 나질 않았다.

'다음엔 연필로 그려 볼까? 목탄이라 그런지 선이 굵어.'

마지막 머리 부분을 그리는 그녀의 손이 분주해지고 있었다. 이라는 그 모습을 보며 마시다 만 찻잔을 들고 몸을 돌렸다. 오중이 어머님께 거절의 전화를 걸어야겠다 생각하며⋯⋯.

따르르.

— 전화기를 꺼 둔 상태이오니.

몇 번이나 전화를 걸었지만 나오는 멘트는 같은 말이었다. 혁진은 내일 레인이 본부장실에 배치되기 전 원하는 자료를 준비하라고 오더를 내리려 전화를 걸었지만 이 맹랑하고 눈치 빠른 여자가 전화를 안 받는 것도 아니고 아예 전원을 꺼 버렸다.

"정말 쉬운 게 하나도 없는 여자야."

결국 받지 않은 전화를 바라보다 그는 포기 상태가 되고 말았다.

그는 차 시트에 몸을 파묻고 잠시 눈을 감았다. 몰아치는 업무량에 녹초가 된 그였다. 눈을 감고 있으니 담양으로 내려가던 길에 났던 사고 때 레인을 안았던 팔의 감촉이 되살아났다.

말랑말랑하고 젤리 같았던 여체의 부드러움과 기가 막히게 손안에 녹아들던 피부의 연함, 그리고 희미하게 스치던 장미 향이 잡힐 듯 고스란히 그려지자 그의 몸이 조금씩 달아오르고 있었다.

'내가 장미 향을 좋아했던가?'

여자들 향수는 질리도록 맡는 그였기에 비서에게도 되도록 향수를 쓰지 않았으면 한다고 주의까지 내린 그였다. 그런데 레인이 뿜는 향기는 미치도록 달콤하고 좋았다.

"내가 공과 사를 정확히 구분할 수 있을지 나도 자신 없어지는군."

한강을 건너며 다시 한 번 그녀에게 전화를 걸었다. 그러나 역시 돌아오는 건 기계 속 여자의 음성뿐이었다. 소통을 원하는 남자와 여전히 자신만의 세계에 빠져 소통을 원하지 않는 여자의 줄다리기가 시작되고 있었다. 남자에게는 긴 기다림의 시작이기도 했다.

＊

하루아침에 레인은 회장 비서에서 본부장 비서로 자리바꿈을 했다.

국 화백과의 일이 마무리 지어지기 전까진 별도리가 없었다. 그날 자신이 국 화백에게 가는 길에 따라갔고, 하필 병풍에 눈길을 주었으며, 모르는 척 입 다물고 있어야 하는데 응수한 것이 화근이었다.

본부장실의 비서 유하영은 레인과 자리를 바꾸는 것을 반기는 듯 보였다. 소문으로 듣기만 했는데, 유 비서가 떠나는 길에 강혁진은 정말 직원을 살뜰하게 부려먹는다고 전했다.

비서라는 직업은 각 부서에 맞는 자격증의 취득은 물론, 모시는 임원의 특성과 기질을 파악하고 기밀유지는 철저하게 하며 자신의 포지션을 지키면서 서포트를 적절히 할 줄 알아야 살아남는 전문 직업이었다.

비서직에서 가장 많이 요구되는 능력은 바로 Multi—tasking이다. 비서는 일반적으로 혼자 일하기 때문에 동시다발적으로 일을 처리해야 하는 상황이 많은 편이었다. 당황하지 않고 침착하게 신속한 일 처리를 하고 실수가 없어야 능력 있는 비서인 것이다. 이 점이 레인이 비서직을 선택한 이유였다.

물론 싫은 점도 많았다. 일정이 들쑥날쑥하다는 것이다. 상사의 명령 하나로 바로 담양에 내려가야 했던 그날처럼. 비서의 업무 자체가 임원을 모시는 것이기 때문에 상사의 일정이 곧 내 일정이라고 생각해야 했다. 그 점만 빼면 나름 성취도도 높은 직업이었다.

"오셨습니까."

오늘은 근무 첫날이다. 이미 전날 저녁까지 서로가 공유할 연락

처와 업무를 교환했지만 그녀도 사람인지라 긴장이 되긴 매한가지였다. 본부장실에 나타난 혁진은 기분이 좋은지 화색이 도는 얼굴로 인사를 건넸다.

"반가워요, 하 비서."

내밀어진 혁진의 큰 손을 마주 잡는 레인의 손목이 부러질 듯 가냘팠다.

"자, 내 소문은 들었을 테고. 시작해 볼까요?"

그 뒤로는 시간이 어떻게 흘러갔는지 모를 정도였다.

레인은 혁진이 점심을 먹으러 나간 사이 의자에 앉아 한숨을 돌렸다. 왜 전 비서 유하영이 불쌍하다는 듯 저를 보았는지 조금은 이해가 되기도 했다.

피곤해 식욕도 없었기에 레인은 식사를 거르려다가 혹시 몰라 아침에 끓여 보온병에 넣어 온 죽을 꺼내 전자레인지에 데웠다. 뭐라도 먹어야 오후 업무도 해낼 수 있을 테니까.

"뭐, 전망 하나는 좋네."

혼잣말을 하는 레인은 멍하니 아래를 내려다보고 서 있었다. 그녀의 새로운 상사는 워커홀릭은 아니었지만 강 회장과는 다른 스타일로 업무를 총괄하고 있었다. 하루 본 것으로 그를 전부 아는 것처럼 파악할 순 없겠지만.

띵, 전자레인지가 다 돌아가고 김이 모락모락 나는 죽을 조금씩 천천히 먹었다. 겨우 바닥을 보인 보온병을 정리하고 나자 점심시간이 채 끝나기도 전에 혁진이 사무실로 들어섰다.

"점심은 먹었습니까?"

"네. 싸 온 도시락을 먹었습니다."

"그래요?"

믿지 않는다는 혁진의 눈빛에 레인은 뒷말을 덧붙였다.

"죽을 가져왔습니다."

"흐음, 그럴 줄 알았습니다. 여기."

내민 것은 유명 로고가 찍힌 횟집의 초밥이었다.

"오늘 바빴을 겁니다. 힘들기도 했을 거고. 아직 점심시간 10분 남았으니까 먹어요."

"……."

"왜요. 초밥 싫어합니까?"

"네."

"뭐……요?"

"싫어하는 건 아니지만 아무거나 먹진 않습니다. 지금은 먹고 싶지 않고요."

혁진은 가슴이 서늘해졌다. 선물을 주는 사람의 성의를 무시해도 유분수지 감히 자신이 사 온 음식을 아무거나라고 표현하다니.

"설마 죽만 먹고 배가 부르단 소리는 아닐 테고."

레인은 혁진의 눈썹이 꿈틀대는 것을 보고 그가 화가 나 있다는 것을 눈치챘지만 지금 먹고 싶지도 않은데 받아 들고 고맙다란 말을 한다면 그녀의 의사는 무시한 채 계속 이런 음식을 사 올 것만 같았다.

사람들은 참 이상했다. 선물이라면 상대가 분명히 좋아할 거라는 확신은 어디서 기인하는 걸까? 그 사람이 먹고 싶지 않을 수도 있고 받고 싶지 않을 수도 있는데 말이다.

"죄송합니다."

탁.

종이봉투가 내려앉는 소리가 다소 둔탁했다.

"그럼 먹지 말고 버리든가 하 비서 맘대로 해요."

뒤돌아서 대답도 듣지 않고 사무실로 들어가는 혁진의 어깨에 잔뜩 힘이 들어가 있었다.

아직도 고쳐지지 않는 버릇. 싫으면 싫다, 좋으면 좋다 표현하고 성격을 죽이지 않아 나타나는 일상의 파열음들. 그저 사람 속에 파묻혀 없는 듯 동화되어 살고 싶은데, 또 이런 행동을 하고 말았다.

회장실에선 비서실장이 있었기 때문에 크게 표가 나지 않았지만 이곳에서는 그와 일대일로 응수해야 하는 전담 비서였다. 레인은 망설이다 따뜻한 차를 끓여 방으로 들어갔다.

"차 드십시오."

"……."

혁진은 뒷짐을 진 채 창밖을 보고 서 있었다. 그에게선 대꾸가 없었지만 그녀를 흔드는 무언가가 뒷머리를 잡아채는 듯해 레인은 사무실을 나서지 못하고 머뭇거렸다.

"죄송합니다."

"뭐가 말입니까? 뭐가 미안한 건지 알고 말하는 겁니까?"

"제가 비서답지 못한 행동을 하였습니다."

"비서답지 못했다라."

혁진이 그녀를 향해 몸을 돌리며 레인을 날카롭게 주시했다.

"네. 전 다만 의사를 묻지 않으시고 사 오신 걸 지적한 것입니다. 본부장님 성의를 가볍게 여긴 것은 아닙니다."

"의사라. 다음부턴 뭔가 사 올 때는 허락을 받아라, 그 말입니까?"

말문이 막혔다. 상사에게 직원이 사 와라 말아라 할 군번이 된단 말인가

"정확히 말해 보세요, 하 비서. 어떻게 하면 좋을지."

"앞으로 사 오지 않으시겠지만, 혹 그런 일이 있다면 물어봐 주셨으면 합니다."

레인이 자세하게 대답하는 것이 마음에 들었는지 혁진의 목소리가 다소 누그러졌다.

"정말 초밥 싫어하는 겁니까?"

"아닙니다. 제가 고추냉이에 알레르기가 있습니다. 그래서 고추냉이를 빼고 먹는 습관이 있습니다. 그리고 생선회는 광어만 먹습니다."

"흐음, 그래요?"

혁진의 얼굴이 조금은 유연해졌다고 느꼈다. 오해는 말을 하지 않고 상대에 대한 이해만을 요구할 때 쌓이는 무서운 것이다. 입다물고 있는 것보단 서로를 알아 가는 비서와 상사라는 지금의 상황을 고려했을 때, 괜한 오해로 불신의 벽을 두텁게 쌓는 것은 원치 않는 것이 레인의 진심이었다.

"죄송합니다."

"아니요. 나도 성급했으니까. 꼭 기억해 두겠습니다."

점심시간이 지나고 다시 바쁜 시간이 흘러갔지만 아침보다는 분위기가 부드러워지고 있었다.

"홍보부에서 기획한 파티가 있는데, 하 비서도 참석해야겠습

니다."

"제가 왜……."

"국 화백의 철옹성을 무너뜨린 당사자가 누군지 모두들 궁금해합니다. 내 파트너로 동행하면 될 겁니다."

그러나 안심하고 있던 그 순간, 폭탄이 투하되었다.

현오랑. 이번 런칭 준비 중인 도자기 그릇 이름이었다. 이 현오랑에 국 화백의 그림이 새겨진다고 하자 벌써부터 이목이 집중되고 있었다. 런칭 전 사회 인사들에게 선도 보이고 전시도 할 겸 기획된 파티에 그녀가 동행해야 한다니 사람 많은 곳은 딱 질색인 레인의 얼굴에 핏기가 사라져 가고 있었다.

"왜 그러는 겁니까?"

"꼭 참석을 해야 합니까?"

"……시간 외 수당은 넉넉히 셈해 줄 겁니다."

"그게 아니고, 그런 파티에 참석하는 건 처음이기도 하고 입을 옷도 없고, 그리고……."

당황한 나머지 말이 생각을 앞질렀다.

"걱정 말아요. 하 비서가 그럴 줄 알고 부띠끄 예약해 두었으니까."

"뭘 하셨다고요?"

"꾸미는 거 말입니다. 하 비서는 가만히 있으면 돼요. 전부 알아서 해 줄 겁니다."

꾸밀 줄 몰라서 가지 않겠다는 말이 아니었다. 하지만 폭탄 투하후 사무실을 나간 혁진은 각 부 회의를 주재하며 이의를 달 시간조차 주지 않았다.

결국 이의를 제기하지 못한 레인은 그가 일러 준 부띠끄에 찾아
갈 수밖에 없었다. 안에 들어가 혁진의 이름을 대자마자 요란스럽
게 치장을 한 여자가 한 명 나와 톤 높은 목소리로 그녀를 맞이했
다.

"어머! 호호, 어서오세요."

부티끄 정 마담이라는 여자가 레인을 위아래로 훑어보더니 회심
의 미소를 지었다. 그러고는 바로 드레스 한 벌을 가져와 그녀와
함께 탈의실에 밀어 넣었다.

대충 옷에 몸을 꿰어 넣고 나오자 정 마담은 더더욱 소란을 떨
기 시작했다. 그녀의 상상력을 자극한다느니 선이 곱고 뼈대가 가
늘어 환상적이겠다느니 하는 말을 주워섬기며 앞뒤로 오가며 레인
의 몸을 훑어 대었다. 입을 꼭 다문 레인은 반응을 하지 않고 있었
다.

"호호, 급하지만 않으면 다른 옷들도 입혀 드리고 싶네요."

"끝났나요?"

"어머, 거울 한번 보시겠어요?"

"됐어요. 내일 이곳으로 오면 되죠?"

"그렇지만……."

레인은 갈아입은 옷을 거울에 비춰 보지도 않은 채 얼른 탈의실
로 가 옷을 벗었다.

기분이 썩 좋지 않았다. 신발 사이즈까지 샅샅이 물어 와 대답을
해야만 했다. 자신의 신체 사이즈를 누군가에게 알린다는 게 싫었
다. 불편했다.

부친을 따라 억지로 참석했던 자리들이 떠올랐다. 저절로 말이

다. 처음엔 아름다운 옷을 입고 가는 게 설레기도 했던 것 같다. 자신도 여자였으니까. 하지만 어린 레인은 그 자리에 있던 이들의 뒷담화로 상처를 입었다.

여자들은 부친과 모친을 도마 위에 올려두고 시퍼런 칼질을 해댔었다. 부친이 더 이상 남자로서 기능을 하지 못한다는 이야기까지 그녀의 두 귀로 들어야만 했다.

그녀가 가진 특유의 분위기와 아름다운 몸매가 이목을 집중시키자 질투가 난 여자들이 일부러 그랬다는 사실까진 짐작하지 못했던 레인이었다.

다음 날, 퇴근 시간이 되기도 전에 혁진은 레인을 재촉해 부띠끄로 먼저 보냈다. 그리고 파티장에 먼저 도착했던 그는 파티장에 도착한 그녀의 모습을 보고 할 말을 잃고 말았다.

그녀는 오늘 머릴 살짝 비틀어 틀어 올리고 목을 감는 가느다란 끈이 달린 파란색 드레스를 입었다. 색상이 과하지 않는데도 시선이 자꾸만 향하는 이유는 드러난 가냘픈 어깨가 보호해 주고 싶은 열망을 품게 하기 충분했기 때문이다.

보석을 달고 싶은데 레인이 한사코 거절하더라는 마담의 이야기를 전해 들었던 혁진이었다.

'정말 하나도 쉽지 않은 사람이군, 하레인.'

여자는 등장하는 순간부터 이목을 집중시켰다. 이런 자리를 싫어하는 듯했던 레인은 자연스럽게 시선을 처리할 줄도 알고 적당히 응수할 줄도 아는 능란함을 보이고 있었다. 이런 모임을 자주 참석해 본 게 아닐까, 하는 의구심을 갖게 할 만큼.

"잘 어울리는군."

"감사합니다."

"자, 인사하러 가지."

"네."

할 말만 하고 궁금증으로 시선을 빛내는 사람들을 무색하지 않을 정도로만 상대하는 레인이었다. 그녀가 비서라는 점이 호기심을 자극했겠지만 조용하고 짤막하게 대답하고 말을 아끼는 레인에게 짓궂게 대하는 사람은 아무도 없었다.

사람들을 상대하다 레인을 놓친 혁진이 그녀를 다시 발견한 건 계단 아래였다. 발이 아픈 듯 조몰락거리던 손을 멈칫하며 저를 올려다보는 그녀가 왜 이리 눈에 밟히는 건지 모르겠다.

"발 아픈 겁니까?"

"괜찮습니다."

"어디 봅시다."

레인은 고개만 흔들 뿐 발을 얼른 치마 속으로 감춰 버렸다.

"내가 그렇게 어렵습니까?"

"주빈이 자리를 비우시면 안 됩니다."

"나도 사람이니 잠시 숨을 쉬고 싶어서 나온 겁니다."

약간의 한숨이 섞인 대답에 레인이 잠깐 멈칫했다. 혁진은 피식 하고 웃으며 다시 시선을 그녀의 다리로 내렸다.

"발은?"

"제 핸드백에 밴드가 있습니다. 신경 쓰시지 마세요."

"이런 파티, 전에 참석한 적 있습니까?"

"네?"

"아니, 처음이 아닌 것 같아 보여 하는 말입니다."

"……살얼음 디디듯 조심하고 있어요. 걱정 마세요, 본부장님."

아래로 내려다보는 위치에 서서 뜻하지 않게 레인의 가슴골이 눈에 들어오자 헛기침을 하는 혁진이었다. 저 옷엔 속옷을 입지 않아야 한다는 것쯤 알고 있지만 오늘은 괜스레 짜증이 솟구쳤다.

등이 반쯤 파인 옷을 바라보며 야하다는 생각을 할 겨를조차 없었다. 제 가슴이 죄어들어 왔던 것이다. 그 감촉이 기억나서, 매끄럽고 비단결같이 부드러웠던 감촉이.

"그 옷 말고 다른……."

혁진이 말을 하다 말자 레인이 의문을 담은 눈동자를 그에게 향했다. 그녀의 눈동자 속에 담긴 제 모습은 지독히도 선명했다.

조금도 흔들리지 않고 마주 보아 오는 여자의 눈빛이 오늘따라 왜 이리 못마땅한 것인지 그 자신도 이유를 찾지 못하고 있었다.

이렇게 옆에 두고도 아쉬울 사람이 생길 줄 몰랐다. 공과 사를 확실히 구분하던 그였는데 자꾸만 레인이 여자로 느껴지는 가슴에 절로 나가려는 손을 애써 거둬들이며 애꿎은 머리카락만 쓸어 넘기고 있었다.

6.

레인은 시선이 불편했다. 학창 시절부터 따라붙었던 시선들엔 익숙해질 법도 하건만 본부장의 뚫어 버릴 듯한 시선의 끝에 제가 있는 건 맘에 들지 않았다.

그렇지 않아도 자리를 바꾼 탓으로 사람들의 입방아에 오르내리고 있었다. 원하던 조용한 삶을 살 수 없게 되어 버린 것이다.

그녀가 화가 국 화백을 담당하게 되어서라는 이유만으로는 충분한 설명이 되지 않았다.

다니는 곳 어디서나 따라오는 시선들 때문에 신경이 쓰이는데, 비서실에선 혁진의 애매모호한 시선에 노출되어 레인의 신경이 예민해져 가고 있었다.

"이번 주 주말에 시간 있습니까?"

"……."

"하 비서."

"무슨 일이십니까?"

"국 화백이 초대를 했습니다."

"초대요?"

"네. 주말에 내려오면 좋겠다고 하는데."

"저 혼자 가는 겁니까?"

"함께 초대받은 겁니다."

"그럼 혼자 다녀오십시오."

요컨대 혼자라면 가겠지만 자신과 함께라면 가지 않겠다는 말이었다. 혁진은 어느 정도 예상한 대답이긴 했지만 단칼에 거절하는 레인에게 서운함이 일었다.

"내가 그렇게 불편한 존재입니까?"

"쉬운 분은 아닙니다. 상사와 가는 길이 편안하지도 않고요."

똑 부러지게 자신의 의견을 피력하는 레인을 혁진이 깍지 낀 손에 턱을 괴어 바라보았다. 매번 느끼는 거지만 그의 주변에 있는 여자와는 달라도 너무 다르다.

하지만 정말 이 끌림이 그녀가 여느 여자들과 다르게 저를 대해서인지는 확신이 서지 않았다. 저도 제 마음이 어떤 건지 알 수 없었기에 다가가지 않고 관망하던 중이었다.

레인은 혁진의 얼굴에 수많은 감정이 스치고 지나가는 것을 바라보고만 있었다. 포커페이스라 불리는 본부장은 때때로 저렇게 무슨 생각을 하고 있는지 얼굴에 적나라하게 드러날 때가 있었다.

미혼인 남자와 여자가 좁은 공간에서 눈을 마주치고 대화를 하다 보면 없던 정도 생기기에 극도로 행동거지를 조심하는 그녀였다.

어쩌면 제가 겁쟁이일지도 모르겠지만 상사와 사적으로 얽혀들면 손해 보는 건 언제나 여자다.

그가 절 욕망의 대상으로 보는 건지 아니면 다른 무엇으로 보는 건지 알고 싶지 않았다. 그저 외면하는 편이 수월했다.

안 그래도 그림을 그리는 게 영 신통하지 않던 차였다. 바람도 쐬고 자연도 접하면 없던 감각도 되살아날까 하는 기대도 있었기에 국 화백을 만나러 담양으로 가는 길이 즐거울 듯도 싶었다.

"하 비서."

"네."

"이번엔 두 사람을 함께 초대한 것이니까 같이 내려가도록 합시다. 업무시간 외 수당 넉넉히 계산하라 지시하겠습니다. 대신 다음엔 혼자 아니면 회사 차를 이용하도록 하고……."

"그럼 전 가지 않겠습니다."

"하 비서!"

황금 같은 주말을 업무의 연장으로 보내는 것도 맘에 들지 않았지만 강혁진과 또다시 함께 가고 싶지 않았다는 그녀의 뜻은 굽힐 수 없었다.

레인이 마주 보는 시선 이혁진의 고압스러운 눈빛에도 전혀 굴하지 않고 변화가 없자 얼굴이 점점 굳어져 가는 혁진이었다.

"알았어요. 나가 봐요."

"네."

자리에 돌아오고 나서 맘에 걸리지 않았다면 거짓말이었다. 하지만 요청을 수락할 맘은 들지 않는 레인은 업무에만 몰두하고 있었다.

갑자기 본부장실 문이 열리고 혁진이 나왔다. 그를 보며 자리에서 일어난 레인은 평소처럼 그에게 말을 건넸다.

"현장에 나가십니까?"

그러나 찬바람이 쌩쌩 부는 표정을 한 혁진이 뒷모습을 보이며 대꾸도 없이 사라져 갔다. 원하던 바였다. 제게 차가운 사람 상대하는 게 차라리 속 편했다. 다가오는 사람을 거절하는 것이 더 어려웠기에.

영원히 혼자일 수 없다는 것은 알고 있었다. 그건 불가능한 일일 테니까. 사회생활을 하면서 참고 비위를 맞추고 말을 아끼고 싫어도 좋은 척해야 한다는 것을 배워 가고 있었지만 아직도 그런 모든 일들이 쉽지 않은 레인이었다.

그것은 그녀의 부친에게도 마찬가지였다. 아침 출근길에 집에 한 번 내려오라는 부친의 전화가 왔었지만 레인은 간다 안 간다 대답을 명확하게 하지 않았다.

노력하고 잘해 보려는 건 알고 있지만 마음이 움직이지 않은데 어쩌란 말인가.

용서하고 안 하고의 문제가 아니라 돌처럼 단단히 굳어 버린 가슴속 응어리는 도통 풀릴 기미가 없었다. 미안하다는 말로 이해하고 받아들이기엔 외할아버지와 자신이 받은 상처와 외로움은 너무나 컸었다.

"정말 사는 게 왜 이리 어려운지."

레인은 업무를 계속하며 잡념을 없애고 있었다.

"지금 뭐 하는 겁니까?"

그릇을 생산할 인천 공장을 시찰하고 바이어들까지 만나느라 혁진이 회사에 돌아온 것은 저녁 8시였다. 사무실에서 챙겨 갈 것이 있어 올라왔던 그는 문을 열자마자 보이는 사람에 미간을 찌푸렸다.

"오셨습니까?"

당연히 퇴근했을 거라 생각한 혁진이었다. 설마설마하긴 했지만 정말 자리를 지키고 있는 레인이 미련스럽기 그지없었다.

"지금 내게 시위라도 하는 겁니까?"

"아닙니다."

"그럼 8시가 넘도록 퇴근하지 않은 이유가 뭡니까."

"아직 본부장님 지시가 따로 없어 대기하고 있었습니다."

"하 비서, 회장실 비서 해 봤잖습니까 거기서도 이랬습니까?"

"아닙니다. 비서실장님이 계셔서 6시면 퇴근했습니다. 늦으시면 전화를 주셨고요."

또박또박 말대답도 잘하는 레인이 하는 말에는 어느 하나 틀린 구석이 없건만 혁진은 부아가 치밀어 올랐다.

"오늘처럼 연락이 없는 날은 정시 퇴근하세요. 문단속 잘 하고. 알겠습니까?"

"네, 본부장님."

"……갑시다."

"네?"

"본의 아니게 초과 근무하게 했으니 저녁은 내가 사겠습니다."

"……."

"하 비서, 내가 배가 몹시 고파서 청하는 겁니다."

피곤해 보였다. 그의 스케줄을 다 알고 있는 레인은 지금 그가 얼마나 힘들지 가늠할 수 있었다.

맘 같아선 집에 가고 싶다고 말하고 싶었지만 성큼성큼 긴 다리로 앞장서는 혁진은 그녀의 대답을 기다리지 않았다. 어쩔 수 없이 그녀도 얼른 그의 뒤를 따랐다.

위이잉.

두 사람이 함께 올라탄 엘리베이터가 아래로 내려가고 있었다. 침묵이 감도는 엘리베이터 안에서 불쑥 혁진이 레인에게 질문을 던진다.

"뭐 좋아합니까? 고추냉이처럼 못 먹는 게 또 있을 것 같은데."

"가리지 않습니다."

"한식 잘하는 데 있는데 괜찮습니까?"

"네."

단답식으로 대답하는 레인의 모습을 보며 혁진은 그녀가 눈치채지 않게 한숨을 내쉬었다.

비서가 상사를 기다리는 건 당연한 일인데도 왜 제가 화가 나고 이렇게 나서 저녁을 사 주지 못해 안달복달이란 말인가. 일부러 그러는 건 아닐 텐데도 남자 애끓게 하는 데 도사인 여자였다.

"타요."

"제 차로 따라가겠습니다."

생각하기 무섭게 그녀는 또 그의 심장을 때리는 소리를 아무렇지도 않게 꺼냈다. 그리고 혁진은 또 그녀의 말대로 움직여 주었다.

앞서거니 뒤서거니 두 자동차가 나란히 도로를 달리고 있었다, 혁진은 혁진대로 마음이 착잡하기 그지없었고 레인은 레인대로 뭔가가 얹힌 듯 답답한 표정을 짓고 있었다.

그들이 도착한 곳은 만월정이라는 이름을 가진 으리으리한 한식당이었다. 예약하지 않으면 먹을 수 없는 그런 곳 같아 보였지만 레인은 입을 꾹 다물고 있었다.

"아까 지시한 대로 가지고 와요."

"네. 알겠습니다."

"내가 미리 한정식으로 주문했는데 괜찮죠?"

"네."

까다롭게 굴고 싶지 않았고 심기를 건드리고 싶지도 않았기에 레인은 순순히 고개만 끄덕이고 말았다.

"자, 계란찜 먹어 봐요."

"……제가 먹겠습니다."

밑 접시에 계란찜을 덜어 그녀에게 건네는 혁진을 레인이 말렸다. 마치 연인을 챙기는 사람처럼 굴고 있지 않은가.

"계란찜도 알레르기가 있습니까?"

"아니요."

"그럼 먹어요."

제 앞에 놓인 계란찜을 보며 고맙다란 말을 흘릴지언정 한 번도 숟가락질을 하지 않는 레인을 보던 혁진이 급기야 서운함을 토로하기 시작했다.

"왜 먹지 않습니까? 입에 맞지 않나요?"

억지로라도 먹어야 할 때임을 알고 있었지만 레인은 쉬이 숟가락질을 할 수 없었다.

"전……요."

"뭡니까?"

"전 누가 숟가락 먼저 댄 걸 좋아하지 않아요. 찌개 같은 것도 1인용으로 나와야 먹습니다. 죄송합니다."

기가 막혀 말이 나오지 않는 혁진이었다.

"그럼 친구와는 식사를 어떻게 하고 회사 연수는 어떻게 보낸 겁니까?"

"따로 담겨 있는 반찬만 먹었습니다."

쯧쯧, 그러니 저리 비쩍 마른 거로군. 불면 날아갈 것 같은 가녀린 몸매가 그래서였나 보다.

혁진은 입을 일그러뜨리고 레인을 멀거니 바라보고 있었다. 조금 특이하다 생각했었지만 이건 조금이 아니라 완전 이상한 생물인 수준이었다.

레인은 이렇게 해명하는 일이 부지기수였지만 할 때마다 힘이 들었다. 모든 사람과 다르다는 것을 알릴 때의 기분은 뭐랄까, 세상에 섞이지 못하는 외톨이가 된 기분이 들게 했다.

이야기를 들은 그들은 대개 비정상적인 사람으로 그녀를 낙인찍었었다. 혁진도 그럴 테지만.

"힘들었겠습니다."

"네?"

"힘들었겠다고요 내가 생각하기엔 뭐…… 별스럽긴 하지만 이해 못 할 정도는 아닙니다. 그러니 맘 편하게 식사해요. 하 비서 밥그릇과 반찬을 절대 건드리지 않을 테니까."

혁진이 환하게 웃으면서 자신 앞에 놓인 음식을 먹어 치우기 시작했다.

토옥.

뭘까? 레인의 마음에 알 수 없는 파동이 일었다. 남들과는 사뭇 다른 반응이었다.

이상한 동물을 보는 것처럼 절 보던 그들과는 달리 마치 레인의 기이한 행동을 모두 이해한다는 듯 말하는 혁진 때문에 그녀 마음 속에 작은 파문이 일기 시작하고 있었다.

"잘 먹었습니다, 본부장님. 저는 이만 가 보겠습니다."

주차장에서 각자의 차 앞에 서자 레인이 깍듯이 혁진에게 인사를 했다. 혁진은 살다살다 저렇게 담을 쌓고 딱딱하게 구는 여자는 처음이라는 생각을 하고 있었다. 뭐, 그가 이런 행동을 하는 것도 이해가 되지는 않았지만. 레인을 만나고 난 후 자신답지 않은 행동을 한 게 어디 한두 번인가.

"조심해서 들어가요."

"네, 본부장님도요."

혁진이 먼저 출발을 하려 하지 않자 레인은 운전석에 올라 뒤도 돌아보지 않고 차를 빼 입구로 향했다.

뒤따라오는 그를 애써 무시하며 그녀는 자신의 오피스텔로 차를 몰아가고 있었다. 고슴도치처럼 상처받지 않으려고 일부러 가시를 세우는 것이 아니었다. 누군가의 흥미를 이끌려 하는 것도 아니었다.

그저 성격으로 굳어진 제 모습에 다들 이상하다며 성격이 못됐다고, 잘난 척한다고 말하는 입방아에 시달릴 대로 시달린 그녀이기에 일정 선을 지키고 마음을 보여 주지 않는 것일 뿐.

그런데 자꾸만 저 남자, 알고 지내는 다른 사람들과 전혀 다른 반응을 보여 저를 당황하게 만든다.

이해한다는 둥, 힘들었겠다는 둥 가슴 아린 말을 불쑥불쑥 잘도 내뱉는다. 어느 누구도 저에게 그런 배려하는 말을 해 준 적이 없었다. 그 누구도……. 누구…….

괜찮아. ……괜찮아, 제인. ……넌 너야.

그저, 그게 너인 거야. 네가 나쁜 게 아냐.

제인.

"아…… 어어?"

어디선가 들려오는 환청 때문에 레인의 차가 옆으로 휘청거렸다.

"야! 운전 똑바로 못해! 에이, 재수 없어서."

빵빵 클랙슨을 울린 급한 성격의 택시 기사가 그녀의 차를 스쳐 지나가며 상스러운 욕을 지껄이는 것 같았지만 레인의 정신은 멍해지고 눈앞이 아득해졌다.

차를 도로변에 세운 레인이 정신을 수습하기 위해 핸들에 머릴 기대고 눈을 감았다.

……인. 제인…….

'뭐지? 뭐야. 누구야, 당신?'

골이 빠개질 것 같은데 희미한 영상은 잡히질 않았고 머릿속에 웽웽 맴도는 이상한 목소리가 그녀를 초조함과 혼돈 속으로 빠져들게 만들었다.

탁! 탁탁! 탁!

"하 비서! 레인!"

현실이 아닌 어딘가를 헤매고 있을 때 둔탁한 소음이 그녀를 현실로 돌아오게 만들었다. 운전석 창문을 미친 듯 두드려 대는 검은 그림자가 혁진이라는 것을 알기까지 수초가 걸렸다.

"레인, 창문 내려. 어서!"

저 사람은 왜 저럴까? 왜 시끄럽게 창을 두드리는 거지? 그녀의 망설임을 알기라도 한 듯 그가 창문을 두드리는 소리가 더욱 거세어지고 있었다.

"문 열라고!"

왜 날 가만 놓아두지 않지? 왜 다른 사람들처럼 날 포기하고 외면하지 않는 거야? 집착하는 건가? 아님 뜻대로 안 되는 여자가 신기한 건가? 대체 왜?

창문 두드리는 소리가 미치도록 듣기 싫었다. 귀찮고 무섭고 이런 모습 누구에게 보이는 것도 죽기보다 싫었다. 하지만 저 남자는 포기하고 갈 생각은 없는 듯싶었다.

지잉.

창을 내리자 흥분한 혁진의 목소리가 또렷하게 와 닿았다.

"뭐 하는 거야? 운전을 왜 그렇…… 레인?"

말을 속사포처럼 쏟아 내던 남자의 표정이 이상해지더니 창으로 손을 넣어 운전석 문을 열었다. 혁진은 그녀의 안전벨트를 풀고 작은 몸을 안듯 들어 올렸다.

"놓아주세요. 왜 이러세요?"

"가만있어. 지금 상태가 어떤지 알아?"

모른다. 그저 정상이 아니라는 것밖엔. 그래도 그의 품속에 안겨 있고 싶지는 않았다. 하지만 강한 완력이 그녀의 허리를 붙잡고 머릴 가슴에 기대게 한 채 도무지 힘을 풀려 하질 않았다.

"왜…… 놔주세요, 놓……."

"가만가만, 레인…… 쉬이."

흐려지는 정신을 잡으려 눈을 깜빡거렸지만 살천스런 두통은 기편처럼 날아와 이마의 힘줄이 튀어나올 지경이었다.

투두둑.

뭐……. 뭐지? 이건? 피는 아니고, 눈물인 건가? 내가 왜? 내가 왜 눈물을 흘리는 거지? 왜?

웬만한 슬픈 내용의 영화를 보고도 눈물을 흘리지 않는 저였다. 감정이 메마른 건지, 누군가의 악담처럼 혈관에 차가운 피가 흐르는 건지 그토록 눈물을 흘리지 않던 레인이었다. 그런데 이깟, 이깟 두통 때문에 내가 우는 것일까?

혁진은 눈물이 흐르는 그녀의 얼굴을 보자 그녀 모르게 한숨을 내쉬었다.

그녀와는 집 방향이 같아 먼저 떠난 레인의 차를 서행하며 뒤따르고 있었다. 하지만 시간이 흐르자 이상하게 그녀의 차체가 이리

저리 흔들리고 1차로와 2차로를 교차하며 주행했다.

　이상했다. 술을 마시지도 않은 사람이 왜……. 하고 생각한 순간 하마터면 레인이 모는 차와 택시와 스치듯 충돌할 뻔했다. 혁진은 저도 모르게 비명을 삼켜야만 했다.

　택시 기사의 폭언을 듣던 레인이 갓길로 차를 세우자 그녀의 차 뒤에 자신의 차를 세우고 내렸다. 비상등이라도 켜 두어야 했다.

　아니 그것보다 저딴 식으로 운전을 하다니 혼을 내 주어야겠다며 놀란 가슴을 꾸욱 누른 채 다가간 것이었다.

　그런데……. 혼이 반쯤 나간 것 같은 그녀를 안정시키기 위해 안아 들었더니 찔러도 피 한 방울 나오지 않을 것 같은 레인이 울기 시작했다.

　온통 물기에 젖은 얼굴과 촉촉이 젖은 눈동자를 본 순간 혁진은 맥이 탁 하고 빠져 버렸다. 여자의 눈물이 무기라는 것을 저리게 실감한 날이었다.

　"레인, 쉬잇. 괜찮아, 괜찮아."

　"뭐…… 이거 놓으세요."

　"가만, 잠시만 있자. 그칠 때까지만."

　그제야 레인은 자신이 울고 있다는 것을 인지한 듯했다. 의지와 상관없이 계속 흐르는 눈물은 혁진의 비싼 와이셔츠에 고스란히 흘러 흠뻑 적셔 가고 있었다.

　혁진은 그녀를 자신의 차로 데려갔다. 조심스럽게 조수석에 앉힌 뒤 안전벨트를 해 준 뒤 문을 닫은 그는 핸드폰을 꺼내 들었다.

　"……그래, 그때 그 한정식집 앞 교차로, 차량 번호는 3947. 회사로 이동해 둬."

어딘가로 전화를 걸어 레인의 차를 가져다 놓으라는 지시를 한 뒤 혁진은 운전석에 올라타 조수석의 레인을 바라보았다. 작은 몸 어디에 그토록 큰 눈물 창고가 있는지 그녀는 한참을 울었다.

조수석에 앉히고 김 기사에게 차량을 부탁하는 동안 울다 지친 그녀는 선잠이 든 모양이었다.

안쓰럽고 보호해 주고 싶고 바라만 봐도 애달픈 여잔 레인이 처음이었다. 그녀의 눈물에 가슴마저 방향을 잃고 자르르 떨려 왔 다.

'차라리 싸늘한 게 더 나은 듯싶군, 하레인. 우는 모습 보고 싶 지 않으니까.'

레인의 고개를 살짝 틀어 위치를 고정한 혁진이 그녀의 오피스 텔로 차를 몰았다.

"으음."

그녀가 뒤척이며 잠에서 깬 건 차가 그녀의 오피스텔에 다다라 차를 주차시켰을 때였다. 혁진은 차에서 내리자마자 바로 조수석으 로 가 레인을 안아 들었다.

"내려 주세요."

"안 돼. 걷지 못하잖아."

이상했다. 어리광을 부리는 건 제 모습이 아닌데도 저를 안아 든 혁진이 생소했지만 거부감은 들지 않았다.

남자가 저를 이렇게 가분히 들어 올린다는 생각은 한 번도 하지 못했었다. 누군가에게 이렇게 안긴 건 외할아버지가 어릴 적 저를 안아 올렸던 게 전부였었다.

기분이 좋았다. 보호받는 듯한 안온한 느낌도 들었다. 아버지의 목마를 탄 어린 딸들, 넓은 아빠의 가슴에 안긴 단란한 모습을 어릴 적엔 얼마나 동경하고 부러워하였던가.

전부를 주고 사랑을 주셨지만 건강이 좋지 않고 노쇠했던 외할아버지는 그것만은 맘대로 해 주질 못하셨었다.

그가 걷는 대로 전해지는 일정한 진동에 정신이 아득해지며 그리운 목소리가 머릿속을 파고들었다.

"할애비가 해 줄까?"

"아니, 아니야. 할아버지 아프잖아."

"할애비 하나도 안 아픈데······."

"언젠가 아빠가 찾아오실 테니까 그때 해 달라고 할게요."

"그럴래?"

"응, 아빠도 내게 뭔가 해 주고 싶어질 거잖아. 그럼 저렇게 안아 달라고 할 거야. 그래도 되지?"

"그럼······ 그럼."

"할아버지 근데 아빠는 언제 와요? 레인이 착한 일 많이 많이 하고 1등도 놓치지 않는데······."

"보고 싶으냐?"

"······으응······. 레인이 걱정돼서."

"무슨 걱정?"

"레인이 키도 크고 무게도 나가잖아요. 점점 무거워지는데······ 그럼 들기 힘들잖아요."

"너······ 그래서 살 안 찌려고 그러는 거였냐?"

"응…… 레인 무거울까 봐. 아빠가 힘들까 봐."

"아가……."

남들처럼 살찌는 것을 걱정해서 음식을 조절한 게 아니었다. 행여 살이 찌면 부친이 들어 올리는 데 힘들까 봐 그랬다. 외할아버지의 눈동자에 습기가 차오르고 있었다.

외할아버지는 점점 딸을 닮아 가는 손녀를 애틋한 눈으로 바라보셨다. 점점 성장해 가는 손녀를 보며, 어쩌면 그때쯤 하루가 다르게 쇠약해져 가는 자신의 건강을 눈치채고 있었는지도 몰랐다.

그때의 외할아버지는 애틋하면서도 떨리는 눈동자를 하고 있었던 듯하다.

"할아버지, 빨리빨리! 버스 왔어요."

그날은 중학교 교복을 맞추러 나가는 날이었다. 가볍게 나비가 날듯이 앞서가는 손녀의 모습을 외할아버지는 심장에 꼬옥 박을 듯 바라보고 있었다.

버스에 올라 기대로 부푼 레인의 입에서 경쾌하고 맑은 음색의 동요가 흘러나왔다.

뜸북 뜸북 뜸북새 논에서 울고,
뻐꾹뻐꾹 뻐꾹새 숲에서 울제.
우리 오빠 말 타고 서울 가시면
비단 구두 사 가지고 오신다더니.

순수한 맘으로 기다림을 계속했던 레인이 마지막으로 불렀던 동

120

요였다. 점점 깨달아 가는 현실과 버려진 것을 눈치챈 레인은 다시는 동요를 부르지 않았다. 그즈음 레인의 아빠 바라기도 점점 형체를 잃어 가고 있었다.

7493.

혁진은 손쉽게 그녀의 오피스텔 도어록 비밀번호를 풀었다. 자동차 번호를 뒤튼 비밀번호는 그녀다웠다.

풀썩.

레인을 침대에 눕히고 시트를 덮어 준 혁진은 멈췄던 눈물이 다시 흐르는 레인의 얼굴을 바라보다 손수건으로 얼굴을 닦아 내 주었다.

잠이 든 게 분명한데 무슨 슬픈 꿈이라도 꾸는 것인지 하염없이 눈물을 흘리는 레인의 모습에 나가야 한다는 것을 알면서도 쉬이 발걸음이 떨어지지 않는 혁진이었다.

"하레인, 무슨 일이지? 널 이렇게 힘들게 하는 일이 대체 뭐야?"

따뜻한 물에 적신 수건으로 얼굴을 정성스레 닦아 준 뒤 머리맡에 새 수건을 올려 둔 혁진이 그곳을 나온 건 들어간 지 2시간 만이었다.

맘 같아선 밤새워 옆에 있고 싶었지만 까칠한 레인이 정신이 들면 얼마나 무색해하겠는가.

혁진은 차를 몰고 집으로 들어와서도 한참을 차고에 앉아 있었다. 깊은 수렁 속으로 점점 **빠져드는** 기분이었다.

머리카락을 뒤로 쓸어 넘기며 쉽지는 않을 레인이라는 고지를 어떤 방법으로 공략해야 먹혀들지 나름 머리를 굴리고 있었다.

아무래도 저 여자가 앞으로 제 속을 있는 대로 뒤집어 놓을 것 같은, 그래서 제가 초인적인 인내심을 발휘해야 할 것만 같은 불길한 예감이 들었다.

7.

아침에 일어나 화장대 앞에서 화장을 한다. 아이라인을 그리려는데 자꾸 미끄러지는 손을 괜스레 탓하며 출근 준비를 서두르는 레인이었다.

누군가에게 이렇게 민폐를 끼친 적이 없던 그녀로서는 어제 혁진에게 안기다시피 해 집으로 들어왔단 사실이 신경 쓰였다.

어떻게 봐야 한단 말인가, 질문을 하면 뭐라 대답한단 말인가, 고맙다고 인사는 해야겠지? 혹은 연약한 체하는 모습이 가증스럽게 보이진 않았는가, 별별 생각으로 인해 그녀의 머릿속은 뒤죽박죽이 돼 버리고 말았다.

하지만…….

"좋은 아침입니다."

"네? 네, 본부장님."

캐묻거나 자신이 먼저 말해 줄 것을 기다릴지 모른다는 예상을 깨고 혁진은 업무에 집중하고 있었다. 그런 상사의 모습을 보며 레인은 혼자 설레발을 친 듯해 멋쩍기까지 했다.

'착각한 건 내 쪽이었나?'

몰아쳐 대는 업무량에 치여 잠시 휴식을 취하던 레인은 전화 한 통을 받았다.

"여보세요."

— 레인이니?

수화기 너머의 남자는 제 이름을 마치 여동생을 부르듯 자연스레 읊조리고 있었다.

"누구십니까."

정중하다 못해 고드름이 뚝 떨어지는 듯한 냉랭한 어조에 전화기 저쪽에서 희미하게 키득대는 소리가 들려왔다.

— 참참, 네가 전화번호를 저장했을 리 없구나. 나야, 권 박사님 아들 권유한.

"아……."

장난전화나 마케팅 전화가 아니라는 것을 알자 구겨졌던 미간이 펴지며 레인은 유한을 기억해 냈다.

"안녕하세요? 그런데 무슨……?"

— 이거 봐, 이거, 나와 한 약속 잊은 거지?

"네?"

— 어쩐지 전화 걸고 싶더라 금요일 저녁에 만나기로 한 거 말야. 전할 물건이 있다고 했잖아.

레인은 그제야 금요일 약속을 기억해 냈다. 요새 정신을 어디 두고 다니는 건지 모르겠다. 본부장실 비서가 된 뒤로 바빠진 건 몸

뿐만이 아니었다. 정신적으로도 피곤했다.

"죄송해요. 잊고 있었어요."

— 솔직해서 좋은데? 전과 달라진 거 같지도 않고. 만날 수 있지?

다음 주로 변경하고 싶은 맘이 굴뚝같았지만 웬만해선 약속을 어기는 법 없었고 10분 전 약속 장소로 가는 버릇이 있을 만큼 한 번 정해진 약속에는 철저한 레인인지라 부러 변경하자는 말을 꺼내진 않고 있었다.

— 그래. 그럼 내일 6시에 회사 앞으로 데리러 갈게. 주차 문제도 있고.

명동은 주차 지옥이었다. 차를 가지고 나가면 빈자리를 찾아 주차장을 도는 게 1시간이 기본인 곳이기에 미리 배려하는 유한이었다. 거절하기엔 너무나 달콤한 제의였다.

'차는 집에 갈 때 가지고 가면 되겠구나.'

— 레인아.

"네."

— J그룹 빌딩으로 가면 되지? 내일 1층 로비에 6시 정각에 차 댈게.

"네."

— ······.

"왜 그러세요? 무슨 하실 말씀이라도?"

— 정말 많이 궁금하다. 네가 어떻게 변했을지. 넌 기억할지 모르지만 너, 무척 독특했거든.

"그랬나요?"

— 그래. 엄청.

어느새 레인은 호의적인 유한의 밝은 목소리에 입가에 미소를 짓고 있었다. 워낙 야멸차고 냉정한 성격이라 그녀에게 대놓고 차가운 양서류 같다며 그녀를 몰아세운 친구들이 많았다.

그런데 그런 그녀의 성격을 특이하다고 정의하고, 만나고 싶다며 저를 기다리는 사람이 있을 줄이야.

동창을 만나는 기분? 저의 어린 시절을 아는 사람을 만나는 것이 부담스러웠는데 어느새 저도 기대를 하게 된다. 희미한 기억이지만 유한의 모습이 조각조각 떠올라 작은 퍼즐로 완성되어 갔다.

— 내일 뵐게요.

"그래."

유한은 전화를 끊고 얼굴에 떠오른 미소를 지우지 못하고 있었다. 딱딱했던 레인의 말투가 조금은 부드러워졌다고 느낀 건 착각이었을까?

금요일에 회식이 있어 약속을 다음 주로 연기할까도 생각했지만 목소리를 듣는 순간 그런 생각은 아예 없어져 버렸다.

다정하고 싹싹한 여자의 목소리에 익숙해 있던 그로서는 낯선 타인이라서인지 날이 선 응수를 하는 레인의 덤덤한 어조가 차라리 편안하게 느껴졌다. 천편일률적이고 흔한 사람이 아니었다, 하레인은.

부친이 건네준 포장지로 잘 감싼 물건에 시선이 가 닿는 유한이었다. 포장 상태로 보아 약인 것 같은데…….

손 떼라며 당돌하게 절 향해 도도한 눈빛을 날리던 그 소녀는 어떻게 성장하였을까? 아버지가 맘속에 담았던 여인의 딸 레인에 대해 궁금증이 눈덩이처럼 커져 가고 있었다.

"하 비서."

"네, 본부장님."

혁진은 자신의 책상 앞에 단정하게 서서 단정한 대답을 하는 레인을 올려다보았다. 어제의 일은 신경도 쓰지 않는 얼굴에 괜히 심술이 날 것 같았다.

"이번 주말에 함께 내려가는 거 생각해 봤습니까?"

"의사는 분명하게 밝힌 걸로 압니다."

기어이 혼자가 아니면 가지 않겠다는 대답이었다. 혹시나 싶었다. 그래도 집에 데려다주는 수고를 마다하지 않았고 무소불위 상사의 권위도 행사하지 않았던가. 당장 내일모레가 주말이었다. 혼자야 백 번도 가겠지만 국 화백이 원하는 건 레인이었다.

그러나 그녀 혼자 보낼 수 없다는 생각은 변함없는 혁진이다. 국 화백이 여자로 그녀를 보는 게 아니란 걸 알지만 뭔가 내버려 두지 못하는 찜찜한 기분 때문에라도 동행자로 가야만 했다. 저 고집불통 레인과 말이다.

"오늘 가서 다시 한 번 생각해 봐요. 내려가는 길 힘들다는 거 알고 있지 않습니까."

상사가 이 정도까지 나온다면 저도 양보라는 걸 해야 하는데 레인의 입에선 그러겠다라는 대답이 쉬이 떨어지지 않았다. 불편했다. 그 어떤 남자보다도 혁진이 가장 불편했다.

입을 꼭 다물고 긍정도 부정도 하지 않는 여자를 보는 혁진도 답답하긴 매한가지였다.

"퇴근해요. 내일 다시 이야기합시다."

"네, 본부장님."

할 말을 다 하고 서류를 들여다보는 혁진에게 인사를 한 레인이 퇴근을 하러 자리에 돌아와 스카프를 목에 동여매고 있었다. 찬바람 탓인지 목이 따끔거리고 컨디션이 좋지 않았다. 이맘때쯤이면 유독 그러했다. 가을, 따뜻한 차가 그리워졌다.

'유자차라도 살까?'

마트로 향한 레인은 이것저것 장을 보고 있었다. 마침 세일 시간인지 호객행위를 하는 점원의 방송이 이어졌다.

— 세일 타임입니다. 오늘 품목은 석류입니다. 석류의 효용이야 다들 아시지요? 여성들 피부미용과 심혈관질환에 좋습니다. 차로 음용하셔도 좋고요. 자자, 1+1 행사입니다!

레인은 자석에 끌리듯 카트를 밀고 그곳으로 다가갔다. 두근거리는 심장박동은 제 것이 아닌 듯했다.

저녁 장을 보러 온 직장맘과 부부들이 많이 모여 있었다. 그들이 하나둘 들고 있는 발간 석류, 너무나 새빨개서 어떤 것은 마치 핏물이 톡 하고 금방이라도 떨어질 것만 같았다.

"석류, 발갛다……. 석류 껍질엔 타닌과 펙틴질……. 피부…… 많이 먹으면 좋다고……. 면역력, 자연치유력. 그리고…… 심장에 심장……. 허억!"

멍하니 서서 석류의 효용을 읊어 대던 레인이 가슴을 움켜쥐었다.

"흐……흑."

미친 듯 울리는 심장의 고동 소리가 제 것이 맞는지 아님 둥둥 울리는 북 소리인지 구분이 가지 않을 때 누군가 가다가와 레인을 부축해 주었다.

"어머, 괜찮아요?"

"괜찮……. 흐으."

"안 되겠네요. 이쪽으로요. 저기 조금만 가면 휴게실 의자 있어요."

여자의 부축을 받고 걸어가 겨우 의자에 앉자 그 여자는 레인을 뒤로 기대게 하고 연신 팔과 손을 주물러 주고 있었다. 생면부지의 여자였지만 손길에 거부감은 들지 않았다.

"걱정 마세요. 난 인명구조 일을 하고 있어요. 그러니까 심호흡 크게 해 봐요."

"흐음……."

"한 번 더요."

"하아."

그렇게 몇 분이 흘렀을까. 서서히 정상으로 되돌아오는 호흡에 레인은 그제야 감았던 두 눈을 떠 자신을 간호해 준 여자를 바라볼 수 있었다. 여자치고는 덩치가 조금 크고 장신이었다.

"감사합니다."

"별말씀을요."

"저기……. 이젠 괜찮아요. 바쁘실 텐데."

"다행이에요. 그래도 모르니까 내일 병원에 한번 가 보셔야 해요. 심장 쪽 안 좋은 거죠?"

"……네."

"유전인가 봐요."

"네."

어머니 고서린도 심장이 좋지 않았다. 개미만 한 목소리로 대답을 한 레인이 고마운 그녀를 올려다보며 목소리를 쥐어짜 냈다.

"정말 고맙습니다. 연락처 좀……."

"아니에요. 인연이 되면 다시 만나겠죠."

한사코 거절하는 여자의 모습에 레인은 저런 사람이 있구나, 남을 대가 없이 도와주는 사람이 정말 있구나라는 생각을 했다. 부드러운 미소를 지어 보인 그녀는 인사를 한 뒤 멀어져 갔고 레인은 홀로 의자에 한참을 앉아 있었다.

환청…….

자신이 언제 석류를 먹었던가? 쉬이 접하지 못하는 과일인지라 그다지 좋아하지도 먹고 싶어 하지도 않았던 과일인데…… 방송이 들리자마자 달려간 건 왜지? 대체 왜? 눈을 감으면 아득히 멀리서 절 부르는…….

그때였다. 요란한 소리로 그녀의 생각을 깨뜨리는 벨 소리가 울렸다.

따르르르.

"여보세요?"

─ 레인이냐?

"네."

레인의 부친이었다.

"무슨 일이세요?"

─ 꿈자리가 사납구나. 별일 없나 해서.

"아무 일 없어요."

— ……한번 내려오지 않겠니?

"말일쯤 연락 드리고 갈게요."

— 그럴래?

반색하는 헌승의 목소리가 반갑지 않았다. 언제부터 챙기셨다고, 언제부터. 하지만 레인은 입술을 다물고 더 이상 말을 하지 않았다.

— 건강 챙기고. 내…… 기다리마.

수화기를 쳐다본 레인은 눈을 자그시 감고 의자 등받이에 몸을 기대었다. 마치 제가 나쁜 짓이라도 한 것만 같은 죄의식, 나이 든 부모가 자식에게 먼저 안부를 물어 오는 지금이 비정상임을 알고 있기에 그녀의 맘은 편치 않았다. 결국 마트에서 아무것도 사지 못한 레인이었다.

✳

머리가 무거웠다.

근래 들어 잦아지는 두통에 레인은 머리 지압점을 찾아 꾹꾹 눌러 대고 있었다. 약을 먹어야 할 듯싶었다. 다행히 권 박사님이 약을 보내셨다고 했으니까. 그것 받기 위해선 권유한, 그 사람을 만나야 하지만.

낯선 사람을 만나는 일을 그다지 반기지 않는 레인이지만 선택의 여지가 없었다.

어제도 밥을 거르고 수프만 끓여 먹고 기절하듯 잠에 빠진 그녀는 순간 핑 도는 현기증에 화장대 의자에 걸터앉아 손바닥에 이마를 대고 너덜거리는 정신을 수습하려 애를 쓰고 있었다.

음식 자체를 잘 챙겨 먹지 않는 그녀가 근래 곡기다운 곡기의 섭취를 게을리한 탓인지 빈혈기가 심해지고 있었다.

마트에서 본 빨간 석류를 생각하면 이상하게 메스꺼움이 치미는데 그 이유를 알 수 없어 답답했다. 생각만 하는 것인데도 왜 이러는지. 싫어하지도 좋아하지도 않았던 열매가 먹고 싶어 카트를 밀고 달려간 것도 이해되지 않았지만 막상 속살이 빨간 석류를 보니……

따라라라—

레인은 맞춰 둔 알람이 나갈 시각인 것을 재차 알려 오자 고개를 흔들며 상념을 지워 내려 애쓰고 있었다.

"……비서, 하 비서!"

……누구?

"대체 정신을 어디에 두고 다니는 겁니까?"

날카로운 고성에 레인은 번뜩 정신을 차렸다.

레인은 지쳐 쓰러질 것만 같았다. 날카롭게 파고드는 찌르는 듯한 고통이 약을 먹어도 멈춰지지 않아 업무에 집중하지 못하였고 급기야 실수가 잦아지고 있었다.

외국 바이어와의 전화를 연결하다 끊어 버리질 않나, 회의록 작성 도중에 저장도 하지 않고 삭제를 눌러 서류를 복원시키느라 애를 먹었다.

거기다 점심때에는 혁진에게 중소기업 모임 만찬 장소를 다른 곳으로 안내하고 말았던 것이다. 통상적으로 인터컨티넨탈 호텔 디럭스룸에서 열지 않냐며 지나가는 말로 의문을 표시한 혁진 때문에 혹시나 싶어 확인을 해 보지 않았더라면…….

"……죄송합니다. 입이 열 개라도 할 말이 없습니다. 지금 출발하셔야 늦지 않을 것 같습니다."

혁진은 꼿꼿이 편 몸을 굽히고 반듯하게 죄송하다 사과하는 레인을 바라보았다. 어제와는 확연히 다른 그녀였다.

무슨 일이 있는가 싶다가도 이를 악물고 아무런 티를 내지 않으려는 프로의 근성을 나타내는 그녀인지라 섣불리 개인적인 일을 캐물을 수는 없었다.

"돌아와서 봅시다. 참, 오늘 괜찮다면 내가 오고 나서 퇴근해요."

"네, 알겠습니다."

순간 유한과의 약속이 생각난 레인이었지만 차마 약속이 있으니 먼저 퇴근하면 안 되냐는 질문을 하진 못했다. 서둘러 재킷을 걸치고 나가는 혁진을 배웅한 뒤 그녀는 의자에 앉아 손바닥에 얼굴을 파묻었다. 목까지 꼭꼭 여민 단추도 하나 풀어내자 답답했던 속이 조금은 풀리는 것도 같았다.

요즈음은 제가 아닌 듯했다. 환경이 바뀌어서일까? 아니면 살피듯 저를 바라보는 혁진의 시선 때문일까? 모르는 척 무심한 척하려해도 레인은 오감으로 느껴지는 집요한 그의 시선을 신경 쓰지 않을 수 없었다.

하지만 상사와 그렇고 그런 사이라는 말이 떠도는 걸 듣고 싶지 않았고 그저 조용히 사는 것이 소원인 레인은 끝끝내 혁진을 돌아보지도 눈을 마주치지도 않고 버티어 내고 있었다.

'이번 프로젝트만 끝나면 제자리로 돌아가야지.'

얼굴에서 손을 뗀 레인은 얕은 잠에 빠졌다 새벽에 잠깐 깨었던 오늘을 생각했다. 어제저녁에는 분명 토할 것 같은 열매였는데 꿈 속에서 그녀는 석류를 아주 달게 먹고 있었다. 아주 맛있다는 듯. 낯설면서 낯설지 않은 그 모습은 분명 그녀인데도 타인을 보는 것 같은 괴리감을 느끼게 했다.

"날씨마저 오늘따라 왜 이러는지."

시간이 있으니 잠시 밖에라도 나가면 기분전환이 될까 싶은데 창으로 비쳐 드는 햇빛은 맑지 않았고 잿빛 하늘은 금세라도 비를 쏟아 낼 듯 잔뜩 흐려 있었다. 레인의 시선이 창가에 즐비하게 늘 어선 고급스러운 난에 닿았다.

'옮겨야 할까? 비가 올지도 모르는데……'

수초 동안 고민하던 레인은 결국 비가 오지 않을지도 모른다는 결론을 내리고 혁진의 사무실을 정리한 후 제자리로 돌아왔다.

오늘 뒤죽박죽이 된 일정을 재조정하느라 애를 먹었던 그녀 덕 분에 본부장도 바쁜 일정을 보낼 게 분명했다. 저 때문에 한 시간 은 허비해 버렸으니 말이다.

퇴근 시간이 되어도 혁진에게서는 연락이 없었기에 레인은 결국 핸드백만 챙겨 일어났다. 권유한이란 사람을 만나고 아무래도 회사 로 다시 돌아와야 할 모양이었다. 지금쯤이면 기흥공장을 돌아보고 있을 테니까.

"아……."

그러고 보니 오늘 만날 남자의 얼굴을 기억하지 못한다는 사실이 생각난 레인이었다. 아는 거라곤 핸드폰 번호밖에 없었다. 그건 유한도 마찬가지일 텐데……. 머뭇대던 레인은 통화 버튼을 결국엔 누르지 못하고 약속 시간 10분 전부터 로비에서 그를 기다리자 맘먹은 그녀였다.

'어릴 적 얼굴이라도 남아 있겠지.'

본부장실 문을 닫아걸고 포스트잇에 곧 돌아오겠단 메모를 써붙인 뒤 레인은 휴대용 우산을 챙기고 바바리코트를 걸친 뒤 엘리베이터로 향했다. 틀어 올린 머리를 고정하던 보석 핀은 핸드백 안에 담겨 있었다. 어깨 길이로 찰랑거리는 밤색빛을 머금은 탐스러운 머리칼은 한 번도 파마를 하지 않아 윤기가 넘쳐 흘렀다.

또각또각.

그녀의 발걸음이 점차 멀어질 때쯤 사무실에 요란한 벨소리가 울렸다. 혁진의 전화였다.

따르르. 따르르.

'퇴근한 건가?'

레인더러 자신을 기다리라고 한 건 내일 국 화백 댁으로 갈 것인지 말 건지 아직 이야기가 마무리되지 않아서였다.

그런데 앞으로도 2시간은 족히 걸릴 것 같기에 집으로 들어가라고 이야기하러 전화를 건 혁진이었다. 일을 마치고 집 근처로 찾아가면 된다고 생각했기에.

그러나 울리는 전화를 받지 않는 레인 때문에 혁진은 초조해지고 있었다. 무슨 일인지 그녀답지 않은 오늘이었다. 노성을 지르며 탓하긴 했지만. 혹 어디 아픈 건 아닌지, 신상에 어떤 일이 있는 건지 궁금해 미칠 지경이었다.

공과 사를 엄격히 구분하는 남자로 자부하는 그인데 레인에게만 적용되지 않는다는 건 미스터리한 일이었다.

머리카락을 틀어 올려 드러난 하얀 목덜미를 보면 이빨로 한번 물어 보고 싶다는 잔인한 맹수의 본능이 저를 부추겼고 또박또박 대답하며 틈을 보이지 않는 고슴도치 같은 모습을 볼 때면 저 뾰족한 가시들을 빼내면 속은 얼마나 말랑말랑 부드러울까? 하는 변태스러운 생각도 하는 제가 낯설었다.

간혹 보여 주는 희미한 미소가 햇살과 어우러져 햇발처럼 빛을 발할 땐…… 아무 생각이 나질 않았다.

'하레인, 좀만 더 기다렸다 가지.'

집에 갔을 거라고 생각되자 왠지 힘이 빠져 버린 혁진은 공장 관리자가 등장하자 업무에 다시 몰두하기 시작했다.

"퇴근하십니까?"

"아니에요. 만날 사람이 있어서 나갔다 다시 들어오려고요."

레인에게 말을 걸어 온 경비 최 씨는 레인과 안면을 익힌 사이였다. 지금이야 두 마디 정도 주고받지만 몇 년간 말 한마디 나누지 않았었다. 일전 두통으로 고생하고 있을 때 그녀가 건네준 약이 도움이 많이 되었던 후로 조금씩 말문을 튼 상태였다.

"아, 그렇습니까. 본부장님이 돌아오시나 봅니다."

눈치가 빠른 사람이었다. 부지런하고 근면했다. 단 한 번도 지각하거나 나오지 않은 적이 없다고 알고 있었다. 그녀가 입가에 미소를 띠자 인상이 확 하고 달라지는 것에 최 씨는 절로 얼굴이 붉어졌다.

뭐랄까 선물을 받는 그런 느낌이었다. 주책이라 할지 모르지만 아직도 어여쁜 아가씨들을 보면 저도 남자인지 눈길이 갔다. 회사 내 미인들이야 수없이 많았지만 독특한 매력을 지닌 레인은 단연 돋보였다. 하 비서는 모르겠지만 그녀에게 접근하고 싶어 애달아하는 남자 사원들도 꽤 많이 있었다.

한편 유한은 서둘러 J그룹 빌딩을 향해 오고 있었다. 첫 만남에 대한 기대는 설렘이 되어 갔다. 코리안 타임을 적용해야 하겠지 싶은 유한이 차를 서행하며 접근하자 작은 몸체에 바바리코트를 입은 여자 한 명의 아담한 뒷모습이 시야에 들어왔다.

'설마?'

입구에 차를 대고 지켜보는 그의 행동을 맞은편 경비가 눈여겨보나 싶더니 여자에게 뭐라고 말을 건네는 듯 보였다.

"저분, 약속하신 분 아닙니까?"

"네?"

경비 최 씨가 가리키는 쪽으로 고개를 돌리던 레인은 운전석의 유한과 시선을 마주친다.

"……!"

한눈에 서로를 알아본 두 사람이었다. 어릴 때의 기억 그대로 성장하기도 했지만 무엇보다 분위기가 그대로 남아 있었다. 반가움, 호의, 놀람의 빛이 유한의 눈동자를 스치며 지나갔다.

또각또각.

명쾌한 구두 소리를 내며 다가서는 레인을 보고 유한은 비상등을 켜 두고 운전석에서 내려 그녀 쪽으로 다가갔다.

"하레인?"

"……네."

얼굴 그득 반가움을 드러낸 유한이 팔을 활짝 펴고 어깨를 감싸려 들자 레인은 황급히 다른 방향으로 몸을 비틀었다.

"하하하, 미안 미안. 너무 반가워서 그만. 이젠 그때 그 소녀가 아닌데."

그랬다. 그녀는 소녀가 아닌 여인이 되어 있었다. 지독할 정도로 달콤하고 유혹적인 향을 발산하는 꽃 같은 여인이 거기 있었다.

"저, 괜찮다면 이동하고 싶은데요?"

"어? 아아, 그래. 어서 타."

레인이 퇴근시간이 되어 로비에 점점 사람이 많아지는 것을 의식해 성큼 차에 오르자 유한이 안전벨트를 점검해 준 뒤 차를 출발시켰다. 서서히 멀어지는 승용차의 뒤를 이어 로비에 정차한 차엔 본부장이 타고 있었다.

"……"

원래대로라면 기흥에서 1시간을 더 머물며 일을 보아야 했지만 혁진은 누군가가 맘에 걸려 서울로 돌아오고 말았다. 그런데 그 누군가가 남자의 에스코트를 받으며 자동차에 오르는 모습을 목격한 것이다.

"하 비서님 애인이신가 봅니다."

김 기사는 제가 한 말로 인해 혁진이 지옥을 왔다 갔다 하는 줄도 모르고 있었다. 단지 기분이 좋지 않아 보이는 상사를 위해 분위기를 누그러뜨리려 한 말이었을 뿐이다.

"차는 지하 주차장에 두고 퇴근해요."

"네? 하지만……."

"필요하면 부르겠습니다."

"알겠습니다, 본부장님."

혁진은 차에서 내려 뒤도 돌아보지 않고 곧장 본부장실로 향했다. 거친 발길로 도착한 사무실의 책상 위에는 그녀의 메모가 남겨져 있었다.

「잠시 용무를 보고 다시 오겠습니다. 오래 걸리진 않아요.

― 하레인」

용무라……. 오래 걸리지 않는다.

혁진은 사무실에서 불도 켜지 않은 채 한참을 그렇게 앉아만 있었다. 레인과 사라지던 젊은 사내는 준수하고 단정한 모습이었다. 제 여자를 챙기듯 살뜰히 안전벨트를 점검하는 모습이 기억나자 그의 눈살이 찌푸려지고 있었다.

채칵, 채칵, 채칵.

시간이 지날수록 그는 의자 깊숙이 몸을 파묻었고 눈동자의 색은 어두운 먹빛으로 흐려지고 있었다. 마치 비를 막 쏟아 내는 어두운 먹구름의 색과 동일했다. 그의 음산한 모습은 번개를 동반한 소나기 소리와 어우러져 마치 지옥의 왕 하데스의 모습을 연상하게 했다.

8

레인은 이곳을 알고 있었다. 회사 근처로 예약을 해 두었나 보다. 어느 날 갑자기 회사 앞이라며 연락해 왔던 아버지 하헌승을 이곳에서 만난 일이 있었기 때문이다.

회사 입사 후 이런저런 핑계로 집에 가기를 주저하던 때였다. 그때도 부녀는 열 마디 이상 이야기를 나누진 않은 것으로 기억되었다.

걱정되어 왔노라고 인사치레라도 운을 떼지 않는 헌승, 고생하셨다고 다음엔 제가 내려갈 테니 맘 놓으시라는 빈말조차 하지 않는 레인, 부녀는 이날 말을 아끼며 그저 나온 음식을 꾸역꾸역 목으로 넘겼을 뿐이었다.

유한은 맞은편 자리에 앉아 이젠 완연한 여인의 모습이 된 레인을 바라보았다. 뭐랄까. 작은 소녀가 예상하던 대로, 아니 그 이상으로 성장한 모습이랄까. 한눈에 그 아이인 것을 알아볼 수 있었다.

나른하면서도 세상에 무심한 듯한 눈, 그리고 저를 똑바로 직시하는 말갛고 무심한 갈색 눈동자. 유한은 기분 좋은 설렘을 안고 레인에게 그의 필살기인 환한 미소를 짓고 있었다.

레인은 유한의 스스럼없는 행동과 자연스러운 배려가 느껴지는 동작, 그리고 언제나 빛 속에 살았던 사람처럼 밝은 기운에 어릴 적 만났던 소년을 쉽게 떠올릴 수 있었다.

"만나서 반갑다."

"네."

드륵.

의자를 빼 주는 유한으로 인해 레인은 불편한 기억을 뒤로하고 조용히 자리에 착석했다.

"맘에 드니?"

"네."

단답식의 대답에 유한은 피식 웃고 만다. 레인답다고나 할까. 수다 떠는 여자를 좋아하지 않지만 이대로라면 오늘 내내 질문은 그가 하고 레인은 대답만 하고 말 듯싶었다.

"회사 생활 힘들지?"

"뭐 그렇죠."

역시 짧은 대답을 읊조린 그녀는 이내 입을 다물어 버렸다.

"내 직업 이런 거 되물어와야 하지 않니?"

"아⋯⋯. 그⋯⋯."

"하하. 호칭은 오빠로 해. 괜찮다면."

"⋯⋯네."

오빠라는 말, 입안에서만 맴돌고 나오지 않을 낯 간지러운 말이었지만 결국 레인은 다른 적당한 호칭을 생각해 낼 수 없었다.

"직장은 어딜 다니세요?"

엎드려 절 받기식 질문이었지만 유한은 사람 좋은 얼굴로 냉큼 대답을 해 주고 있었다.

"MK통신회사 다녀. 직책은 차장이고."

끄덕. 작은 동작으로 고개를 끄덕이는 게 전부다. 이야기는 다음으로 진행되지 않고 또 끝이 났다.

"여기 메뉴입니다."

다가온 점원에 의해 또 다른 화제를 꺼내려던 유한이 입을 살짝 다물었다 메뉴판을 받아 들며 물었다.

"내가 시킬까?"

"아뇨. 제가 고를게요."

"그럴래?"

레인은 육식을 즐겨 하지 않았다. 머리도 아팠고 소화도 안 되는 지금은 더욱 고기를 먹고 싶지 않았던 탓에 B코스를 주문했다.

"그거 가지고 되겠니? 아버지가 너 맛있는 거 사 먹이라고 신신당부하셨어."

권 박사님, 고마우신 분이었다. 낯을 심하게 가리는 레인을 위해 꼬박꼬박 왕진을 와 주셨고 덕분에 많은 편의를 제공받은 그녀였다.

물론 부친과 막역한 사이이기 때문도 있겠지만 그분이 저를 바라보는 눈동자엔 애틋함이 서려 있었다. 아버지 하헌승이 저를 바라볼 때 그 눈에 담고 있는 것처럼 녹진한 사연이 담긴 것 같은 눈빛.

"이걸로 되었어요."

레인이 선택한 코스는 거의 야채 위주의 식단이었다. 안 그래도 바람 불면 날아갈 것 같은 호리호리한 몸매건만 설마, 다이어트라도 하는 것일까? 유한은 도통 여자들이 새 모이처럼 먹는 습관이 이해되지가 않았다. 저렇게 먹고 어떻게 걸어 다닌단 말인가.

"넌 다이어트 같은 거 하지 않아도 돼."

"고맙습니다."

강적이었다. 이 정도 말을 하면 얼굴이 발그레해지며 저를 바라보는 여자들이 대부분인데 또 담백한 대답만 돌아왔다.

달그락, 덜그럭.

밥을 먹는 건지 배를 채우는 건지. 침묵 속에 음식을 먹던 유한이 한숨을 길게 내쉬더니 입을 뗀다.

"요새는 아픈 건 괜찮은 거니?"

"그건 권 박사님하고 이야기할 문제인 것 같아요."

"응? 아……아아."

머쓱해하는 유한을 바라보며 레인은 살짝 입술을 물었다. 살갑지 못한 제 성격과 사람 무안하게 만드는 데 일가견이 있는 저의 모남에 스스로도 지쳐 가는 레인이었다. 이러지 말자, 이러면 안 된다, 하면서도 잘 되지 않았다.

달그락.

"왜, 그만 먹게?"

"네, 다 먹었어요."

그나마 염소처럼 야채만 깨작거리더니 반 이상 남긴 접시를 보며 유한은 혀를 끌끌 찼다.

"그렇게 먹고 걸어 다니는 게 신기하다."

"······먹어요."

"뭐?"

"집에 가서 또 먹는다고요."

겨우겨우 내뱉은 말에 유한은 웃음을 터뜨렸다.

"뭐······. 아······하하 하하, 너 정말······ 큭큭."

유한은 저런 말을 진지하게 말하는 그녀가 귀엽다고 생각되어 웃음을 쉽게 그칠 수가 없었다.

따르르르.

그런 유한을 이상하게 보던 레인은 가방 안에 넣어 두었던 핸드폰이 울리기 시작하자 눈을 돌렸다. 레인이 본부장님이라고 뜨는 발신자에 살짝 몸을 틀어 전화를 받자 혁진의 목소리가 흘러나왔다.

— 어디지?

"아, 회사 근처 음식점입니다. 들어오셨습니까?"

"큭큭."

간헐적으로 유한의 키득대는 웃음소리가 전파를 타고 고스란히 혁진의 전화기에 흘러들었다.

— 지금······ 아냐. 저녁은 먹어야 일을 하니까, 먹고 들어와요.

"네, 알겠습니다."

혁진의 딱딱한 음성이 기다리지 못하고 저녁을 먹으러 가 버린 비서를 탓하는 거라고 짐작한 레인으로선 맘이 무거워질 수밖에 없었다. 대기하지 않고 자리를 비웠으니 기분이 나쁠 게 분명했다.

"누구?"

"제가 모시는 상사예요. 미안한데 오늘 다시 회사로 들어가 봐야 할 것 같아요."

"다시?"

"네."

유한은 왠지 아쉬웠다. 이상하면서도 기이한 감정을 불러일으키는 레인을 더 관찰하고 싶었지만 회사 상사가 찾는다는데 더 있다간 레인이 핀잔을 들을 게 뻔하다 판단되었기에 조용히 뒤로 물러나기로 마음먹은 유한이었다.

"참, 아버지가 전하라던 물건이야."

"고마워요."

박스에 포장된 꾸러미가 레인에게 전해지자 용무가 끝났다는 듯 레인이 자리에서 일어나려 했다. 그러고는 후식은 뭐로 할 거냐 물으러 온 점원에게 난감한 얼굴을 하는 레인이었다.

"고마우면 다음엔 네가 저녁 사는 거다."

"네?"

"고맙다며?"

"……."

망설이는 레인을 보던 유한은 자신의 특기를 발휘한다.

"나 많이 안 먹어. 그리고 나름 저렴한 입맛을 가졌다고 자부하니 부담 갖지 말고."

피식.

레인은 사람을 편하게 해 주는 미소와 안정감을 주는 유한의 배려에 저도 모르게 미소를 짓고 있었다. 그 모습이 한 떨기 난초 같아 한참을 눈을 떼지 못하는 유한이었다.

"네, 그럴게요. 다음엔 제가 살게요."

고마웠다. 권 박사님에게도 그 아들인 유한에게도. 그리고 부러웠다. 권 박사님이라면 아들인 유한에게 자상할 게 틀림없었다.

환자를 대하는 태도를 보아 충분히 짐작할 만한 사실이었다. 부친이 걷는 길과는 전혀 다른 길을 선택한 이유가 궁금해졌지만 다음에 물어보아야겠다고 생각하는 레인이었다.

남자의 차를 타고 떠난 지 1시간이 넘어가도 레인이 오지 않자 뭐 마른 강아지처럼 초조해하던 혁진은 결국 전화를 걸었다가 듣게 된 남자의 유쾌한 웃음소리에 신경을 야금야금 갉아먹히고 있었다.

그 남자는 왜 웃는 것일까? 그 도도한 하레인이 웃기는 이야길 한 것일까? 웃기는 행동을 한 것일까? 절대 있을 수 없는 일이었다.

하지만 제 앞에서 보여 주는 행동이 아닌 다른 행동을 그 남자 앞에서 했다면? 이런저런 상상에 목이 죄어 오자 혁진은 넥타이를 느슨히 풀어내린 후 맨 윗 단추마저 풀었다.

"하! 마치 바람난 여편네를 기다리는 남편 같잖아. 기가 차서."

뭔가 기다리는 것이라도 있는 듯, 혹은 오늘이 지나가 버리기 전에 해결할 일이 있는 사람처럼 하루 종일 일을 몰아쳐 댄 혁진이었다. 그럼에도 일이 끝나지 않자 천하의 강혁진이 일을 엉성하게 마무리 짓고 본사로 달려온 이유는 눈에 뵈지 않는 그 누군가 때문일지도 몰랐다.

항상 같은 계절 같은 낮과 밤인데 이젠 1년에 한 번 올려다볼까 말까 하는 하늘에 늘 눈이 가고 어둑어둑해지는 시간이면 홀로 외로워지기도 했다. 계절이 계절인 만큼 감성적이 되는 것인지, 아니면 그것을 자극하는 대상이 있기 때문인지 그답지 않은 요즈음이었다.

혁진은 자신이 의자 깊숙이 몸을 파묻은 채 불도 켜지 않은 사실도 망각하고 있었다. 아무리 시간이 상대적이라고는 하지만 너무나 더디게 흘러가고 있었다. 분노와 질투에 사로잡힌 혁진은 그렇게 우두커니 앉아 레인이 돌아오길 기다리며 눈을 감았다.

쿠르릉— 번쩍!

흠칫!

레인은 빌딩으로 들어오자 한숨을 길게 내쉬었다. 회사로 복귀하는 길에 천둥 번개를 동반한 장대비가 쏟아졌다. 이런 날씨를 유독 무서워하는 그녀였다. 번개, 우레, 천둥소리. 레인을 공포로 몰아가는 세 단어였다.

천둥을 무서워하는 건 지은 죄가 많아서라던데……. 레인은 일부러라도 이런저런 생각을 떠올리며 저를 움츠리게 하는 소음으로부터 멀어지려 애쓰고 있었다. 사무실엔 그보다 훨씬 무서운 염라대왕이 그녀를 기다리고 있는 것을 모른 채.

비서실에 들어서서 바바리코트를 벗은 레인이 본부장실을 쳐다보았다.

'이상한데? 들어오셨다 나가신 건가?'

인기척이 느껴지지 않는 것도 이상했지만 문틈으로 빛이 새어

나오지 않았다. 빗줄기 소리는 들리지 않았지만 어둠과 혼자라는 생각에 레인은 두려움을 느끼며 본부장실로 다가서고 있었다.

비서실 구석에 놓인 커다란 화분 그리고 책상 모서리엔 불빛으로 인한 음영이 드리웠지만 오늘은 눈길조차 주지 못할 정도로 두려움을 느끼게 하는 물체일 뿐이었다.

딸칵.

레인이 문을 열고 본부장실로 들어서던 찰나였다.

우르르 콰쾅!

머리 위로 내리치는 듯한 우렁찬 소리에 레인은 저도 모르게 새된 비명을 질렀다.

"까아아악!"

"하 비서?"

레인이 사무실에 들어서는 소리에 깨어 있던 혁진은 조심스레 문을 열고 들어오다 갑자기 비명을 지르는 그녀 때문에 자리에서 벌떡 일어났다. 도저히 그녀의 비명이라고는 믿을 수 없는 날카로운 비명에 그는 무척이나 당황했다.

"아…… 아아악."

"하레인!"

"저…… 천둥소리, 저 소리 좀!"

이상했다. 지나칠 정도로 벌벌 떠는 레인의 행동은 그가 느끼기에도 두려움을 벗어나 무엇인가에 사로잡힌 듯한 과한 행동이었다. 성큼성큼 다가서는 혁진을 바라보는 레인의 눈동자가 뭔가를 떠올리듯 멍해지고 있었다.

"오지 마……. 저리 가."

"레인?"

"저리 가라고!"

덩치 큰 사람들이 보였다. 그리고 비릿한 조소 어린 목소리가 들리는 듯했다. 삼켜지지 않는 비명을 지르며 바닥에 웅크린 작은 여자도 보이는 듯했다.

누구지? 누구? 레인은 극도의 공포에 숨을 집어삼켰다. 손발이 달달 떨리고 그저 도망쳐야 한다는 생각뿐이었다. 하지만 바닥에 붙었는지 떼어지지 않는 야속한 두 다리가 그녀를 이곳에 붙들고 있었다.

"레인……."

"아아악, 아악!"

잡혔다. 잡힌 거다. 또다시, 다시!

혁진은 자신의 손에 어깨를 잡힌 레인이 죽을 듯 비명을 질러 대자 당황한 것도 잠시 어깨를 마구 흔들어 정신을 차리게 만들었다.

"정신 차려! 하레인!"

"……어…… 어어?"

틀렸다. 먼 허공에 시선을 던진 레인은 제정신이 아닌 듯했다.

철썩!

뺨을 가르는 소리가 울려 퍼졌다. 레인의 뺨은 금세 불도장을 찍은 것처럼 벌겋게 달아올랐다. 하지만 효과가 있었는지 그녀는 볼을 붙잡고 서서히 현실로 돌아오는 듯 보였다.

"아……파."

"정신이 드나?"

"……본부장님."

"그래. 나야, 강혁진."

"왜 제가……."

말을 더듬는 레인의 어깨를 붙잡아 소파에 눌러 앉힌 혁진이 그녀의 앞에 무릎을 꿇은 채 가만히 올려다보았다.

"무슨…… 일인지 기억 안 나?"

"……"

갈색 눈동자가 갈피를 잡지 못하고 흔들리고 있었다. 그저 무서워서라기보단 뭔가 이유가 있는 것 같은 느낌이 확연하게 들었지만 다그칠 때가 아니란 판단에 혁진은 가만히 레인의 부어오른 볼을 손가락으로 쓸어 주었다.

"많이 아픈가?"

"……아……아니에요."

흠칫하며 그의 손을 거부하듯 고개를 반대쪽으로 돌리는 레인으로 인해 기분이 다시 묘해졌지만 그는 서둘러 자리에서 일어나 레인에게 엄하게 경고를 했다.

"여기 가만있어. 내가 움직이라고 할 때까지. 알았나?"

"네?"

놀란 레인을 혼자 두고 갑자기 밖으로 나갔던 그가 금세 되돌아왔다. 손에는 따스한 김이 모락모락 나는 찻잔과 물에 적신 수건이 들려 있었다.

"본부장님, 제가 할게요."

"가만있어. 아직도 손 떠는 거 안 보여? 그러다 뜨거운 차 엎지르면 어쩌려고 그래?"

주객이 전도된 상황 앞에 레인은 몸 둘 바를 몰랐다. 누가 상사이고 누가 비서란 말인가, 하극상도 이런 하극상이 없다.

"······."

"마셔. 천천히."

굳이 제가 마시겠다는데도 입에 대 주는 따스한 차를 조심스럽게 마시자 레인은 거북했던 속이 가라앉고 오늘 내내 그녀를 괴롭혔던 두통도 사라지는 듯했다.

"한 모금 더."

그의 말에 후륵, 하는 소리를 내며 차를 한 모금 더 마셨다.

"얼굴 이쪽으로 대 봐."

"제가······."

"빨리."

차가운 수건이 볼에 닿자 욱신거리는 볼이 금세 얼얼해졌다.

"미안, 내가 급한 마음에 힘 조절을 못 했어."

"아닙니다. 감사해요."

환한 불빛 아래 물기를 머금은 레인의 입술이 더욱 붉은 빛을 띠고 있었다. 그녀를 삼킬 듯 바라보는 혁진의 시선 앞에서 레인은 숨이 턱턱 막혀 왔다.

끌리는 것을 부러 외면했었다. 볼을 쓰다듬는 따스함에 가슴이 조여들었다.

다시는 돌아오지 않는 것을 허망하게 기다리는 짓은 하고 싶지 않은데도, 기대하고 실망하는 일을 되풀이하고 싶지 않아 주위에 무심하고 사람에게 집착하지 않는 비겁한 길을 선택했는데도 이 사람은 다를까, 하는 희망이 모락모락 피어올랐다.

가슴 어딘가가 욱신거리며 심장이 제 존재를 알려 왔다. 여기 있다고. 이렇게 뛰고 있다고.

"하레인."

혁진의 손가락이 볼에서 미끄러져 그녀의 턱을 들어 올리자 두 사람의 시선이 마주쳤다. 오롯이 서로의 눈동자에 상대를 담으며 수초간 그들은 꼼짝도 하지 않았다.

"머리를 풀면 어떤 모습일까 상상했었어."

"……본부장님."

혁진은 레인의 부드러운 머리카락을 정수리에서 머리카락 끝까지 손바닥으로 쓸어내렸다

"상상보다 훨씬 부드러워."

탈 듯한 혁진의 시선에 갇힌 레인은 꼼짝도 할 수 없었다. 옆으로 흘러내린 머리카락을 귓바퀴 뒤로 넘겨 주고 뺨을 쓸어내리는 엄지손가락의 감촉에 레인은 스르르 눈을 감아 버렸다.

다가오는 기척과 깨끗한 코롱 냄새가 코끝에 닿는다 느낀 순간 윗입술을 쓸어내리는 혁진의 손가락을 오감으로 느끼며 레인은 저도 모르게 해바라기가 햇빛을 향하듯 고개를 뒤로 젖혔다.

"레인."

후두둑.

이상했다. 무섭고 몸서리치게 싫었던 천둥소리가 저 멀리 아득하게 들리고 두 사람만 물의 장막 안에 갇힌 채 보호받고 있는 안온한 느낌이 들었다. 무서움, 두려움, 공포가 사그라지는 것 같았다.

살며시 와 닿는 그의 입술은 업무 중에 보아 왔던 차가운 이성을 자랑하는 그와 대비되어 무척 뜨거웠다. 자연스레 봉오리를 여는

꽃처럼 레인이 입술을 열자 그가 그녀의 허리를 옥죄며 혀를 찾아 내 얽어 들었다.

입안을 샅샅이 탐험하는 탐험가처럼, 목마른 자가 샘을 찾듯 급하게 입술을 삼키는 혁진 때문에 레인은 그의 셔츠 깃을 꽈악 붙들고 매달렸다.

점차 강렬해지는 열망을 담은 그의 혀가 뒷걸음치려는 그녀의 혀를 낚아채 맘껏 집어삼키고 간혹 내쉬는 숨결마저 기다렸다 다시 삼켜 대었다.

타액이 서로에게 건네져 가고 누구 것인지 모르게 섞이고 있었다. 그들은 도저히 떼지 않으면 숨이 막혀 죽을 지경이 되어서야 얽혀진 혀를 떼어 냈다.

"하아."

"레인, 하레인."

헐떡이며 숨을 고르는 레인을 품에 안고 혁진은 그녀의 이름을 연신 부르고 있었다.

어깨에 기댄 레인의 눈앞으로 깜박거리듯 스쳤다 사라지는 영상.

암흑.

폐부를 찌르는 듯한 고통.

그리고 누군가의 절박한 외침.

레인은 떠오르는 영상을 애써 떨치며 혁진에게 죽을 듯 매달리고 있었다.

*

"들어가요."

레인은 자신의 집 앞에 멈춰 선 차에서 머뭇거리고 있었다. 괜찮다는데도 굳이 혁진이 차로 그녀를 바래다주었다. 남녀 사이 은밀한 나눔을 하였으니 이러한 친절쯤 당연한 것처럼 받아들이기엔 레인은 너무 딱딱하고 조심스러운 여자였다.

답답했다. 상사와 그를 모시는 여비서라니, 끝이 뻔하지 않은가. 길을 잃지 않고 정석으로만 걸었던 인생이었다. 모난 길은 가지도 않았고 모난 일엔 티끌만 한 관심도 두지 않는 그녀였다. 하지만 지금 혁진의 차 안에서 그녀는 갈등하고 있었다.

비바람이 그치고 부는 바람은 아직 선득했지만 두 사람만이 있는 공간은 후끈하고 뜨거운 열기를 내뿜고 있었다.

힐긋 곁눈질로 본 혁진은 얼굴이 붉은 기운을 띠고 있었고 운전대를 잡은 손에는 푸른 힘줄이 도드라져 보였다. 갈등, 그리고 머뭇거림이 고스란히 느껴지기에 레인은 입을 달싹거리려다 다물어 버렸다.

'내려야 한다고, 내려도 되냐고 말해.'

하지만 레인은 바보 같고 눈치 없는 질문을 하지 않기 위해 바바리코트를 잡은 손만 애꿎게 쥐고 있었다. 연애 경험은 없어도 그가 인내하고 있다는 것은 알고 있었다. 어린아이가 아니니까.

레인은 차창 밖으로 시선을 돌려 어두운 거리를 바라보고 있었다. 먹빛으로 채색된 깜깜한 밤에 빛나는 거라곤 교회 십자가들뿐이었다. 구제받지 못한 영혼들이 많은지 커다란 십자가가 여기저기 흩어져 있었다.

아주 어릴 적 산타클로스가 있다 믿었고, 기다리면 돌아온다 믿었고, 착하게 살면 복을 받는다 믿었던 순수한 저는 어디로 갔을까.

혁진은 그저……. 그저 자신이 아프고 힘들어 보이니 위로해 준 것뿐일 것이다. 그래……. 그럴 거다. 여자가 흐트러진 모습으로 날 잡아 잡수세요, 하며 진상해 바친 꼴이니 기회를 놓칠 사람이 어디 있겠는가. 그렇게 생각하자. 그게 다일 것이다.

레인은 그저 두 사람이 키스하고 갈구한 건 남녀의 화학작용이었다 치부하기로 했다. 하지만 스치듯 닿았고 뜨겁게 삼켜졌던 입술이 얼얼한 통증을 유발하며 그녀의 가슴을 뒤흔들고 있었다.

사라진 게 아닐까, 내겐 없는 게 아닐까 생각되던 심장이라는 것이 세차게 움직이며 존재를 드러내고 있었다. 여자로서 느끼는 열망이라는 이름 앞에 속절없이 흔들리는 제가 낯설었다. 언젠가 사라질 연애 감정에 휘둘리고 싶지 않았다.

그건…… 비이성적이고, 나답지 못하고, 결국 실망을 거듭할 뿐일 테니까.

"하 비서."

"……네."

"들어가 쉬어요."

"네, 고맙습니다."

그녀처럼 운전석에 한참을 앉아 있던 혁진이 입을 뗀 건 레인의 집 앞에 주차하고 나서도 15분이 지난 뒤였다.

혁진은 끊었던 담배가 오늘처럼 절실했던 적이 없었다. 상상만 했었던 일이 현실이 되자 심장은 제멋대로 부풀어 터질 듯 세차게 뛰어 대고 있었다.

당장 옆에 앉은 레인을 안아 다시 입술을 겹치고 싶은 마음, 그의 품에서 신음하며 뜨겁게 반응하던 모습을 보고 싶은 열망에 온몸이 저릿저릿했다.

차갑고 이지적인 레인, 정반대로 뜨거운 레인, 상반된 모순을 가진 레인이라는 여자를 미치도록 원했다. 어쩌면 처음부터였는지도…….

"내일 아침 10시 이곳에서 만나지."

"……."

"혼자 못 보내."

레인의 입이 뭔가를 말하려는 듯 달싹거리자 그 붉은 입술이 부어오른 게 한눈에 잡혔다. 그리고 왜 부었는지 새삼 기억이 떠오르자 혁진은 서둘러 그 자리를 벗어나야 함을 느꼈다.

"내일 봅시다."

대답을 듣지도 않고 시동을 걸었다. 레인은 그 모습에 조용히 차에서 내렸다. 저 멀리 사라지는 혁진의 차를 레인의 알 수 없는 시선이 뒤따르고 있었다.

레인은 집으로 올라와 불도 켜지 않은 채 습관적으로 전화 응답기부터 켰다.

삐이—

— 계집애, 평일에도 연락 좀 하자. 이번 주에도 화랑 나올 거지?

이라였다. 레인의 유일한 미술학과 동기. 유일하게 레인의 개성을 인정해 주는 사람이었다. 레인은 어느새 얼굴에 희미한 미소를 지으며 다음 주에는 시간을 내 봐야겠다고 생각했다.

삐이—

— 레인아. 오늘 번개와 천둥이 치는구나. 별⋯⋯일 없는 거니? 걱정되어서 전화 걸었다.

부친이었다. 그는 그녀가 이런 날씨를 극도로 싫어한다는 것을 기억하고 있었다. 레인은 문득 궁금해졌다. 언제부터? 대체 언제부터 이랬던 거지?

학창시절 유난을 떨었던 기억은 없는데⋯⋯. 그렇다면 결국 비바람이 심하게 몰아친 그날의 사고와 관련된 일인 건가? 레인은 신경을 집중해 뭔가를 기억해 내려 애쓰고 있었다.

지끈.

머리 전체를 뒤엎듯 두통이 그녀를 좀먹어 가고 있었다. 거기다 정수리 부분을 무언가로 콕콕 찍어 대는 듯한 날카로운 아픔에 레인은 유한이 건네준 것을 꺼내 포장지를 급히 벗겨 내었다.

"후, 후우."

병 안에 담긴 알약을 먹고 나서야 멈춰지는 아픔. 레인은 이마의 정맥이 팔딱팔딱 뛰는 것이 고스란히 느껴져 그대로 머릴 감싸고 눈을 감아 버렸다.

제⋯⋯. 제니⋯⋯. 하하.

아⋯⋯ 하.

그러게 말을 들었으면 좋았잖아. 자업자득⋯⋯.

독하네.

원망하지⋯⋯ 우리도 하수⋯⋯.

"흐윽…… 흐."

두통이 거의 사그라질 무렵 저 멀리서 들리는 환청 때문에 그녀는 미칠 것 같았다. 이대로 혼자 미쳐 가는 건가? 정신병이 있는 사람들이 환청이 들린다던데……. 그럼 난 미쳐 가고 있는 건가?

그때였다.

번쩍!

"허억!"

콰광!

내리치는 번개의 하얀 섬광이 카메라의 플래시처럼 팡팡 빛을 터뜨렸다. 그녀 망막에 한 피사체가 서서히 떠오르며 선명해졌다. 흐리마리했지만 분명 남자였다. 호리호리한 몸매에 따스한 눈빛을 가진…….

하지만 레인은 그를 온전히 기억해 내지 못했다.

9.

"타요."

레인은 머뭇거리고 있었다. 기사는 어디로 갔는지 그가 운전대를 잡고 있지 않은가.

"기사님은 어디 가셨나요?"

머뭇거리며 올라타려 하지 않는 레인의 눈동자가 희미하게 흔들리고 있었다.

"뭘 걱정하는 건지 모르겠지만 조수석으로 타요. 털끝 하나 상하지 않게 하겠다고 맹세할 테니."

도무지 속내를 알 수 없는 혁진의 눈동자가 파고들듯 레인을 응시하고 있었다. 밤새 천둥소리와 번쩍이는 번개에 잠을 편히 이루지 못하다 새벽녘에야 조금 눈을 붙인 그녀였다.

저와는 달리 상큼하고 정갈한 모습을 한 본부장의 등장에 머리가 제대로 돌아가지 않고 있었다. 뒷좌석에 타겠다고 우겨야 할지 갈피를 잡지 못하는 레인이었다.

"어젯밤……."

혁진이 물끄러미 레인을 바라보았다.

"분명 잠을 못 잤을 겁니다. 가면서 눈 좀 붙여요. 뒷좌석은 의자를 젖힐 수 없으니까 불편할 거고."

레인의 눈썹이 살짝 위로 치켜 올라갔다. 이 사람은 뭐랄까. 사람을 잘 파악한다고 할까? 가려운 곳을 긁어 줄 줄 안다고나 할까. 그는 수초 만에 제가 잠을 못 잤다는 것, 담양으로 향하는 길에 분명 잠이 들 것이라 예견했다.

조금만 주의를 기울이면 누구나 생각했을 법한 일이기는 하지만 거절하지 못하게 끌어당기는 매력을 지닌 사람이었다.

"……네."

그녀가 조수석에 오르자 차는 부드럽게 출발했다. 레인은 앞만 바라보고 있었다. 날씨가 개어서 다행이라는 말도, 내려가는 길 즐겁고 편하게 가자는 말도 일절 하지 않은 채 두 사람은 입을 꾹 다물고 한마디 말도 흘리지 않고 있었다.

혁진은 혁진대로 잠을 이루지 못한 지난밤이었다. 키스 한 번에 이렇게 휘둘리는 제 자신이 낯설었다. 점점 더 레인에 대한 호기심과 궁금증이 커져만 갔고 오랜만에 가슴을 설레게 하는 여자를 만났다는 걸 부정할 수 없었다.

하레인, 그녀에게 점점 빠져드는 기분이었다. 남녀 사이의 화학 반응이야 끌림에서 비롯될 테지만 레인을 향할 때마다 느끼는 감정은 말로 설명할 수 없었다. 보호하고 싶은 마음, 자신만을 바라보게 하고 싶은 열망이 들끓고 있었다.

속도 조절을 해야 하는데 아무래도 그러지 못할 것 같은 예감마저 들었다. 어젯밤 맛보았던 입술은 겉은 차가웠지만 입안은 매끄럽고 촉촉했었다.

그리고 몸은 어찌나 나긋나긋 부드러웠던지. 어릴 적 가지고 놀던 곰 인형을 끌어안았을 때의 보드란 감촉의 살결이었다. 차가운 건 겉모습일 뿐 내면엔 불을 지닌 양면적인 모습도 저를 미치게 만들고 있었다.

'쉬운 건 재미없겠지.'

더 이상 감정을 해부하며 자로 재지 않기로 한 혁진이었다. 회사에서 상사와 여직원 간에 이상한 소문이 날 법한 관계는 원래부터 기피하던 혁진이었지만 그 모든 이유를 뒤로하고서라도 그녀를 향한 관심을 없던 일로 만들 수 없다고 결정한 그였다.

레인은 혁진의 시선 끝에 자신이 있다는 것을 아프게 의식했지만 외면하는 중이었다.

'차라리 다른 생각을 하자. 다른 생각을······.'

때마침 떠오른 건 검은 안경의 남자였다. 대학 선배 유창하, 그는 끈질기게 레인을 쫓아다니며 사귈 것을 애원했었다.

협박도 하고 어느 날은 너 아니면 안 되겠다는 혈서도 써 보냈으며 급기야 머리를 빡빡 깎고 나타나 사람을 기겁하게 만들었다.

처음엔 그저 좋은 선배였는데 점점 사이코틱하게 변해 가는 남자의 모습에 진저리 치며 어떻게든 그의 시야에서 벗어나려 했다. 그러나 그게 그를 더욱 자극했는지 대학 잔디밭 한가운데서 그녀의 따귀를 때려 온갖 추문에 시달리게 만들었다.

기가 차는 건 자신이 피해자인데도 마치 그가 피해자인 것처럼 소문을 퍼뜨리고 다녔다는 것이었다.

사람들은 과정을 보기보단 결과를 보고 제멋대로 해석했고 아무 설명도 하지 않는 레인을 도마 위에 올려 두고 칼질하기 바빴다. 결국 레인은 대학 1학년 때 자퇴를 하고 유학길에 오르게 되었다.

그가 맹렬하게 분노하며 제게 퍼부어 댄 악담들이 떠올랐다.

'독해. 넌 사람도 아냐.'

'너, 내 눈앞에 띄지 마라. 그땐 나도 날 어쩌지 못할 테니까.'

'너 사람 가지고 노냐?'

'네가 그런 눈으로 바라보면 미칠 것 같아. 왜! 왜! 넌 나와 다른 건데, 왜 나처럼 미치지 않는 건데!'

'내가 다 해 줄게. 해 줄 수 있어. 그러니까 나 좀 바라봐 주라, 레인아. 제발…….'

협박했다가 애원했다가 마지막엔 절망하는 그의 모습을 지켜보며 제가 무슨 잘못을 한 건지, 어떤 행동이 그를 오해하게 만들었는지 알 수 없어 그저 바라볼 수밖에 없었다.

캠퍼스를 벗어나려는 그녀를 붙잡고도 한참 그런 협박을 해 대던 창하에게 한 번은 두려운 마음을 붙잡고 진지하게 물었던 적이 있었다.

'선배…… 난, 난 정말 모르겠어요. 내가 선배를 그렇게 행동하게 만든 건가요? 제가 뭘 어떻게 한 건지 모르겠어요.'

'하! 모르겠다고?'

'네…….'

한참을 그녈 노려보던 창하가 뱉어 내듯 숨이 가쁘게 하고 싶었던 말들을 토해 냈다. 마치 저주를 퍼붓듯.

'넌…… 날 착각하게 만들었어! 내가! 내가 너의 유일한 남자일 수 있을 거라고 생각하게 만들었다고.'

'무슨 말인지 모르겠어요.'

'다른 사람은 곁에도 오지 못하게 했잖아. 하지만 나에게만은 말 걸어 주고 옆에 앉아도 내버려 두고 점심을 사 준다고 하면 따라왔잖아. 그게 나에게 얼마나 희망을 품게 한 일인지 알아?'

그랬다. 착각. 그가 착각하게 만든 원흉이 저일지도 몰랐다.

몰입되지 않는 유머를 할 때면 무슨 뜻인지 이해되지 않아도 예의상 웃어 주었던 것 같고, 먹고 싶지 않지만 밥을 사 준다며 가방을 뺏어 먼저 앞서가던 선배의 뒤를 마지못해 쫓아간 적도 있는 것 같았다. 눈도장을 열심히 찍어 대는 그를 보며 설마…… 아니겠지라는 생각을 했던 것도 같았다.

'……'

'이제 알겠어? 네 죄를?'

'제가 어떻게 하길 바라세요?'

'……조금만 주면 돼.'

'뭘?'

'부스러기라도 괜찮아. 네 마음 한 조각이라도 좋아. 나에게 줘. 내게, 레인……'

그러냐고, 그거면 되는 거냐고 말하지 않았다. 그저 동정도 안 되는 안쓰러운 감정뿐. 그를 향한 마음은 딱 거기까지였으니까. 그리고 더 이상 위선은 안 된다며 경고등이 울리고 있었기에 레인은 차갑고 야멸찬 말을 했다.

'죄송해요. 거짓말은…… 이제 안 되는 거잖아요. 지금껏 충분했으니까요. 제겐 그냥 선배예요. 그 이상, 그 이하 감정은 없습니다. 제게 기대하는 게 있으시다면 드릴 수 없어요.'

눈에 핏발이 선다는 것을 이날 처음 접한 레인이었다. 그리고 여자에게 거절당한 남자의 분노를 생생히 느낀 것도. 목을 조를 듯 손을 들고 다가오던 그는 부들부들거리며 팔을 아래로 잡아 내리고는 바로 옆의 느티나무를 주먹으로 미친 듯 두들겨 댔었다.

퍽! 퍽!

집착은 광기를 불러온다는 걸, 보답받지 못한 마음은 분노로 점철되어 상대에게 칼끝을 향한다는 걸 배웠던 여름이었다. 찬란해야 했던 캠퍼스의 낭만은 그 누군가로 인해 강렬한 태양빛처럼 뜨거웠다 사그라지고 말았었다.

떠올리면 씁쓸한 기억만 남은……. 지금은 어떤 모습일까. 만나지 말았어야 했던 인연. 어쩌면 그도 저처럼 피해자일지도 모른다는 생각도 들었다.

"후우."

저도 모르게 깊은 한숨을 내쉰 레인이었다.

'왜 그 기억이 나는 걸까?'

그 뒤로는 트라우마 같은 것이 생겨 버린 건지 다가오는 남자들에게 방어벽을 겹겹이 쌓아 올린 그녀였다.

눈을 지그시 감고 토하는 레인의 한숨을 들은 혁진은 잠시 정차한 신호등에서 핸들을 쥔 채 옆자리의 레인을 바라보았다.

"두통입니까?"

"아, 아니에요."

이마를 습관적으로 문지르던 레인이 동작을 멈추고 눈을 떠 그를 돌아다보았다. 혁진은 평일과는 다른 복장이었다. 주말이라 편한 복장으로 선택한 모양이다. 여유와 자연스러움이 물씬 풍겨왔다. 검은 바지에 캐주얼한 니트티를 입은 그는 훨씬 젊어 보였다.

그를 살피는 눈빛에 좋지 않았던 기억이 새록새록 되새겨졌다. 반복되지 않을 일이겠지만 저를 바라보는 혁진의 눈동자에 담긴 빛은 낯설지 않았다.

"왜 그런 눈으로 보는지 물어도 됩니까?"

은연중에 그녀의 몸짓에서 두려움을 읽어 낸 것일까. 레인은 흠칫 몸을 떨었다.

"아무것도 아니에요 그저 다른 생각을 하다……."

"……그래요?"

"창문 좀 살짝 열어도 될까요?"

"답답해요?"

"조금요."

지잉.

다소 차가운 바람이 귀밑머리를 뒤로 넘겼다. 서둘러 준비하고 나오느라 머릴 묶지 않고 차에 오른 그녀였다. 지나간 기억일랑 책 사이에 꽂아 잠시 접어 두자며 레인은 밝아 오는 아침에 눈을 돌렸다.

아직 아무것도 시작하지 않았는데 혼자 헛물켜는 모양새라니 웃기지도 않았다. 강혁진이 누구인가. 그가 뭐가 아쉬워 여자에게 목을 맨단 말인가.

"피곤해 보입니다. 눈 좀 붙여요."

혁진의 부드러운 말에 기다렸다는 듯 감겨드는 두 눈은 마치 무거운 추를 매단 듯 떠지지 않고 그렇게 어둠 속으로 한없이, 한없이 빠져들었다.

툭─

자꾸만 옆 창가로 휘어지는 레인의 고개가 맘에 걸려 혁진은 휴게소가 보이자마자 그곳으로 서행하며 들어가 차를 대었다. 엔진 소리가 멈추자 두 사람은 쥐 죽은 듯 고요한 세상 속에 내던져진 것 같았다.

쓱.

좀 더 편하게 눕게 하려고 의자를 두 단계 뒤로 젖히고 레인의 몸에 차에 비치된 모포를 덮어 주었다. 몸이 따뜻해지자 고양이처럼 가르릉거리며 몸을 움츠리는 레인의 모습에 순간 그의 모든 동작이 정지해 버렸다. 나가서 바람이라도 쐬고 담배라도 한 대 피우고 싶었지만 한 번 멈춰진 눈길은 쉬이 떨어지지 않았다.

"하레인."

"……"

"이봐, 그렇게 무방비한 표정으로 잠들면 곤란하지. 내가……
덮치고 싶어 하는 나쁜 늑대 같잖아."

"……"

대답 없는 레인을 물끄러미 바라보다 혁진이 몸을 숙여 그녀의 이마에 짧은 표식을 남겼다.

촉.

"이건 오늘 하루 착한 기사 노릇 하는 데 대한 노동의 대가야. 선불로 받은 셈 칠게. 괜찮지?"

혁진은 레인의 입술에서 눈을 떼고 운전석을 뒤로 젖히며 기지개를 폈다. 어느새 나란히 누워 잠이 든 두 사람의 고개가 가운데로 향하며 머리가 닿을락 말락 해졌다.

N극과 S극. 완전히 다른 성향을 가진 자석은 지구자기장의 강력한 영향을 받아 서로를 강력히 끌어당기고 있었다. 레인과 혁진 주위에 형성된 자기장은 주위를 변화시켜 간다.

그들을 에워싼 수많은 사람들과 문제까지도.

레인은 옆자리를 아프게 의식하고 있었다. 자신의 생각과는 전혀 다른 행동을 보여 주는 혁진 때문이었다.

선잠이 든 그녀가 먼저 깨어나 옆자리의 그를 보게 되었다. 머리가 부딪칠 정도로 고개를 오른쪽으로 비스듬히 떨군 무방비한 모습, 긴 속눈썹과 강인해 보이는 오목한 턱. 매우 잘생긴 얼굴이라 할 순 없지만 강인해 보이고 남자다워 보였다.

혁진의 얼굴에 그녀의 시선이 한참 머물렀다. 남자 얼굴을 이렇게 대놓고 관찰할 수 있는 기회 자체가 드물었지만 그에게서 눈 돌릴 수 없는 건…… 아마 그녀도 그에게 끌리고 있기 때문일 것이다.

남자는 일어나더니 거절할 틈도 주지 않고 배가 고프다며 레인의 손을 잡아끌었다. 어느 누구도 이렇게 무례하고 스스럼없이 제게 손 내밀거나 당기는 사람은 없었는데 끌려가면서도 싫지 않은 것은 왜일까.

항상 밥은 먹었냐며 끼니부터 챙기시던 외할아버지가 생각났다. 밥심으로 버틴다고, 먹는 것이 참 중요한 법이라고, 귀가 닳도록 한 말을 하고 또 하시며 저를 챙기던 분이셨다. 정작 당사자는 잘 드시지도 못해서 놓고선.

가끔은, 아주 가끔은 속된 말로 논다는 아이들이 내미는 손을 잡아 보고도 싶었었다. 일탈을 하고 싶기도 했다.

그러나 해 질 무렵 어둠이 깔리기 시작할 때면 무언가 집에 두고 온 사람처럼 가야 할 의무감에 자리를 털고 일어났다. 그건 자신을 기다리며 식사를 거르고 목을 길게 빼고 있을 누군가가 눈에 밟혀서였다.

동네 어귀에 제 모습이 나타나면 안도감과 환한 미소가 담뿍 담기는 얼굴에 가슴 한켠이 내려앉았지만 내색하지 않았다. 무안하기도 하고 미안하기도 했던 복잡한 심정을 들키고 싶지 않은 이유에서였다.

뭐가 그리 감추기 바빴는지. 살가운 말 한마디, 보고 싶었다, 사랑한다는 말 뭘 그리 아끼고 아꼈었는지. 삶이 영원하지 않으리라는 건 소설 속에서 나올 문구라 생각했었다. 할아버지만은 제 곁에 영원히 계실 거라 믿었었다.

지금이라면 얼마든지 말해 드릴 수 있는데……. 사랑한다고, 보고 싶었다고, 기다릴 줄 알고 빨리 왔노라고.

여전히 사람 사귀는 건 낯설고 마음 주는 건 더더욱 어렵기만 했다. 남들처럼은 아니지만 그런 척하고 싫지만 좋은 척도 하고 그렇게 살면 좋으련만 이 까칠한 성격은 변하기가 어려웠다.

'저 사람은 다를까, 조금은 날 이해해 줄까.'

앞서 걸으며 그들의 앞을 가로막는 사람들을 눈치채지 않게 분산시키며 길을 안내하는 혁진을 보며 스멀스멀 피어오르는 기대감을 감추지 못하는 레인이었다.

식사 후 그들은 다시 고속도로에 올랐고 다른 때보다 조금 늦은 시간에 톨게이트를 통과했다.

"국 화백님이 많이 기다리셨을 텐데요."

"아, 뭐하면 하룻밤 재워 달라면 되지, 뭐가 걱정입니까?"

"네?"

어이없어 입을 딱 벌린 레인을 향해 호탕한 웃음을 날리는 혁진이었다. 가진 자의 여유랄까. 온몸에 자신감이 넘쳐흐르고 긍정적인 자세였다.

그녀가 닮고 싶고 가지고 싶어 하는 것들을 그는 가지고 있었다. 휴게소에서 기어이 원두커피까지 챙겨 먹은 탓으로 그들은 아침부터 출발한 게 무색하게 늦은 오후가 되어서야 담양에 도착하고 있었다.

"길이……."

혁진은 레인이 하는 말을 들었는지 눈앞에 펼쳐진 경관을 바라보며 솔직한 감탄사를 늘어놓았다.

"좋지 않아요? 역시 미술관에서 그림을 감상하는 것도 좋지만 이렇게 자연이 가져다주는 평화로움을 느끼는 것도 못지않은 것 같습니다."

저 사람은 왜 다른 사람들과 같지 않을까. 내가 이렇게 차갑게 대하면 보통은 저를 멀리하거나 기피했는데, 왜…….

"곧 도착합니다."

레인은 길게 숨을 내쉬었다. 복잡하게 생각하지 말자. 오늘은 업무의 연장 때문에 함께하는 것뿐이니까. 이상한 생각도 하지 말자. 스스로에게 이렇게 주문을 걸며 하늘을 올려다보았다.

차창 밖으로 푸르고 넓게 펼쳐진 들판이 옹졸한 제 속내를 비웃고 있었다.

불필요한 잡념들과 겉치레를 내려 둘 때가 아니냐고, 이젠 그 나이쯤 되면 두루뭉술 묻혀 사람들 속에 섞일 때도 되지 않느냐 묻는 것만 같았다. 하지만…… 아직도 뭔가 불안정한 기억 속에서 헤매는 레인이었다.

제 어릴 적 유일한 따뜻한 기억이 외조부와 살았던 때였다. 어릴 적부터 자존감이 강하고 고집이 셌던 레인을 온전히 이해해 주고 개성을 존중해 주셨으며 꿈을 꾸도록 키워 주신 분, 생각만 해도 이렇게 그립고 보고 싶고 안타까운 분.

부친이 자신을 원하지 않는다는 말에 상처받아 무슨 말인지도 모를 소릴 지껄이며 외조부 마음을 아프게 했었다.

그리 빨리 제 인생에서 사라지실 줄 알았더라면 더 잘해 드릴 것을. 이렇게 좋은 경치가 곳곳에 널려 있는 줄 알았더라면 손잡고 여행이라도 다녀 볼 것을. 후회는 아무리 해도 부족했다.

이상하게 하늘은 파랗고 눈이 부신데 눈앞이 뭔가로 뒤덮여 흐리마리해졌다. 레인은 눈을 깜박이며 제 길로 돌아오기 위해 애를 썼다.

감상적이 된다는 건 흔치 않은 일이었지만 누군가에게 약한 모습을 보이는 건 죽기보다 싫었던 레인은 수려한 경관에서 눈을 떼지 못하는 사람처럼 뚫어지게 창밖만 바라보고 있었다.

핸들 위에 손을 얹은 혁진은 제 옆의 여자, 레인의 상태가 궁금했다. 뭔가 변화가 있는데, 절대 자신 쪽으로 시선을 주지 않으려 애를 쓰는 모습이었다.

강인해 보이지만 보이는 것만이 전부가 아니라는 것쯤은 아는 혁진이었지만 섣불리 동정하듯 손을 내밀고 싶지 않았다. 곧 거부할 테니까. 아니, 더 멀리 달아나려 애를 쓸 테니까.

맘 같아선 다시 그 나긋나긋한 몸을 제 품에 안고 놀란 눈동자를 바라보며 허릴 끌어당겨 안아 입술을 겹치고 싶었다. 하지만 아직은 그럴 때도, 그럴 사이도 아니었다.

'아, 정말. 다음 번개는 언제 치는지 기상청에 알아봐야 하나?'

혁진은 한숨을 길게 내쉬고 있었다.

"하하. 어서 오십시오."

국 화백의 환대에 레인은 멋쩍은 듯 공손히 인사를 했다. 그 모습을 지켜보는 그의 눈빛엔 기이한 빛이 서려 있었다. 혁진은 날카로운 눈빛으로 그를 살피고 있었다.

자신이 바쁜 와중에도 이곳에 동행한 이유. 그건 국 화백이 레인을 지목한 진정한 이유를 찾기 위함이었다. 분명 여자를 보는 그런 불순한 눈빛은 아니었다. 하지만 설명하지 못할 아득한 눈빛으로 레인을 바라보고 있었다. 불안이 그의 가슴에 밀려들기 시작했다.

"자자, 이쪽으로."

그답지 않은 환대였다. 외부인을 잘 들이지 않는다 소문이 자자한 그가 레인은 예외인 것처럼 안내까지 도맡아 하고 있었다.

국 화백은 사랑채로 두 사람을 안내했다. 그리고 나란히 앉은 남녀 중 여자를 지그시 바라보았다. 그의 얼굴에는 여러 가지의 감정이 물들어 있었다.

그에게는 딸이 한 명 있었다. 예술이 뭔지 젊을 적 결혼해 딸을 하나 낳은 뒤, 자신은 의무를 다한 것처럼 이곳저곳을 쏘다니며 그림을 그리기 바빴었다. 아내가 병들어 외로이 죽어 가는 것도 모르고 있었다.

하나 있는 딸은 조용하고 말을 아끼는 아이였다. 어느새 커 버린 딸의 눈동자에 원망이 담겨 있진 않았지만 그것보다 더 껄끄러운 체념과 무관심이 담겨 있었다. 그게 더 무서웠다.

스스로 죄의식을 느꼈기 때문인지도 모르겠지만 그렇게 딸은 대학생이 되었고 자신은 명성을 얻은 화가가 되었다.

문제없는 집은 없다, 다 이렇게 사는 거라며 자위했던 걸까. 순하고 착했던 딸이 결혼하겠다고 데려온 놈은 정말이지 맘에 전혀 들지 않는 놈이었다. 재능도 집안도 어느 것 하나 맘에 들지 않는 되바라진 녀석. 그 어느 것 하나 맘에 드는 구석이 없었다.

아버지라는 이름으로 딸의 행복을 바란다는 명분을 내세워 헤어짐을 종용했었다. 하지만 결단코 그런 일이 일어나리라고 생각지 않았었다.

'제가 뭘 원하는지, 뭘 생각하는지 한 번도 묻지 않으셨어요. 단한 번도!'

'난 네 아비다!'

'그렇다고 해도 제 인생을 휘두를 권리는 없으세요.'

매년 열리는 신인 화가 대전. 거기에 당선되면 생각해 보겠다는 말을 꺼낸 것은 그저 시간을 얻기 위함이었었다. 그 녀석이 통과하지 못하리라는 건 재능과 끼를 보고 이미 짐작한 바였기에.

그러다 자연스레 헤어지리라 여겼다. 그렇게 가벼이 여길 문제가 아니었는데도. 그를 닮은 제 딸의 성격이 쉽게 잊고 쉽게 받아들이는 아이가 아니라는 것을 간과했었다.

예상했던 남자의 낙선 그리고……. 두 사람은 서로를 꼭 안은 채 제주 허름한 여관에서 싸늘한 주검으로 발견되었다. 동반자살이었다.

연락을 받고 제주를 향하면서도 믿지 않았다. 분명 다른 사람일 거라 그리 생각했는데 바람마저 잔잔한 맑은 날 발견된 두 사람의 시신은 선명히도 담겨 제 눈을 멀게 만들었다.

생생히 끓어오르고 북받치는 감정에 휘청거리던 그의 얼굴에서 눈물이 똑똑 떨어졌다. 막 태어난 갓난아이를 안고 기뻐했던 순간, 제 팔 안에서 새근거리며 잠들었던 작은 핏덩이의 모습이 기억나 그를 미치게 만들었다.

그는 소리 내어 엉엉 울어 버렸다. 방치해 왔던 지켜야 할 소중한 것들을 다시 찾았으면 더 잘해 주어야 했고 미안해해야 했고 귀기울여 줘야 했었다. 한 번이라도, 단 한 번이라도. 하지만 말하지 않는다고 두 눈 감고 외면하기 바빴다.

잘 지내는 거라고 믿었다. 그건 방치였다는 것을, 소리 내어 아프다 잘못했다 따지지 않은 것은 그 아이 나름의 시위였다는 것을 알지 못했었다. 너무 늦게 깨달은 국 화백은 그렇게 제주도 허름한 여관 앞에서 서러운 울음을 울어야 했다.

하레인. 그녀는 제 딸을 많이도 닮아 있었다. 외모도, 그리고 조용히 눈을 내리깔고 바닥을 바라보는 자태도. 세상엔 닮은 사람이 세 명 있다 들었지만 처음 레인을 보았을 때 그는 하마터면 비명을 지를 뻔했었다.

"다과라도 내오라 하였습니다."

"감사합니다."

"그나저나 본부장님이 함께 오시다니 놀랐습니다. 길이 멀 텐데요."

"곧 담당자가 정해질 겁니다."

"흐음."

차를 입에 댄 국 화백은 정갈한 자세로 앉아 차를 음미하는 레인과 혁진을 가만히 살피고 있었다.

✳

"그래, 알았네. 아냐, 신상정보를 알았으니 됐어. 수고했네."

핸드폰을 끈 남자가 창으로 가 파이프 담배를 입에 물었다. 목욕가운에 한 손을 넣고 어두워져 아무것도 보이지 않는 먼 곳을 헤매는 그의 눈동자엔 많은 감정들이 나타났다 사라졌다. 하헌승 A재단 이사장이자 고문서협회 협의장. 레인의 친부였다.

이렇게 비가 내리는 밤이면 잠을 이룰 수 없었다. 설렘 가득했던 만남의 날도, 하나뿐인 제 반려를 잃었던 통한의 밤도 이렇게 비가 내렸었다. 천둥과 번개가 내리치는 밤.

두려워 떨고 있을 딸을 떠올리며 급히 전화를 걸었지만 다행히 레인의 상태는 걱정할 정도는 아닌 것 같았다. 친구인 권 박사가 수시로 레인의 상황을 이야기해 주어도 안심이 되질 않았다.

약을 전달했다고 하던데 두통은 나아진 걸까. 이것저것 물어보고 싶은 게 많았지만 부녀는 다섯 마디 이상을 주고받지 못했다.

"서린, 당신이 보고 싶구려. 왜 그리 빨리 가 버렸어."

하나뿐인 여자였다. 이 세상 유일무이한 제 여자 고서린, 레인의 친모. 그녀가 죽고 나서 방황하며 전 세계 곳곳을 쏘다니며 유랑했었다. 그리고 돌아와선 일에 미쳤었다. 그러지 않고서는 도저히 견딜 수 없었으니까.

그녀가 남기고 간 아이가 딸이라며 레인이라 이름 지었다고 장인어른이 알려 왔을 때도 안중에도 없었다. 아니, 그 아이 때문에……라는 원망도 했던 것 같다. 아버지라는 자각도 그럴 의무도 지지 않은 채 레인을 방치해 두었다.

변명 같지만 그땐 아무것도 보이지 않았다. 미치지 않은 게 신기할 정도였으니까. 하지만 긴 시간을 방황했고 그 시간을 끝내야만 했었다는 걸 늦게야 깨달은 헌승이었다.

장인을 보내는 장례식장에서 만난 중2 딸의 얼굴엔 저를 향한 어떤 감정도 보이지 않았다. 아이가 그에게 보인 것은 무심함, 그리고 외면이었다.

예의 바르게 단정히 앉아 이틀을 거의 밤을 새우다시피 하고 문상객들을 맞이하는 아이를 보며 혀를 내둘렀다. 식사하라고, 잠시 쉬라고 하는 말조차 꺼낼 수 없게 만들 정도로 차갑게 얼어붙은 얼굴을 보자 그제야 제가 무슨 짓을 했는지 깨달아 가기 시작했다.

'화장해 달라셨어요.'

'왜 내가 뒷자리를 구할 수 있다. 그러니⋯⋯.'

'할아버지가 생전에 원하시던 거예요. 원하시던 대로 해 드리는 게 도리입니다. 수산골법(水散骨法)으로 뿌려 주길 원하셨어요.'

레인이 극구 혼자 조용히 보내 드리고 싶다며 유골함을 안고 나룻배에 오르는 걸 말릴 수 없었다.

눈이 발개진 채 버티고 버텨 온 눈물이 똑똑 떨어질 모양새에 발이 땅에 붙어 버린 헌승은 소복을 입은 레인이 강 한가운데서 유골을 뿌리는 모습을 멀리서 지켜볼 수밖에 없었다.

나중에 사공에게 딸이 뭐라 하더냐고 물어보지 않았다면 레인이 울었다는 것도 몰랐었을 것이다.

세찬 바람에 날려 유골이 온 사방에 눈꽃처럼 흩어졌다.

사랑하는 사람을 잃은 고통을 너무나 잘 아는 헌승이었다. 딸에겐 장인어른이 어머니이자 아버지였고, 친구였고, 선생님이었고, 제 모든 세상이었을 텐데⋯⋯.

아직도 낯선 딸의 존재였기에 헌승은 어떻게 해야 할지 알지 못했다. 그저 레인을 제집으로 데려가는 것이 당연하다는 생각뿐이었다.

그때라도 늦지 않았을 것을. 장인을 잃고 흔들리는 레인을 보듬어 주고 안아 줄 것을. 데려와 다시 방치 아닌 방치를 한 꼴이 되어 버렸다. 노력이 부족했으니 다가오지 않은 건 어쩌면 당연한 일이었을 것이다.

레인의 눈이 저를 담을 땐 마치 서린이 다시 살아온 듯한 이상한 기분에 몸서리를 쳤다. 아내를 너무 닮은 아이, 차라리 원망의 말이라도 쏟아부으면 나으련만 그녀를 꼭 닮은 얼굴로 아무 말도 하지 않았다. 그게 아이 나름의 방어였다는 걸 새삼 깨닫는 헌승이었다.

사내라도 되면 말이라도 허심탄회하게 토로하련만 사춘기의 딸은 그렇게 벽을 쌓은 채 자신에게 맘을 열지 않았었다.

뒤늦은 후회. 지금 다시 그때로 돌아갈 수만 있다면 노력을 해볼 것을, 아이에게 맘을 열어 달라 애원이라도 하여 볼 것을……. 훗날 피눈물을 흘리고서야 그는 오랜 세월 자신의 잘못을 인정하게 되었다.

그리고 그동한 해 왔던 사업에서 손을 떼게 되었다. 늦은 후회로 점철되어 노력이란 걸 하기로 결심한 그였다. 딸을 위해 시간을 내고 딸의 상처를 보듬는 평범한 아버지가 되기 위해. 아직 늦지 않았기를 바라며.

딸은 자신을 닮아 영특했다. 공부도 곧잘 했고 무엇보다 겸손하고 말을 아낄 줄 알았다. 겉으로 아무 문제없이 돌아가는 일상들 속에 그는 아마 괜찮을 것이라는 안전 불감증에 걸렸던 것 같다.

대학을 다니다 뜬금없이 유학을 가고 싶다고 했을 때도 크게 걱정하지 않았다. 제 힘으로 갈 수 있다고 도와주지 않아도 된다고 했지만 입학금만은 아버지로서 내 주고 싶다고 억지를 써서 보내준 일이 그만……. 그래서 만신창이가 되어 한국으로 돌아온 딸의 기억을 지워 버렸다. 지울 수밖에 없었다.

'얼마나 괴로웠으면……. 차라리 기억하지 말거라. 영원히.'

제 딸이 홀로 견디고 감내했을 고통에 그의 심장이 가슴이 저려와 숨을 쉴 수가 없었다. 헌승은 사람들을 비밀리 조사하고 있었다. 그중 마지막 인물을 오늘 찾아냈다고 연락을 받은 것이다. 그리고 딸을 그리 만든 그들의 배후를 알아내는 것은 이제부터 시작이었다. 헌승의 머릿속으로 누군가 떠올랐다.

'대진그룹이라……'

헌승의 눈빛이 기이한 빛을 띠었다.

10.

"늦었습니다. 밤 운전 위험하니 여기서 주무시고 내일 아침 올라
가시죠."

담양 국 화백의 사택에 어둠이 내렸다. 레인이 밖을 응시하며 인
사를 할 타이밍을 가늠하고 있는 것을 알아챈 국 화백이 정중히 말
을 꺼냈다.

"하지만……."

"오늘 내 말동무가 되어 주시지 않겠습니까? 그동안 출품하지
않은 작품도 보여 주고 품평도 받고 싶은데, 가능하겠습니까?"

"작품요?"

레인은 국 화백의 알려지지 않은 작품을 공개하겠다는 말에 눈
빛이 반짝였다. 그림을 그리는 사람으로서 환호할 일이 아닌가.

"제가 도움이 될는지……."

"레인 양 정도면 충분히 가능하겠지요. 미술 관계자가 아닌 순수

미술을 배운 사람에게 보여 주고 싶어서 그렇습니다."

"그럼 여기서 하루 신세 지겠습니다, 국 화백님."

"강 본부장, 시원시원해서 좋습니다."

레인은 졸지에 낯선 곳에서 하룻밤을 묵게 될 상황에 처했다. 병적으로 집 아닌 다른 곳에서 잠을 잔다거나 12시가 넘으면 밖을 다니지 않는 그녀로선 승낙의 말이 나오질 않았다.

그런 그녀 모습을 바라보던 국 화백이 머뭇거리는 이유를 알기라도 하는 듯 부연 설명을 덧붙였다.

"걱정 마요. 손님방에 필요한 것은 전부 갖추어져 있을 겁니다. 부족하거나 필요한 게 있다면 말만 해요."

"하지만 전……."

"아까 말한 것처럼 예술이라는 게 하다 보면 힘들고 지친 작업이기도 합니다. 누군가 한쪽으로 치우치지 않게 조언을 해 준다면 도움이 많이 됩니다. 레인 양이라면 알 법도 한데. 아닙니까?"

레인 역시 미술을 전공한 사람이었다. 국 화백의 말이 무슨 뜻인지 알고 있었다. 그렇기에 저도 혼자 그림을 그리지 않고 이라가 운영하는 화실에 틈틈이 가는 것이었다.

제가 그리는 그림이야 화백이 그리는 그림처럼 고매한 예술의 경지는 아니겠지만 미술을 하는 사람으로서 외롭다는 말은 혼자 있기 두렵다라는 말로 들렸다.

글을 쓰는 사람, 그림을 그리는 사람이 가장 무서워하는 것, 그것은 저만의 세계를 구축하고 그것만이 옳다 믿는 단독의 오류에 빠지는 일일 것이다.

레인은 동요하고 있었다. 국 화백이 자신의 명예와 위치를 내세우며 그녀를 압박해 온 것이라면 거절이 쉬웠을지도 모른다. 하지만 그가 저를 바라보는 눈길엔 안타까움과 설명 못 할 그리움이 담겨 있었다.

그건…… 외할아버지가 어머니를 그리워하며 저를 아련하게 바라볼 때의 눈빛과 비슷한 색을 띠고 있었다.

"……그럼 신세 지겠습니다."

환하게 웃는 국 화백의 모습에 레인은 안으로 한숨을 삼켰다.

'저분도 그리고 돌아가신 분도 모두 다 왜 아픈 눈빛을 하고 있는 거지.'

레인은 외조부를 연상시키는 국 화백에게 남다른 무언가를 느꼈다.

"손님방을 치워 두라 할 테니 잠시 두 분 산책이라도 다녀오시겠습니까. 돌아볼 만할 겁니다."

"네."

레인이 대답을 하기도 전에 혁진이 자리에서 튀어 오르듯 일어나 밖을 향해 나갔다. 답답했었나 보다. 4시간 가까이 운전하고 내내 방 안에 앉아 있었으니 그럴 법도 했다.

어두워지기 전이라서 그런지 바람이 다소 차가웠다. 막 마당으로 내려서는 두 사람 앞을 가로막고 선 어떤 아주머니가 걸칠 거라며 레인에게 숄을 건넸다.

"어르신이 드리라 하셨습니다."

"고마워요."

숄은 한눈에도 색감이 고급스럽고 감촉이 부드러운 게 흔치 않은 고가의 제품인 것을 짐작하게 했다.

'누구의 소유였을까.'

망설이는 레인을 보던 혁진이 레인에게 걸치지 않으면 대신 제 윗도리를 벗어 주겠다고 나섰다. 그걸 더 싫어할 그녀라는 걸 알고 있는 것이 틀림없었다. 어쩔 수 없이 레인은 숄을 받아 제 어깨에 둘렀고 둘은 정원을 향해 걸어갔다.

"본부장님."

"쉬잇, 잠깐."

"네?"

"안 봤나?"

"그게, 뭐가……."

"다람쥐. 지금 막 다람쥐가 지나갔어. 저기, 저기 있다!"

레인은 말문이 막혀 버렸다. 뭐 다람쥐가 있을 수도 있었다. 그게 뭐가 신기하다고.

"정말 오랜만이네. 다람쥐 본 거."

"……."

"내가 이상합니까?"

"네."

당연히 이상하다는 레인의 꾸미지 않은 대답이 맘에 든 혁진이었다.

"아무것도 아닐 수도 있지만 오늘 이곳에서 잊혔던 동물을 보았다는 것 하나만으로도 이곳에 내려온 보람 하나가 생기는 것 같아 즐거운데요. 거기다 하 비서와 한가로이 산책도 하고. 세상 별거 있습니까. 난 그렇게 생각하는데."

"……낙천주의자시네요."

레인은 마치 60살 노인네처럼 말하는 혁진이 낯설었다. 아니, 아등바등 누구에게도 약점을 보이지 않으려 전전긍긍하는 저와는 달리 한없이 여유로운 그가 얄밉다고 해야 하나? 가진 것 많은 사람, 거기다 성격 또한 재수 없는 흔한 재벌남이 아니었다. 그녀의 시선이 제게 머물자 혁진이 더없이 부드러운 미소를 지으며 손을 내밀었다.

"잡아요."

"……."

"괜찮습니다."

레인이 그의 손을 외면하자 혁진이 성큼성큼 다가오더니 레인의 손을 쥐고 빼지 못하도록 팔짱을 끼었다.

"무슨……."

"힘 빼요. 이렇게 잠시 걷기만 할 거니까. 혼자 걷는 길과 둘이 걷는 길은 느낌이 달라요. 이 길은 둘이 걷는 길입니다. 국 화백도 그래서 우릴 보낸 거고."

말도 안 되는 논리를 펴며 놀란 그녀를 아랑곳하지 않고 낀 팔에 힘을 가하며 앞만 보고 걷는 혁진이었다.

놓으라고 팔 아프다고 소리치면 놓아줄 사람이었지만 조용한 분위기에 편승한 탓일까, 아니면 모처럼 자연이 주는 청량함을 즐기고 싶어서였을까. 입술을 달싹거렸던 레인이 항복 선언을 했다.

앞을 향해 걷는 길, 장애물도 없고 인적도 없었다. 눈앞에 보이는 길은 직선으로 끝이 없는 듯이 펼쳐져 있는데 인정하고 싶진 않지만 느낌이 정말 달랐다. 잡념도 사념도 들지 않고 오로지 자연이 주는 혜택에만 눈과 귀가 쏠려 마음은 한없이 낙낙해졌다.

오랜만에 온기가 느껴져 레인은 어느새 눈이 스르르 감겨 왔다. 시야가 닫히자 눈을 떴을 땐 몰랐던 작은 소리들, 스치는 소리, 살랑이는 소리, 바람의 내음이 전부 느껴졌다.

"……인…… 레인?"

"아, 제가…….."

레인이 이곳이 어디인지 인지하고 눈을 뜨자 코앞에 혁진의 얼굴이 있었다.

"하레인."

"늦었어요. 기다리…….."

"하레인, 그렇게 피하면 우리 사이에 있었던 일이 없어진다고 생각합니까."

"일이라고 할 것도 없잖습니까?"

"……하 비서."

흐읍, 레인은 숨을 크게 들이마셨다.

"제게 뭘 원하시는 겁니까. 키스 한 번 했다고 연인처럼 굴길 바라십니까. 아니면 비서가 아닌 여자이길 바라시는 겁니까."

허를 찔린 혁진이었다. 그는 정말 뭘 바라는 것일까. 눈앞의 여자를 원한다는 것은 확실했다. 바라보면 안고 싶고 키스하고 싶으니까. 그렇지만 정말 그것뿐인지 아니면 다른 뭔가를 원하는 것인지 확실치 않았다.

혁진의 망설임을 지켜보던 레인은 몸을 돌려 앞을 향해 발을 내디뎠다. 그녀 또한 그에게 바라는 것이 선명하지 않았기에 도망치고 있는 것이다.

서로를 욕망하고 있다는 것은 인정하지만 덥석 관계를 맺고 싶진 않았다. 그룹의 후계자와 일개 비서. 누가 봐도 얼토당토않은 관계였고 결말이 뻔한 삼류 드라마였다.

현실은 소설일 수가 없다. 소설에서야 고난을 이기고 사라졌던 여자를 찾아내 결혼하게 되는 신데렐라의 러브 스토리가 해피엔딩으로 결말이 난다지만, 현실은 결코 평탄하지 않을 것이다.

두 사람은 길이 끝나는 곳까지 갔다가 되돌아오는 길에도 각자의 생각 때문에 말 한마디 나누지 않았다.

"이곳이 머무실 곳입니다. 갈아입으실 옷은 방에 준비해 두었습니다."

레인은 고풍스러운 한옥의 많은 방 중 온돌 난방으로 따뜻해진 한 방으로 들어갔다. 정갈한 보료가 윗목에 깔려 있었고 탁자에는 여자가 쓰는 화장품이 놓여 있었다.

짧은 시간이었다. 그런데 이 정도로 준비를 마치다니. 레인은 이상한 예감이 들어 주위를 살펴보다 곱게 보자기에 싸여 있는 보따리를 풀어 보았다.

"이건……."

한복이었다. 색감이 무척 곱고 예쁜 한복이었다. 거기다 몸에 대어 보니 치수가 레인에게 딱 맞춤이었다.

"국 화백께서 준비하신 건가?"

한복은 레인에게 생소한 것이 아니었다. 부친인 헌승이 고문서협회장인 영향도 있었지만 레인의 외할아버지가 한복을 좋아하셔서 돌아가실 때까지 입으셨던 탓이다. 장점이 많은 옷이기도 했다.

레인은 조심스러운 손길로 한복을 꺼내 차례차례 입었다. 익숙한 그 손길은 이리저리 거울에 비추며 옷매무새를 다듬지 않아도 될 정도였다.

한옥에 한복이 어울렸기에 조금도 이상하게 보이지 않았다. 국화백 또한 한복 차림이었고 방을 안내하던 사람도 개량 한복을 입고 있었다. 옷고름을 단정히 맨 레인이 저녁 식사가 마련된 곳으로 향했다.

드륵—

"늦었습니다."

"……."

조용한 침묵 속에 저를 향한 따가운 시선이 느껴지자 레인은 고개를 들었다.

"잘 어울립니다."

"감사합니다."

놀라운 것은 혁진도 한복 차림이었단 점이었다. 그야말로 옥골선풍(玉骨仙風), 살빛이 희고 고결하여 신선과 같은 풍채였다. 양복을 입었을 때도 남달랐던 혁진이지만 한복을 갖춰 입으니 선비의 모습을 재현해 둔 듯 한복이 남성다움을 도드라지게 만들었고 풍채가 좋아 감춰 둔 골격이 그대로 드러났다.

혁진도 레인의 색다른 모습에 가슴 뛴 매한가지였다. 가녀린 어깨선을 따라 내려온 둥근 저고리 선이 곱게 흘러내리고 있었고 걸을 때마다 스치듯 사락거리는 비단 소리가 묘한 상상을 불러 일으켰다.

"한복 정말 잘 어울립니다, 하 비서."

"감사해요. 본부장님도 잘 어울리세요."

국 화백은 레인의 모습에 다시 한 번 가슴이 덜컥 떨어졌다. 저렇게 입히고 나니 딸과 더 흡사해 보였던 탓이다.

"옷고름 매기 힘들었을 텐데 매듭이 잘 지어졌습니다, 레인 양."

"네. 어렸을 때 익혀 배워 두었습니다."

국 화백은 단정하고 정갈한 레인의 모습이 맘에 꼭 들었다. 가만히 보아하니 강 본부장이라는 사람, 레인에게 호감 이상의 것을 가지고 있는 듯했다.

'쉬운 상대가 아닐 텐데. 본부장 아마 속 좀 썩어야 할 거야.'

나이 들어 느는 건 눈치뿐이었다.

레인을 바라보는 눈빛에 갈망과 열정이 그득한 사내의 눈빛으로 그녀를 삼킬 듯 바라보고 있는 혁진이었다.

저녁 식사는 담백하고 맛이 있었다. 국 화백이 어떻게 알았는지 레인의 입에 맞춤하듯 정갈해 가짓수는 많지 않았지만 오랜만에 레인은 맛있게 저녁 식사를 할 수 있었다. 그런 레인의 모습을 아련한 눈빛으로 지켜보는 국 화백이었다.

"식사 후 차는 내 화실로 가지고 오라 하지요."

국 화백의 말에 식사는 끝이 났고 세 사람을 안채를 나섰다. 돌다리를 건너 그의 화실로 가는 길목엔 나무와 졸졸 흐르는 작은 개울이 마음을 안정시켜 주었다.

레인의 뒤에서 혁진은 그녀의 시선과 동선을 그대로 따라가고 있었다.

처음부터 남다른 느낌을 준 여자였다. 지금 그가 하는 행동 또

한 뭐라 명명할 수는 없었지만 레인이라는 여자에게 점점 빠져들어 가는 이상한 기분이 들었다. 차갑고 도도한 표정 뒤에 감춰진 연약한 모습. 무엇보다 혁진은 그녀에게 지독한 소유욕을 느끼고 있었다.

다른 누구처럼 연인 따로 결혼 따로이고 싶지 않았다. 될 수 있다면 사랑하는 여자, 마음 가는 여자, 신체가 반응하고 안고 싶은 여자와 결혼을 하고 싶었다. 현실적으로는 물론 어렵겠지만.

혁진은 결혼이라는 게 자신의 생각대로 되지는 않을 거라는 걸 알고 있지만 그렇다고 저 때문에 여자를 힘들게 하고 싶진 않았다. 가볍게 여자와 사귀고 헤어짐을 반복한 이유가 여기 있었다.

그런데 저 하레인은 뜻대로 움직이지 않았고 오히려 자신이 속절없이 빠져들어 마음이 초조해지고 있었다. 자신이 그녀에게 향하는 감정의 깊이와 속도가 레인이 제게 향하는 관심과 호의에 비하면 훨씬 웃돌고 있었다.

"저곳입니다. 강 본부장."

화실이 눈앞에 나타났을 때 국 화백이 굳이 혁진을 콕 집어 말했다. 그 뜻을 알지 못해 대답 없이 서 있자 그가 다시 입을 열었다.

"괜찮다면 레인 양과 시간을 갖고 싶어 그러는데 먼저 가서 화실을 구경하시면 어떻겠습니까."

"무슨 이야기를……?"

"별다른 이야기는 아닙니다. 예술하는 사람들끼리 그저 의견을 주고받고 싶은 겁니다. 30분이면 될 겁니다."

"……알겠습니다."

혁진은 마땅치 않았다. 혼자 두기엔 레인이라는 여자는 마치 마약 같아 안심이 되질 않았다.

"하 비서 괜찮겠습니까?"

"네, 본부장님."

혁진은 뒤로 물러설 수밖에 도리가 없었다. 당사자인 레인이 괜찮다는데 굳이 따라나설 이유는 없었기에.

레인은 자신의 주위를 뱅뱅 맴도는 혁진이 부담스러워지고 있었다. 키스 한 번. 말은 그렇게 했어도 정작 흔들리는 건 자신이었다. 남자를 사귄 적이 없는 건 아니지만 그렇게 깊은 키스를 나누고 품에 안겨 몸을 내맡긴 적은 없었다. 국 화백이 따로 이야기를 하자 나설 때는 차라리 반갑기도 했다.

뚫어질 듯 응시하는 시선과 설명하지 못할 눈빛으로 그녀를 바라보는 걸 모르지 않는 레인이었다. 어설픈 불장난을 감행했다 화상을 입을 생각이 아니라면 이쯤에서 멈춰야 했다.

"밤공기가 서늘하지요?"

"조금요."

국 화백의 안내로 조용한 곳에 도착하자 그곳엔 돌을 깎아 만든 의자가 놓여 있었다.

"그림 이야기는 핑계고, 레인 양과 담소 좀 나누자고 나선 길입니다."

"네."

가타부타 토 달지 않고 그저 순응하듯 머리를 주억거리는 레인을 보며 국 화백은 마지막으로 나눈 딸과의 대화를 떠올렸다.

'아버진 아버지의 잣대로만 세상을 보고 계세요. 왜 그 사람을 그대로 봐 주지 않으세요, 네?'

'……너는 내 딸이야. 아마 그 녀석도 그걸 알고 네게 접근한 것일지도 모른다.'

'아버지! 그 사람 그런 사람 아니에요!'

'실력을 보이라고 해. 그럼 믿어 주마.'

'이번 국선 치열하다는 거 알고 계시잖아요. 아무에게도 사사받지 못한 그 사람이 어떻게…… 너무 불공평하다고 생각지 않으세요?'

'그 녀석이 먼저 제안한 거야! 왜, 이제 와 자신없다고 하더냐? 그래 널 보낸 거냐?'

국선 마감이 며칠 남지 않은 때였다. 딸의 말대로 가장 큰 신인 화가 등용문인 동백국선은 이번 해에 더욱 치열한 양상을 띠고 있었다. 많은 신인 화가들에 세간에 알려지지는 않았으나 이미 알게 모르게 실력이 검증된 기성 화가들이 대거 참여했다고 알려지고 있었다.

처음부터 억지였다. 하지만 국 화백은 고집을 꺾지 않았고 젊은 혈기만 왕성하고 무모하기만 한 그놈은 미친 듯이 그림에 열중하고 있다 하였다.

하지만…….

"차라리 와서 빌기라도 해야지. 다음 기회를 달라고 와서 무릎 꿇고 빌기라도 하면 내가 저를 내치기라도……. 몹쓸 것 같으니."

"화백님?"

중얼거리는 소릴 들은 레인이 그를 올려다보고 있었다. 딸이 생전 즐겨 입던 한복을 입고 딸을 닮은 모습으로 절 바라보자 울컥해진 그였다.

"내게는 딸이 하나 있었네. 그런데……."

딱히 어떤 말을 해야겠다 정한 것도 아니었다. 운을 떼고 나니 나머지는 그저 술술 입에서 흘러나왔다.

그 딸을 얼마나 사랑했는지, 홀로 된 딸을 방치한 세월이 얼마였는지, 잃고 나서야 얼마나 후회를 했는지, 혼자 된다는 것이 얼마나 끔찍한 일인지.

"······국 화백님."

"내 딸이 레인 양을 닮았어. 아주 많이. 옆모습은 딱이야. 레인 양처럼 혼자 있기 좋아하고 그림 그리기 좋아하고 사람을 경계했었지. 내가 하는 말을 거역하는 법 없고 순순히 따르는 착한 딸이었어. 그런데 그 딸이······ 사랑이라는 게 뭔지, 참."

레인은 자조하듯 웃으며 뒷짐을 진 채 눈물을 감추려 먼 곳을 바라보는 국 화백의 아픔을 전부는 이해하지 못하였지만 사랑하는 사람을 잃는 게 어떤 것인지 알기에 조용히 기다리고 앉아 있었다.

"내가 레인 양을 담당자로 지목한 이유에는 사심이 섞여 있었네. 불쾌한가?"

"아닙니다."

"레인 양을 보고 내 딸을 떠올리는 거 기분 나쁘지 않다면······. 가끔 내 넋두리나 들어 줘요. 그것이면 되니까. 그것이면."

같은 부류였다. 결국 국 화백과 레인은 비슷한 색깔의 아픔을 지닌 사람들이었던 셈이다. 그래서 거절하지 못했던 걸까. 저를 바라보는 눈빛이 제가 아닌 다른 이를 떠올리며 그리워하는 것임을 알고 있었던 게 아닐까.

하지만 부친 하헌승에게 느꼈던 반발심과는 달리 측은지심이 들었다. 국 화백에게는 마음에 담아 둔 앙금이라는 게 없어서이기 때문일 것이다.

"이만 갑시다. 누군가 목이 빠져라 기다리고 있겠구먼. 그러다 강 본부장 목이 학처럼 길어지면 곤란하지 않겠나?"

순간 홍학의 긴 다리와 긴 목이 생각나 무의식중에 웃음을 터뜨리고 만 레인이었다.

"푸웃."

급히 입을 틀어막았지만 눈을 맞추며 환하게 미소 짓는 국 화백으로 인해 레인은 한참 동안 미소를 머금고 있었다.

고통과 좌절 없는 인생은 무의미하다 누가 말했나. 예술가에겐 배부름과 만족은 쥐약이었다. 처절하게 창작의 고통과 시련이 주는 깊고 깊은 함정에 빠져야만 좋은 그림이 나온다는 의미이다. 국 화백의 그림에는 절제된 많은 감정들이 화폭에 담겨 있었다. 그 이유를 이제야 이해하게 된 레인이었다.

따르르르.

그때 레인의 휴대폰이 울렸다. 그녀는 발신자를 보고 몇 초 망설이다 통화 버튼을 눌렀다.

"네. 네……. 네. 제가 알아서 하겠습니다. ……네, 그때 뵙겠습니다."

거래처 직원도 아닌 것 같고 그렇다고 동료도 아닌 것 같았다. 대답만 기계음처럼 반복하는 레인을 보며 상대가 무척 궁금해진 국 화백이 전화를 끊자마자 질문을 던졌다.

"누구……. 친구입니까?"

"아닙니다."

"누군지 물어도 되겠습니까? 무척 궁금해서 그럽니다. 레인 양이 그렇게 정색하고 통화를 하는 사람은 과연 누굴까 싶어서."

"부친입니다."

"?"

"다음 주에 내려오라고 하셔서 답을 한 것뿐입니다."

그게 다가 아니라는 걸 국 화백은 바로 눈치챘다. 레인의 표정이 딱딱해지고 굳어졌기 때문이었다. 부녀의 사이를 충분히 짐작하고도 남을 표정이었다.

세상에 비슷한 사람, 비슷한 처지가 많다 하지만 이런 우연이 어디 있는가 싶어 국 화백의 눈이 가느스름해졌다.

그녀의 부친이 자신과 비슷한 아픔을 가지고 있는 거라면 도와주고 싶었지만 성급히 레인에게 사정을 물을 수 없었다. 섣불리 충고라고 내뱉었다간 껍질 속으로 꽁꽁 몸을 숨겨 버릴 게 틀림없을 테니까.

국 화백은 더는 그에 대해 언급하지 않고 레인을 이끌고 화실로 향했다.

*

파삭 하고 조용한 공기가 깨어진 것만 같았다. 하헌승. 언제부터인지 이름을 떠올리는 것도 얼굴을 기억하는 것도 심한 부담이 되는 존재로 다가왔다.

기억이 사라진 시기 이후로 지극정성으로 절 돌봐 주던 부친이었지만 고마운 것은 고마운 것으로 끝날 뿐 마음은 따로 놀았다.

깨어진 그릇을 붙일 수 없듯 한번 부서진 심장은 쉬이 아물어지지 않았다. 사람으로서의 도리를 다하기 위해서 참고는 있지만 집으로 가는 게 고역인 레인이었다.

"하아."

저도 모르게 숨을 토해 내듯 하늘을 향해 바람 빠지는 소릴 뱉어 냈다. 답답한 맘 추스릴 길 없어 한없이 먼 곳을 헤매이고 있었다.

······인. 제인.

어서. ······랑해.

제인.

'대체 제인이라는 사람은 누굴까. 왜 나는 기억을 잃은 것일까.'

다시금 환청처럼 머릿속에 울리는 목소리. 레인은 아무래도 미국에 가 보아야겠다고 생각했다. 이렇게 평생 살 순 없으니까.

지금 레인은 화실 밖에 있었다. 부친의 전화를 끊고 나서 계속 그 생각에 사로잡혀 있느라 화실 안에서 무얼 했는지 잘 기억도 나지 않았다. 어쨌든 화실 안에는 국 화백과 혁진, 두 사람만 있었고 자신은 밖에서 그들을 기다리고 있었다.

할 말이 있는 사람처럼, 뭔가 말하고 싶은 사람처럼 머뭇거리는 모습. 레인은 국 화백에게서 그런 느낌을 받았다.

국 화백의 사연을 듣고 동정심이 일었던 것도 사실이지만 제 코가 석 자였다. 원하는 것은 옆에서 그의 말을 들어 주는 것뿐이라 했다. 그러나 그것이 쉽지만은 않은, 오히려 어려운 일임을 잘 알고 있었기에 레인은 쉽게 확답을 드릴 수 없었다.

'아무래도 이번에 내려가면 사고에 대해 물어봐야겠어. 기회가 된다면 미국에도 한번 다녀와야겠고.'

장막에 가려진 것 같은 답답함, 뭔가 잡힐 듯 잡힐 듯한데…… 둥둥 떠다니며 부유하는 느낌. 레인은 더 이상 혼란을 느끼고 싶지 않았다. 그동안 피하며 일부러 묻지 않았던 사고에 대해 부친에게 자세한 경위를 물어보리라 생각을 굳힌 그녀였다.

국 화백과 혁진이 일에 대한 이야기를 나눈다고 했으니 금방 나오지 않을 것이라 판단한 레인은 홀로 정원을 산책하기로 했다. 수없이 떠올려 보려 노력도 했었지만 어느 것 하나 확실한 게 없었다.

부친의 지나치게 세심한 보살핌과 권 박사님의 태도가 지금까진 그녀를 걱정하기 때문이라 생각해 왔었지만 돌이켜 보면 이상한 점이 한두 가지가 아니었다.

'혹시…… 내가 차 사고를 낸 것일까? 사고를 내고 상대 차량의 사람을 상해 입힌 것일까?'

수천, 수만 가지 나쁜 상황들이 머릿속을 채우며 그녀를 끝없이 괴롭혀 댔다. 여러 가지 생각들이 한데 엉켜 더 이상 생각을 진전시킬 수 없게 되자 레인은 고개를 들어 하늘을 보았다.

하늘을 올려다보니 별이 수없이 떠 있었다. 레인은 별을 유난히 좋아했다. 어릴 적 외조부와 함께 별을 헤며 그렇게 외로움을 견뎠었다.

저 수많은 별들 중 하나가 외조부라는 생각이 들자 그녀의 눈동자가 더욱 빛을 발한다. 하늘에서도 별이 되어 저를 지켜 준다던 유언처럼 남기신 말씀을 잊지 않았다.

시간이 지나고 나이가 들면서 희망과 바람을 하나둘 내려놓는 법, 포기하는 법을 배워 가고 있었다.

부친을 원망하던 맘은 바래졌지만 가슴속 응어리는 아직 남아 있었기에 부친을 보면 맘이 편치 않았다. 그렇기 때문에 아무 일도 없었던 것처럼 평범한 딸 노릇을 할 순 없었다.

자신도 사랑을 하면 그렇게 맹목적이 될까? 두려웠다. 한 사람만을 사랑하고 한 사람에게 목을 매고 그 사람이 없으면 죽을 것 같을까 봐.

정말 사랑한다면 조금은 틈을 남겨 두어야 하지 않을까? 진정 원하고 사랑한다면 결혼하는 것만이 결론은 아니지 않을까? 서로를 사랑하는 맘으로 상대를 믿는 것이 가장 중요하지 않을까? 구속……하고 구속당하기 싫어진다면 놓아주어야 하지 않을까? 모든 것이 영원할 순 없을 테니까.

"하아, 정말 별이 쏟아질 것처럼 많네."

내뱉듯 중얼거리며 눈을 꼭 감고 주위의 모든 것들을 시야에서 차단해 버렸다.

한편 혁진은 국 화백과 앞으로의 일을 상의하고 오는 길이었다. 마음이 이상하게 급했다. 국 화백이 그를 묘한 눈으로 바라보는 것도 신경 쓰였다.

'천천히 가슴을 흔들어야 할 겁니다. 물질이 아니라.'

뭘 알고 그러는 건지 모르고 그러는 건지 애매모호한 말을 건넨 뒤 자리를 뜬 국 화백을 뒤로하고 레인을 찾아 나섰다.

이 여자가 쏘옥 제 방에 들어가 버렸으면 어떻게 할까. 그러고도 남을 여자라 뛰듯 다리를 움직이고 있었다. 제 마음과는 달리 느긋하게 눈을 감고 하늘을 향해 고개를 든 레인을 발견하자 안심이 됨과 동시에 심술이 나기 시작한 그였다.

제가 왜 저 여자 때문에 안 하던 행동을 하는 것인지 모르겠다. 레인의 무엇이 그를 이렇게 조바심 나게 하고 끊임없이 궁금하게 만드는 것일까? 그도 궁금해 미칠 지경이었다. 그때 레인이 시선을 느꼈는지 눈을 번쩍 뜨더니 그와 눈을 맞춰 왔다.

저 눈. 저를 바라보는 도도한 저 눈빛이 혁진의 마음을 쥐락펴락하고 있었다. 반기는 눈빛도 두려워하는 눈빛도 아니었다. 거기 있느냐는, 당황함을 전혀 느끼지 않는 덤덤함이 고스란히 느껴지자 혁진은 목이 마르기 시작한다.

"여기서 뭐 하는 겁니까?"

"별요."

"별?"

"네, 지방이라 확실히 많네요. 잘 보여요."

"국 화백과 무슨 이야기를 그리 오래 한 겁니까?"

"별다른 이야기는 아니었습니다."

국 화백이 레인을 보며 딸을 떠올린다는 것, 그리고 그의 사연을 시시콜콜 일러 주고 싶진 않았다. 아니, 누군가의 대용품으로 여겨진다는 것 자체가 신물이 났다.

"처음부터 국 화백은 레인을 맘에 들어 했습니다. 혹시나 해서 말하지만 아무리 가까워도 조심하는 게 좋을 겁니다."

"알고 있습니다."

그가 무엇을 주지시키는지 잘 아는 영리한 레인이었다. 속물 같은 생각일지라도 혁진의 말은 새겨들을 필요가 있었고 자신을 걱정해서라는 걸 알고 있었기에 별다른 이의 없이 레인은 혁진의 말을 수용했다. 그제야 혁진의 어깨에서 스륵 힘이 빠졌다.

'마치 연인을 빼앗긴 사람처럼 굴고 있지 않은가. 국 화백을 상대로 질투라니……'

그가 생각해도 못나 보였고 지나쳐 보였지만 레인과 관계된 일이라면 그 어느 것에도 그의 냉정함을 유지하기가 힘이 들었다.

"레인."

"네, 본부장님."

"당신과 나, 서로에게 끌리고 있다는 것 알고 있을 겁니다."

"……"

"뭘 어쩌자는 것 아닙니다. 그 자리에 그대로 있어요. 그거면 됩니다."

누군가와 같은 말, 오늘 두 번째 듣는 말이었다. 그 자리에 그대로 있어라.

"하 비서."

"……전 잘 모르겠습니다. 현재로선 어떤 답도 드릴 수 없습니다."

혁진은 한숨을 내쉬었다. 저렇게 냉정하게 자신의 의사를 밝히며 신중한 레인이 믿음직스러우면서도 서운했다. 감정을 컨트롤할 수 없는 자신과는 달리 한 발자국 물러서 페이스를 조절하는 그녀가.

"말했던 것처럼 당장 어쩌자는 거 아닙니다. 차차 서로를 알아가도록 합시다. 날 밀쳐 내지 마요. 그리고……"

뭔가를 말하려다 입을 다무는 혁진을 보곤 그녀가 눈썹을 올리며 다음 말을 기다리자 마른 입술을 축인 혁진의 입에서 들릴락 말락 조용한 목소리가 흘러나왔다.

"양다리 걸치지 않기입니다."

"네?"

처음엔 신종 유머인가 했다. 하지만 급속히 굳어지는 혁진의 얼굴에 레인의 표정이 이상하게 변해 갔다.

"무슨 뜻인지?"

"말 그대로입니다. 사귀는 건 아니지만 좋은 감정으로 만나 보자 이야기한 만큼 다른 상대를 끼어들게 하지 말자는 겁니다."

레인은 직접 듣고서도 믿기지 않아 그의 얼굴을 뚫어지게 바라보았다. 저 남자가 대체 무슨 말을 한 거지? 자신이 들은 게 맞나? 그룹 후계자이자 본부장 위치에 있는 그가 자신 없는 목소리로 저런 말을 하다니.

"그렇게 놀라지 말았으면 합니다만. 나도 이런 내가 생소하니까."

고백. 진심이 담긴 혁진의 말 한마디에 레인의 마음도 흔들리는 나뭇잎처럼 떨리고 있었다. 관심받고 사랑받는다는 느낌이 이런 것일까? 싫지 않았다. 아니 담담한 듯 그를 상대하고 있었지만 고스란히 느껴지는 뜨거운 열정에 그대로 녹아 버릴 것만 같았다.

물론 여자를 원하는 단순한 욕망인지도 모른다. 하지만 그를 알면 알수록 더 알고 싶어지는것은 사실이었다.

흔한 재벌의 아들처럼 재수 없지도 않았고, 나름 배려도 할 줄 알았다. 그리고 그 무엇보다 레인의 마음을 흔든 건 기다릴 줄 아는 남자라는 점이었다.

매우 영리한 남자인 강혁진은 레인의 성향을 이미 파악하고 있는 듯했다. 다그칠수록 도망가고 숨어 버린다는 것을, 스스로 경계심을 풀고 밖으로 나와 주위를 살필 때까지 기다려 주어야 한다는 것을.

"대답은? 하레인."

"……네."

"정말입니까?"

고개를 끄덕거리는 조그만 머리통을 그대로 가슴으로 당겨 안아 버리고 싶은 충동이 일순 일었지만 혁진은 참아 보았다.

이제 겨우 마음을 열어 보이려 하는 그녀를 겁먹게 만들고 싶지 않았기에 초인적인 인내심을 발휘했다. 쉽게 타오른 사랑은 쉽게 사그라질 수 있다는 말을 떠올리며 천천히라는 말을 되풀이하고 있었다.

두 사람의 머리 위, 각자의 자리를 지키는 천궁의 무수한 별들은 오늘따라 유난히 빛을 발하고 있었다.

11.

회사로 돌아온 뒤 몰아치는 업무량 때문에 레인과 혁진은 정신이 하나도 없었다. 하지만 레인은 혁진이 틈틈이 저를 바라본다는 것을 알 수 있었다. 인사를 하고 몸을 세웠을 때도, 업무를 하다 고개를 들었을 때도 수시로 제게 와 닿는 끈끈한 시선을 느낄 수 있었다.

천천히 마음을 열기를 기다려 주는 그의 조심스러움에 차가웠던 레인의 마음도 조금씩 조금씩 녹아들고 있었다.

담양에서 올라온 그날 이후 두 사람은 달달한 감정을 조심스레 표현하며 비밀리에 관계를 지속하고 있었다.

업무하는 모습, 회의에 집중하고 일을 열심히 하는 남자의 모습만으로도 그는 충분히 매력 있었지만 어찌 보면 모든 것을 다 갖춘 강혁진이라는 남자와 비밀리에 감정을 공유한다 생각하니 가슴이 간질거리기도 했고 자꾸만 그가 있는 곳으로 시선이 향했다. 물론 그런 티는 절대 내지 않는 철저한 레인이었다.

연애 후 결혼, 미래의 일까지 생각한다면 그는 좋은 남편감은 아니었다. 레인이 원하는 조용하고 평범한 삶을 살 사람이 아니었으니까.

그럼에도 불구하고 그의 말에 수긍한 까닭은…… 놓치고 싶지 않은 마음 때문이었을 것이다.

평생 혼자 살고 싶지 않았고, 저 사람처럼 그녀와 마음이 통하고 육체가 반응하는 사람을 만나기 힘들 것 같았다. 점잖은 척하고 있었지만 혁진의 눈동자엔 그녀를 원하는 강한 욕망이 자리하고 있었다.

회사에서 기획한 국 화백의 그림이 그려진 그릇이 출시되면 조금은 한가해지겠지만 지금은 일이 먼저였다. 누구와 만남을 가지든 할 일은 완벽하게 하고 공과 사는 구분해야 프로라 생각하는 그녀다.

오늘도 마라톤 회의가 끝나고 만족스러운 결과를 얻은 혁진이 사무실로 들어오자 레인이 자리에서 일어나 그를 맞이했다.

"하 비서."

"네, 본부장님."

"이번 주말은 집에 내려갔다 온다고요?"

"네."

"……."

가지 말았으면 하는 바람이 담긴 말임을 눈치챘으면서도 레인은 모른 척했다. 약속은 칼같이 지키는 게 그녀의 소신이었다.

"일요일에 올라옵니까?"

"네."

"어쩔 수 없군요. 시간이 되면 하 비서와……. 아닙니다. 잘 다녀와요."

뿌루퉁, 입이 댓 발 나와 불만이 그득한 표정이 된 혁진이 가슴 앞에 팔짱을 꼈다. 그의 얼굴이 어두워져 있었다.

"무슨 일이라도 있으십니까?"

"있습니다. 아주 중요한 일이."

"무슨 일이요?"

혁진은 또박또박 말대답을 하면서 기어이 집에 내려간다는 고집을 꺾지 않는 레인이 야속했다. 여자가 못 이기는 척 여우처럼 다음 주에 내려가겠다고 하면 좀 좋은가 말이다.

자신은 주말만 손꼽아 기다리는데 그녀는 그렇지 않다는 것에 자존심도 상하고 은근히 화도 났다. 근래 1주일 동안은 저답지 않았다. 마치 땅에 발이 닿지 않아 붕붕 떠다니고 있는 것만 같았다.

스윽—

어느새 옆으로 다가온 혁진이 그녀의 코앞으로 커다란 몸을 디밀자 소스라치게 놀란 레인이 급작스레 뒤로 몸을 물리면서 다리가 의자에 부딪쳐 휘청거렸다.

"아……."

"레인!"

비틀거리는 그녀의 허리를 본능적으로 잡아채 몸으로 끌어당겨 안은 혁진은 안도의 한숨을 내쉬었다. 그러나 레인 특유의 향기가 맡아지자 겨우 붙잡아 두었던 이성이 어딘가로 실종돼 버리는 것 같았다.

보드랍고 말랑하고 제 품 안에 쏘옥 감겨 오는 나긋나긋한 여체에 그의 육체가 광분하듯 반기는 것은 물론이고 아프도록 반응해 버린 하체의 직립에 이러지도 저러지도 못하는 상황이 연출되고 있었다.

"본⋯⋯본부장님?"

레인의 신체 일부분이 혁진의 심벌에 닿아 무슨 상황이 벌어졌는지 알아챘나 보다. 그녀의 얼굴이 빨개지면서 혁진에게서 빠져나오려 몸을 비틀기 시작했다.

"가만, 제발 좀 가만있어요. 잠시면 되니까."

"⋯⋯."

정말 이러다 제가 고승이 되어 몸에서 사리가 열 개는 나오는 게 아닌가 싶었다. 혁진은 이곳이 사무실이라는 특수한 장소임을 기억하고 어떻게든 이성을 되찾으려 안간힘을 쓰고 있었다.

오늘은 회의가 길어져 이미 퇴근 시간을 훌쩍 넘긴 8시라는 점이 다행이라면 다행이었달까. 아니, 이런저런 이유를 막론하고 그는 단지 레인을 놓아주고 싶지 않은 것뿐이었다.

뼈대가 전체적으로 가늘고 연약한 체구의 레인이 품 안에 얌전히 안겨 있자 혁진은 천천히 가자는 다짐을 뒤집고 싶어졌다.

이대로 으스러지게 안아 버리면 안 될까. 안고 뜨겁게 키스해 버리면 안 될까. 아니 정말 원하는 것은 단계를 뛰어넘어 여자와 남자가 되면 안 될까라는 흑심이 몽실몽실 솟구쳐 올랐다.

혈기 왕성한 20대에도 이렇게 미쳐 버릴 정도로 가지고 싶고 손발이 저릿할 정도로 안고 싶었던 여자는 일찍이 없었다.

레인은 본능적으로 그를 자극하면 안 된다는 것을 감지하고 몸을 경직시킨 채 그의 품 안에 가만히 안겨 있었다. 한창때의 남자가 아닌가. 지금 그녀를 안고 있는 사람은 상사가 아니라 여자 하레인을 원하는 남자 강혁진이었다.

"하 비서, 잘 들어요. 이곳이 사무실이니까 참는 겁니다."

"압니다."

"정말입니까?"

"네."

그걸로 되었다. 레인의 안다는 말 한마디에 혁진의 긴장으로 팽팽해진 근육이 서서히 이완되어 갔다. 그녀를 붙잡은 손의 힘도 서서히 풀어져 가고 있었다.

레인의 어깨를 붙잡아 자신과 마주 보게 한 혁진이 그녀의 이마에 이마를 맞대고 몇 초쯤 정지해 있었다. 이상하게도 불같은 키스를 할 때보다 더 심장이 두근거렸다.

먼저 실눈을 뜬 레인이 그의 속눈썹이 남자치곤 참 길다고 생각한 순간 눈을 반짝 뜬 혁진과 두 눈동자가 맞부딪쳤다.

"나중에 전부 받을 겁니다. 이렇게 애태우게 만든 책임, 져야 할 겁니다."

본래의 모습으로 돌아온 그는 짓궂으면서도 뼈 있는 농담을 늘어놓고 있었다. 믿음이라는 것, 신뢰라는 것을 어떻게 쌓아 가고 어떻게 쌓이는 건지 배우지 못했던 레인은 그를 통해 하나둘 익혀 가고 있었다.

망설임이나 이 사람을 믿어도 될까 하는 두려움을 뒤로하고서라도 그를 믿어 보고 싶은 열망이 생기기 시작했다.

여자를 위해 제 욕망을 참을 줄 아는 남자, 기다려 줄 줄 아는 남자, 그를 알고 싶어졌다. 더 많이.

"다녀오겠습니다."

"빨리……."

"네?"

"빨리 다녀왔으면 좋겠습니다. 너무 늦지 않는다면 올라와서 전화해요."

레인이 그가 말하는 의도를 파악하고 살포시 웃음을 흘리자 홀린 듯이 바라보던 혁진이 그녀 앞으로 순식간에 다가왔다.

"이건 하 비서 책임입니다. 난 참으려고 했어요. 그렇게 예쁘게 웃으면 나보고 어쩌라고."

"네? ……읍."

창졸간에 벌어진 일이었다. 혁진이 그녀의 입술에 도둑키스를 감행한 것이다. 놀라 눈동자를 동그래 뜬 레인을 보더니 빙긋 웃은 혁진이 다시 한 번 그녀의 입술을 훔쳤다.

톡톡. 두 번, 세 번 가볍게 와 닿는 키스. 감질나게 행동하는 그의 장난스러운 그러나 충분히 그의 마음이 느껴지는 입맞춤이었다.

"……요."

"……?"

살짝 입술을 뗀 그가 작게 읊조렸다. 미처 그 말을 듣지 못한 레인이 대답이 없자 그가 숨을 고르고는 다시 입을 열었다.

"되도록 빨리 올라와요. 내 말 잊지 말고."

"네."

"누가 뭐라고 하나? 안 들리는데?"

"그럴게요."

겨우겨우 내뱉은 레인의 힘겨운 대답에 혁진은 부드러운 미소를 띠고 그녀를 바라보고 있었다. 오고 가는 눈빛 속에 서로를 향해 가는 마음이 하나로 연결되고 있었다.

레인은 집으로 내려가는 길에 저도 모르게 피식거리며 웃고 있었다. 어미 잃은 강아지처럼 낑낑대는 혁진이 생각났기 때문이었다.

내려가는 길에 벌써 올라올 시간을 당길 수 있는지를 가늠해 보고 있는 자신이 믿기지 않았지만 기분 좋은 설렘, 나쁘지 않은 두근거림은 멈춰지지 않았다.

서로에게 다가가는 동안 그녀는 스스로에게 놀라워하고 있었다. 자신에게도 심장이란 게 있었구나, 매체에서나 글에서 접하고 들었던 느낌들을 받을 수 있는 평범한 여자였구나 싶어 안도감도 들었다.

그녀에게 보내는 따뜻한 미소와 가끔 확인하듯 물어 오는 안부의 말에 가슴은 조금씩 떨리기 시작했고 믿고 싶어지는 마음이 모락모락 솟아나고 있었다. 쉬이 사람을 믿는 성격도 아니었지만, 누군가를 향해 마음을 열고 손 내민다는 것은 그녀로선 용기를 낸 일이었다.

'다녀오면 조금은 적극적이어야 하지 않을까?'

레인은 운전하는 동안에도 혁진에 대한 생각을 멈출 수없었다. 고속도로 휴게소에 잠시 정차한 뒤 혁진에게 휴게소라고 문자를 보내자마자 전화가 걸려 왔다.

— 뭐 좀 챙겨 먹었어요?

"아직이요."

— 또 커피만 먹고 빈속으로 운전하면 나에게 혼날 각오하는 게 좋을 겁니다.

멀리 떨어져 있는 지금 어떻게 혼을 내겠다고. 그녀는 혁진이 자신의 건강을 걱정하며 위협을 가하자 저도 모르게 픽 하는 웃음소리를 흘리고 말았다.

— 어어? 이제 떨어져 있다고 맘대로 하려나 본데 후일이 두렵지 않으면 조심하는 게 좋을 겁니다.

"잘 알겠습니다. 본부장님은 식사하셨나요?"

— 아버지와 약속 있습니다.

"네."

— 그리고…….

레인은 그답지 않게 망설이는 혁진을 이상하게 생각하고 있었다.

— 레인, 회사가 아닌 곳에선 그놈의 본부장님이라는 말 말고 다른 호칭으로 불러 줄 수 없어요?

혁진의 하소연하는 듯 툴툴대는 요구에 레인은 그 정도 부탁은 들어주어도 무방하지 않을까 하는 생각을 했다. 그래서 그녀답지 않게 바로 응수했다.

"그럴게요, 혁진 씨."

시키는 대로 하긴 했지만 절로 얼굴이 달아오르는 레인이었다.

하지만 전화상에서 혁진은 아무 말이 없었다.

"저…… 혁진 씨?"

혹여 누가 듣기라도 한 건가? 아니면 수신불량으로 전화가 끊어졌나? 소심하게 기어들어 가는 목소리로 그를 채근해 보는 레인이었다.

— ……좋아서.

"네?"

— 이름을 불러 주니 좋아서 음미하고 있는 중이었습니다. 한 번 더.

순간 레인은 시인 김춘수가 떠올랐다. 시도 좋지만 시인인 그는 냉담한 외모에 표현에 능숙하지 못하고 세상 물정에 어두웠던 사람으로 그녀와 비슷한 면을 가진 사람이라고 느낀 시인이었다.

그의 이름을 불렀을 때, 내게로 와 꽃이 되었다는 김춘수 님의 시구가 화악 그녀에게 와 닿은 것 같다. 마지막 시구처럼 그녀도 그에게 잊히지 않은 하나의 눈짓이 되고 싶어졌다. 그런 갈망이 생겨나고 있었다.

연애의 묘미, 서로 떨어져 보아야 서로에게 진정 필요한 사람이라는 걸 안다는 말. 두 사람은 침묵 속에서 이 말에 무한 긍정하며 수화기를 내려놓지 못하고 있었다.

전화를 끊은 레인이 누군가 잡아끄는 것 같고 중요한 것을 놓고 온 것 같은 싱숭생숭한 맘으로 다시 운전대를 잡고 집으로 향했다.

그 무렵, 혁진은 부친 강 회장과의 약속 장소에 도착했다.

드르륵—

"늦었습니다, 아버지."

문을 열고 들어서던 혁진이 멈칫한 건 강 회장과 동행한 사람들 때문이었다. 한정식집, 예약하지 않고는 오지 못하는 애와당 매실에 들어선 혁진은 이들이 만들어 내고 있는 분위기가 무엇을 의미하는지 바로 알아챘다.

"어서 오너라. 알고 있지? 삼화제지 유 회장님, 인사 드리거라."

"……안녕하십니까."

"허허, 강 회장님이 든든하시겠습니다. 뭐 하니, 소연아. 인사해야지."

한편에 정장을 입고 다소곳이 앉아 있던 여자가 몸을 일으켜 혁진과 눈을 맞춰 왔다.

"유소연이라고 합니다. 말씀 많이 들었어요."

"강혁진입니다."

무엇을 먹은 건지 무슨 대화를 나눈 건지 정신을 딴 곳에 판 그는 예기치 않은 상황에 난감하기만 했다.

저를 바라보는 따가운 유 회장의 시선과 이리저리 살피고 재는 소연의 눈빛보다 맘에 가시처럼 걸리는 건 레인이 이 상황을 알면 어떠할지에 관한 문제였다. 초조했다. 무슨 핑계를 대서라도 자리에서 일어나야만 했다.

"아버지 제가 급한 일……."

"자자, 음식은 시켜 두었다. 먹고 하자. 너 바쁜 거 나도 알지만 우선 먹자. 소연 양, 여기 음식 입에 맞을지 모르겠습니다."

"말씀 낮추세요. 전 음식은 가리지 않습니다."

"허허. 요즘 아가씨답지 않아 보입니다, 유 회장."

"예쁘게 보아 주시니 감사합니다."

혁진이 맞선을 거절할 것을 알고 함정을 판 강 회장은 쉬이 그가 자리에서 빠져나가게 내버려 두지 않았다. 결국 자리에 붙들리고 만 혁진은 나온 음식을 건성건성 먹으며 유소연을 상대해야만 했다.

"한식 안 좋아하시나 봐요."

"좋아합니다."

"잘 드시지 않으시는 것 같은데……."

"……."

"저도 아버님이 식사하자고 해서 나온 자리예요."

"그러셨습니까."

소연이 물으면 겨우겨우 대답만 짧게 하고 마는 혁진으로 인해 소연과의 대화는 매끄럽게 이어지지 않고 토막토막 끊겼다.

혁진은 앉아 있는 시간이 길어질수록 좌불안석이었다. 서로에게만 집중하자고 제안한 사람이 바로 저인데 그가 이렇게 맞선을 보고 있다는 것을 만약 레인이 알게 된다면……. 다시 달팽이 껍데기 속으로 쏘옥 들어가 버릴 것 같아 조마조마했다.

당장 사귀고 있고 마음 가는 여자가 있다고 밝히고 싶었지만 이 자리는 그럴 자리가 아니었다.

"……세요?"

"네? 뭐라고 하셨습니까?"

"……영화 좋아하시냐고 물었어요. 두 번이나."

"별로 좋아하지 않는데요."

"그래요? 그럼 연극이나 오페라 관람은요?"

"그쪽엔 취미가 없어서요. 시간도 없고."

거짓말이었다. 혁진은 예술 방면에 관심도 많았고 만드는 것도 좋아했다. 하지만 유소연이 무엇을 묻는 건지 알기에 그렇게 대답한 것뿐이었다.

그 정도로 여자 쪽에서 암시를 주면 어디를 가자는 말이 남자 쪽에서 나와야 하는데 그는 미운 오리 새끼같이 겉돌며 오늘의 분위기에 편승하지 않고 혼자 딴생각에만 잠겨 있었다.

그 모습을 이야기를 나누는 척하다가도 매서운 눈으로 바라보는 강 회장이었다.

'저 녀석이 무슨 생각으로 저러는 거지? 혹시……?'

특별히 모난 곳이 없는 아들이었다. 싫더라도 싫은 내색을 웬만해선 드러내지 않았다. 그런 아들이 초조해하는 모습을 여실히 드러내자 강 회장의 맘속엔 의문이 들어차기 시작했다. 유 회장 딸이 맘에 들지 않는 것일 수도 있겠지만 뭔가 다른 이유가 있을지 모른다는 생각이 들었다.

"아버지, 죄송하지만 먼저 들어가 보아야 할 것 같습니다."

"진행 중인 일에 무슨 문제라도 있나, 본부장?"

"그건 아닙니다."

"주말이다. 쉬엄쉬엄해라."

"하하, 강 회장님 말씀이 맞네. 젊은 사람들은 우리 세대와는 달라. 일만 죽어라 하는 시대는 지났다고 생각하네. 인생도 때가 있는 법이거든."

"……네."

도중에 일어나는 건 결과적으로 실패였다. 요리 뒤에 나오는 누룽지와 수정과, 후식으로 나온 배까지 살뜰히 챙겨 먹을 때까지 혁진은 자리에 앉아 있어야만 했다.

먼저 출발하는 유 회장과 소연의 차를 배웅하고 혁진은 강 회장과 함께 차를 타고 회사로 이동했다. 나란히 앉은 부자 사이에 침묵을 깬 건 묵직한 목소리의 강 회장이었다.

"소연 양이 맘에 들지 않은 것이야? 아님 맞선 자리라 기분이 상한 것이야?"

"……둘 다입니다."

"나쁘지 않은 상대다. 나는 네가 정 싫다면 억지로 밀어붙이는 무식한 늙은이는 아니다. 하지만 알아보니 너와 어울릴 만한 조건을 갖춘 아이더구나. 너도 결혼할 때가 되었고. 자고로 남자는 여자가 내조를 잘 해야 밖에서 큰일을 하는 법이다."

"알고 있습니다."

"그런데?"

"평생 함께할 여자는 제가 고르고 싶습니다."

"기업을 감당할 사람이어야 한다. 평범한 여자는 버거운 자리다. 그 여자를 위해서도 너를 위해서도."

혁진은 입을 다물었다. 지금이라도 여자가 있다고, 마음 주는 사람이 생겼다고, 레인이 그 여자라고 밝히고 싶었지만 시기상조였다.

아직 그녀의 마음을 확실히 얻지 못했는데 긁어 부스럼 만들 순 없었다. 만약 이 자리에서 그녀 이름을 뱉는다면 강 회장 성격에 가만두고 볼 리 없었다.

"누가 있는 게야?"

"……아닙니다."

강 회장은 아들의 얼굴을 힐긋 쳐다보더니 창으로 눈길을 돌렸다. 귀신은 속여도 저는 못 속인다. 아들은 뭔가 달라져 있었다.

'뭔가 있군. 아무래도 비밀리에 알아봐야겠어.'

✳

"별고 없으셨어요?"

"어서 오너라."

개량 한복을 입은 부친 헌승이 그녀를 맞이했다. 전북 정읍에 위치한 레인의 집은 주택이 즐비한 곳으로 멀리 내장산이 보였다.

아파트에 살던 헌승은 레인이 회사 입사를 핑계로 서울로 올라가 버리자 한옥 한 채를 사 양옥으로 개조해 살고 있었다. 그는 그녀가 올 때를 대비해 일하는 아주머니를 두어 사흘에 한 번 집을 깔끔히 정리해 두고 있었다.

"저녁은 함께 먹자. 짐 풀고 오너라."

"네."

레인의 방에는 침대가 놓여 있었지만 바닥은 온돌이었다. 자신의 물건에 손대는 것을 극히 싫어하기에 청소할 때를 제외하곤 누구도 그녀의 방에 들어오지 않았다.

레인은 편한 옷으로 갈아입으면서도 마음이 좋지 않았다. 이전에 보이지 않았지만 이제는 많아진 흰 머리카락, 목주름, 그리고 눈꼬리에 여럿 잡히는 자잘한 주름들이 그가 나이가 들었다는 것을 여실히 보여 주었기 때문이다.

식사 중에도 말이 오가지 않는 조용한 침묵 속에 식기 부딪치는 소리와 젓가락질 소리만 규칙적으로 울리고 있었다.

"권 박사 아들 유한이를 만났다면서?"

"네, 약을 가져다주었어요."

"그래? 유한이 네가 보기엔 어떻더냐?"

"네? 뭐가요?"

"내가 보기엔 그만하면 인물 좋고 성격 좋고 맘에 들더구나."

레인은 기분이 상했다. 혹시 유한에게 저를 만나라고 한 게 그가 아닐까? 오랜만에 만나 즐겁고 가슴 부풀었던 그때의 기분이 사그라지는 것 같았다.

"일부러 보내신 거예요?"

"뭐? 아니다. 그게 아니라 너희 두 사람 만났다는 말에 한번 해 본 말이다. 오해 말아라."

바로 말을 뒤로 물리는 현승으로 인해 레인은 더 이상 자초지종을 캐묻지 않았지만 기분이 묘해지는 건 어쩔 수 없는 일이었다.

문득 혁진이 장난치듯 약속하라던 말이 기억나 레인은 피식 하고 웃고 말았다.

양다리 걸치지 않기라니. 그 사람은 선견지명이라도 있나? 이런 일을 예상해서 그런 말을 한 건지, 아니면 시골에 내려가니 혹시나 하는 맘에 그런 제안을 했던 것일까?

"제 앞길은 제가 알아서 합니다."

많은 의미가 함축된 짧은 대답에 현승은 한숨을 길게 내쉬었다. 불안했다. 딸 레인은 그에게 아킬레스건이자 아픈 손가락이었다.

한없이 너그럽고 사람 좋은 그런 남자를 만나 과거는 잊고 자식 낳아 잘 살았으면, 부디 아무 일도 없었으면 하고 바라고 있었다.

그런 그의 기준점에 맞는 권 박사의 아들 유한이 레인을 만나러 서울에 갔다는 말을 듣자마자 혼자 김칫국부터 마신 그였다.

"말씀드릴 게 있어요."

"응?"

"저, 미국에 가려고 합니다. 전에 있던 곳에요."

"안 된다고 했잖아!"

"말리셔도 가 볼 겁니다. 이대로 시간만 보낼 수는……."

"안 된다면 안 돼!"

"……아버지?"

놀란 그녀는 눈을 동그랗게 뜨고 믿을 수 없다는 듯이 헌승을 응시했다. 그는 씩씩 거친 숨을 내쉬면서도 소리를 지른 것에는 당황한 모양이었다.

생각한 것보다 훨씬 강경한 자세와 고성까지 내지르는 부친으로 인해 그녀는 이상하다는 생각을 품게 되었다.

'내가 잃어버린 건 정말 기억뿐인 걸까?'

제 방으로 쫓기듯 돌아와서도 놀란 가슴을 진정시키지 못한 레인이었다. 웬만하면 저에게 소리를 내지르거나 함부로 하지 않는 부친이었다.

그런데 미국에 가 보겠다는 말에 저토록 화를 내시다니……. 왜……. 대체 왜?

그녀의 머릿속은 온통 뒤죽박죽이 되어 버렸다. 말하지 않더라도 당황하며 어쩔 줄 몰라 하는 부친의 태도엔 미심쩍은 뭔가가 있었고 자신도 모르는 큰 비밀이 숨겨져 있는 것만 같았다.

그녀가 번개 치고 비 오는 날을 유난히 무서워하는 것과 관련이 있는 것일까? 레인은 밤새도록 이런 생각 저런 생각을 하며 일어날 수 있는 많은 경우의 수를 도출해 봤다.

12

'이 일을 어쩐단 말인가.'

헌승은 마음이 불안했다. 저도 모르게 고성을 내지르자 딸이 놀라 뒤로 주춤 물러섰다. 그땐 그곳에 가지 못하게 막아야 한다는 생각 외엔 아무것도 떠오르지 않았기에 필사적으로 레인을 막아서고 말았던 것이다.

이곳 한국에서 안정이 되어 간다고 생각했는데, 미국에 가서 잃었던 기억이 되돌아오기라도 한다면……. 그는 암담함에 눈을 감고 말았다.

'어떤 방법으로든 가지 못하게 막아야 해.'

레인을 그리 만든 배후를 알아낸 게 얼마 전이었다. 헌승은 은밀하고 조용히 어떻게 그들을 단죄할 것인지 고심하고 있던 중이었다.

그냥 이대로 묻어 버릴까도 생각했지만 레인이 힘든 시간을 보낼 때마다 새록새록 미움은 솟아났다. 그는 미련한 사람이 아니었다.

그 누구도 편히 잠 못 드는 그런 이상한 밤이었다. 레인도, 혁진도, 헌승도 각자의 고민에 고민이 더해지며 압박해 오는 현실의 무게에 짓눌려 있었다.

레인은 차 안에 두고 내린 핸드폰이 길게 혹은 짧게 울리고 있다는 것을 눈치채지 못했다. 혁진이었다. 매도 빨리 맞는 게 좋을 것 같아 레인에게 전화한 그는 벨 소리만 요란히 울리고 도무지 받지 않는 그녀로 인해 속이 타들어 가고 있었다.

다음 날, 조금이라도 더 머물고 싶지 않았던 레인은 아침 일찍부터 서둘러 서울에 올라갈 준비를 마쳤다. 인사만 하고 나올 생각이었는데 헌승은 차를 타러 나오는 그녀를 따라 집 밖으로 나왔다.

"이만 올라가 볼게요."

"레인아."

"……아버지가 걱정하는 일이 정확히 무엇입니까?"

"그런 것 없다."

"그렇다면 제가 직접 알아보는 수밖에 없겠네요."

"세상 일 그렇게 녹록하지만은 않다. 너도 잘 알겠지만 때론…… 모르는 게 약인 법이야."

레인은 부친의 얼굴에 많은 감정들이 교차하는 것을 지켜보고 있었다. 회한, 슬픔, 그리고 초조함……. 혹시 자신이 사고를 낸 것이 아니냐고, 누가 다치기라도 한 거 아니냐고 묻고 싶었지만 대답해 줄 것 같진 않았다.

언제쯤이면 부친을 편히 대할 수 있을까. 대체 언제쯤이면. 먹지 않아도 체한 것처럼 명치끝이 당겨지며 머리가 아파 왔다.

이러면 안 되는데 하고 생각하면서도 마음 가는 대로 행동할 수 없는 제 자신에게 실망하고 또 절망하는 일을 반복하는 레인이었다.

"가 볼게요."

"……아, 레인아."

망설임이 담뿍 담긴 발걸음을 붙잡는 헌승의 목소리에도 그녀는 고집스럽게 뒤돌아보지 않았다.

"건강 챙기고, 그리고…… 오랜만에 내려왔는데 소리 질러서 미안하다."

뭐가요? 뭐가 미안한데요? 그 정도는 소리칠 수 있는 거잖아요. 평범한 집은 다들 그렇게 하잖아요. 할아버지와 살았을 때, 맞기도 했었고, 때리면 때리지 말라고 소리를 내지르면 맞서기도 했었고, 누굴 닮아 그 모양이냐는 막말을 듣기도 했는데 뭐가 미안한데요? 대체 뭐가!

정말 하고 싶은 말들을 꾹꾹 눌러 담은 레인이었다.

그거 아세요? 당당하게 뻔뻔스럽게 저를 대하세요. 이미 지난 일 뭘 그리 맘에 담아 두냐고 차라리 저를 야단치시란 말예요. 그렇게 미안해 죽겠다는 표정으로 절 바라보지 마세요. 숨 막혀 죽을 것 같아요. 그럼 제가 다가가기 힘들잖아요. 그렇게 아버지 스스로 울타리를 치시고 거리를 두시면 저보고 어쩌란 말예요. 전…… 아버질 어떻게 대해야 할지 모르겠어요.

제가 아는 남자는 오직 할아버지 한 분뿐이었는데 할아버지와 달라도 너무 다른 아버지를 어찌 대해야 할지 정말 모르겠어요.

레인의 비명 같은 외침은 침묵 속에 사그라지고 단 한마디 말만 차갑게 뱉어졌다.

"도착하면 전화 드릴게요."

부우웅.

뒤도 돌아보지 않고 레인은 한 팔로 핸들을 틀며 무정하게 떠나 버렸다. 차갑고 냉정하며 저밖에 모르고 남을 배려할 줄 모르는 여자, 그게 바로 저였다.

때마침 울리는 전화벨 소리에도 레인은 휴대폰을 쳐다보지 않았다. 어서 이곳을 벗어나고 싶었던 레인은 오른쪽 발에 힘을 주며 가속페달을 세게 밟았다.

집에 도착하고 짐 정리를 끝낸 뒤에야 부재중 전화가 여러 통이란 걸 발견한 그녀였다. 혁진의 이름이 대부분인 목록을 들여다보며 손가락을 댈까 말까 한참 고민이 이어졌다.

전화 한 통 하는 게 뭐 그리 어려운 일이냐 생각하겠지만, 그녀로선 대단한 용기를 필요로 하는 일이었다. 드디어 결심을 하고 번호를 터치하려는데 전화가 걸려 와 무의식중에 받아 버렸다.

"여보세요."

— 레인이니?

"누…… 아, 오빠."

누구냐고 물으려다 저렇게 부드러운 목소리로 자신을 부르는 사람을 한 명 떠올렸다. 유한이었다.

— 그래. 집에 내려왔었다면서?

"네."

— 그럼, 서울?

"네. 방금 도착했어요."

— 아저씨에게 전화했더니, 너 왔다 갔다더라. 잘하면 만날 수 있었을 텐데……. 아쉽다.

"무슨…… 일이세요?"

— 너, 잘 챙겨 주라고 신신당부하시더라고.

"아……. 네."

— 그래. 그럼 푹 쉬고 서울 올라가서 한번 만나자. 맛있는 거 사 줄게.

"아니에요. 괜찮아요."

— 뭐가 괜찮아. 불면 날아갈 것 같던데. 사 준다고 할 때 먹어라.

"마음만 받을게요."

— 녀석. 올라가서 보자. 끊는다.

레인은 유한의 전화가 반가웠지만 부담스러운 것도 사실이었다. 부친이 한 말 때문이었다.

편두통이 심해져 머리가 지끈거리자 레인은 약 상자를 뒤져 알약을 꺼내 한 번에 삼켰다. 운전을 하고 온 탓인지 피곤했고 몸도 노곤했다. 아마 어젯밤 집에서 잠을 편히 자지 못한 탓일 것이다.

머리를 콕콕 쑤시는 것 같은 날카롭고 예리한 아픔에 이를 사리문 레인은 겨우 몸을 추스르며 씻고 난 후 쓰러지듯 침대에 누워 잠에 빠져 버렸다. 핸드폰이 방전된 사실도 모른채…….

✳

"굿모닝."

"좋은 아침입니다."

월요일 아침, 직장인들에겐 주말 동안 늘어졌던 몸과 맘이 회사에 적응하기 위해 애쓰는 가장 피로한 날의 시작이다.

아니나 다를까, 뭐 그리 할 일이 많은 건지 아침은 눈코 뜰 새 없이 지나가 버렸다.

이틀 만에 만난 혁진과 레인 또한 간단한 아침 인사를 제외하곤 눈도 마주칠 시간이 없을 정도로 바쁜 날이었다. 저녁을 함께 하자는 혁진의 말에 고개만 살짝 끄덕인 게 전부였다.

순식간에 오전 시간이 지나고 점심시간이 되었다. 어제 시작된 두통 때문에 멀리 가고 싶지 않았던 레인은 약을 먹기 위해 억지로 곡기를 넣기 위해 사원식당에 줄을 서고 있었다.

"어머어머, 그래서?"

"뭘 그래서야? 뻔한 스토리지."

"그럼 본부장님도 유부남 대열에 끼는 거야?"

"아마 그렇게 되지 않겠어? 봤다잖아, 분명……."

속닥거리고 있었지만 많은 사람들이 귀를 쫑긋하고 이야기를 듣고 있었다. 세상에 비밀은 없다는 걸 몸소 실천하는 여사원들의 수다였다. 하필 레인이 앉은 자리가 그녀들의 옆이었던지라 대화가 아주 잘 들렸다.

"뭐 조합은 잘 이루어지겠네."

"삼화제지면 알짜기업이잖아. 제조업계 3위, 현금 지불 능력 10위 안에 드는 튼실한 기업……. 마다할 이유가 없는 혼사인 거지."

"아…… 너무 슬프다. 본부장님까지."

"에휴, 우리야 바라보는 것만으로 만족해야지 별수 있어?"

무슨 이야기인지 처음엔 감을 잡지 못한 레인이었다. 혁진의 이야기이기에 무시가 되지 않았다. 혹여나 두 사람이 연애한다는 걸 들켰나 싶어 가슴이 덜컹하고 내려앉는 것 같았다. 그러나 기업의 이야기가 들리는 순간, 뭔가 다른 이야기라는 느낌이 들었다.

"하 비서님."

대각선에 앉아 있던 직원 한 명이 고개를 휙 돌려 그녀를 불렀다. 호기심의 눈들이 저를 향하자 레인은 고개를 들어 질문하는 여직원을 빤히 쳐다보았다.

"하 비서님, 뭔가 아는 것 있으시면 알려 주세요. 몇 살이래요? 예뻐요?"

"뭘……."

"뭐긴 뭐겠어요. 강 본부장님 선본 상대 여자 이야기죠. 아시는 거 없으세요? 저만 말고 있을게요. 네?"

"……!!"

위잉, 윙.

기분 나쁜 이명이 귓전을 두드렸다. 두통은 어디론가 자취를 감췄고 그 자리에 뒤섞여 누구 목소리인지 분간이 되지 않는 혼탁한 소리들이 달팽이관으로 투입되어 사이렌이 울리는 것처럼 울려 대고 있었다.

뭐? 뭐라고 한 거지? 내가 뭘 들은 거지? 누가, 강혁진이? 뭘 했다고? 하얗게 질린 얼굴로 말 한마디 대꾸하지 않는 레인이 이상하게 보였는지, 아니면 그녀에게선 나올 말이 없다고 느꼈는지, 우르르 몰려 있던 여사원들은 썰물처럼 빠져나가 그녀의 시야에서 사라져 갔다.

'양다리 걸치지 않기입니다.'

'빨리 다녀왔으면 좋겠습니다.'

'그렇게 예쁘게 웃으면 나보고 어쩌라고.'

혁진이 제게 했던 달콤한 말들이 씁쓸한 기억으로 자리바꿈하고 있었다. 오랫동안 고이 쌓았던 소원의 탑이 한순간 와르르 무너진다는 느낌?

당신도 그런 사람이었나? 마음 주는 사람 따로, 결혼 따로라고 생각하는 이기적인 남자인 건가? 도덕적인 잣대를 내세워 정도를 벗어나지 않는 사람이 당신 아니었었나? 내가 사람을 잘못 본 걸까? 레인은 식판을 앞에 두고 한 숟가락도 뜨지 못한 채 오도카니 앉아만 있었다.

온몸의 피가 얼어붙는 것 같은 느낌에 레인은 자리에서 꼼짝 못하고 앉아 있었다.

점심시간이 거의 끝나 가도록 자리에서 일어나지 않던 그녀는 사원식당에 사람들이 몇 남지 않았을 때가 되어서야 달그락거리는 소리와 자리를 치우고 정리하는 식당 사람들의 분주해진 몸놀림 때문에 정신을 차릴 수 있었다. 레인은 가져온 그대로인 식판을 두고 황급히 자리를 빠져나왔다.

'내가 기대란 걸 했었나? 그는 다를 거라고 생각한 게 오판이었나.'

사람 없는 휴게실로 들어간 레인은 두 손으로 얼굴을 쓸어내리다 한참을 손바닥에 얼굴을 묻은 채 정지해 있었다. 이미 점심시간은 넘은 시각인데도 돌아가고 싶다는 생각은 들지 않았다.

따지고 보면 미래를 함께하자 약속한 것도 아니었고 고작 연애를 제안한 것뿐이지 않은가. 양다리 걸치지 않기라는 농담을 하여 저를 설레게 했던 사람이었다.

장밋빛 미래를 꿈꾼 것은 아니었지만 이렇게 비참한 기분이 들 줄 미처 몰랐다. 사람에게 실망한다는 건 이제 그만하고 싶은데 다시 반복될 조짐이 보였다.

'후우.'

호흡을 들이마셨다가 뱉어 내길 수차례, 심장이 서서히 진정되어 갔다. 몸속을 흐르는 더운 피와 정반대로 설녹았던 레인의 얼음벽은 이전보다 더욱 두텁게 쌓이고 있었다. 시선을 빼앗기고, 마음을 주고, 믿음이 가기 시작한 상대였던 만큼 미움은 크기를 부풀렸다.

기업의 후계자인 그도 많은 재벌들처럼 그의 자리에 어울리는 여자와 맞선을 보고 결혼을 하고 가끔 이렇게 상대를 골라 외도 아닌 외도를 하는 남자였다 생각하니 실망스러웠다. 아니, 사람을 오판하고 선택한 자신에게 더 실망했다.

'하레인, 정신 차려. 너 또한 속물 아냐? 그의 지위, 배경을 철저히 무시했다고 맹세할 수 있어?'

쉽게 그렇다고 대답할 수 없는 문제였다. 하지만 누군가를 탓해야 자괴감이 드는 걸 막을 수 있을 것 같았다. 원망의 대상을 그로 정해야 버틸 수 있을 것 같았고 이전의 그녀로 돌아갈 수 있을 것 같았다.

하늘은 푸르고 높고 맑은데 그녀가 바라보는 세상은 온통 흐린 잿빛으로 감싸여 있었다. 자신도 사람의 겉모습과 보이는 것에만 집착한 그렇고 그런 속물이었다 생각하니 스륵 기운이 빠져나갔다.

짜르르 가슴이 쑤시며 아픈 듯도 싶어 그곳을 한 손으로 꾹 눌러보지만 정확한 부위를 짚어 낼 수 없는 통증은 쉬이 사그라질 줄 몰랐다.

"하 비서, 부탁했던 서류 준비되었습니까?"

"네."

"하 비서, 공장 연결해요."

"알겠습니다."

표면적으론 변한 것이 없었다. 아무것도. 하지만 레인은 그를 향해 곁눈질 한 번 하지 않고 업무만을 수행하고 있을 뿐이었다.

"나갑시다."

"죄송합니다. 몸이 좋지 않습니다."

"……"

본부장이 주최하는 회식이었다. 그러나 그녀는 혁진을 따라나서지 않았다. 레인이 단답식 대답만 내뱉자 어그러지는 혁진의 얼굴이었지만 레인은 그를 신경도 쓰지 않고 있었다.

"오래 걸리지 않을 겁니다. 참석했다 빠져나오면 됩니다."

"죄송합니다."

혁진도 차가워진 레인이 신경 쓰였지만 바쁜 것도 사실이라 차

227

라리 일이 마무리 지어지면 그녀와의 일을 진전시키리라 마음먹은 차였다. 하지만 며칠 새 레인은 단단한 갑옷으로 무장했던 그때로 돌아가 버리고 말았다. 아니, 그때보다 더 차가워졌다.

"하 비서, 내가 잘못한 거 있습니까?"

"없습니다."

"그런데 왜……. 상사로서의 명령입니다. 오늘 참석하세요."

"이번 런칭만 끝나면 전 원래 부서로 복귀하고 싶습니다."

혹시 선본 사실을 알아 버린 건가? 이 일 말고는 그녀가 이렇게 자신에게 쌀쌀맞게 굴 이유가 없었다.

계속 자신에게 싸늘한 시선을 보내는 레인을 보며 혁진은 확신할 수 있었다. 레인이 맞선 본 사실을 알아 버렸음을. 그녀에게 그럴 수밖에 없었던 정황을 말하고 이해를 구하는 시기를 놓쳐 버렸음을.

"내가 주최를 하는 것이니 난 참석해야 합니다. 자리만 채웠다가 바로 나올 테니 조용한 곳에서 다시 이야기하도록 합시다."

끝끝내 레인에게선 yes라는 대답은 흘러나오지 않았다. 입술을 꼭 다물고 아래로 눈을 내리깔 뿐이었다.

레인을 기다렸다 자연스레 집에 바래다주면서 그럴 수밖에 없었던 정황을 설명하려던 혁진의 계획은 무산되어 버렸고 이후 레인의 행보는 혁진을 더 이상 뒤로 물러설 수 없는 막다른 골목까지 밀어붙이고 있었다.

✳

"네. 괜찮아요. 좋아요…… 오빠."

레인은 누군가와 친밀한 대화를 나누다 사무실 입구에 나타난 혁진을 발견하곤 핸드폰을 내려 두고 인사를 했다.

"다녀오셨습니까."

"……차 한 잔 부탁합니다, 하 비서."

"네."

두 사람 사이의 긴장이 극에 달하고 있었다. 혁진을 무시하는 건 쉬웠지만 상사로서의 그를 상대하는 건 버거웠다.

그녀의 차갑고 무심한 응수에 처음엔 눈치를 보는가 싶더니 곧바로 맞대응하는 혁진은 본부장으로서의 권력을 맘껏 휘두르기 시작했다.

과도한 업무량은 물론이고 혹여라도 지방에 내려갔다 오면 그가 도착할 때까지 사무실에서 대기하게 했다. 오늘도 아산 공장에 다녀와 시계는 퇴근시간을 훌쩍 넘긴 늦은 7시를 가리키고 있었다.

달래고 눈치 보기를 바란 건 아니었지만 레인은 더욱 꼬여 가는 제 심사를 저도 어찌할 수 없었다. 장미꽃을 준다거나 미안하다 무릎을 꿇고 빈다는 수준까진 바라진 않았지만……. 결국 자신도 여자였었나 보다.

실망은 색을 덧입고 원망과 미움이란 이름으로 변질되어 갔다. 순식간이었다. 하지만 가장 변해 버린 건 절대적인 신뢰를 주었던 마음에 금이 가 버렸다는 사실이었다.

첫 사랑, 첫 연인에 대한 순수함, 그것을 잃어버린 레인은 혁진을 상대하며 바랐었던 믿음을 하나둘 내려두고 있었다.

"여기 있습니다."

"오늘 시간 됩니까."

"선약이 있습니다."

"그…… 오빠라는…… 아닙니다. 퇴근하세요."

"네."

선약은 사실이었다. 유한의 전화는 안부 전화였지만 평소보다 훨씬 부드러워진 그녀의 응대에 용기를 얻은 탓인지 그가 저녁 식사를 하자는 제안을 해 약속을 잡은 것이다.

일부러라도 집에 일찍 들어가지 않고 쇼핑을 한다든지, 카페에 들러 커피를 마시거나 집 앞 찻집에 가 책을 읽고 늦게 들어가는 레인이었다.

때문에 레인은 며칠 전 출장을 마치고 올라온 혁진이 그녀 집에서 한참을 기다리다 돌아간 사실도 놓치고 말았지만.

엇갈림의 시작, 미세한 균열. 그것은 처음엔 눈에 띄지 않다 점차 간격이 벌어져 전체에 영향을 미치는 중대 결함으로 발전되고서야 문제를 심각하게 인지하게 된다.

처음부터 머리로 재지 않고 망설이지 않고 미안하다는 말을 했었더라면 상황은 이보다 더 나았을까. 만약이라는 경우의 수는 이렇게 사람에게 치명적인 후회를 남긴다.

"입에 맞지 않니?"

깔끔한 인테리어로 꾸며진 레스토랑, 프랑스 유학을 다녀온 유명 셰프가 만든 화려한 데코레이션을 자랑하는 요리들로 식탁이 채워졌지만 레인은 마치 돌을 씹는 것만 같았다.

약속이 있다고 하자 입을 다물고 그녀를 바라보는 표정이 자꾸만 가시처럼 맘에 걸렸다. 그런 얼굴로 바라보지 말라고 소리치고 싶었지만 뒤따라 붙는 집요한 시선을 무시한 채 도망치듯 퇴근해 버린 그녀였다.

"레인아."

부르는 목소리에 고개를 든 그녀는 자신을 살피는 유한과 시선을 마주했다.

"어디 불편하니?"

"아니에요. 죄송해요."

"입에 맞지 않으면 억지로 먹지 않아도 돼."

"……원래 양이 적어요."

유한은 레인을 바라보면 바라볼수록 묘한 감정에 휩싸였다. 동생이긴 한데…… 아닌 것도 같았다. 다른 여자들처럼 수다스럽지 않아서 편한 건가? 그도 이런 제 마음이 당황스러웠지만 앞서가지 않고 페이스를 조절할 정도로 많은 여자들을 만나고 사귄 연애의 고수였다. 거기다 아버지와 관계된 환자이고 보니 조심스럽기도 했다.

"안색이 나쁘다."

"괜찮아요."

레인은 갑자기 짜증이 솟구쳤다. 그저 지인을 만나고 싶었던 건데 자신을 환자처럼 대하는 유한 때문이었다. 덩달아 부친의 말도 기억나 자리가 불편해지는 레인이었다. 유한을 만나려 했던 건 아닌데…… 입구에서 그녀의 전화를 엿듣는 혁진에게 보라는 듯 약속을 잡은 것이었다.

"약도 잘 챙겨 먹어. 몸 생각을……."

"그만하세요!"

"레인아?"

평소 그녀답지 않게 날 선 외침이 튀어나오자 그녀도 유한도 놀라긴 매한가지였다. 괜한 신경질, 아니 분풀이를 그에게 하고 있었다. 누구에게든 아픈 사람 취급받는 건 싫었다.

"아…… 죄송해요. 요새 업무가 많아서 피곤했나 봐요."

"……."

유한은 그제야 레인의 상태를 면밀히 살폈다. 뭔가 분위기가 저번하고 또 달랐다. 뭔가에 쫓기는 듯도 싶었고 안색도 나빴다. 그리고 생기가 없었다.

"집에 데려다줄까?"

"……죄송해요, 오빠."

"아니다. 일어나자."

유한이 바래다준다고 하는데도 레인은 스스로 운전대를 잡고 집으로 향했다. 그에게 살고 있는 곳을 알려 줄 생각도 없었고, 오직 쉬고 싶다는 생각뿐이었다.

따르르— 따르르—

멈춘 횡단보도에서 계속 울리는 전화벨 소리를 무시하다 시선을 두니 액정에 그의 이름이 떠 있었다.

강혁진……. 강 본부장……. 상사.

빵빵—

뒤에서 빨리 가라고 재촉하는 경적 소리에 레인은 벨 소리를 무시한 채 앞으로 나갔다. 그 후로도 집 주차장에 차를 댈 때까지 전화는 두어 번 더 울렸다. 레인이 집으로 올라가 샤워를 할 때 한 번 더 울렸고 자리에 누워 잠을 청할 때도 한 번 더 울렸다.

진동으로 바꾸어 둔 벨 소리는 어둠에 묻혀 마치 발작하는 것처럼 부르르 떨더니 새벽이 되어서야 잠잠해졌다.

상상은 사람을 미치게 했다. 물론 레인을 믿지 못하는 것은 아니었지만 시간이 지나 어둠이 깔릴수록 혁진은 초조해졌다. 머리로는 이러면 안 된다고 생각했지만 어느새 손가락은 레인의 번호를 누르고 있었다.

신호음만 갈 뿐 전화를 받지 않는 그녀의 사정을 모르는 그로서는 이상한 상상이 머릿속에 펼쳐지자 애써 이성을 찾으려 노력하고 있었다.

웃는 모습, 그리고 손을 잡는 모습, 오빠라고 불렀던 상대와 무슨 대화를 나누고 있을까, 아니 그보다 더한 스킨십이라도 하는 걸까? 왜 제 전화를 피하는 걸까. 온갖 말도 안 되는 생각들이 그를 괴롭게 만들었다.

집에 돌아와 독한 버번을 한 잔 들이켜고 다시 한 번 더 전화를 걸어 보았지만……. 혁진은 잠이 오지 않는 긴 밤을 지새우고 있었다.

막다른 길이었다.

서로에게 다가가던 길은 장애물에 막혀 명절날 꽉 막혀 버린 도로처럼 빈틈없어 보였다. 이젠 사과를 해도 사과가 아니라 변명을 하는 모양새가 되어 버렸다.

사업이라면 단칼에 위험요소를 없애 버리고 손해를 보더라도 앞으로 나아가 버리겠는데 레인이 상관된 일엔 도무지 갈피를 잡을 수 없었다. 그답지 않았다.

처음 그녀를 만났을 때부터 손에 잡히지 않아서 더 애달프고 불안했다. 한 여자의 존재가 어느새 가슴을 온통 차지해 버렸나 보다.

마음이라는 게 단속을 한다고 멈출 수 없는 것처럼 정지신호를 무시해 버리고 달려가고 싶은 충동을 겨우겨우 눌러 참고 있는 혁진이었다.

다음 날 아무 일 없다는 듯 움직이는 레인의 동선을 혁진의 눈이 좇고 있었다. 어느 쪽도 필요 이상의 시선을 두지 않았지만 아프게 서로를 의식하고 있었다.

거의 프로젝트가 마감이 지어질 무렵, 레인은 총무과 진양의 대리가 주선한 미팅을 받아들였다. 미진한 감정을 씻어 버리고 싶었다.

누군가를 만나서 잠시나마 기분 전환을 할 수 있다면 그것도 좋으리라 그렇게 여겼다. 아니 강혁진에게 복수란 걸 하고 싶었다는 것이 진실일 것이다.

점심시간을 이용한 미팅은 꽤 분위기가 좋았지만 정말 잠시의 기분 전환 정도였다. 사무실에 돌아오자 금방 날 선 긴장감에 얼굴이 굳었다.

이제 그녀는 지쳐 갔다. 혁진을 의식하고 차가운 모습으로 무장한 채 상처받지 않은 척 가장하는 일도 피곤해졌다. 믿음을 배신한 건 그가 먼저였으니 저도 이럴 권리는 있다 자위하며 레인은 제 못난 행동에 타당성을 부여하고 있었다.

결국 혁진에게서 호출이 들어왔다. 레인은 옷매무새를 다듬어 빈틈없는 모습을 하고 안으로 들어갔다.

"지금 뭐 하자는 거지?"

이번 미팅에 얼마나 대단한 사람들이 나오는지 신나서 떠들고 다니던 진 대리였기 때문에 그의 귀에 들어가는 건 시간문제라 생각했다. 그러나 레인은 시선을 책상 가운데에 둘 뿐 동요하지 않는 모습을 유지했다.

"무슨 말씀인지 모르겠습니다."

콰앙!

원목으로 만들어진 책상을 있는 힘껏 내려치는 혁진을 보고서도 눈 하나 깜박거리지 않는 레인이었다. 혁진은 그녀가 미팅을 하고 들어와 놓고도 태연하게 구는 데에 인내심이 바닥을 드러냈다. 평소에 입지 않던 하늘하늘한 원피스가 그녀에게 너무 잘 어울려 자꾸 그의 신경에 거슬렸다.

"참는 데도 정도라는게 있는 법이야, 하 비서."

"회의 시작 시간이 얼마 남지 않았습니다. 마케팅에 관한 브리핑도 있을 예정이라 필요한 자료 가지고 참석하셔야 합니다."

"……."

흘깃 시계를 올려다보는 레인은 이를 악문 혁진을 바라보며 미동 없이 뻣뻣한 고개를 쳐들고 서 있었다.

"오늘 늦을 것 같으니 남아 있어요."

"알겠습니다."

혁진은 또 한 번 간신히 화를 억눌렀다. 흐트러짐 없는 걸음걸이로 문을 열고 나가는 그 뒷모습을 노려보던 그는 책상 위에 있던 서류들을 아무렇게나 챙겨 들고 자리에서 일어섰다.

회의는 예상보다 훨씬 길어졌다. 조금 날카로워진 혁진은 들어오는 자신을 보고 대기 상태였던 레인이 자리에서 일어나자 10분 뒤 들어오라는 짧은 한마디만 남긴 후 안으로 들어가 버렸다.

공과 사를 철저히 구분하는 그였지만 오늘은 잘 되지 않을 것 같다는 예감이 들었다. 시치미를 떼고 아무것도 모릅니다 하는 듯한 말간 얼굴을 하고 있는 레인이라는 여자 때문이었다.

똑똑.

"들어와요."

창가를 내려다보고 있던 혁진이 몸을 돌리고 그녀와 시선을 마주했다.

"여기서 할까, 아니면 나갈까?"

"……별 이야기 아니면 여기서 하시죠."

"양다리 걸치지 않기로 합의한 것 같은데?"

"저에게만 적용되는 룰인지 몰랐습니다. 불공평한 약속은 무효라고 생각하는데요."

"변명으로 들리겠지만 내가 의도한 게 아니었어."

레인은 답을 바로 하지 않았다. 그가 의도하든 하지 않았든 했다는 것이 중요했다. 실제로 일어난 일, 그게 중요했다. 그의 말대로 구차한 변명으로밖에 들리지 않았기에 레인의 표정은 무감할 뿐이었다.

"레인, 주고받은 거로 하고 다시 시작하고 싶어."

"싫습니다."

"하 비서!"

결혼해 살다 남편이 바람피운 것도 아니었고 약혼 중에 다른 여자와 눈이 맞은 것도 아니었다. 어떻게 보면 사소한 일이지만 레인은 익숙하지 않았다. 누군가에게 감정을 품는 것, 기대하는 것, 순식간에 기대가 실망으로 바뀌어 버린 것. 그 어느 것도 쉽지 않았다.

"제가…… 싫습니다. 본부장님을 상대로 평범한 연애를 할 수 있다고 믿었던 제가 어리석었던 겁니다."

"그래서 없던 일로 하자?"

"네."

혁진의 시선이 뜨거워졌다. 발걸음 소리가 묵직하게 울리고 레인을 향해 성큼 다가온 그는 그녀의 팔을 아프게 움켜잡았다.

"놓아주세요."

"사람 미치게 하는 데 도사급인 하레인 선수."

"무슨 말인지 모르겠습니다."

"그래? 정말 몰라? 누구 미치는 꼴 보기 위해 그런 모습으로 남자를 만나러 가고 내 눈앞에서…… 그런데 모른다?"

레인이 차가운 표정으로 그를 외면하자 혁진은 입가를 비틀며 그녀를 창문 쪽으로 몰아갔다.

"여긴 회사입니다."

"그래, 회사지, 회사. 잘나고 잘나신 하레인 양, 날 가지고 노니까 재미있나?"

"그런 적 없습니다."

뜨거워질 대로 뜨거워진 혁진과는 정반대로 레인의 표정은 변화가 없어 보였다. 아니 더 냉정해지고 차가운 그녀의 모습이 혁진을 더 미치게 만들고 있었다.

타악!

레인의 머리 위로 팔을 올려 벽을 짚은 자세로 혁진은 그녀를 삼킬 듯 직시하고 있었다. 그 형형한 눈빛엔 주위를 활활 태울 것 같은 열정이 가득 담겨 있었다.

그러나 그를 보는 레인은 눈을 동그랗게 뜨고 떨거나 뒷걸음치지 않았다. 오히려 네가 어쩔 거냐는 듯 비웃는 듯한 특유의 표정과 코웃음을 친다.

"⋯⋯웃어?"

"그럼 무섭다고 울까요?"

검은 눈동자가 눈앞으로 다가오는가 싶더니 금방 두 사람 사이에 틈이 없어졌다. 이성을 벗어던지고 여자를 탐하는 혁진의 모습이 고스란히 유리창에 투영되고 있었다. 투툭툭툭, 창가를 때리는 빗줄기가 거세어질수록 그녀를 탐하는 혁진의 몸짓이 사나워져 갔다.

살면서 이토록 화가 난 적도 이렇게 미치도록 여자를 원한 적도 없었다. 단연코 레인이 처음이었다. 그는 분노로 위장한 제 욕망의 덩어리에 놀라면서도 처음 느끼는 소유욕과 정욕에 정신을 차리지 못하고 있었다.

공과 사를 누구보다 철저히 지키는 그를 무너뜨리는 레인이라는 존재에 집중하고 있었다. 어두워지는 사무실 안, 직책과 이성을 내던져 버린 그는 한 마리 수컷이었고 여자를 원하는 남자일 뿐이었다.

혁진은 그녀의 얼굴을 들어 올리더니 입술을 한입에 삼켜 버렸다. 아니 먹어 치웠다는 표현이 맞을 것이다. 마치 무성영화의 흑백필름이 돌아가는 것 같았다. 여주인공과 남주인공이 돌고 돌아 마침내 서로를……

레인의 체향과 손에 감기는 보드라운 몸체 그리고 빠르게 흐트러지는 숨결이 그의 이성을 마비시키고 있었다. 지금 당장 이 자리에서 그녀를 가지지 않으면 죽을 것 같았다.

처음을 이런 곳에서 치르리라고는, 여자를 이렇게 무지막지하게 몰아붙이리라곤 생각지 못한 혁진이지만 더 이상의 배려는 불가능했다. 자신이 미쳐서 죽을 것만 같았다. 그녀가 자신의 비서가 된 뒤로 얼마나 참았는지는 오직 하느님만이 아실 것이다.

'젠장, 나라는 인간도 별수 없군.'

혁진은 입술을 물어뜯을 듯이 삼키는 그의 기세에 놀라 바르작거리는 그녀의 허망한 움직임에 욕망의 실체가 무시무시하게 커져 감을 느끼고 있었다. 자신을 통제하는 데 이골이 난 그였지만 단 한 명 하레인에게만은 적용되지 않았다.

이건 아니라는 생각이 밑바닥에 조금은 남아 있을 때 손아귀에 있는 여자가 몸을 틀어 벗어나기 위해 몸부림치자 머릿속에서 무언가 뚝 하고 끊겨 버렸다.

마치 남아 있던 마지막 이성의 자락이 끊긴 것처럼. 어느새 빠르게 슈트 상의를 벗어 내던진 그는 그녀를 안아 올려 소파에 그대로 쓰러졌다.

"아앗!"

엉킨 두 사람의 몸이 둔탁한 소리를 내며 소파 위로 널브러졌다. 그의 무게에 레인이 고통스러워 숨을 뱉어 내는 것도, 놀라 얼어붙어 버린 것도 보이지 않았다.

그는 여자가 정신을 추스를 시간과, 몸을 일으키려는 동작을 감행할 몇 초의 틈도 주지 않고 곧바로 블라우스의 단추를 풀어 내리기 시작했다.

투둑.

"잠, 잠깐만요, 혁진⋯⋯!"

블라우스 사이로 봉긋한 젖무덤이 보이자 혁진은 그대로 가슴에 입술을 내렸다. 마치 오랫동안 굶주린 짐승처럼 그를 잠 못 자게 만들던 먹이를 시식하기 바빴다.

브래지어를 밀어 올리자 그 아래 생크림처럼 녹아내리는 피부가 입안으로 쏙 빨려 들어왔다.

상상했던 것보다 미치도록 황홀했다. 가슴의 붉은 정점을 단숨에 집어삼킨 그가 여자의 힘겨워하는 신음에도 아랑곳하지 않고 다른 한쪽을 번갈아 입안에서 굴리며 잘근잘근 깨물기까지 하자 여자의 신음도 차츰 색깔이 달라져 갔다.

"아, 아웃."

그는 미쳐 가고 있었다. 이 여자의 무언가가 끝없이 자신을 자극하고 있었다. 처음부터 눈길이 갔던 여자. 반응했고 가지고 싶었던 여자, 레인. 아래쪽의 욕망 덩어리가 최대치로 부풀어 올라 당장 해갈해 주기를 기다리고 있었다.

"몸에 힘을 빼."

"아, 안 돼…… 흐윽."

"제발, 레인."

그의 명령조의 부탁에도 그녀는 몸에 힘을 빼지 않은 채 장소와 때를 의식하고 이성을 완전히 내려놓지 못했다. 그는 곧장 레인의 발목을 붙잡아 양옆으로 활짝 벌려 버렸고 곧바로 중앙에 자리를 잡았다.

"아……앗!! 흑, 그만!"

그가 불쑥 그녀의 하의로 손을 뻗쳐 온 것이었다. 어느새 스커트는 말려 올라갔고 스타킹은 찢어졌다. 수풀 사이에 숨어 있는 작고 예민한 살 끝에 그의 손이 닿은 순간 레인이 화들짝 놀라 움츠리며 몸을 떨었다.

단단한 손가락은 레인의 애원을 무시한 채 그녀의 안을 마음껏 문지르며 휘젓기 시작했다.

"흐윽……. 윽."

그녀가 혁진이 주는 쾌락과 다소 거친 움직임에 몸을 비틀자 그는 더 강한 힘으로 레인을 유린해 가기 시작했다. 아래로는 음란한 손길이, 위로는 수없이 삼키며 입안을 헤집는 그의 혀가 레인의 정신을 반쯤 앗아 가 버렸다.

여자가 점차 몸을 이완시켜 가자 혁진은 긴 손가락을 여자 안으로 깊게 찔러 넣었다.

"하악."

그녀의 몸이 또 한차례 요동쳤다. 팔딱거리는 신선한 물고기를 잡아 올린 낚시꾼의 심정이 이러할까. 희고 매끈한 나신이 살아 있음을 알리며 존재를 드러내자 혁진은 눈에 핏발이 선다.

"아아……."

그녀의 몸은 안 된다는 이성과는 다르게 이미 남자를 받아들일 충분한 준비가 되어 있었다. 그녀의 은밀한 곳으로 혁진의 손가락이 개수를 더하며 들어와 속도와 강도가 한층 농밀해져 갔다.

"함께 하는 거야."

"아흐, 훗!"

이대로 레인이 느끼고 절정에 오르는 모습을 보고 싶기도 했지만 그런 여유는 지금은 불가능했다. 그 자신이 죽을 것 같았다.

여자가 흥분 상태로 접어든 것을 확인한 혁진은 미처 벗지 못했던 자신의 바지를 벗어 던졌다. 레인이 차마 벗은 그를 바라보지 못하고 눈을 질끈 감자 그의 얼굴에 희미한 미소가 스쳤다 사라졌다.

"난 지금 여유가 없어. 부드럽게 할 자신도 없고. 그러니 당신이 협조해 주었으면 해."

위협적인 속삭임에 레인은 몸을 떨기 시작했다. 무슨 선전포고처럼 들렸다. 피하고 싶다는 본능으로 급히 다리를 오므리려 했지만 그 순간 뜨거운 불기둥이 그녀의 다리 사이로 파고들었다.

"아악."

"허억."

본격적인 뜨겁고 은밀한 첫 밤이 시작되고 있었다. 입을 막고 어떻게든 새어 나가는 신음을 막아 보려고 레인은 필사적이었지만 미친 듯 달려드는 혁진으로 인해 새된 비명을 질러야만 했다.

처음은 혁진의 일방적인 소유욕 발산 차원이었다. 절정 끝에 그녀를 안은 채 숨을 고른 그는 옷과 가방을 챙겨 곧장 그녀 집으로 향했다. 무슨 정신으로 회사를 빠져나왔고 어떻게 운전해서 그녀의 오피스텔까지 도착했는지 기억도 나지 않았다.

정신없이 도착한 두 사람만의 공간. 그곳에서 두 사람은 남은 정욕을 맘껏 발산했다.

얼마나 안고 안았는지 잠시 혼절했었던 모양이다. 여명이 밝아져 올 무렵 레인은 등줄기를 따라 이동하는 혁진의 입술로 인해 잠에서 서서히 깨어나고 있었다.

"그만……."

"당신은 가만있기만 하면 돼."

어떻게 그런단 말인가. 몸은 하루 만에 그에게 익숙해졌는지 목소리만 들어도 손가락만 스쳐도 절로 반응했다. 아래도 반사적으로 촉촉해져 갔다. 잠이 달아나 버린 그녀가 몸을 뒤척이려 하자 혁진이 그녀의 엉덩이를 들어 올렸다.

"무슨……."

졸지에 엉덩이가 공중을 향해 올려지고 혁진이 뒤에서 무릎을 꿇으며 다리를 벌리는 게 느껴져 그녀는 당혹감으로 어찌할 바를 몰랐다. 그녀가 놀란 틈을 타 단숨에 단단한 불기둥이 그녀의 안을 찌르고 들어섰다.

"아…… 하, 하악!"

그가 들어왔다. 엄청난 충격을 동반하고서. 필사적으로 베개를 붙잡은 그녀의 몸이 그 벼락같은 희열에 한껏 뒤로 휘어졌다.

쾌감은 단번에 희열로 바뀌어 갔다. 끔찍한 전율에 온몸의 신경이 모조리 곤두서며 세포 하나하나가 그에게 반응하고 있었다.

혁진은 레인의 안에서 맘껏 분탕질을 계속하고 있었다. 미치도록
예민하고 감각이 남다른 그녀였다.

이 정도일 줄은 몰랐다. 제 손길에 자지러질 듯이 소릴 지르며
그의 박자에 맞춰 정상을 향해 나가는 그녀의 불길을 담은 육체에
그가 길들여질 것 같았다.

"아…… 아…… 하, 윽!"

간신히 얼굴을 베개에 밀어붙이며 소릴 지를 뿐 온몸이 혁진에
의해 마구잡이로 흔들리고 있었다. 잠시 물러났다가도 이내 그녀
몸으로 거칠게 파고드는 야수 같은 몸짓에 고개를 양옆으로 저으며
신음하는 레인이었다.

그러다 자신이 희열로 들뜨며 마구 교성을 내지른 걸 안 레인은 황
급히 입을 막았다. 새어 나오는 비명을 참느라 이를 악물었다. 하
지만 또 한 번 그가 강하게 침입해 들어오자 그만 소리를 내지르고
만다.

자세를 바꾸어 그녀를 위를 향해 돌리고 얼굴을 마주한 혁진은
양팔 위로 그녀의 가는 다리를 걸치고 단숨에 밀고 들어왔다. 그녀
의 몸이 엿가락처럼 흐물거리며 그가 하는 대로 속절없이 흔들리고
있었다.

"혁, 으윽."

그는 미쳐 가고 있었다. 밤새 몇 번을 안았는데도 매번 다른 반
응을 하는 레인 때문에. 그녀의 몸 안에 들어서는 순간 한없이 조
이는 속살에 눈앞이 까마득해졌다.

이제 그만 멈춰야 하는데도 멈출 수가 없었다. 중독되어 영원

히 그녀를 가두고 싶은 소유욕에 지금도 탐하며 욕심을 내고 있었다.

착착 감겨드는 부드러운 살결, 신음을 내뱉는 비음, 그리고 자신의 애무에 한없이 팽창하는 젖가슴은 이 순간 오로지 자신의 것이었다.

그가 이뤄 낸 반응에 점점 열기를 더해 가며 여자의 몸이 자신처럼 달아오르고 있음을 눈으로 확인한 그는 지독할 정도로 만족스러워졌다.

자세를 바꾸어 가며 삽입하는 순간순간마다 벼락같은 희열에 두 사람의 입에서 동시에 비명이 튀어나왔다. 살과 살의 마찰이 불꽃을 일으켰다.

이제 흔들리는 것은 여자의 몸만이 아니었다. 안팎을 드나들며 기둥뿌리부터 끝까지 위협적인 기세로 진퇴를 반복하는 남자의 몸도 이미 제어를 잃은 채 미친 듯 폭주하고 있었다.

"흐흑."

점점 가빠져 오는 호흡, 심장, 뇌수가 녹아 없어지는 것 같았다. 쾌락이 흩뿌려진다. 그가 그녀의 안에서 움직일 때마다 목이 터져라 비명을 내지르는 게 그녀가 맞는지조차 알 수 없었다.

"하아, 하아."

두 사람을 감싼 세상이 온통 무너져 내리고 있었다. 모든 것이 어둠 속에 잠기고 오직 두 사람만이 이 세상에 존재하는 듯 태고의 원시인처럼 그렇게 두 사람은 역사를 이뤄 가고 있었다.

끝에서 드디어 남자가 먼저 자신을 놓아 버렸다. 그녀의 자궁벽 끝까지 침입해 들어가 짐승처럼 포효했다. 그와 함께 여자의 입에서도 절정의 신음이 터져 나왔다.

"아…… 아, 흑."

몸이 허락하는 최대한 허리를 둥글게 젖힌 그녀의 온몸이 부르르 떨렸다. 동시에 레인 안으로 그가 뿌린 희열의 잔해물이 깊이깊이 흘러 들어갔다.

"하아……."

강한 여진에 두 사람은 한동안 말을 잃었다. 남자는 여자 안에 몸을 묻은 채 짓눌린 신음을 토해 냈다. 그 어떤 여자에게서도 느끼지 못한 끔찍한 희열이었다. 이성이 사라지고 온몸이 부서져 내렸다. 완벽하게 딱 맞아떨어지는 두 사람이었다.

남은 것은 기나긴 휴식이었다. 가진 모든 기를 다 소모해 버린 정사였다. 그는 그녀를 꽈악 껴안은 채 잠 속으로 빠져들었다.

✳

"……님, ……부장, ……본부장님."

아련하게 누군가 자신을 부르는 듯했다.

"본부장님, 일어날 시간입니다."

"……."

"지금 일어나셔야 아침 각부 회의 시간에 늦지 않습니다."

얄미울 정도로 완벽한 비서의 모습을 갖춘 레인이 혁진을 깨운 건 아침 6시였다. 어젯밤 서로를 미친 듯 갈구하고 가지고 탐했던 모습은 온데간데없이 사라지고 비서 하레인이 그의 단잠을 깨우고 있었다.

그가 지켜보는 시선의 의미를 알고 있는지 모르는지 레인의 입에서 담담한 말이 흘러 나왔다.

"1회용 면도기와 칫솔 꺼내 두었고, 옷은 세탁해 다림질해 두었습니다."

놀랄 따름이었다. 언제 준비했단 말인가. 도대체 몇 번이었지? 연거푸 두 번, 세 번 그녀를 안고 또 안고 더 이상 안을 기력이 없어 기절하듯 잠에 빠진 그들이었다. 알 수 없는 눈길이 그녀를 향했지만 레인은 가볍게 무시할 뿐이었다.

이런 모습을 상상한 건 절대 아니었다. 연인과 밤을 보내고 눈을 떴을 때 팔 안에 감겨 오는 부드러운 여체와 아름다운 미소, 그런 모습을 기대했었다.

하지만 마치 그녀는 두 사람이 욕망과 욕정만으로 관계를 맺은 것처럼 치부해 버리고 있었다. 그 참을 수 없는 가벼움에 혁진의 기분이 엉망이 되어 버렸다.

탁!

침대에서 일어나 알몸으로 당당히 걸어 욕실로 들어간 혁진이 문을 닫는 소리에 레인은 그제야 팽팽히 당겨졌던 신경줄이 느슨해지는 것 같았다. 제 태도가 그를 화나게 만들었다는 것도 알았지만 이렇게라도 거리를 두고 싶었다.

몸의 대화를 나누었다고 해서 변하는 건 없다는 것을 알려 주고 싶었다. 그건 그녀의 자존심일지도 모르고 두 사람의 결론은 결국 헤어짐이 될 거라는 강박관념 때문인지도 몰랐다.

선택해야 할 길은 두 가지 중 하나로 정해져 있는데, 어떤 선택을 하든 좋지 않은 결과가 나오는 추론, 딜레마였다.

"제길."

샤워기의 뜨거운 물을 맞으며 혁진은 저도 모르게 욕지거리가 나오려는 걸 참고 있었다. 그저 육체만 바랐다면 기다리지도 않았다. 망설이지도 않았다. 너무 쉽게 생각했으나, 레인이 보통 여자들과는 다르다는 걸 간과했다.

육체관계를 가졌다고 해서 마음을 열 거라는 착각은 어떻게 한 건지……. 당장은 오늘 중요한 아침 일부터 신경 써야 했다.

레인의 말처럼, 믿을 수 없는 놈이라는 이미지에 공과 사를 구분하지 않고 헤매는 모자란 상사라는 이미지까지 보탤 수는 없었으니까.

일과 연애라는 경계를 아슬아슬 넘나들며 두 사람은 위험한 줄타기를 하고 있었다. 마음을 닫아 버린 레인과 말할 적기를 놓쳐 버린 혁진은 자존심을 버리지 못하고 솔직할 수 있는 시기를 놓쳐 가고 있었다.

하지만 세상에 비밀은 없다. 이상한 낌새를 눈치챈 강 회장에 의해 그들의 애정행각은 일대 변화를 맞이하고 있었다.

"저를요? 알겠습니다."

레인이 회장실로 호출당했다. 혁진이 5박 6일 일정으로 출장을 떠난 직후였다. 레인은 자리에서 일어나 옷매무새를 점검했다. 완벽한 비서의 모습을 하고 입술을 꾹 다문 그녀는 회장실로 향했다.

"앉아요."

"네."

다소곳이 무릎 위에 두 손을 얹고 기다리는 레인을 보는 강 회장의 눈빛이 복잡해 보였다. 여자의 직감으로 레인은 어느 정도 각오를 하고 있었다.

"내가 하 비서를 왜 부른지 알고 있나?"

"모릅니다."

"……언제부터였는지 물어보지 않겠네. 청춘인 남자와 여자가 만나는 거 자연스러운 일이니까."

예상했던 대로 강 회장은 혁진과의 일 때문에 저를 호출한 거였다. 묻는 게 아니었다. 이미 두 사람 사이를 확신하고 있었다.

"하지만…… 그 애는 그룹을 이끌어 갈 사람이야. 하 비서가 모자라단 말은 아니니까 오해는 하지 말고."

레인은 떨어뜨렸던 고개를 들어 강 사장을 바라보았다. 짐작한 그대로 읊어 대는 말을 들으며 말을 아끼고 있었다.

"깊은 사이가 아니라면 여기서 멈추는 게 서로에게 좋을 거라 생각하네. 내가 알았으니 다른 사람들도 곧 눈치챌 거야. 비서와 상사, 상처받는 건 여자 쪽이 될 테지. 자네에게도 마이너스야."

결국 이런저런 말로 위장해도 그는 후계자이고 네가 넘볼 상대가 아니니 조용히 물러나라는 말이었다.

그의 비서가 되기 전엔 얼마 되지 않은 시간이었어도 회장의 비서였었다. 돈 많은 재벌답지 않게 바르고 아랫사람에게 자애로운 그를 존경했던 레인이었다.

하지만 남이 아닌 아들의 일이 되자 가차 없이 제게 조용히 물러날 것을 강요하는 이중적인 모습에 그녀는 실망의 묵직함을 안고 입을 다물 수밖에 없었다. 신데렐라는 현실엔 존재하지 않는다는 걸 다시 한 번 깨달았다.

"제가 어떻게 하길 원하십니까."

"이번 국 화백 일은 하 비서 공이 크다는 걸 알고 있고 인정하는 바야. 본사가 아니더라도 종로지사도 근무 조건이 아주 좋아."

레인은 그래도 그동안의 정리를 보아 시간을 줄 줄 알았다. 아니 그녀에게 선택은 맡길 줄 알았었다. 그녀를 불러들인 시기로 보아 혁진을 출장 보낸 사람이 누구인지 충분히 짐작하게 했다. 그녀가 종로지사로 가지 않을 거라는 걸 알고 하는 제의였다.

"사표를 내겠습니다. 내일부터 나오지 않겠습니다. 유능한 비서는 저 말고도 많을 테니까요."

"하 비서."

단칼에 회사를 그만둔다고 결정하는 레인 때문에 강 회장은 오히려 놀라움을 감추지 못했다. 시간을 달라거나 정리를 하겠다거나 아니면 내려가 있는 기간이 언제까지냐고 따져 물을 줄 알았다. 이렇게 곧바로 사직하겠다고 나올 줄은 예상하지 못했다.

"조건이 있습니다."

"무언가?"

"제 신상기록을 전부 삭제해 주십시오. 본부장님과 다시 만나지 않길 바라신다면."

날카로운 지적이었다. 그녀가 사직하고 없어진 것을 안다면 제일 먼저 인사기록을 뒤질 혁진이 아닌가. 기록을 없애 달라니 그건 철저히 그녀의 흔적을 지워 달라는 요구였고 모습을 드러내지 않겠다는 다짐이었다.

"그렇게 하지."

"그럼, 저는 돌아가서 짐을 챙기겠습니다. 그동안 감사했습니다."

말릴 새도 없이 자리에서 일어나 단정히 인사하고 뒤도 돌아보지 않고 오던 길로 나가는 레인에게선 조금의 망설임도 찾아볼 수 없었다.

퇴근 시간은 지킨 그녀였다. 깔끔하게 뒷정리를 해 두고 싶었다. 제 물건을 칠칠맞게 흘려서 생각나게 하거나 추억거리를 만들어 주고 싶지 않았다.

탁, 탁.

물건을 차곡차곡 넣고 커다란 비닐을 가져와 제 흔적들을 하나씩 버리기 시작했다.

창그랑!

"앗."

서두르다 보니 책상 위 작은 화병이 깨지면서 손가락이 베인 모양이었다. 손가락에 길게 붉은 피가 선을 그리더니 점점 붉은 영역이 넓어졌다.

레인은 꽤 많은 피가 흐르고서야 상황을 인지한 듯 밴드를 찾아 다친 곳을 압박했다. 눈에 습기가 차오르는 걸 이를 악물고 참아 내고 있었다.

'이럴 줄 몰랐던 거 아니잖아. 하레인, 정신 차려. 뭘 기대한 거니?'

물티슈로 흘린 피를 닦아 낸 뒤 하나둘 확인하며 물건을 버리던 행동을 멈추었다가 책상 위의 것을 모조리 커다란 쓰레기봉투에 쓸어 한꺼번에 담아 버렸다. 충성을 다한 건 아니었지만 하루아침에 내던져질 만큼 사소한 존재였음이 그녀를 슬프게 했다.

책상과 서랍 안을 모두 비운 레인은 작은 짐을 싣고 차를 출발해 사라졌다.

"갔나?"

"네. 자리는 정리했습니다."

"……퇴사 사유는 가정 문제 때문에 해외로 나간 거로 해. 서류는 처리했겠지?"

"네. 지시하신 대로 모두 폐기하였습니다."

"나가 봐."

"네. 사장님."

강 회장도 기분이 썩 좋지만은 않았다. 영리한 그녀이니 알아들을 거라 생각은 했지만 말이 떨어지자마자 마치 기다렸다는듯 떠나 버릴 줄이야. 아들 혁진이 의외로 집요한 면이 있다는것을 알기에 철저히 레인의 흔적을 없애는 데 주력했다.

13.

레인은 난감한 상황에 빠져 있었다.

회사를 그만두고 가장 먼저 한 일이 집을 내놓는 일이었다. 다행히 계약만료가 얼마 남지 않았고 집이 깨끗해 세입자가 곧바로 들어오게 되었다.

빨라도 너무 빠른 진행 속도였다. 부친이 계시는 집으로 내려가면 될 일이었지만 레인은 다른 생각을 품고 있었다. 이번 기회에 미국에 다녀오려 결심한 것이다. 여권은 준비되어 있었기에.

"그래요? 일주일, 아니 더 길어질지도 모르는데요. 기간이 확실해야 한다고요? 그건 좀……. 알겠습니다."

이사철이니, 7톤 탑차니 알아듣지도 못할 말을 주저리주저리 뱉어 내는 이사업체와 세 번째 통화를 하다 지쳐 버린 그녀였다. 잠시 짐을 맡기려는데 뭐가 그리 복잡하고 비용이 많이 드는 건지.

레인은 진한 커피를 타 베란다로 나가 아래를 내려다보았다. 모레 집을 비워야 했기 때문에 맘이 바쁜데도 머뭇거리는 건 왜인지……. 저답지 않았다.

쿨하게 직장을 그만두고 당당히 떠나온 그녀였지 않은가. 누군가 목덜미를 붙잡고 잡아당기는 것도 아닌데 이곳을 떠나는 것을 망설이는 이중적인 마음. 결국 강혁진, 그가 걸리는 것이다.

그녀가 떠난 걸 안다면 그는 어떻게 할까? 십중팔구 그녀를 찾을 것이다. 죽도록 사랑해서가 아니라 아무 설명 없이 모습을 감춰버린 그녀를 용납할 수 없을 테니까. 시작도 끝도 그가 해야 직성이 풀리는 사람이 아닌가.

아니라고 하면서도 그에게 끌리는 마음을 부정할 순 없었고 잠자리를 했다. 쿨하게 잊어버릴 수 없어 고민에 빠져 있는 그녀였다. 여하튼 시간을 벌었으니 미뤄 둔 일을 시행하려 결심을 굳힌 그녀였다.

부르르—

그때 문자가 왔는지 핸드폰 진동이 울렸다. 메시지 한 통에 시선을 둔 레인의 눈빛이 깊게 가라앉았다.

[바빠서 전화할 시간도 없었어. 선물 원하는 것 없나?]

그녀가 회사를 그만둔 사실을 아직 모르는 게 분명했다. 출장을 가거나 지방에 내려갈 때 웬만하면 전화나 문자를 하지 않는 혁진이었다.

그만큼 자기관리에 철저한 사람인데 웬일로 이번 출장엔 문자를 하는 것일까. 왜 하필. 망설이던 레인은 짧은 답장만 전송했다.

[없습니다.]

[……예상대로야. 내가 알아서 사 가지. 그리고…….]

말끝을 흐린 그의 메시지는 잠시 기다려도 이어지지 않았다.

[무슨 일 있으십니까?]

[아니, 아무것도. 보고 싶군.]

문자로 읽는 그의 보고 싶다는 말에서, 직접 본인에게서 듣는 말
이 아닌데도 왜 그의 맘이 확연히 느껴지는 것일까. 뭐라 해 줄 말
이 없었다. 지금 이 상황에 뭐라 하겠는가.

그녀의 대답을 기다리다 지쳤는지 아니면 포기했는지 무언의 침
묵 뒤 더 이상의 문자는 오지 않았다. 순간 핸드폰도 정지할까 고
민하다 고개를 좌우로 젓는 그녀였다.

일방적인 사라짐으로 인해 혼란스러워할 혁진과 적어도 마지막
으로 통화는 해야 한다고 생각했다. 누군가의 강요가 아니라 스스
로 이별을 선택했고 이제는 각자의 자리로 돌아가자고.

마주 보고 이야기할 용기까지는 없었다. 그는 묘하게 사람을 설
득시키는 데 재주가 탁월했고 그녀를 그녀답지 않게 만들어 버리는
뭔가가 있었기에 정면으로 상대하는 게 버거웠다.

그때 마침 레인은 빨리 결정을 내려야 한다고 독촉해 대는 이삿
짐센터의 전화로 인해 신경이 분산되었다.

✳

"네. 제 짐은 먼저 내려 보냈습니다."

― 레인아, 다니던 회사를 왜 갑자기?

"별일 아니고, 쉬고 싶어서요. 이번 기회에 잠시 미국에 다녀오

겠습니다."

— 뭐!

"말리셔도 소용없어요. 지금 공항입니다. 출국하기 1시간 전이에
요."

— 안 된다! 미국에……. 정 그렇다면 기다려라. 내가 올라가마.
그때까지…….

"아니요! 혼자 가고 싶습니다. 가서 연락드릴게요. 죄송합니다."

— 레인……. 레인아!

부친의 다급한 목소리를 흘려들으며 레인은 제 고집을 꺾지 않
았다. 알리고 싶지 않았지만 결국 짐을 지방으로 보내게 되었다.
촉박한 날짜 때문에 결국 화물을 맡길 곳을 찾지 못하였기 때문이
다. 조용히 미국에 다녀오려고 했는데…….

— 한국발 샌프란시스코행 유나이티드 항공 526기, 8번 게이트
에서 탑승이 시작되었습니다.

레인은 코트 깃을 세우며 캐리어를 끌고 게이트로 향했다. 익숙
한 비행에 두려운 마음과 설레는 마음이 교차하며 그녀의 발걸음이
가볍지만은 않았다.

잡히지 않는 기억을 끄집어내 퍼즐을 맞추려는 자신이 억지스럽
기도 했지만 영원히 이렇게 살 수는 없었다. 나쁜 기억일지도 모른
다. 아무튼 좋은 기억은 아닐 것 같다는 막연한 생각을 하며 그녀
는 게이트를 향해 한 걸음 한 걸음 걸어 나갔다.

"빨리 예약하고 서둘러!"

"이사장님, 하지만……. 내일 일본에서 손님이 오기로 한 것 잊

으셨습니까?"

"아……."

"오타 상과 유타 상이 일본박물관 고문서의 감정을 이곳에 의뢰하기로 했는데 갑자기 이사장님이 자리를 비우시면……."

헌승은 낭패감으로 머리가 아파 왔다. 일본에서 오는 분들은 그만큼 중요한 손님이었다. 하지만……. 결국 그는 대신 레인의 과거 일을 조사하고 있는 두 사람을 보내기로 결정했다. 그녀가 먼저 도착하기 전에 제대로 흔적이 지워졌는지 다시 점검하라고 지시했다.

"먼저 움직여. 그리고 말이 나올 어떤 여지도 없애도록 해. 알겠나."

"알겠습니다, 이사장님."

그가 수족처럼 부리는 사람이었다. 똑똑했지만 가난한 형편 때문에 마음껏 공부하지 못했던 그들에게 장학금을 주며 키우다시피 한 그의 사람이었다.

물론 레인의 과거에 연루된 그자들을 알아내기까진 검찰청에 있는 유 경감의 도움이 컸지만, 그들이 기민하게 움직인 덕에 거의 진실에 근접해 있던 참이었다.

누가 자신의 딸을 그리 만든 건지. 그놈은 얼마만큼 관련된 것인지. 이 일에 관련된 그자들의 신상은 이미 파악해 둔 참이었다.

'레인아…… 이것아, 너를 위한 일이야. 어찌 그리 아비 맘을 몰라주느냐.'

그날 저녁 헌승은 잠을 이룰 수 없었다. 친구인 권 박사의 말이 머릿속에 뱅뱅 맴돌았기 때문이었다.

'조심, 또 조심해야 하네. 레인이 외모뿐 아니라 서린…… 아니 제 엄마의 체질을 고대로 물려받았어. 심장이 튼튼하지 않아. 만약…… 만약이라도 사실을 알게 된다면 충격이 상당히 클 거야. 그걸 견딜 만한 정신력이 있을지, 정신이 버텨 줘도 심장이 버텨 줄지는 모른다네. 모험을 하고 싶지 않다면 무덤까지 가지고 가시게. 알겠나.'

심장이 좋지 않았던 서린, 제 아내. 사랑하고 사랑했던 이 세상 유일하게 제 가슴을 뛰게 한 여인. 그녀가 세상을 버렸을 땐…….

지나간 날 후회하면 뭐 하겠는가. 지금 그가 지켜야 하는 것은 딸인 레인이었다. 그녀를 빼닮은 레인마저 그렇게 허망하게 보낸다면……. 생각만 해도 끔찍했다.

＊

"본부장님?"

"……."

"서두르셔야……."

이상했다. 뭔가 놓고 온 사람처럼 안정이 되질 않았다. 레인이 제 문자에 대답이 없어서가 아니었다. 보고 싶다고 문자를 보낸 것은 다분히 충동적이었지만 진심이기도 했다.

이번 출장은 없던 일정이었다. 갑자기 생긴 것이었다. 하지만 제 본분을 잊지 않고 최선을 다해 협상안을 제시하고 타협을 거의 끝내 가던 중이었다.

잠시 니코틴의 힘이 필요해 바람을 쐬러 나왔는데 그녀가 절실하게 보고 싶어졌다. 전화를 걸려다가 문자를 한 건…….

'훗, 천하의 강혁진이 언제부터 이렇게 간이 작아진 거지?'

목소리를 들으면 달려가고 싶을까 봐, 저와는 달라도 너무 다른 그녀의 감정에 서운한 마음을 가질까 봐 통화 버튼을 누르지 못한 그였다.

천천히 가자고 했는데 제 마음은 이미 그녀보다 훨씬 앞서가 버린 것 같았다. 차가운 얼굴에 짓는 환한 미소 한 번 보기가 이토록 어려운 일이었다니.

여태 여자가 아쉬워 본 적 없던 그였다. 가만있어도 교태를 부리며 곁에 오려 안달난 여자들 천지였었고 눈길 한 번 주면 황홀한 미소를 보내오는 게 여자였다. 물론 그의 부를 원하는 여자가 태반이었겠지만.

처음엔 단순히 호기심뿐이었다. 그러나 차가움 뒤 감춰진 외로움과 단단함으로 무장했지만 그 안으로 보이는 여린 심성이 그의 가슴을 자꾸만 자극했다.

도도하고 고고한 학처럼 뻣뻣이 굳어 제 손길을 거부해 더 안달 났고 그녀를 가지면 갈증이 어느 정도 해소될 줄 알았었다. 정말 그랬다.

사람이 사람에게 빠지는 건 어떤 이유 때문인 건지 모르겠지만 혁진은 쉽게 빠져나올 수 없는 늪 같은 그녀에게 점점 잠식당하고 있었다.

"……여자들이 뭘 좋아하지?"

"네? 그거야 보석, 구두, 가방 같은 거 아닐까요?"

"그런 흔한 선물 말고 레인이라면……. 참, 미술 전공이니까 그림도구 좋아할까?"

혼자 중얼대며 질문하고 대답하고 만족해하는 그의 얼굴에 행복한 기운이 넘쳐흘렀다. 그런 그의 얼굴을 바라보던 수행원은 조용히 입을 다물었다. 그가 해야 할 일이 빤히 보여서였다. 미술 도구, 그것도 특별한 도구를 찾아야 할 건가 보다.

혁진은 방문 일정을 이틀 남겨 두고 벌써 그녀에게 돌아갈 생각으로 들떠 있었다.

14.

레인은 잠시 벤치에 앉아 멍하니 먼 곳을 바라보고 있었다. 샌프란시스코 공항에 도착하자마자 찾아온 AAU. 이곳에 온 지 이틀이나 지났지만 아무것도 알아내지 못했고 아무것도 기억나질 않아 답답하기만 했다.

쉽지 않으리란 것은 예상했지만 그래도 기억이 조금씩 되살아날 줄 믿었는데……. 학과사무실에 들렀지만 알아낸 건 그녀가 처음에 살았던 집 주소와 졸업을 6개월 앞두고 거처를 옮겼다는 사실뿐이었다.

왜 그녀는 집을 옮긴 걸까. 어디로 옮긴 걸까? 1년 반 동안 살았던 곳을 방문했지만 집주인에게선 아무것도 알아낼 수 없었다.

밤새 잠을 이루지 못한 레인이었다. 예민하게 느껴서인지 모르겠지만 집주인이 유난히 쌀쌀맞다고 느낀 그녀는 더 이상 정보를 얻지 못하고 다시 AAU 대학으로 돌아와 이렇게 넋을 놓고 앉아 있던 참이었다.

"하레인?"

그때, 익숙한 한국어 발음으로 누군가 그녀에게 말을 걸었다. 돌아보니 동양계의 남자 한 명이 그녀의 옆에 서 있었다.

"……?"

"나 기억 안 나? 같은 과 다녔잖아. 오랜만이다. 졸업식에서도 못 봐서 서운했는데."

기억이 가물거렸지만 눈앞의 인물이 기억났다. 한국계 혼혈 저스틴 리.

"아, 반가워. 기억나, 저스틴."

"반갑다. 정말."

웃으며 반기는 저스틴을 바라보며 레인도 이전 기억을 조금씩 떠올려 봤다. 순수미술을 전공했지만 사진에도 흥미가 있어 종종 교수와 설전을 벌여서 괴짜로 눈도장을 찍었던 사람이었다.

물론 외모가 세련되어지고 검은 안경을 착용해 이미지가 변했지만 눈동자엔 아직도 장난기가 다분히 실려 있었다.

"나, 정말 기억나?"

"괴짜 저스틴 모르면 학과 사람 아니지 않았나?"

"하하, 그랬나? 너무 예뻐졌다. 몰라볼 만큼."

"고마워."

저스틴은 알 수 없는 눈빛으로 레인을 바라보았다. 이전부터 눈길이 갔던 하레인. 그녀는 모르겠지만 학과 절반 이상의 남자가 레인에게 어떻게 접근해 볼까 고심하고 있었다.

차가운 이미지 때문에 쉽게 접근할 수 없어서 더 애달아했던 그들이었지만 아무도 레인의 곁을 차지하진 못했었다. 학교와 도서관 그리고 집만 다니는 그녀였기도 했고 스터디도 서클 활동도 하지 않았기 때문이었다.

"여긴 웬일이야?"

"……."

누군가에게 제 사정을 이야기하고 도움을 청하는 게 쉬운 일은 아니었다.

"무슨 일 있어? 내가 도와줄 수 있는 일이야?"

"저기……."

한동안 망설이던 레인이 무거운 침묵을 깨고 말문을 열자 의외로 순순히 그녀의 의문에 답을 해 주는 저스틴이었다.

"내가 기억하는 건 그즈음 네가 아르바이트를 시작했다는 것과 베이브리지 근처로 이사를 했다는 건데……."

어떻게 그렇게 소소한 일들을 알고 있는 거냐고 묻기보다 실낱 같은 희망을 먼저 붙잡는 레인이었다.

"오해하지 마. 친척 집이 근처였는데 널 그곳에서 마주친 적이 있었거든. 아르바이트를 하고 있었잖아. 넌 기억 못 하겠지만."

"아……."

저스틴은 다른 말을 하고 싶은 것을 눌러 참았다. 어느 날 새벽 저스틴이 친척 집을 나와 브리지 근처를 자전거를 타고 가는데 레인이 어떤 남자와 팔짱을 끼고 신호등을 건너는 걸 보았노라고. 딱 보아도 연인 사이였다고. 왠지 이야기하면 안 될 것 같았다.

"그곳이 어딘지 가르쳐 줄 수 있겠어, 저스틴?"

그는 친절하게 위치를 설명해 주었고 레인은 지체하지 않고 그곳으로 향했다.

하지만 그곳은 많이 변해 있었다. 지나가 버린 시간을 되돌릴 수 없기에 레인은 망연자실 서 있었다.

노천카페였다던 그곳은 빵집이 들어서 있었다. 익숙했다. 기억이 났다. 이곳에서 에이프런을 두르고 서빙하던 모습이 떠올랐다.

조금만 조금만 더 앞으로 가면 뭔가 떠오를 수도 있을 것 같은데 벽은 다시 막혀 버렸다.

따르르— 따르르—

깊은 좌절감과 암담함이 그녀를 지배할 무렵 걸려 온 전화는 혁진이었다. 아마 출장을 마치고 한국에 도착해 사실을 알았나 보다.

"여보세요."

— 하레인! 지금 어디야!

"후우."

깊게 심호흡을 한 레인은 이성적으로 평소보다 더 차갑고 담담한 어조로 그를 상대했다.

"미국입니다."

— 뭐? 왜 거기에……. 아니 각설하고, 당장 회사로 나와.

"죄송합니다. 사직서는 처리되었을 텐데요."

— 너 정말, 이렇게 뒤통수를 치는 법이……. 내가 아는 하레인 은 이런 여자가 아냐. 적어도 나와 직접 만나 끝맺음을 해야지. 내 말 틀렸나?

백번 옳은 말이었다. 하지만 그와 만나 한 이야기 하고 또 하면 뭐 하겠는가. 결론이 뻔히 보이는걸.

"본부장님 자리로 돌아가세요. 여기서 끝내야 맞는 겁니다."

— ……누구야. 누가 너보고 회사를……. 아버님인 건가?

"아닙니다. 제가 선택한 겁니다."

혁진은 치밀어 오르는 화를 눌러 참고 있었다. 그녀가 그만둔 거라면 왜 인사 기록이 전부 사라졌는가. 누군가 그녀와 관련된 서류를 모조리 없애 버렸다. 그런 일을 할 수 있는 사람은 혁진이 알기론 딱 한 사람뿐이었다.

— 만나. 언제 돌아오지?

"돌아가지 않아요. 어쩌면."

— 뭐! 좋아 그럼 내가 그곳으로 가지. 어디야?

"……."

— 하레인!

"만나 뭐 하시려고요. 호기심은 채워진 것으로 아는데요. 잠자리라면 저보다 훨씬 훌륭한 여자들이 많습니다. 전 곁에 두셔 봤자 머리만 아파지실 거예요. 애교도 없잖습니까."

— 그건 내가 판단해. 난 널 이런 식으로 잃고 싶지않아. 레인…… 난…….

망설이는 혁진의 목소리에 그녀도 조금 흔들렸지만 마음을 다잡았다. 다시 만나 봤자 그의 침대를 덥혀 줄 정부밖에 더 되겠는가. 지금 끝을 내야 했다.

시작은 혁진의 부친인 강 회장이었지만 시간이 지나고 보니 그가 옳았다는 것을 인정한 레인이었다.

"잊으십시오. 저도 제자리로 돌아갈 테니까요."

— 하레인!

"다시 만나는 건 서로에게 좋지 않을 것 같습니다. 전화도 더 이상 받지 않을 겁니다. 마지막으로 전화받는 거예요. 본부장님은 비겁하다 하실지 모르겠지만 전 최선이라 생각합니다."

— 기다려 그곳에 내가…… 레인? 하레인?

"건강하세요."

변해 버린 거리, 암담한 절망, 그리고 혁진과의 전화통화로 너덜대는 가슴을 부여잡고 레인은 금문교를 건너고 있었다.

타악!

차창으로 검은 물체가 던져 올려졌다. 작은 그 물체는 이내 깊은 강 아래로 내던져져 수신호가 끊겨 버렸다. 핸드폰이었다. 이미 한국을 떠나왔을 때부터 신형 핸드폰을 개통해 들고 온 그녀였다.

혁진과의 통화를 마지막으로 사용한 번호는 사라져 버렸다. 그가 번호 추적을 할지 모른다는 생각도 들었고 관계된 모든 사람과의 교류를 차단하기 위함이었다. 길길이 날뛰는 검은 눈동자가 유리창에 비춰 보이는 듯했다.

그는 모르겠지만 화를 내면 눈동자 색이 미묘하게 짙어지고 더 섹시해지는 남자였다. 화를 내는 강혁진에게 매력을 느끼는 것이 이상했지만 레인은 그랬다. 소유욕을 감추지 못하였을 때 그녀를 향한 욕망을 감추지 못하고 몰아칠 때의 그가 좋았다.

조금은……. 아주 조금은 그를 좋아했나 보다. 마음을 주지 않기 위해 그토록 단단히 중무장을 하고 상대했건만 어느새 가슴에 들어와 자리를 차지하고 있었나 보다.

'쉬…… 쉬이 괜찮아. 괜찮아, 레인. 하레인.'

아플 때나 다쳤을 때, 놀랐을 때 소곤거렸던 낮은 중저음의 목소리가 기억나 레인은 몸을 부르르 떨었다. 그녀는 버스의 등받이에 머릴 기대고 눈을 감았다. 피곤하고 허망했다. 아무것도 기억하지 못하는 제가 바보 천치 같았다. 그리고 그가 그리워졌다.

뚜우— 뚜—

"하!"

제 할 말만 하고 끊어 버린 레인에게 미치도록 전화를 걸어 봐도 어찌 된 건지 연결 자체가 되질 않았다.

누구 맘대로 눈앞에 사라져. 누구 맘대로 미국에 가.

출장에서 돌아왔더니 본부장실에 새로운 비서가 앉아 있었다. 그녀가 회사를 사직했다는 말도 안 되는 소식에 정신을 차리자마자 신상기록을 뒤진 그였지만 그녀의 서류는 어디에도 없었다. 감쪽같이 사라진 것이다.

그런 일을 할 수 있는 사람은 단 한 사람뿐이었다. 당장에라도 회장실에 올라가 따져 묻고 싶었지만 혁진은 그렇게 미련한 사람은 아니었다.

그럴 줄 알고 기다리고 계실 게 분명했다. 조심한다고 했는데 경호팀이 뒤를 밟았던 모양이다. 돌아 버릴 것 같은 화를 눌러 참고 전화를 걸었건만 돌아온 건 잊으라는 싸늘한 대답뿐.

"넌 그렇게 간단히 잊어버릴 수 있겠지만 난 아냐. 하레인, 난 널 잃을 수 없다. 그게 소유욕이든 정욕이든. 이대로 널 놓아줄 수 없어."

혁진은 사무실 책상 위에 깍지를 끼고 음습한 눈빛을 한 채 한참을 그 자세로 앉아 있었다.

*

"그래, 어떻게 되었지?"

"다행히 카페는 없어졌고 살던 곳은 주인이 바뀌어 있었습니다."

"……."

천만다행이었다. 레인이 아르바이트를 했던 브리지 근처로 향한다는 보고가 올라오자 안절부절못했던 하 이사였다. 그러나 하늘이 도와주는 건지, 죽은 아내 서린이 딸을 보호하는 건지 상황은 나쁘지 않게 돌아가고 있었다.

"눈치채지 않게 따라붙어. 그리고 만약…… 만약 그 집에 접근하기라도 한다면 어떤 방법을 써서라도 멀어지게 해. 알겠나?"

"네, 이사장님."

레인의 부친은 전화를 끊고 눈을 감았다. 그 집……. 그 집으로 가면 분명 기억을 되찾을 게 뻔했다. 레인이 꾸는 악몽의 근원지가 그곳이었기 때문이다. 딸을 잃을지도 모른다는 두려움에 하 이사는 속절없이 흘러가는 시간을 원망하며 보내고 있었다.

기억의 고리를 연결하려 몸부림치는 레인은 기억 속에 갇혀 있었다. 꿈속에서 소리를 듣고 흔적을 새기고 온기를 찾지만 깨어나면 제자리였다.

갇힌 시간 안에서 빙빙 맴도는 기분. 어느 순간 익숙한 바람 내음에 고개를 갸웃거리다가도, 춤추는 낙엽 위에 추억을 떠올리다가도 커다란 북소리처럼 울려 대는 고동 소리에 멈칫하며 기억하길 망설인다.

오늘이 내일처럼, 어제가 오늘처럼 느껴졌다. 길을 걷다가도 와 본 적이 있는 것 같은 느낌. 데자뷰인가? 마주 보는 거울 속의 내 가 정말 나인 것일까? 내가 맞는 것일까?

잊고 살아 보려고 하지만 문득문득 빗장 걸어 둔 그리움의 문을 열고 기억이 튀어나와 그녀를 잠식한다. 아무것도 기억나질 않는데 눈시울이 적셔지면서 눈물이 흘러내린다. 노랫가락에 감정이 이입 되어 자꾸만 가슴이 미어져 온다.

'이렇게, 이렇게 기억하지 못하고 평생을 살아야 하나? 이렇 게?'

＊

"반응이 없어. 반응이."

"네?"

"아냐, 아무것도. 본부장은 어디 갔나?"

"네. 아산 공장으로 출발하셨습니다."

"……잘 지켜봐."

"네."

강 회장은 예상치 못한 혁진의 태도에 당혹감을 감추지 못하고 있었다. 마치 폭풍전야 같은 음습함. 돌아오자마자 인사기록을 뒤 지고 다음은 회장실로 쳐들어올 줄 알았지만 아무 일도 없었다 는 듯 행보를 계속하고 있었다. 그게 사람을 더욱 미치게 만들었 다.

제 여자를 사라지게 한 것이 누구인지 알고도 남았을 텐데 질문도 상황 설명도 요구하지 않는 혁진이었다. 달라진 점이라면 더욱 예의 바르고 단정해졌다는 것? 그 정도였다.

아무리 레인이 유능한 비서라고 해도 아들의 상대로는 절대 아니었다. 그렇다고 레인이 음지의 여자, 세컨드라는 위치를 감수할 만큼 모자란 여자도 아니었다. 분란의 씨앗이 될 게 분명했다. 만약 임신이라도 한다면…….

'너무 조용해. 이상한데…….'

어릴 적부터 물건에 애착을 가지지 않은 온유한 혁진이었지만 정말 아끼는 것엔 지독한 집착을 내비쳤다.

게다가 만약 누군가 자신의 것에 손을 대면 그것을 부숴 버릴 만큼 소유욕도 남달랐다. 그놈 성격에 레인을 가볍게 맘에 담았을 리 만무했지만 강 회장은 무시해 버리기로 했다.

혁진은 은밀하게 몸을 낮추며 일을 진행시키고 있었다. 주위가 아버지의 사람으로 가득 채워진 지금 누구도 믿지 못하였기에 자신의 사람을 심어 둔 그였다. 어디서부터 어떻게 찾아야 할지 막막했지만 거의 좁혀 가는 상황이었다.

하레인이라는 이름은 전국에 36명이었다. 개인 정보 보안이 강화되어 찾는 데 힘이 들기도 했지만 이상하게 진척이 되질 않아 애타하던 그였다.

"비용은 얼마든지 지불해도 좋아. 찾아."

"네, 알겠습니다."

혁진은 강 회장의 사람들을 따돌리고 비밀리에 레인을 찾고 있었다. 쉽게 찾으리라곤 생각지 않았지만 이렇게 꽁꽁 모습을 감춰 버리다니.

'몹쓸 여자 같으니.'

하루에도 열두 번 자리를 박차고 나가 그녀를 찾고 싶었지만 무심함을 가장하고 제 할 일을 하느라 죽을 지경이었다. 책임감, 그놈의 책임감이 그를 겨우겨우 지탱했다.

여자 때문에 술 마시고 휘청거리고 흔들리는 친구 놈들을 이해할 수 없었다. 자존심 버리고 매달리고 애원하는 놈들을 한심하게 생각했었다.

그런데 제가 같은 입장이 되고 보니 제발 눈앞에만 나타나 준다면 그보다 더한 것도 할 수 있을 것 같았다.

숨이 턱턱 막혀 오고 시간이 지나면 지날수록 답답해 미칠 것 같았다. 이대로 찾지 못하면 어떻게 하나. 미국에 나가 아예 눌러앉아 버린 건 아닌가……. 혹 자신과 헤어져 있는 동안 다른 남자를 만나는 것은 아닌가. 별별 이상한 상상들이 머릿속을 채워 가기 시작했다.

'그럴게요, 혁진 씨.'

전화상으로 처음 자신의 이름을 불러 줬던 그녀의 음성이 떠올랐다.

남들 보기엔 냉정하고 정 한 톨 흘리지 않는 차가운 여자라고 생각할지 모르겠지만 그가 느끼고 알게 된 레인은 야누스의 얼굴을 지닌 여자였다.

차갑지만 뜨겁게 타올랐고 냉정하지만 동정심이 남달랐다. 회사에서 후원하는 고아원에 후원금을 보낼 때도 망설임 없이 보너스와 상여금을 내놓았었다.

하지만 그 외에는 그녀에 대해 아는 게 없는 것 또한 사실이다. 레인은 단 한 번도 집안에 관한 이야기를 한 적이 없었다. 외동딸이라는 것만 알고 있었을 뿐.

안심을 한 것이 화근이었었나.

남녀가 육체관계를 가지게 되면 쉽게 서로를 정리하지 못한다고 생각했던 자신을 고리타분하다 비웃기라도 하듯 그녀는 그의 인생에서 미련 없이 등 돌려 떠나 버렸다.

혁진은 끊었던 담배를 피우는 횟수가 잦아지고 있었다. 하얗게 피어오르는 연기 속에 레인의 얼굴이 스치며 지나갔다.

이젠 외워 버리다시피 한 까만 눈동자, 하얀 목덜미, 열정에 달아올라 그의 이름을 토막토막 끊어 부르던 가냘픈 목소리가 잡힐 듯 아른거려 얼마 남지 않은 담배를 잡은 그의 기다란 손가락이 희미하게 떨리고 있었다.

떨고 있었다. 천하의 강혁진이 여자 하나 때문에 초조해하고 있었다.

레인은 미국에서 아무런 정보도 얻지 못한 채 일주일 만에 한국으로 돌아와야 했다. 그리고 그다지 내키지는 않았지만 지금 그녀는 정읍에 내려와 있었다. 지친 탓도 있었고 감기가 심해져 폐렴 증세를 보였기 때문이다.

"몸을 추슬러야 직장을 다니지 않겠냐. 고집부리지 마라."

하 이사가 그렇게 레인을 타이르려 했지만 그녀의 귀에는 닿지 않았다. 의욕이 없어지고 입맛도 사라져 그저 살아 숨 쉬는 일만 할 뿐 앞이 보이지 않았다.

그렇게 3개월을 보냈다. 그 시간 동안 레인은 몸을 회복했고 다음 직장을 알아볼 마음도 먹었다.

그런 와중에 레인은 지역의 한 미술관 도슨트를 맡게 되었다. 도립 미술관에서 그녀를 어떻게 알았는지 연락을 취해 온 것이다. 수학여행을 온 학생들이나 일본에서 견학을 온 학생들을 안내해야 하는데 갑자기 도슨트 한 명이 지병으로 일을 하지 못하게 되었다고 했다.

그녀가 미술 전공이기에 미술 해석을 할 수 있다는 것과 도슨트 경험이 있다는 것, 일본어 회화 구사가 가능하다는 것을 알았는지 꾸준히 이야기를 전해 왔고, 거절할 이유가 없었던 그녀는 일을 맡아 하기로 결정했다.

일을 시작하는 첫날, 그녀는 약간의 설레는 마음을 안고 출근을 했다. 미술관 문이 열리고 얼마 지나지 않아 한 무리의 사람들 앞에 선 그녀는 목소리를 가다듬고 안내를 시작했다.

"안녕하세요, 저는 전북도립미술관 이병용 유작전의 전시 설명을 맡은 하레인입니다. '가을, 미술로 물들다.'를 부제로 한 이번 소장품 순회전에는 한국화와 서양화 1000여 점이 전시되어 있습니다."

로비에 그녀의 목소리가 울렸다. 청아한 목소리에 사람들이 귀를 기울이고 있었다.

"칠보의 노란 벌판을 배경으로 한 서양화가 이창규 님 작품 백

여 리 가을, 조윤 축의 힘 있는 붓질로 갈대밭을 표현한 철새 도래
지 등은 가을 색이 짙게 묻어납니다. 각각의 그림을 감상하시되 어
떤 선입견도 가지지 마시고 있는 그대로 느끼시길 권합니다. 그리
고 팁을 드리자면 한 작품을 여러 번 곱씹으며 감상하시면 좋을 것
입니다. 처음과 나중에 느끼는 그림에 대한 감상이 달라지실 것입
니다. 의미가 깊게 와 닿고 새롭게 다가온다는 느낌이 이런 것이었
다는 것을 새삼 깨달을지도 모릅니……. 아……."

레인은 무리 속 누군가와 눈이 정면으로 마주치자 혀가 굳고 몸
이 얼어 버렸다.

"아……. 아, 그러면 시계방향으로 이동해 주시겠습니까? 다음
은 큐레이터가 안내해 드릴 것입니다. 감사합니다."

그녀의 인사에 사람들은 박수를 치고는 안내에 따라 왼쪽으로
우르르 몰려갔다. 썰물이 빠지듯 사람들이 밀려 간 자리에 남은
건, 강혁진이었다.

그렇게 찾아도 그림자조차 찾을 수 없었던 그녀는 우연하게 아
니, 운명적으로 그의 앞에 나타났다. 그는 반가움과 놀라움에 찬
얼굴을 하고 있었다. 믿기지 않은 눈앞의 현실에 제 눈을 의심했
다.

"레……. 하레인!"

도망치듯 멀어지는 레인의 뒤를 혁진이 미친 듯 쫓아갔다. 또 놓
칠 수 없었다.

레인은 정문에 주차된 차에 막 올라타고 있었다. 성큼성큼 달려
간 혁진은 곧바로 자동차 앞으로 달려가 양팔을 벌리고 그녀를 막
아섰다.

"뭐 하시는 거예요!"

"내려."

"본부장님."

"내리라고!"

그러나 운전대를 죽을 것처럼 꼬옥 붙잡은 그녀가 도통 운전석에서 내리려 들지 않자 혁진은 유리창 너머의 그녀에게서 눈을 떼지 않으며 정면으로 다가왔다.

쾅앙—

차 보닛을 주먹으로 내려치는 난폭한 동작에 레인은 가슴이 덜컥 내려앉았다.

"뭐, 뭐……."

레인은 마침 보닛을 주먹으로 치고 일어나던 그와 앞 유리창을 사이에 둔 채 정면으로 눈을 마주쳤다. 붉은 핏줄이 도드라진 충혈된 눈동자가 그녀를 삼킬 듯 바라보고 있었다. 사시나무 떨듯 떨림이 멈추지 않았다.

올 것이 오고야 말았다. 말하지 않아도 그가 그녀를 발견한 이상 다시는 놓아주지 않을 것이라는 걸 직감하고 있었다.

혁진은 강 회장과 함께 전북도립미술관 이병용 유작전에 참석한 참이었다. 원래는 참석할 의사가 없었던 혁진이지만 국 화백이 이를 알고는 적극적으로 가 보라고 추천을 한 탓이었다.

혹시나 싶어 그동안 국 화백과 자주 통화하고 찾아도 갔던 그였다. 그녀가 국 화백에게는 따로 연락을 하지 않을까 해서였다. 그간 나름의 친분을 쌓았던 터라 그의 말을 무시하지 못하고 아버지를 따라오게 된 것이다.

이번 론칭한 국 화백의 특별한 그림이 새겨진 도자기 그릇 현오랑은 없어서 못 팔 지경이었다. 이렇게 회사에 막대한 이윤이 생기자 화백의 그림 시리즈를 도입하자는 영업부의 전략 기획안이 올라왔다.

이번엔 서양풍 그림으로 차별화를 주자는 신선한 기획에 따라 이곳에 오게 된 것이었다. 그런데 이곳에서 레인이 도슨트를 하고 있었다.

강 회장은 사라지는 레인과 그녀를 뒤쫓는 아들을 바라볼 수밖에 없었다.

'하필……. 이젠 말릴 수 없겠군. 저 녀석이 저렇게 정신을 빼고 여자를 뒤쫓다니.'

"하하, 강 본부장이 한눈에 반했나 봅니다."

옆에서 그들과 함께하던 미술관의 관장이 흐뭇한 웃음을 지으며 말을 꺼냈다.

"……."

"잘 어울리겠습니다. 재기를 두루 갖춘 A재단 하 이사님 외동딸이 아닙니까. 거기다 이번에 재선하신 하충렬 의원의 질녀이기도하고 말입니다. 집안으로 보나 뭐로 보나 본부장 짝으로 나무랄 데 없겠는데요."

"누구의 질녀라고요?"

"아아, 이곳 분이 아니니 사정을 잘 모르시겠습니다. 하 이사님은 이곳의 유지이자 고문서협회 회장을 맡고 있지요. 대한당 하충렬 의원 아시잖습니까. 그분과 친인척이 됩니다."

"……!!"

강 회장은 고개를 돌려 두 사람이 사라진 길을 허망히 바라보았다.

다음 날 아침 레인은 호텔 침대 위에서 힘겹게 눈을 떴다. 온몸에 그가 남긴 흔적들로 붉은 꽃이 피어 있었다. 한 번 그리고 두 번, 셀 수도 없이 그녀를 몰아치는 통에 정신이 하나도 없던 그녀가 혼절을 했었나 보다.

"그만, 제발 그만해요……."

"레인, 하레인."

온몸이 땀으로 범벅이 되어 내일이면 죽을 사람처럼 그녀에게 자신을 새기며 덤벼드는 그가 안돼 보이는 건 왜인지……. 레인이 손을 뻗어 그의 어깨를 감싸자 잔뜩 굳어 있던 근육이 풀어졌다. 힘이 풀린 혁진은 그녀의 품 안에 얼굴을 묻었다.

그의 넓은 등줄기를 따라 손을 미끄러뜨리자 부들거리는 커다란 몸이 반동하듯 튀어 오른다. 금세 묵직해지는 그의 반응에 신음을 흘리는 레인의 사정은 아랑곳없이 벌을 주기라도 하듯 혁진이 다시 그녀 깊숙이 밀고 들어왔다.

아득하고 먼 기억 속 가물가물 아지랑이처럼 피어오르는 잔영과 흐느끼듯 귓전을 맴도는 목소리. 레인은 그렇게 수마 속으로 빠져들고 있었다.

제인. 제……인.

사랑해.

널…… 사랑……다.

누구?
누구……?

＊

한 달 뒤, 레인은 강혁진의 법적 아내가 되는 절차를 밟고 있었다. 잡음 하나 없이, 양가의 반대 한 번 없이 속전속결로 이루어진 혼담이었다.

레인이 다시 도망칠까 봐 미친 듯 안고 또 안은 다음 날 난리가 날 거라 예상했던 것과 다르게 두 집안의 반응은 전혀 뜻밖이었다.

청혼하기도 전 결혼이 기정사실화되었고 강 회장이 발 빠르게 움직여 홍보실을 통해 그의 결혼 소식이 외부에 알려졌다. 유소연과의 혼담은 애초에 있지도 않았던 것처럼 그렇게 일사천리로 진행되었다.

"레인을 잘 부탁하네."

"네."

"그리고 부탁이 있네. 만약, 만약에 말일세. 혹시라도 딸아이에게 문제가 생기면, 더 이상 결혼 생활을 유지할 수 없다고 판단된다면 제일 먼저 내게 데려와주겠나? 내게 데리고만 와 주게 다른 것은 바라지 않을 테니. 알겠나?"

"장인어른?"

"외동딸을 둔 아비의 괜한 걱정이라고 치부하지 말고 꼬옥 기억해 주게. 내게 보내 주게. 알겠나? 약속할 수 있겠나?"

이상하다는 생각이 처음으로 든 혁진이었다. 레인을 닮은 깊고 그윽한 검은 눈동자엔 알 수 없는 깊이의 연륜이 보였고 딸을 걱정하는 아버지의 모습도 비쳐 보였다.

오늘 일부러 약속을 잡고 찾아온 미래의 장인은 이상한 당부를 했다. 맘에 걸렸다. 뭔가 의미가 담긴 이야기 같았다.

"……알겠습니다. 꼭 기억하겠습니다."

"촉박한 듯하지만 두 사람 서로가 원하고 나이도 있으니 준비는 자네 쪽에서 알아서 하고 난 맞추도록 하는 걸로 하겠네. 예단과 예식장 등 기타 문제는 사돈 되실 분과 이야기하지."

"네."

아직 의문 가득한 얼굴로 혁진이 대답했다.

"사……님. 사모님?"

"아…… 뭐라고 했죠?"

"결혼식장에 도착했습니다."

레인은 옷매무새를 추슬렀다. 약혼식 일주일 뒤 결혼식을 올리느라 정신이 하나도 없었다. 신혼여행도 가지 못하는 두 사람이었다. 갑자기 잡힌 일정만으로도 홍보부에서 시간을 빼느라 애를 먹었다는 후문이었다.

반지를 맞추고 웨딩드레스를 입어 보고 턱시도를 예약한 시간은 고작해야 이틀이었다. 그것도 이미 세트로 정해진 예물을 손가락에 맞추어 봤을 뿐이었다.

서로 눈을 마주 보고 손가락에 끼워 주는 로맨틱함을 바란 건 아니었지만 뭔가 빠진 듯한 허전한 기분이 드는 건 어쩔 수 없었다.

본부장의 피앙세가 하레인이란 걸 안 사람들은 처음엔 당황했다. 엊그제만 해도 동료였던 사람이 하루아침에 상사의 부인이 돼 버린 것이다. 그러나 그들도 곧 그녀를 받아들였다.

홍보실 유하나 대리가 결혼식 전반에 관여하면서 종종 레인과 연락을 주고받았다. 어떤 스타일을 좋아하는지, 어디를 가고 싶은지 조심스레 질문하는 그녀의 태도는 거리감을 느끼기 충분했다.

유 대리는 총무과 진양의 대리, 경리실 손인혜 씨, 영업부 김하수 씨와 함께 점심 미팅을 함께했던 여직원이었다. 그때는 다들 서로를 편한 동기처럼 대했었는데…….

이제 와 생각해 보면 걸리는 부분이 너무 많았다. 딱히 결혼 상대자를 생각해 본 건 아니지만 레인은 배우자는 따스하고 다정한 사람이었으면 좋겠다는 막연한 생각을 가지고 있었다. 혁진이 그렇지 않다는 것은 아니었지만 그는…… 평범한 사람과 달라도 많이 다른 사람이었다.

그는 왜 자신과 결혼하는 것일까. 욕망을 해결하는 게 목적이었다면 굳이 결혼이라는 굴레를 쓰지 않았어도 됐을 텐데. 유소연이 아닌 자신과 결혼을 결심한 이유가 대체 뭘까? 단순히 편하단 이유만으로? 아니면 내가 남자의 소유욕을 자극해서?

레인의 얼굴엔 수심이 가득 차 있었다. 이제 막 결혼하는 새색시답지 않은 그늘이 드리워 있었다.

아름다운 레인과 혁진의 결혼식은 비공식으로 진행되었다. 강 회장과 함께 살지 않고 청담동에 주택을 얻어 신혼집을 차린 두 사람의 결합은 완벽한 결혼이었고 누가 보더라도 이상적인 부부였다.

하지만 가장 중요한 절차를 생략해 버린 두 사람이었다. 진심 어린 고백, 그리고 함께 행복하기 위해 노력하자는 다짐이었다.

마음을 열어 보여 줄 기회도, 결혼 상대로 그대를 선택한 건 조건이 맞아서가 아니라 당신이기 때문이어서라는 걸 표현할 기회도 놓아 버린 두 사람은 완벽한 부부로 태어났지만 이면에 충족되지 못한 의심과 불안이 도사리게 되었다.

15.

오늘 파티는 규모가 제법 있었다. 도자기 그릇 현오랑이 대성공을 거둔 자축의 의미도 있었고 제2, 제3공장의 건설의 축하 자리이기도 했다.

화가와 미술인들을 대거 초대함과 동시 갑작스러운 결혼으로 미처 인사드리지 못했던 사람들에게 모습을 보이는 날이기도 해 굉장히 많은 사람들이 참석하였다.

사회지도층 인사도 참여한다는 언질에 레인은 복장에 더욱 신경을 썼다. 부친인 하 이사도 주치의인 권 박사도 아들 유한도 파티에 초대받았다. 국 화백도 일부러 올라와 자리를 빛내고 있었다.

"어딜 다녀와?"

"죄송해요."

설명을 요구하는 혁진의 깊은 눈이 그녀를 향하자 레인은 입을 다물었다. 잠시 쉬러 나간 곳에서 성우현이라는 알 수 없는 남자를 만나고 돌아오는 길이었다.

"몸이 좋지 않나?"

"……괜찮아요."

화장으로 감추었어도 귀신같이 알아채는 혁진 때문에 레인은 신경이 쓰였다. 그는 그녀의 일에 관해선 지나칠 정도로 민감하게 반응했다.

그녀가 집에서 계단을 내려가다 맨 아래 대리석 바닥이 미끄러워 넘어질 뻔하자, 그곳을 뜯어내고 마루로 시공을 해 버리지 않았던가.

"정말이에요."

"가지."

팔짱을 자연스럽게 끼고 손을 토닥여 주는 그는 다른 사람들에겐 자상하고 신부에게 푹 빠진 새신랑처럼 보였다. 다른 이를 의식하는 행동이 레인을 서글프게 만들었다.

어깨를 끌어안고 사랑스러운 아내를 한시라도 놓아주기 싫다는 듯 농을 하며 마주하는 사람들을 상대하는 혁진 곁에서 그녀는 행복한 미소를 가장한 채 한없이 가라앉고 있었다.

"레인아."

"오빠."

"……살이 빠진 것 같다."

"여기저기 인사하러 다녔더니."

인사를 건네는 유한은 알 수 없는 눈길로 레인을 바라보고 있었다. 동생이라 생각하기엔 과한 감정, 피기도 전에 꺾여 버리긴 했지만 이렇게 마주하니 애달프고 애틋했다.

그녀가 행복해 보이지 않아 신경이 더 쓰였다. 예의 바르고 차분하게 사람들을 상대하고 인사를 하고 있었지만 유한은 그녀만이 편치 않다는 것, 행복해 죽을 지경이 아니라는 것을 눈치채고 있었다. 관심을 두면 보이는 법이었으니.

"건강 챙겨. 약…… 아, 미안하다."

레인은 소심하게 안으로 말을 삼키는 유한이 무슨 말을 하려는 건지 눈치챘다. 전 만남에서 화를 냈던 이유를 기억하고 있는 것이 분명했다.

"그땐 제가 예민했어요. 절 걱정해서 한 말이었는데."

레인과 유한은 서로 미안하다며 말을 주고받고 있었다. 혁진은 사람들을 상대하느라 정신없었지만 레인과 유한에게서 눈을 떼지 않고 있었다.

되도록 그녀와 관계된 모든 사람들에게 친절하고 싶었지만 권유한이라는 사람, 레인이 오빠라고 부르는 남자에겐 저도 모르게 가시를 세우게 된다.

아마 수컷의 본능일지도 몰랐다. 부부가 되어 정식으로 남편과 아내가 된 그들이지만 가깝고도 먼 사이, 딱 그들의 현재 모습이었다.

델 것 같은 부부관계를 하고 나면 자신은 손가락 하나 꿈쩍할 수 없는데 어느새 레인은 샤워를 하고 새 속옷으로 갈아입고 침대 속으로 들어왔다.

보드랍지만 서늘할 정도로 차가워진 그녀의 몸을 안고 있다 보면 자신도 씻어야 할 것 같은 강박관념이 생겨 혁진은 억지로 일어나 샤워를 하곤 했다.

처음엔 급작스레 잡힌 약혼식과 결혼식으로 공백이 생겨 버린 일정을 소화하느라 잠이 든 레인을 두고 서재에 가서 밀린 일을 해야만 했었지만…… 혼자 남은 그녀가 그제야 편히 잠이 드는 것을 알게 되자 의례 가는 버릇이 생겨 버렸다.

상대를 배려한다 생각했던 것이 서로를 멀어지게 하고 있었다. 아내가 남편이 잠자리만 하고 서재로 일을 하러 가는 것을 좋아할 리 없지 않은가.

남편인 혁진이 새신랑으로 당연히 누려야 할 권리를 유기하고 일에 파묻힐 이유는 또 어디 있는가. 소통의 부재는 부부로 맺어진 두 사람 사이의 작은 틈을 점점 큰 간격으로 벌어지게 했다.

"집에 잠시 다녀와도 될까요?"

"곧 시간을 낼 수 있을 거야. 기다렸다 함께 가면 안 될까?"

"당신, 다음 주도…… 바쁘잖아요."

신혼여행을 가지 못한 것에 대해 혁진은 항상 미안해했지만 레인은 한 번도 서운한 기색을 내비친 적이 없었다.

강혁진과 결혼을 했다는 건 그 남자의 모든 것을 받아들이기로 결심했다는 뜻이기도 했기에 불만을 토로하는 건 어울리지 않다고 생각한 그녀였다.

하지만 완벽한 사모님이란 타이틀로 휘감은 채 부유한 생활을 하는 건 아직도 숨이 막혔다. 보다 자유로운 영혼을 갈구하는 그녀이기에 더더욱 새장 안의 새처럼 고대광실에 갇힌 느낌을 떨쳐 버릴 수 없었다.

그녀가 말하는 집은 정읍에 있는 하 이사의 집이었다. 사실 그곳에 가고 싶은 것이 아니라 바람이 쐬고 싶었지만 곧이곧대로 말했다간 취조 수준의 질문과 남편의 감당하기 버거운 눈동자가 하루 종일 그녀를 따라다닐 게 틀림없었다. 거기다 친정이 아니라면 보내 주지 않을 것임도 잘 알고 있었다.

"겸사겸사 다녀오고 싶어요. 이번에 도립미술관에서 박병호 화백님과 김순후 화백님이 전시회를 연다고 하고 국 화백님도 찾아뵈려고요."

혁진은 입을 다물었다. 시간을 내 함께 가고 싶지만 내일 중요한 일본 출장이 예정되어 있었다. 출장에 그녀를 데리고 가려던 계획은 접어야 할 것 같았다.

원하는 것을 잘 말하지 않는 그녀이고 보니 모처럼 어렵게 청한 그녀의 요구를 거절하기 쉽지 않았다.

"권 박사라는 분, 장인어른과 친구분이라고 했었던가?"

"네."

그가 묻고 싶은 건 따로 있었다. 권유한 그에 대해서였다.

"권 박사님이 당신에게 주의하라는 말은 무슨 뜻으로 한 말인 거지?"

아까 권 박사가 레인에게 인사를 건네며 한 말이 떠올라 그 말로 운을 뗐다.

"……제가 몸이 아팠을 때 병원을 싫어하는 저 때문에 집으로 오셔서 진료를 해 주고 처방을 해 주셨어요. 도움을 많이 받았죠. 타고난 체질이 예민하고 특정한 약에는 알레르기가 있어서요."

"그래? 그…… 유한이라는 사람과는 친한가?"

"아뇨. 몇 번 만난 적이 있는 정도예요. 어릴 적에 만났었다가 최근에 와서 처방약 때문에 다시 만나게 되었어요. 통신회사에 다니고 있어요."

혁진은 사귀는 사람이 있느냐고 묻고 싶은 걸 꾹 참았다. 제 눈은 못 속인다. 그는 분명 레인에게 호감 이상의 것을 품고 있었다. 게다가 아까 보았던 대진그룹의 성우현 역시 그녀를 아련한 눈으로 바라보기까지 했다.

장인인 하 이사가 결혼을 서두를 땐 반가워 환호성이라도 내지르고 싶었다. 그녀가 정신을 차리지 못할 정도로 몰아친 그였다. 그렇게 제 손에 들어온 레인이었다.

비서로서의 레인과 아내로서의 레인은 분명 다른 느낌이었지만 시크함은 여전했다. 속으로 애타며 바라보는 혁진은 그것을 겉으로 드러내지는 않았으나 간혹 그녀가 온전히 자기 것이 아닌 것 같은 느낌이 들어 불안했다.

✳

다음 날, 레인은 친정집에 도착하기 전, 도립미술관에 먼저 들렀다. 항상 따라붙는 경호원들이 신경 쓰였지만 미술관 안까지 따라붙는 것 같진 않자 안도의 한숨을 내쉬었다.

박병호 화백의 그림은 무거운 분위기와 침침한 색조로 이루어져 있었다. 그리고 배경은 쓸쓸하고 스산하기까지 하다. 그의 그림에서는 진한 외로움과 고독 그리고 슬픔이 묻어 나왔다.

벽돌로 만들어진 뒷골목 풍경, 군데군데 벗겨진 회색 페인트, 자전거를 탄 두 소년의 남루한 모습과 작업복을 입고 일터로 향하는 남자의 얼굴에 고단함이 그대로 입혀져 있었다. 회색과 붉은색이 배경이 빈민가임을 드러내 준다.

레인은 자연스레 조부와 함께 살았던 그곳을 떠올렸다. 넉넉하진 않았지만 돌아갈 곳이 있어 행복했었다. 오로지 자신만을 사랑하고 믿어 주는 한 사람이 있다는 것만으로도.

감정을 내비치지 않는 그녀였지만 가끔은, 아주 가끔은 속상해 울 때도 있었고 그리움으로 의기소침할 때도 있었다. 그럴 땐 장에서 사 왔다면서 예쁜 프릴 달린 원피스를 내밀던 할아버지셨다.

옷을 입고 나타나면 우리 손녀딸 레인이 세상에서 가장 예쁘다며 칭찬해 주던 그분의 목소리가 아직도 들리는 것만 같았다. 생생하게 손에 잡힐 듯 주름진 그 얼굴이 눈앞에 있는 것만 같았다.

'할아버지 레인이 많이 보고 싶어요. 아주 많이요.'

혁진에게는 말하지 못했다. 아니, 말하지 않았다는 게 맞을 것이다. 시시콜콜 자라온 배경을 읊어 대고 싶지 않았다.

결혼하는 이유를 물었을 때 자신을 원해서라는 대답을 듣고 나서는 더더욱.

죽을 만큼 사랑해서 결혼하고 싶다는 말을 기대한 건 아니었지만 로맨틱하지도 가슴 두근거리지도 않는 적나라한 프러포즈에 부풀었던 맘은 일시 사그라지고 말았었다.

만약 유소연이 그녀보다 육체적으로 끌렸었다면 어땠을까? 웃기는 생각이었지만 머릿속을 야금야금 잠식하는 의문은 더욱 커져만 가고 있었다. 땅에 발을 디디고 서지 않은 듯 걸음걸음이 물 위를 걷는 것만 같았다.

얼마 전 미국에 다녀온 후 증상이 심해졌다. 무기력해지고 힘도 없고 멍한 상태. 그림을 그리는 작업은 앞으로 나아가질 못하고 있었기에 바람을 쐬러 나선 길이었다. 레인은 머리를 손바닥으로 쓸며 가만히 눈을 감았다.

"……안녕하십니까."

소리 나는 곳으로 고개를 반쯤 돌리니 매끈하게 잘생긴 남자가 시야에 들어왔다. 낯이 익었다. 어제 파티에서 만났었을 때 언니나 동생이 없느냐며 이상한 질문을 해 대던 그 남자. 대진그룹 성우현이었다.

"당신은……."

"기억하시는군요. 성우현입니다."

레인이 내밀어진 손을 가만히 바라보다 살짝 손을 내밀었다. 그러나 잡지는 못하고 머뭇거리자 그녀의 손을 살짝 잡았다가 바로 놓아주는 우현이었다.

"이거 기가 막힌 우연인데요? 하하. 박병호 화백 그림을 좋아하시나 봅니다."

이상했다. 평소의 레인이라면 낯을 심하게 가려 손을 내밀지도 이렇게 머뭇거리지도 않을 텐데. 이 사람에게 등을 돌리는 게 쉽지 않았다.

웃는 모습이 누군가를 연상시키는 것도 같았다. 생각이 날 듯 말 듯 하면서 나지 않았다. 뭔가 미심쩍은 부분이 없잖았지만 예민한 제 탓으로 돌려 버렸다.

기다란 홀을 지나 다른 방으로 걸어가는 레인은 고개를 끄덕이기도 하고 그림을 한참 감상하기도 하면서 턱을 쓸어내리는 우현의 뒷모습을 바라보고 서 있었다.

이상하게 그녀가 관심을 가지는 작품에 그도 관심을 두는 것 같았다. 취향이 비슷한 건가…….

마침 이 층의 창으로 빛이 투과되어 남자의 얼굴을 사선 방향으로 비추자 또렷이 떠올려지는 어떤 영상에 그녀는 몸을 떨었다. 익숙했다. 분명 어디선가, 어디에선가 본 얼굴이었다.

두근두근.

점점 빠르게 커지는 심장박동 소리가 천둥처럼 귓전에 맴돌 때 핸드폰이 울려 그녀를 현실로 돌아오게 했다. 울리는 핸드폰을 받는다. 그 움직임에 자연스럽게 떠올려지는 어떤 영상. 익숙했다.

— 레인?

"……네."

— 무슨 일이야? 어디지?

"미술관이에요."

— 목소리가 왜 그러지. 어디 아픈가?

이 사람은 한 번씩 그녀를 놀라게 만들었다. 아무렇지 않게 대답했다고 생각했는데 민감하게 레인의 상태를 캐치해 냈다.

"아니에요. 빈혈기가 조금 있어서. 지금은 괜찮아요."

— 경호원은 어디, 아니, 내가 전화하지.

말려야 했다. 그가 연락을 취한다는 게 무슨 의미인지 알기 때문이었다.

"정말이에요. 제발요. 그림 감상 중이에요. 조용히 관람하고 싶어요."

단호한 그녀의 의사가 먹혔던 것인지 수화기 너머에서 혁진이

숨을 들이마시는 소리가 들려왔다.

— 너무 오래 있지 말고. 처가에 도착하면 전화해.

"알겠어요."

레인은 혁진과 통화가 끝났는데도 멍하니 전화기만 바라보고 있었다. 그때 목소리가 들려왔다.

"이곳에 오래 머무실 건가요?"

우현의 물음에 레인은 싸늘하게 대답했다.

"일정을 이야기할 정도로 우리가 친한 사이는 아닌 것 같은데요."

"……시간 나시면 꼭 한번 따로 뵙고 싶습니다."

"죄송합니다만……."

"사모님."

열 발자국 앞에서 경호원 두 사람이 그녀를 향해 다가오고 있었다. 기어이 혁진이 그들을 들여보냈나 보다.

"무슨 일이십니까."

"아무것도 아니에요. 아는 사람을 만났을 뿐. 그럼 저 먼저 가볼게요. 좋은 시간 되세요."

"……성우현입니다."

흠칫.

우현…… 성우현…… 우현 씨, 현…….

입가에 맴도는 우현이라는 이름이 주는 익숙함에 그녀는 잠시 자리에 멈춰 서 있었다. 파티장에선 긴장 때문에 흘려들었던 이름이 어딘가 모르게 혀끝에 가볍게 굴려지며 맴돌았다.

"혹시……. 우리가 전에 만났던 적이 있던가요?"

순간 강렬한 눈빛이 그녀에게 쏟아져 내렸다. 고스란히 감정이 드러나 있는 눈빛. 부드러운 눈동자가 사정없이 흔들리고 있었다.

그가 대답하기 전 경호원이 다섯 발자국 앞으로 나서기에 레인은 황급히 몸을 돌렸다.

"이제 가죠."

레인이 앞장서자 경호원 두 명이 눈치를 살피다 곧바로 그녀 뒤 따라 나가 버렸다. 덩그러니 혼자 남은 우현은 충격에 휩싸여 그 자리에 못 박힌 듯 서 있었다. 한참 오랫동안.

'제인, 날 기억 못 해? 결혼했기 때문에 모른 척한 게 아니었어? 왜?'

혁진은 마음이 싱숭생숭했다. 일본 출장에 레인을 데려가고 싶었 지만 그녀가 따라온다 한들 자신은 너무 바빠 그녀를 혼자 둘 게 뻔하였기 때문에 강요는 하지 않았었다.

아파도 아픈 기색을 내보이지 않는 그녀가 낮고 탁한 숨소리를 내며 전화를 받았을 땐 가슴이 턱 막힌 듯했다. 혁진은 움켜쥔 제 주먹을 내려다보았다. 달려가고 싶은 마음을 억누르기 위해 고작 할 수 있는 일은 이것이었다.

결혼을 밀어붙이며 서두르는 부친 강 회장 때문에 제대로 된 프 러포즈도 하지 못한 혁진은 결혼하게 되면 함께할 시간을 늘리리라 마음먹고 있었다.

멋지고 황홀한 청혼이 아닌 진솔한 마음을 표현하지 못해 저도 답답했다. 딱딱한 얼굴로 왜 자신과 결혼하느냐는 질문에 솔직한 대답을 못 한 게 맘에 걸렸다.

널 원해서라는 말을 그녀가 어떻게 받아들일지 알면서 굳이 그렇게 말한 이유가 뭘까.

못난 놈. 이렇게 못난 남자가 자신이라니. 사랑을 하면 바보가 되나 보다. 소심한 사람, 주눅 들어 눈치만 보는 멍청이가 되나 보다.

16.

왜인지 모르겠다. 왜…… 이렇게 가슴이 두근거리고 가슴이 아
픈 건지도. 레인은 경호원과 함께 차에 오르고 난 뒤에도 떨림이
멈추질 않자 왼손으로 오른팔을 지그시 눌렀다.

"사모님?"

"아……. 흡."

"사모님?"

두근두근두근.

심장의 수축으로 박동이 빨라지고 가슴을 두드리는 강도가 증가
하고 있었다.

"물 좀……."

끼이익!

급히 차를 길가에 세운 경호원 한 명이 차내에 비치된 물을 그녀
에게 내밀었다. 겨우겨우 물을 마신 그녀가 손과 발까지 떨며 오한

이 드는 듯 몸을 움츠리고 안색까지 퍼렇게 질려 가자 그들은 급히 병원으로 방향을 틀었다.

"빨리빨리, 서둘러!"

인…… 제인.

제……인.

현실의 소리와 귓가에 울리는 이명이 섞이며 아득해져 갔다.

✳

"어떻게 된 거지?"

수액을 맞고 잠들어 있는 레인을 지켜보던 혁진이 그녀를 경호 하던 두 사람을 추궁했다.

"그게 저……."

"하나도 빠짐없이 이야기해."

갑작스러운 레인의 혼절로 일본에 있던 혁진이 일시 귀국했다. 가장 중요한 협상은 해 놓은 상태였지만 앞뒤 재 보고 따질 여유는 그에게 없어 보였다.

"거기서 누굴 만났다고?"

"네. 나중에 알아보니 대진그룹 성회유 회장님의 아들 성우현이 었습니다."

"성우현?"

"네."

혁진의 눈살이 절로 찌푸려졌다. 파티에서 지나친 관심을 드러냈던 남자, 그녀를 바라보는 눈길이 심상치 않았던 바로 그 남자였다.

"대체 뭣들 하고 있었던 거야!"

"죄송합니다. 사모님이 조용히 작품을 감상하시고 싶다셔서 따라가지 않았던 건데……."

언성이 높아지자 레인이 듣고 깬 건지 그녀의 가느다란 신음이 귀에 와 닿았다.

"나가 봐. 나중에 이야기하지."

고개를 숙이고 나가는 두 사람을 지켜보던 혁진이 침대 곁으로 다가와 그녀를 내려다보았다.

레인의 어머니가 심장이 좋지 않았다고 했다. 그래서 장인인 하 이사는 그토록 사랑했던 부인을 잃고 오래도록 방황했었다고 했다.

레인은 모르고 있겠지만 그녀의 신상에 관해선 이미 보고를 받은 그였다. 어릴 적 부친에게 소외되고 외조부와 함께 살았다는 것도 알고 있었다. 그녀의 자존심이 남다르다는 걸 알고 있기에 입을 다물었을 뿐. 섣불리 그녀를 안쓰러워하거나 동정한다면 못 견딜 거라 생각했었다.

그는 목을 죄는 넥타이를 풀어 내리며 안도의 한숨을 길게 내쉬고 있었다. 내리자마자 병원으로 달려와 그녀부터 살핀 뒤 의사를 만나고 돌아온 길이었다. 그녀는 일어났다가 다시 잠들기를 반복하고 있었다.

"음……."

깜박거리며 눈의 초점을 잡던 레인은 혁진이 시야에 잡히자 놀라 입을 다물지 못했다.

"당신? 여긴…… 언제 온 거예요?"

하루 병원 신세를 진 후 내일이면 귀가하려고 생각했던 그녀는 혁진이 눈앞에 있자 믿기지 않았다. 이렇게 이곳에 있을 사람이 아니었다. 한참 협상이 진행 중일 텐데…….

"방금 온 거야."

"내가……. 나 때문에 온 거예요? 괜찮아요. 별일 아니었어요. 그냥 피곤해서 잠시……."

횡설수설하는 레인이었다 그녀답지 않게 당황해 버린 것이다.

"별일 아니라니? 당신이 혼절해서 일어나질 못한다는데, 내가 얼마나 놀랐는지 알아?"

"혁진 씨."

"대체 그곳에서 무슨 일이 있었던 거야! 그놈과 무슨 이야기를 나눴던 거냐고!"

"여보……?"

레인은 혁진이 평소와 다른 게 저로 인해 협상도 마무리하지 못하고 온 게 짜증이 나서라고 판단했다. 와 보니 그저 기절한 것뿐이니 그도 황당했었을 것이다. 그래서 저렇게 화를 내는 거겠지.

"미안해요……. 할 말 없어요……."

이러려고, 이런 말을 하려고 한 게 아니었는데 기어들어 가는 목소리로 미안하다는 말만 되풀이하는 그녀를 보는 그의 마음이 편치 않았다. 아픈 사람에게 화를 내고 다그칠 정도로 자신이 모질고 못난 남자였던가. 자괴감마저 들었다. 사실 혁진은 그놈이 뭐라 했는지, 정신을 잃을 만큼 큰일이 있었는지가 알고 싶을 뿐이었다.

"정말 성우현을 모르……. 아니, 아니야, 아무것도. 담당 의사에게 다녀올게. 당신이 일어나면 연락하라고 했어."

"혁진 씨?"

그녀의 대답을 듣기도 전에 벌떡 일어난 혁진은 병실을 나가 버렸다.

레인은 가만히 앉아 그 뒷모습을 멍하니 응시할 뿐이었다.

'혹시……. 우리가 전에 만났던 적이 있던가요?'

우현에게 그렇게 질문했을 때 그녀를 바라보던 그 눈이 사정없이 떨렸었다. 슬퍼 보이던 눈동자가 떠오르자 레인은 목구멍을 역류해 솟구쳐 올라오는 쓴 물을 삼키고 삼켰다.

'낯설지 않았어, 그 눈동자. 날 바라보던……. 흐윽.'

"레인!"

마침 담당 의사와 병실로 들어서던 혁진이 가슴을 움켜쥔 그녀에게 다가와 품으로 안아 들었다.

"왜! 왜 그래? 어디가 안 좋은 거야? 레인!"

"가슴이 답답해서……. 흑……. 흐으."

그녀의 밭은 호흡은 쉽게 진정되지 않아 결국 의사는 진통제를 놓아 주었다. 시간이 지나자 레인은 서서히 잠이 들었고 안고 있던 그녀를 품에서 내려둔 혁진은 담당의를 찾아갔다.

"어디가 좋지 않은 겁니까?"

"지금 당장은 뭐라 말씀드릴 순 없고, 우선 피 검사와 혈당 검사로 보아선 이상을 발견하지 못했습니다. 하지만 모친이 병력이 있다고 하니 유전적인 문제도 살펴보아야겠네요."

혁진은 살짝 미간을 찌푸렸다. 하지만 담당의는 그 변화에 별다른 반응 없이 차분한 설명을 이어 갔다.

"또 환자분께서 심리적으로 매우 불안정해 보입니다. 서울로 올라가시면 안정을 취하세요. 굉장히 예민한 체질이시라 진통제가 맞지 않아 애를 먹었습니다. 특정 약에 알레르기 반응도 있고. 우선제 소견으로는 심리적인 이유가 큰 것 같습니다."

"심리적인……. 그럼 어떻게 하면 됩니까?"

"환자 마음을 편하게 하는 게 가장 우선입니다. 스트레스 받지 않도록 환경에도 신경을 쓰셔야 합니다."

혁진은 의사의 말을 귀담아들은 뒤 병실로 내려왔다. 그리고 아직 잠들어 있는 그녀를 내려다보았다.

그도 남자인 건지 그녀가 다른 남자와 말을 섞고 그 남자를 만나 혼절하기까지 하자 솟구치는 의심과 불안이 그를 못나게 만들고 말았다. 사실은 비행기에서 내려 이곳으로 달려온 내내 그녀만 무사하기만 빌었었는데.

촉.

이마에 입맞춤을 한 혁진이 그대로 고개를 내려 그녀의 입술에 제 입술을 눌렀다. 처음엔 그저 온기를 확인하기 위해서였지만 보드라운 살갗이 입술에 닿자 욕심이 나 결국 입안으로 혀를 넣어 한참을 휘젓고 말았다.

"음……. 그만."

계속되는 입맞춤에 결국 레인이 눈을 뜨며 그를 밀어냈다.

"안 돼. 우선 이것만으로 만족해야 하잖아. 그러니까 당신이 양보해."

"여보."

사실 문이 열리고 그가 들어올 때부터 깨어 있었던 그녀였다. 눈을 뜨지 않은 건 두려워서였다. 아무 잘못도 하지 않았는데 죄를 지은 것 같은 기분이었다. 몇 마디 나누지도 않았는데 그 남자의 눈빛을 떠올리며 몸을 떨었다는 사실만으로도 그녀는 바람을 피운 것 같은 착각이 들었다.

뚫어질 듯 내려다보는 남편의 눈빛에 질식될 것 같을 즈음 그의 입술이 살짝 닿았다. 입맞춤은 감미롭게 시작되었지만 차츰 강하게 내리누르며 입안을 헤집는 혁진으로 인해 결국 신음을 흘릴 수밖에 없었다.

다그칠 거라 생각했던 그의 입맞춤은 의외로 다정하고 열정적이었다. 레인은 그 변화를 느끼며 지그시 눈을 감았다.

두 사람은 서로에게 빠르게 몰입하며 열중하고 있었다. 그녀가 더 이상 견디지 못하고 혁진의 목에 오른팔을 둘러 껴안을 때까지.

레인이 입원한 뒤로 레인의 부친인 하 이사의 행보도 빨라졌다. 조사를 마친 참이었지만 우현을 건드리는 건 신중에 신중을 기해야 할 일이었다. 어찌 되었건 그는 대진그룹 외동아들이었고 레인에게 닥쳤던 일에 그가 관여하지 않았기 때문이다.

그러나 그가 레인의 앞에 모습을 드러냈다니. 레인이 한 번의 만남만으로 정신을 잃었을 정도다. 앞으로 이런 식의 만남이 거듭되다 보면 최면이 풀려 위험한 상황이 되어 버릴 수도 있지 않은가.

권 박사의 충고대로 차라리 모든 것을 밝히고 사실을 알게 해 버릴까 하다가도 만약 그랬다가 하나 남은 딸마저 제 어미처럼 될까 봐 몸을 사리게 되는 것이다. 레인의 목숨을 두고 모험을 할 수는 없었다.

하 이사는 어떻게 하면 가장 좋을지 쉽게 결정 내리지 못한 채 머릴 싸매고 있었다. 그나마 다행인 것은 그의 사위가 레인을 끔찍이 위한다는 사실이었다.

마치 젊을 적 제 모습을 보듯 딸아이에게서 눈을 떼지 못했고 일거수일투족에 반응하고 있었다. 말하지 않아도 진심은 느껴지는 법, 그는 딸을 깊이 사랑하고 있었다.

하지만 사랑의 깊이가 깊은 만큼 걱정과 우려 또한 눈덩이처럼 커졌다. 혹시 사실을 알게 될 날이 온다면…… 분노와 배신감을 느낄 수도 있다 판단했다. 그래서 혁진에게 그러한 결혼 조건을 걸었던 것이다. 그것은 차라리 부탁에 가까웠다.

'성우현……. 악연인 게야. 악연.'

하 이사는 눈을 질끈 감았다. 휘몰아치는 분노를 누르기 위함이었다. 그리고 일을 최악의 상황으로 몰아간 우현의 모친, 대진그룹의 안주인을 떠올렸다.

'짐승도 새끼를 배면 해코지를 하지 않거늘 어찌 사람의 탈을 쓰고 그런 짓을……. 죗값을 받게 해야지. 아암. 가장 잔인하고 무서운 대가를 치르게 해야지. 이 세상에 정의라는 게 있다는 것 알게 해 줘야지. 그래야지.'

뒷짐을 지고 하늘을 올려다본 하 이사는 아내 서린을 떠올렸다. 그녀를 조금만 덜 사랑했다면 그녀를 떠나보낸 뒤 남은 딸을 챙겼었을까. 딸아이와 오순도순 다정한 부녀로 살 수 있었을까. 그랬다면 레인이 그런 일을 겪지 않았을까. 생각하면 할수록 제 잘못이고 부덕함인 것 같아 회한에 잠겼다.

　건강검진을 적극적으로 권하는 혁진 탓에 정읍에서 하루 더 머문 그들은 다음 날 늦은 시간에 집으로 돌아왔다. 피곤해진 몸을 씻고 혁진과 침대에 나란히 누운 레인은 팔베개를 해 주는 혁진의 가슴에 얼굴을 묻었다.

"우리 아이 가질까?"

"네?"

혁진의 갑작스런 말에 레인이 고개를 들었다.

"왜, 싫어?"

"당신 당분간은 둘만의 시간을 가지고 싶다고 말했잖아요. 그런데 왜……."

"쌍둥이 나오는 프로그램을 비행기에서 봤는데 보기 좋더라고."

"……."

레인은 아무 대답도 하지 않았다. 혁진이 눈을 내려 지그시 그녀를 바라보았다.

"레인."

"네."

"당신 몸이 회복되면 미뤄 둔 신혼여행 가자."

"하지만, 시간이……."

"만들면 될 거야. 어디로 가면 좋을지 생각해 봐."

지금까지도 그녀를 함부로 대한 적은 없었지만 이렇게 다정한 목소리를 낸 적도 없었다. 레인은 갑자기 다정해지고 한없이 너그러워진 혁진 때문에 갈피를 잡지 못하고 있었다.

"이제 몸 괜찮아요. 당신이 이렇게 과보호하면 나쁜 버릇 생겨요."

"생겨도 돼. 당신이 언제 뭐 해 달라고 한 적 있나? 가끔은…… 그런 투정도 해 주었으면 좋겠어."

처음이었다. 그가 뭘 원하는지 뭘 바라는지 조근조근 이야기를 한 것은. 여행을 가자는 말에 기쁜 게 아니었다. 팔베개를 해 주고 그녀의 기분을 살피고 아이를 갖자고 하는 말에 한없이 무릎해지고 행복해지는 제 자신이 낯설었다.

지금 기분을 어떻게 표현해야 하는데 뭐라 할 말을 찾지 못한 그녀는 그의 가슴에 가볍게 대고 있던 얼굴을 더 밀착시키며 품으로 파고들었다.

"……당신은 쉬어야 해."

"으응……. 투정부리라면서요……."

애교라고는 한 번도 부린 적 없었지만 지금은 왠지 그러고 싶은 기분이었다. 그녀는 빨라지는 혁진의 세찬 심장 소리를 들으며 몸이 달아올랐다. 그가 흥분하는 게 느껴졌다. 맞대고 교차한 두 다리 사이에 묵직한 이물감도 부피를 더해 가고 있었다.

"레인……."

한계에 다다른 듯 쥐어짜는 목소리가 잠겨든 혁진의 탄탄한 등으로 레인은 두 팔을 감았다. 그리고 그의 등 언저리를 부드럽게 쓸어내리자 그는 몸을 부르르 떨었다. 솔직한 남편의 반응에 레인은 빙긋 미소를 짓고 있었다.

"이런, 지금 자극하고 있는 거 맞습니까, 하 비서? 뒷일 책임져야 할 겁니다."

"네, 확실히 지겠습니다. 강 본부장님."

장난기 어린 그녀의 대답이 떨어지자마자 그녀의 몸 위로 순식간에 올라탄 혁진이 몸 아래 깔린 그녀를 내려다보았다.

그의 검은 눈동자엔 많은 감정이 엿보였다. 레인은 처음으로 먼저 손을 뻗어 그의 턱 선을 어루만졌다. 그러자 혁진이 손바닥에 얼굴을 묻으며 비벼 댔다. 간지럽고 묘한 느낌, 안아 주고 싶고 모든 걸 내어 주고 싶은 마음이 그녀를 부추겼다.

부부가 되고 난 후 데일 것 같은 수많은 밤을 보낸 두 사람이었지만 오늘처럼 마음과 마음이 통하고 애틋한 적은 없었다. 손가락 하나하나에 입을 맞추던 혁진이 그녀의 목을 타고 입술을 미끄러뜨리자 서서히 달아오른 그녀 입에서 신음성이 점차 높아지고 있었다.

"여……보, 아아……."

"레인."

바람에 침실의 커튼이 펄럭이며 흔들려도 두 사람은 깊은 잠에 빠져 깨어나질 못하고 있었다. 귀가 밝은 혁진도 예민한 레인도 오늘 밤만큼은 녹진하고 길었던 두 번의 정사로 인해 덩쿨처럼 팔다리를 엮고 깊은 잠에 빠져 있었다.

17.

경제인의 밤은 경제인들이 모이는 정기 모임으로 중요한 경제 인사들 기업인들이 모두 참석하는 큰 모임 중 하나였다.

1년에 한 번, 웬만한 기업인은 참석하지 못하는 자리이기도 했다. 그런 자리에 레인은 오늘도 정숙하고 아름다운 모습으로 혁진의 아내로서 자리를 빛내고 있었다. 혁진의 팔짱을 끼고 인사를 하고 다니는 도중에 그들 앞에 한 중년 부부가 다가왔다.

"대진그룹 성회유요. 만나서 반갑습니다."

"안녕하세요."

"뭐 하는 거요? 인사해요."

"네? 아……. 네."

성회유의 아내이자 우현의 모친 우미란은 고개도 제대로 들지 못한 채 시선 둘 곳을 몰라 하고 있었다. 그녀는 지금 눈앞이 캄캄하고 손발이 덜덜 떨리는 것을 겨우 감추고 있었다. 비명이 나올 것 같았지만 참고 있었다. 비릿한 피 내음으로 보아 아마 혀를 깨문 것도 같았다.

"하하, 제 아내가 강 본부장 와이프가 너무 아름다워 말문이 막힌 모양입니다."

"감사합니다. 과찬이세요."

미란은 땅이 흔들리는 듯 커다란 충격으로 인해 정신이 하나도 없었다. 그를 보다 못한 레인이 고개를 숙여 그녀를 살펴보았다.

"저…… 괜찮으세요?"

"네? 아…… 네. 두통이 약간."

"제게 두통약이 있는데 드릴까요?"

"아니에요. 여보, 저 좀 잠깐만 바람 쐬고 올게요."

"괜찮겠어?"

"네, 잠시면 돼요."

고개를 끄덕이던 성 회장은 다른 인물이 알은척을 하자 그쪽으로 몸을 돌렸다. 미란은 자신의 힘으로 땅을 박차고 있는 것인지 느낄 새도 없이 발을 놀려 계단을 향해 걸어갔다.

"어머니?"

"우, 우현아."

위층의 테라스로 나와 겨우 한숨을 돌리던 미란은 자신을 부르는 목소리가 흠칫 놀라며 돌아보았다. 그녀의 아들 성우현이 그곳에 있었다.

"어디 안 좋으세요? 안색이 좋지 않으세요."

미란은 제게 전부인 아들 우현을 말끄러미 바라보았다. 장차 기업을 이끌어 갈 하나뿐인 아들이었다.

남부러울 것 없이 자란 미란은 맞선으로 지금의 남편을 만났고 아들을 하나 두었다. 사실 우현이 위로 아들이 하나 더 있었지만 일찍 세상을 떠나 버렸다. 그래도 차남인 우현이가 있었기에 견딜 수 있었다.

어디 내놓아도 남부럽지 않은 제 자식이었지만 그의 아들이 성 회장의 맘에 온전히 차지 않는다는 것도 알고 있었다. 기질이 자유로웠고 사업보다 예술 방면에 소질을 보였기 때문이다. 미국 유학을 허락한 배경에는 얼마간의 자유를 누린 뒤에 돌아와 사업에 신경 쓰겠다는 약속이 있었다.

모난 면이 없고 사람을 녹녹하게 만드는 데 재주가 탁월한 아들은 어디 가도 빠지지 않는 외모까지 갖추었다.

그런데…… 그런데…….

"괜찮아."

"안 되겠어요, 어머니. 집으로 가세요. 제가 모실게요."

"아냐, 오늘 중요한 자리라는 거 알고 있잖니."

"중요한 자리는 맞지만 제겐 어머니가 우선이에요. 아버지께 제가 말씀드릴게요."

말려도 기어이 성 회장에게 가는 아들의 뒷모습을 보며 미란은 오소소 돋은 팔의 소름을 애써 무시하고 있었다.

미란의 눈동자가 불안하게 흔들리며 어딘가를 배회하고 있었다. 그녀의 시선이 멈춘 곳엔 레인과 혁진이 나란히 서 있었다.

누가 보더라도 다정한 신혼부부의 모습. 여자의 허리에 팔을 두르고 놓치지 않으려는 남자의 태도에서 제 여자를 향한 끝없는 애정과 소유욕을 느낄 수 있었다. 멈춰지지 않는 손 떨림에 눈을 지그시 감았다 뜬 미란은 레인을 보고 또 보았다.

'날 기억하고도 모른 체하는 것 아닐까? 아니야. 고작 두 번의 만남이었으니 기억하지 못할 수도……'

그녀는 레인을 처음으로 만났던 쌀쌀한 샌프란시스코의 모습을 떠올렸다.

＊

일주일 이상 비가 내렸고 꽤 쌀쌀했었다. 철길을 달려온 뮤니에서 내린 자그마한 여자는 보고된 사진 속의 여자가 분명했다.

그땐 제정신이 아니었었다. 가뜩이나 우현을 못마땅하게 생각하는 남편인데 여자까지 두었다면 어찌 나올 것인가. 분명 여자 쪽은 우현의 배경을 알고 있는 것이 틀림없었다, 그렇지 않고서야……

"안녕하세요?"

단정해 보이는 옷차림, 공손히 두 손을 모아 꾸벅 절을 하는 아들의 여자를 거만한 표정으로 바라보는 미란이었다. 갑과 을의 관계. 이곳에선 남자의 어머니가 갑, 남자의 숨겨진 여자가 을인 셈이었다. 만고의 진리 그대로 자그마한 여자는 자신을 샅샅이 훑어내리는 경멸 섞인 미란의 시선 앞에 그대로 노출되어 발개지고 있었다.

"앉아요."

길게 이야기하고 싶지 않았다. 이런 아이가 원하는 건 뻔했으니까. 말귀를 알아듣는 아이이기만을 바랐다.

"우현이……. 아니 단도직입적으로 이야기하죠. 얼마를 원해요?"

"네?"

"원하는 액수를 말해 봐요."

"……."

눈을 동그랗게 뜨고 놀란 척하는 맹랑한 계집애에게 휘둘릴 정도로 어수룩하지 않은 그녀였다.

"남자 여자 좋아하면……. 요샌 원 나이트도 흔한 세상이고 이렇게 맘 맞아 함께 지내기도 한다지만 알 만한 양갓집 아가씨라면 있을 수 없는 일인 거 아닌가요? 내 말 틀렸나요?"

입술을 꼭 다물고 눈을 내리까는 여자를 마주하자 미란은 더욱 애가 탔다. 아닌 척해도 원하는 것은 뻔했다.

"전…… 원하는 게 없습니다. 우현 씨만 곁에 있으면 아무것도……."

간당간당 유지하던 이성이 날아가 버리는 것만 같았다. 설마 우현이와 미래라도 함께하겠다는 생각을 하는 것일까? 어처구니가 없었다. 어떻게 키운 아들인데 본데없이 자란 여자와 결혼을 시키겠는가.

"우리 아이가 설마 아가씨하고 결혼이라도 할 거라고 생각해요?"

그때까진 조용히 입 다물고 있던 여자가 고개를 들어 제 눈을 마주 보아 왔다. 미란은 불쾌했다. 저런 당돌함으로 우현을 어떻게 했나 본데 저에겐 어림없었다.

"어머님껜 죄송스러운 말씀이지만 우리 두 사람 성인입니다. 우현 씨와 만나서 이야기할 문제라고 생각합니다."

"뭐라고요?"

고집스러운 입매도 도도한 눈빛도 모두 맘에 들지 않는 아이였다. 밉다 밉다 생각하니 더 미웠고 저런 아이에게 맘을 빼앗긴 아들에게도 화가 나기 시작한 미란이었다.

"내가 여길 왜 왔다고 생각해요? 우현이가…… 조용히 끝내길 원해요. 나도 그렇고."

"그럴 리…… 없습니다."

"그럼 내가 아들을 어떻게라도 했단 말인가요? 그 아인 성인이에요. 내가 붙잡는다 해서 머무를 아이가 아니란 것쯤 알고 있을 텐데요?"

제인이라는 여자는 자신이 한 말을 믿지 않고 그 자리를 나가 버렸다.

"건방진 년. 네년이 감히……."

미란은 입술을 짓씹으며 중얼거렸다.

"누구시라고요?"

결국 그 작은 여자는 그녀를 여기까지 오게 했다. 미란은 닫혀 있는 문 안에서부터 들리는 목소리에 냉랭하게 대답했다.

"우현의 엄마예요."

"아……."

문을 한참 동안 두드리고 난 후에야 여자는 문을 열어 주었다. 식은땀을 삐질삐질 흘리는 것을 보니 몸이 안 좋은 모양이었다.

그녀는 몸을 틀어 안으로 안내했다. 작고 초라한 방에 눈살을 찌푸리고는 의자에 앉았다. 그녀가 쓰러지듯 맞은편에 앉는 걸 보고 가방에서 봉투를 꺼냈다.

"돈이에요. 적진 않을 거예요. 똑똑한 아가씨니까 내 말뜻 알 거예요."

"우현 씨는……."

"우현이가 가 보라고 해서 온 거라고 몇 번을 말해야 알겠어요?"

"그럴 리가 없어요. 아니, 그렇다고 해도 본인과 만나 이야기하고 싶습니다."

두 손을 무릎 위에 놓고 부들거리는 몸을 겨우 추스르며 여자는 혼몽한 정신줄을 부여잡고 있었다.

"미국에 없어요. 아마 지금쯤 스페인에 있겠네요. 알고 있겠지만 우현이 한곳에 정착하지 못하는 습성이 있어요. 무언가를 책임지고 매이는 것 싫어하는 자유로운 아이예요. 그 아이를 구속하지 말아요. 불행해하는 모습 보기 싫다면."

"제가…… 아이를 가졌습니다."

겨우 뱉어 낸 말 한마디에 앞에 앉은 미란의 우아한 얼굴이 일시에 일그러지며 주스 잔을 잡은 손가락이 희미하게 떨렸다.

"우리 우현이……가 한 불장난에 대해 책임을 지라는 거군요. 좋아요. 이 금액 두 배를 제시하지요. 대신 아이는 정리해 주길 바라요. 우현이도 그걸 바랄 거예요. 미혼모로 살기에 한국은 많이 좁고 소문이 무성하죠. 그래도 혹 낳겠다는 생각을 한다면 소송을 불사하고 그 아일 데려올 거예요. 내 말 무슨 뜻인지 알아들었을 거예요. 제인 양이 현명한 선택 하리라 믿어요. 혹 어렵다면 병원 대신 알아봐 줄 수도 있어요."

눈을 감은 채 아무 대꾸도 하지 않는 자신을 내려다보는 따가운 시선 앞에서도 그녀는 꿋꿋이 침묵을 깨뜨리지 않았다.

얼마 뒤 미란은 쏘아보던 무서운 눈빛을 거두고 휑하니 일어나 그 집을 나왔다. 여자는 그때까지도 숙인 고개를 들지 않고 있었다. 이쯤 하면 아무리 당돌하게 구는 저 여자라도 말귀를 알아들었을 것이다. 미란은 만족스런 얼굴로 자신을 기다리고 있던 차에 올라탔다.

＊

"뭐라고요? 합작요?"

남편 성 회장이 넥타이를 풀어 내리며 건넨 이야기에 소스라치게 놀라는 미란이었다.

대진그룹과 J그룹이 합작을 하려고 계획 중이라는 소식에 미란은 불안감이 증폭되었다. 대기업인 J그룹과의 합작 건이 성사만 된다면 대진그룹은 재계 순위 10위 안에 들고도 남을 것이 아닌가.

그동안 성 회장이 회사의 내실을 꼼꼼하게 챙기고 다진 덕분에 대진의 미래는 밝았다. 하지만 요즘 자금난이 발목을 잡고 있었다. 기술력과 인재를 보유하고 있었지만 쉽게 해결이 되지는 않았다.

사람의 욕심은 끝도 없나 보다. 처음 재벌 50위 안에 든다는 사실만으로도 배가 불렀던 미란이었다. 그러나 성 회장의 추진력과 남다른 안목으로 회사는 괄목상대한 발전을 거듭해 왔었다. 부자가 된다는데 싫어할 사람이 있겠는가. 하지만 하필 많고 많은 협력업체 가운데 왜 J그룹이란 말인가.

"J그룹에서 먼저 제안한 건가요? 숨겨진 저의가 있는 건 아닐까요?"

"무슨 말도 안 되는 소리야? J그룹이 뭐가 부족해서. 당신 말을 듣자니 기분 참 이상하군. 우리 대진그룹이 그 정도밖에 안 된다고 생각하는 거야?"

성 회장이 싸늘한 시선으로 미란을 바라보자 그녀는 몸을 움츠렸다. 회사 이야기가 화제로 떠오를 때면 저렇게 정색하는 남편이었다. 눈치 백단인 미란이 얼른 뒤로 물러서며 꼬리를 감추기 급급했다.

"당신도 참, 그렇다는 말이죠. 제가 뭘 알겠어요? 걱정이 되니까 그러죠. 웬만한 규모는 아닐 테니까 더욱 그렇잖아요."

"흠흠. 내가 예민했어. 이제야 원하고 바라던 일이 성사된다고 생각하니 마음의 여유가 없어졌나 보군. 도자기 그릇 런칭을 성공하고 제2, 제3 공장을 설립한다더군. 그릇에 양각과 음각의 무늬를 새기는 공법은 우리 회사의 주특기잖아. 원윈인 셈이지."

"그래요…… . 씻고 나오세요. 식사 준비할게요."

미란은 방으로 들어와 문을 닫고 나서도 두근대는 심장 소리를 무시할 수 없었다. 얽히고 싶지 않았건만, 아니 다시는 만나지 않기를 바랐건만 합작이라니. 제 목줄을 죄고 어쩌면 목숨까지 쥐락펴락할 수 있는 위치에 그녀, 레인이 있었다.

그렇다. 그녀의 이름은 하레인이라고 했다. 그러나 미란은 그녀를 한눈에 알아볼 수 있었다.

파티를 다녀온 후 미란은 극도로 외출을 자제하고 두문불출하고 있었다. 그 좋아하는 골프도 몸이 아프다는 핑계를 대고 나가지 않았다.

이렇게 계속 피하면, 어쩌면 만나지 않고 살 수 있다고 생각했고 그땐 그럴 수밖에 없었다는 변명을 하며 스스로에게 정당성을 부여하고 있었다.

자신이 지시한 일이 잘 이루어졌다는 보고받고 안심한 것도 잠시, 혹시나 아들이 그곳을 다시 찾을까 걱정되어 다시 사람을 보냈지만 그녀의 흔적이 말끔히 지워졌다는 보고만 받았을 뿐이었다. 안도의 한숨이 흘러나왔었다. 여자 스스로 떠나 주어서 고맙고 고마웠었다.

미란이 원하던 최상의 결말이었다. 그렇지만……

따르르.

흠칫, 전화벨 소리에 놀랐던 미란은 발신자를 확인하고 얼른 전화를 받았다.

"알아보았어요?"

— 네, 사모님.

"지금은 길게 이야기 못 해요. 알게 된 사실만 간략히 말해 봐요."

— 네, 알겠습니다.

레인에 대해서 알아보도록 지시한 미란이었다. 거실을 서성이며 초조함으로 손톱을 물어뜯고 있다는 사실도 까맣게 모르는 듯했다.

— 부친 하헌승은 고문서협회 이사직과 협의장을 동시 역임 중입니다. 이전엔 C실업을 운영했다가 전북으로 내려가 재단을 만들었습니다. 선대로부터 물려받은 부동산, 주식, 채권을 가지고 있고 현금 50억을 보유한 자산가입니다. 레인 양은 외동딸로 K대학을 중퇴, 그리고 미국 샌프란시스코에서 AAU에 입학하였습니다. 우

선 알아낸 건 여기까지입니다.

"……왜 미국에서 하레인이라는 이름을 사용하지 않고 제인이라는 이름으로 재학했는지 알아봐요."

— 알겠습니다.

머릿속이 뒤죽박죽되어 손끝이 떨려 왔다. 돌이켜 보니 지나치게 담담하고 눈빛이 당돌한 아이였었다. 당시엔 그저 그런 보잘것없는 여자아이가 아들 인생을 망치려 한다는 생각으로만 꽉 차 있어서 앞뒤 재고 따지지 않았었다.

'알아보았어야 했는데……. 그랬다면……. 아냐, 아냐. 이제 와 그런 생각을 하면 뭘 해! 엎질러진 물인걸.'

가느다란 희망, 그 실낱같은 희망의 끈을 부여잡고 제발 사실이 아니길 바라는 미란의 눈빛이 어지러이 흔들리고 있었다.

'알아봐야겠어. 직접 만나서……. 만약 날 알고서 일부러 복수하기 위해 접근하는 거라면…… 막아야 해.'

상대가 너무 거물이라 두려웠지만 미란은 결국 자신이 나서야 한다는 결론을 내렸다. 지금 그녀의 생각처럼 레인이 남편인 강 본부장을 이용해 일부러 합작이라는 미끼를 던져 복수를 하고자 계획하는 거라면 자신뿐 아니라 우현, 남편 모두 망하는 것이다. 모두.

"흐읍."

숨을 크게 몰아쉬는 미란은 레인의 동선과 스케줄을 알아내라 지시하고 때를 기다리기로 했다.

*

"아버님 선물은 뭘로 하면 좋을까요?"

곧 강 회장의 생신이었다. 레인은 신경이 무척 쓰였다. 작년 생신 때는 제주도에 머물던 탓으로 전화 한 통화만 한 게 맘에 남아 있던 차였다. 아침 식탁에 앉아 레인은 고민을 담뿍 담은 얼굴로 혁진에게 물었다.

"글쎄, 당신이 정성껏 준비하면 다 좋아하실 거야."

"……."

레인이 고민에 빠져 고개를 갸웃거리자 혁진이 빙그레 웃으며 어깨를 감싸 왔다.

"가장 바라실 선물은 손주일 것 같은데?"

"여보……."

"당신 부담 가지라고 하는 말 아냐. 빨리 아이 가지고 싶다. 당신 닮은 아들이면 더 좋겠고."

"아들을 원해요?"

"당신 닮은 딸도 좋아. 아들 낳을 때까지 내가 불철주야 노력하면 되지 뭐."

"네에?"

기가 막힌 듯 레인이 입을 딱 벌리자 얼른 그녀 입술에 키스를 감행하는 혁진이었다. 한 번 마음을 보여 주고 나니 두 번은 훨씬 쉬웠다.

먼저 표현하는 게 뭐 그리 어려웠을까. 1년간 점잖은 척, 아닌 척 자존심을 챙기며 사무적인 태도로 일관한 부부관계를 달달한 분위기로 전환하는 방법이 이렇게 쉬울 줄 알았다면 속을 끓이지 않았을 텐데.

차갑고 딱딱한 레인의 가면이 서서히 벗겨지고 있었다. 부부관계 중 절정에 이르렀을 때만 보여 주었던 나른한 미소와 보채는 투정을 일상 생활에서도 드러내는 그녀가 사랑스러웠다. 자신이 이 작은 여자에게 미쳐도 단단히 미친 것 같았다.

"싫습니까, 하 비서?"

"정말 말이나 못하면. 식사 다 하셨으면 서두르세요. 늦겠어요."

등을 떠미는 그녀에게 다정한 목소리로 하루 잘 보내라는 말도 잊지 않는 혁진이었다.

"백화점 둘러보면서 천천히 생각해 봐. 간 김에 당신 원하는 것 있으면 사고."

"알았어요."

그렇지 않아도 그의 와이셔츠와 넥타이도 바꿔 줄 요량이었다. 새 옷을 사면 기분이 좋은 것은 여자만이 아니기에 선물을 사 주고 싶던 레인이었다.

지금 감정이 남편을 향한 애정인지 아닌지 굳이 따지고 싶지 않았다. 퐁퐁 솟아오르는 샘물처럼 잘해 주고 싶고 좋아하는 것을 해 주고 싶고 기뻐하는 모습을 보고 싶은 마음이 샘솟았다.

행복해하며 고맙다고 미소 짓는 그 사람의 얼굴을 떠올리며 물건을 고르는 행복도 느끼고 싶었다. 레인은 외출 준비를 마치고 미술학과 동기이자 친구인 이라와 약속한 장소로 차를 몰고 향했다.

"여기."

이라가 레인을 향해 손을 흔들고 있었다. 1층에 있는 커피 매장이었다.

"늦었어, 미안."

"고작 5분 가지고 뭘. 그건 그렇고 오늘 네가 쏘는 거다. 이 몸은 자문 위원으로 초빙된 거니까."

"알았어."

"우와, 너에게 얻어먹는 일이 생길 줄이야. 이래서 재벌 사모님이 좋나 보다."

"너도 참."

"혁진 씨, 아니 강 본부장님 너에게 잘해 주지?"

"그야 뭐……."

레인의 얼굴이 빨개지자 이라는 빙글거리며 미소 짓고 있었다.

"우와, 정말 잘해 주나 본데? 어때? 본부장님 화끈하지? 얼굴 보니까 아직도 신혼인 것 같은데? 아이가 생기기 전까진 신혼이라던데."

"그, 그게……. 얼른 가서 돌아보자."

"아하하, 알았어, 알았어. 곤란한 질문 더 하지 않을게. 이거 마저 마시고."

이라와 레인은 천천히 매장을 둘러보며 즐거운 시간을 가지고 있었다.

"어멋!"

"아……."

4층 명품 여성복 매장에 들어갔다가 나오는데, 지나가던 중년의 여자와 레인의 어깨가 부딪쳤다. 조금 세게 부딪친 탓에 비틀거리는 레인을 이라가 재빨리 잡아 주었다.

"죄송해요. 괜찮으신가요?"

"네? 아, 네."

우아한 옷차림의 귀부인이 먼저 사과를 청하자 레인은 괜찮다는 대답을 하고 상대를 바라보았다.

"어머....... J그룹 본부장 사모님 아니세요?"

"누구......."

"여기서 또 뵙네요. 대진그룹 기억나세요?"

"아, 안녕하세요."

기억이 났다. 대진그룹 성 회장의 부인 우미란. 온몸에 여유가 넘쳐흐르던 우아한 귀부인 같았던 사람이다. 레인은 먼저 인사를 청하는 저보다 많은 나이의 미란을 마주 보았다.

어딘가 모르게 익숙하기도 한 얼굴이었다. 두 번인가 마주쳤던 성우현이란 남자가 떠오르는 걸 보니, 얼굴이 낯익은 건 그 탓인가 보다. 부드러운 인상의 우현의 얼굴이 미란의 얼굴 위로 겹쳐 보였다.

"혼자 오셨나 봐요."

"그이랑 아들 옷도 살 겸 해서 왔는데 이곳에서 뵙네요. 호호."

레인은 고개를 끄덕이다 살짝 숙여 인사를 건넸다.

"그럼 쇼핑 잘하세요."

"네. 다음엔 모임에서 한번 봬요."

우연히 스쳐 지나가는 사람처럼 미란은 자연스럽게 레인을 지나쳐 어딘가로 걸어갔다. 레인은 그 뒷모습을 잠시 보다 이내 고개를 돌렸다.

몇 걸음 걸어가던 미란은 그녀 옆에 있던 여자가 누구냐고 묻는 소리를 듣고 신경을 곤두세웠다.

"음……. 한 번 만난 적이 있어. 대진그룹 사모님."

미란의 눈빛이 생생히 빛나고 있었다.

한 번 만난 적이 있다……. 한 번……. 분명 그렇게 말했다. 자신을 기억하지 못하는 거다. 분명히!

갑자기 부딪쳤을 때도 한 치의 흔들림도 느껴지지 않았고 대화를 나눌 때에도 전혀 어색함을 느낄 수가 없었다. 그녀가 명배우가 아닌 이상 저 얼굴이 연기일 리 없었다. 그녀는 미란을 정말로 기억하지 못하고 있었다. 그동안의 마음고생이 한 번에 날아가는 듯했다.

"사모님."

미란이 모퉁이를 도는 순간 그녀의 옆으로 검은 양복을 입은 남자가 조심스럽게 다가왔다. 미란은 그를 돌아보지 않고 시선은 앞으로 향한 채 나직하게 물었다.

"알아냈나요?"

"네. 부친과의 사이가 좋지 않았다고 합니다. 어릴 적 외조부의 손에 컸고 그로 인해 부녀 사이가 덤덤히 유지되었답니다. 미국 대학 입학 후 제인이라는 이름으로 살았고, 아르바이트를 하며 스스로 학비를 벌었다고 합니다."

"……그리고?"

"미국 마지막 학기 이후의 행적이 베일에 가려져 있어 알아낼 수 없었습니다. 현재 정기적으로 권호석 박사에게 진료를 받고 있습니다."

"몸에 이상이 있는 건가요?"

"모친의 약한 심장을 물려받았을 거라는 얘기는 있지만, 권호석 박사는 신경정신과 의사라 심리치료로 추정됩니다."

"그래요. 알겠어요. 계좌로 수고비는 송금하죠. 새로운 사실이 더 있으면 연락 줘요."

"네, 감사합니다."

이보다 더 완벽할 순 없었다. 신이 그녀를 도와주는 것이 분명했다. 무슨 이유인지 모르겠지만 레인은 완벽하게 그녀를 타인으로 인지하고 있었다. 미란에게도 아들 우현에게도 레인은 치명적인 독이었지만 기억을 하지 못하는 레인은…… 아무런 위협도 되지 않았다. 그녀의 입가에 오랜만에 미소가 깃들었다.

괜찮지 않았다.

새벽, 눈이 저절로 떠진 레인이었다. 혁진이 옆자리에 없는 걸 보니 밀린 일을 하느라 서재에 있는 게 틀림없었다. 아주 기분 나쁜 꿈을 하나도 아닌 여러 개를 꿨는데 토막토막 기억이 날 뿐이었다. 우연히 만났던 우현도 등장했고 백화점에서 만난 우현의 모친인 우 여사도 등장했다. 마지막으로 돌아가신 외조부가 슬픈 듯 저를 내려다보고 계셨다.

외조부와 살았던 그곳, 구불거리는 고갯길을 지나면 도로 옆으로 키 높은 가로수가 즐비한 그곳에서 항상 귀가하는 레인을 기다리셨던 분이다. 세상이 험하다고, 어여쁜 우리 손녀 누가 채 갈까 봐 맘

놓을 수 없다고, 어쩌다 늦기라도 하는 날이면 내리막길을 한참 걸어 내려와 목을 길게 빼고 기다리고 계셨다. 얼굴에 쓰인 걱정과 근심에 맘이 불편하면서도 사랑의 정도를 느낄 수 있어 기뻤던 일상이었다.

무릎 관절이 좋지 않아 새벽에 찜질도 하시고 끙끙대며 앓기도 하셨었다. 병원에 가지 않고 집에서 혼자 뜸을 들이는 것을 보고 화도 났다. 병원비 때문에 그러시는 거라는 짧은 생각도 했었다. 함께하는 현재가 영원하게 해 달라고, 할아버지만 곁에 있으면 된다고, 누굴 미워하고 싶지만 미워하지 않겠다고, 더 바라지 않겠다고 빌고 빌었었다.

'할아버지, 중학교 가서도 열심히 공부할게요. 그러니까……. 항상 건강하셔야 해요.'

'그래그래. 이렇게 잘 큰 모습 네 어미도 봤었으면…….'

어미 없이 잘 커 준 손녀에 대한 애잔함, 대견함이 뒤죽박죽되어 감정이 복받치신 듯했다.

조금은 성장한 탓일까. 아니면 조금 일렀던 성장통이 끝나 가던 즈음이라서였을까. 항상 그녀를 애잔한 눈빛으로 바라보던 외조부의 눈빛이 버거웠던 레인은 비로소 그런 감정의 찌꺼기들을 내려둘 수 있었다.

그게 다 자신을 사랑하기 때문이라는 것을, 자신을 불쌍하게 여겨서가 아니라 더 사랑을 주고 싶은데 주지 못하는 마음에서 오는 한없는 애정이라는 것을 배워 가고 있었던 것이다.

그런데…… 방금 꿈속에서 절 바라보던 할아버지의 눈빛은……. 말로는 설명하기 힘들었다. 아프고 슬픈 그런…….

"레인?"

침실 창가에 서 있던 레인이 몸을 돌리자 언제 들어왔는지 혁진이 가운을 입고 손을 주머니에 넣은 채 그녀를 바라보고 있었다.

"무슨 일 있나?"

"……할아버지 꿈을 꿨어요."

레인의 얼굴을 바라보던 혁진이 다가와 그녀의 어깨를 붙잡자 자연스레 그의 어깨에 머리를 기댄 레인이었다. 혁진은 온전히 제게 몸을 맡기며 기대 오는 레인으로 인해 가슴이 벅차올랐다. 둘이 격한 육체적 행위를 나눌 때보다도 훨씬 서로를 가까이 느끼고 있었다.

"할아버지, 아직도 그리워?"

"네. 절 있는 그대로 받아들여 주신 유일한 분이었는걸요."

"보고 싶어 찾아오셨나 보군."

"네. 그럴 거예요. 그렇겠죠."

레인은 걱정스럽게 절 바라보던 외조부의 눈빛이 평소에도 걱정이 지나쳤던 분이라 그러신 거라 믿으며 혁진의 품에서 안정을 되찾고 있었다. 그렇게 두 사람은 한참 동안 창가에 서서 서로의 온기를 나누며 함께하고 있었다.

"네? 누구시라고요?"

— 성우현입니다.

혁진이 출근하고 혼자 남은 집에서 책을 읽고 있던 레인은 전화

한 통을 받고 그대로 굳어 버렸다. 왠지 피하고 싶은 사람이었는데, 어떻게 전화번호까지 알았을까.

"……그런데 무슨 일로."

― 한번 뵙고 싶습니다. 꼭 드릴 말씀이 있어요.

"죄송합니다만 오해 살 일은 하지 않는게 피차 좋을 것 같은데요."

단호하게 거절하자 상대방은 잠깐 할 말을 잃은 것 같았다. 밀도 높은 침묵 사이로 이 남자의 치열한 고민이 전해지는 것 같아 마음이 불편해지고 있었다.

― 미국 샌프란시스코, 저도 그곳에 머물렀었습니다.

남자가 꺼낸 비장한 목소리에 레인은 숨을 멈췄다. 기억하지 못하는 6개월의 공백, 그녀의 발목을 붙잡고 있는 미지의 그 시간에, 우현이 있었다 한다.

"……정말인가요?"

― 네, 정말입니다. 잠깐이면 됩니다. 부탁합니다.

"좋아요. K대 정문 앞에 엘도라도라는 카페가 있어요. 내일 3시에 봐요."

― 네, 알겠습니다.

통화를 종료한 레인의 가슴이 두방망이질을 쳤다. 금단의 상자를 연 판도라의 심정이 이럴까. 열지 말아야 할 것 같은 강한 암시에도 손이 먼저 나갈 수밖에 없는 상황이었다.

레인은 빠르게 머리를 굴리고 있었다. 어딜 가든지 경호원이 따라붙었기 때문에 그들을 따돌릴 방법도 강구해야만 했다.

혁진의 의심을 사지 않게 조심해야 했다. 그는 점점 그녀에게 집착하고 있었고 강한 소유욕을 내비치며 사랑을 갈구하고 있었다.

'사랑해. 사랑한다, 하레인.'

어젯밤 레인이 고개를 뒤로 젖히며 절정에 두 번이나 오르고 기절하듯 잠에 빠지자 온몸에 키스의 비를 뿌리며 잠이 든 그녀에게 속삭이던 그의 목소리가 떠올랐다.

말하지 않아도 눈치채고 있었지만 직접 들으니 날아갈 것 같았다. 욕망만이 아니라 사랑하기 때문에 원했다는 속삭임을 들으며 편안히 잠들 수 있었던 그녀였다.

이 일은 철저히 그가 모르게 해야 했다. 겨우 찾은 이 행복을 유지하기 위해. 혁진에게 불안을 안기지 않기 위해.

이라를 만나기로 했다는 레인의 말에 혁진은 고개를 갸웃거렸다. 엊그제도 만나지 않았었나?

"이라가 고민이 있는 모양이에요."

"그래? 그럼 다녀와."

"저…… 그리고 경호원 말예요. 오늘 따라오지 않았으면 하는데."

"왜?"

"부담스럽대요. 사적인 자리이고, 저 또한 감시당하는 기분도 들고요."

결국 머릴 굴린 게 이라를 만난다는 핑계였다. 물론 친구인 이라에겐 언질을 해 둔 레인이었다.

하지만 그녀의 일이라면 지독하게 눈치가 빠른 혁진이 그녀의 머뭇거림을 눈치채지 못할 리 없다는 것을 간과한 그녀였다. 오늘 레인은 이상한 느낌이었다. 당당하고 오만하기까지 한 그녀가 지나치게 조심스러웠고 그의 눈길을 피하고 있었다.

혁진이 넥타이를 매던 손을 멈추자 레인의 입안이 바싹 말라 왔다. 그를 속이고 싶진 않았지만 비장하게 말하는 우현의 목소리엔 뭔가…… 분명 석연치 않은 점이 있었다. 직감으로 알 수 있었다.

"당신이 그렇다면……. 조심해서 다녀와."

"네."

혁진이 출근하고 레인이 화장대에 앉아 벽시계에 시선을 고정하자 초침 소리가 심장박동과 같은 박자로 뛰기 시작했다. 왠지 모를 기분 나쁜 긴장감이 몰려왔다.

머뭇거리던 레인이 전화기를 들고 부친에게 전화를 했다. 그녀가 먼저 전화를 건 경우는 극히 드물었기에 몇 번 신호음이 울리기 전 헌승의 목소리가 들려왔다.

— 레인이냐.

"네."

— 그래, 잘 있고? 별일 없고?

"네, 그런데…… 묻고 싶은 게 있어요."

— 뭔데?

"제 잃어버린 기억 말예요. 정말 아무것도 모르세요?"

— …….

"뭔가 있었던 것 같은데 도무지 잡히질 않아요. 정말 모르세요?"

— 모른다. 그리고 알아서 뭐하려고? 잊고 살아. 별일 없었겠지. 그러니 기억하지 못하는 거 아니겠냐?

말이 없던 부친은 타이르듯 그녀를 말렸다. 하지만 레인은 그렇게 생각하지 않았다. 뭔가 중요한 것을 놓치고 있는 기분이었다.

만약 별일 아니었다면 더더욱 홀가분해질 수 있을 것이다.

"······누굴 만나 보려고요. 저를 안대요. 미국에서 저를 보았대요."

— 레인아 믿지 마라. 요즘 세상이 어떤 세상인데. 네가 J그룹 후계자의 아내라는걸 알고 떠보는 거다. 필시 돈 때문인 게야!

"아니에요. 오늘 만날 그 사람, 그룹 후계자인데 그럴 이유가 없잖아요."

— 뭐라고? 그룹 후계자?

"아······ 아니에요, 아무것도. 아무것도 모르시다면 되었어요. 제가 알아보는 수밖에요. 이만 끊을게요."

— 레······레인아. 레인아!

급히 그녀를 부르는 부친의 부름을 못 들은 척 레인은 전화를 끊어 버렸다. 미국에 가서도 찾지 못한 기억의 흔적을 알고 있을지도 모르는 사람을 찾았는데 여기서 그만둘 수는 없었다. 레인은 심호흡을 하며 다시 벽시계를 바라보았다. 약속 시간까지는 아직도 한참 남아 있었다.

엘도라도 커피숍에 마주 앉은 지 10분이 지났는데도 누가 먼저 말을 꺼내지 않는 상태가 계속되고 있었다. 두려움, 그리고 공포심이 들었다. 만나자고 애걸하던 우현의 침묵이 계속될수록 레인은 까마득한 암흑으로 몸이 빨려 가는 것만 같았다.

"미국에서의 절 기억하신다고요?"

"네."

짧은 대답 이후 또 말이 끊어졌다. 이상하게 절 바라보는 우현의 눈동자가 제 가슴을 후벼 팠다.

"내가…… 정말 기억이 하나도 나지 않는 겁니까?"

"네."

"정말로? 하나도? 아무것도?"

끄덕.

우현의 얼굴이 일그러졌다. 실망과 원망을 담고 있는 듯한 눈빛이 왜 자신을 향하고 있는 건지 알 수가 없어 답답했다. 얼굴을 잔뜩 찌푸리고 있던 그가 꽉 막힌 목소리로 말을 꺼냈다.

"실례지만, 어떻게 된 건지 들을 수 있겠습니까?"

레인은 덤덤히 그간의 일을 우현에게 들려주었다. 부친의 경고에도 불구하고 그래야만 했다. 뭔가 말해야 한다는 사명감마저 들었다.

"……그럼 샌프란시스코에서 다닌 학교와 기숙사 외에는 아무것도……?"

"네. 저…… 저를 알고 있다고 하셨는데, 어디서 어떻게 알게된 사이인가요? 우린…… 어떤 사이였나요?"

"……."

"성우현 씨?"

우현은 주먹을 꽉 쥐고 있었다. 연인이었다고, 함께 생활했고 아낌없이 주었고 미친 듯 소유했었다고 말해야 옳은 것인지 판단이 서질 않았다. 혼란 그 자체였다.

단지 짐작되는 건 그가 떠나고 홀로 남았던 그녀가 기억을 깡그리 지울 만큼 그와의 추억을 지우고 싶어 했다는 것뿐이었다. 그렇다면……. 그녀가 기억을 지울 정도로 괴로워했었다면 밝히는 것만이 능사는 아니지 않은가.

"……요."

"네?"

"전, 레인 씨와 친구였습니다."

"친구……요?"

"네. 유학 생활 중에 우연히 레인 씨가 아르바이트하는 걸 보게 되었고 둘 다 미술을 하고 있어서 자주 그림을 그리러 다니곤 했었습니다."

"그렇군요. 그런데 제게 꼭 할 말이 있다고 한 건……?"

"그건……. 그건, 그림을 맡겼었거든요."

"그림이요?"

"네. 제가 이곳저곳 떠도는 것을 좋아했던지라 아끼던 그림들을 레인 씨에게 맡겨 둔 게 있어서…… 그래서……."

"아……."

그제야 납득이 되는지 레인이 고개를 끄덕였다.

"어쩌죠? 중요한 그림이었나요? 기억이 나지 않아요. 하나도. 혹, 돈으로라도 배상해 드려도 될까요?"

"……."

레인은 속물처럼 예술을 돈으로 해결하려고 하는 것 같아 탐탁지는 않았지만 그렇게라도 보상을 하고 싶었다. 그런데 우현의 눈동자에 물기가 비쳤다. 창문으로 들어온 햇빛이 만들어 낸 착각이었을까?

"……성우현 씨?"

"아…… 아무것도 아닙니다. 아끼던 그림이어서 아쉬운 마음에 그만."

"죄송해요."

잠깐의 침묵이 이어졌다. 우현은 무언가를 억누르고 있는 듯이 입술을 꾹 다물고 있었고 레인도 미안한 마음에 무슨 말을 해야 할지 몰라 입을 다물었다. 그리고 얼마 후, 우현은 미국에서의 일을 차근차근 이야기하기 시작했다.

어떻게 만났는지 어떻게 친해지게 되었고 무엇을 함께했는지에 관한 이야기가 이어지면서 분위기는 점점 풀려 갔다.

"아……. 제가 그랬군요? 그럼 프리다 칼로 때문에 셀마 헤이엑을 좋아했던 거네요? 어쩐지……."

가볍고 즐거운 대화였다. 유쾌하기까지 했다. 적절한 유머까지 곁들이며 그녀가 좋아한 화가나 화풍, 그리고 그와 연관된 많은 일들을 일러 주는 우현이었다.

"즐거웠어요. 성우현 씨."

"저도 그렇습니다. 제…… 아니 하레인 씨."

"시간이 벌써 5시네요. 이만 가 봐야 할 것 같아요."

"잠깐만……. 저…… 우리 친구가 되는 건 안 될까요?"

"그건……."

"어렵다는 거 알고 있습니다. 그래도 친구가 되고 싶습니다. 혹…… 어려운 일이나 상의할 친구가 필요하면 언제든 연락 주세요."

"……그럴게요."

그에겐 거절할 수 없는 무언가가 있었다. 나지막한 목소리가 안정감을 주었고 더더구나 그녀에 대해 그는 너무나 잘 알고 있었다. 잊혀져 버린 공백을 조금이나마 채워 준 사람이기에 그런 게 아닐까 생각했다.

　그와 헤어져 차를 몰고 집으로 돌아오는 도중에도 악수를 나눴던 손에 그 느낌이 남아 있었다. 인사를 하며 내밀었던 손을 오랫동안 붙들고 놓지 못하던 우현의 부드러운 손바닥의 감촉이 어딘지 익숙하고 아련한 느낌이 들었다. 이상했다. 따끔거렸다.

　'내가 더 미안하다 레인아, 내가 널…… 지켜 주질 못한 것 같아서 미안해. 어떤 일이 있었는진 모르겠지만 곁에 있어 주지 못해서 미안하고, 미안해……. 미안하다.'

　우현은 떠나가는 레인의 차를 바라보며 가슴으로 울고 있었다.

　놓쳐 버린 사랑, 아니 제 이기심으로 놓아 버린 사랑이었다. 그가 머뭇거리고 있던 사이 그녀가 상처를 받았나 보다. 그가 자신을 버렸다고 생각했을 게 분명했다.

　부정하고 있었지만 자신은 비겁한 놈이었던 거다. 세상에서 가장 비겁한 사내였다……. 결혼한 그녀를 뒤흔들어 얻어지는 게 무엇이란 말인가. 기억하지 않으려는 그녀를 붙들고 뭐하자는 것인가. 이제 더 이상 제인이 아닌 그녀를 괴롭히고 싶지 않았다. 우현은 복받치는 감정에 참았던 눈물을 쏟아 내며 한동안 그 자리를 떠나지 못했다.

*

"어디 갔다 오는 거지?"

"여보? 연락도 없이……."

아직 6시인데 혁진이 집에 와 있었다. 집 안 분위기가 이상했다. 일하는 아주머니는 온데간데없고 양복을 입은 채로 거실 한가운데 선 그가 햇볕을 등지고 음산한 기운을 발산하고 있었다.

"어딜 다녀온 건지 묻고 있잖아!"

다짜고짜 다그치는 말에 레인의 미간이 좁아졌다. 저건 몰라서 묻는 게 아니다. 자신이 누굴 만나고 왔는지 알고서 묻는 거라는 걸 알 수 있었다.

"당신 설마, 날 미행하게 한 건가요?"

"말 돌리지 마!"

혁진은 레인이 성우현과 만났다는 사실을 보고받자마자 회사에서 달려와 화를 애써 참으며 기다리고 있었다. 그의 화가 눈에 확연히 보여 레인은 애써 차분한 투로 말을 꺼냈다.

"당신이 생각하는 그런 거 아니에요."

"내가 생각하는 그런 게 아니라고? 그렇게 당당한데 왜 거짓말을 하고 그 자식을 만난 거야, 왜!"

사정을 설명하려 했지만 혁진은 제정신이 아닌 듯 보였다. 이성을 잃어버린 그는 상처 입은 한 마리 들짐승처럼 으르렁대며 이빨을 드러내고 있었다.

"요새 다른 생각을 하고 있다는 거 내가 모를 줄 알았나? 그러고 보니 그 자식과 파티에서 만난 그날부터였어. 안 그래?"

"혁진 씨."

그의 눈에서 시뻘건 화염이 타는 듯했다. 무서웠다. 다가오는 커다란 그림자가 그녀를 덮칠 듯하자 경기마저 일었다. 강압 그리고 협박은 그의 전유물이 아닌데. 우선은 피하고 봐야겠다는 생각에 뒷걸음치는 레인이었다.

"말해! 왜 그자를 만난 거야!"

어느새 붙잡힌 어깨가 심하게 흔들리고 있었다.

"이거 놔요……. 놓아줘요."

"벌써부터 남편 속이고 다른 남자를 만나고 다니는 거야? 내가 그렇게 당신에게 부족한 남자였나? 그래?"

"아니에요. 오해예요. 내 말 좀……."

확 잡아당겨진 레인이 혁진의 품에서 버둥거리자 거의 반강제적으로 그녀를 안아 올린 혁진은 곧장 침실로 가 침대에 그녀를 내동댕이쳤다. 무슨 일이 벌어질지 충분히 짐작되어 레인이 발딱 몸을 일으켰지만 짓누르는 혁진의 무게는 버겁기만 했다.

"싫어요 이런 식으로 함부로 대하지 마요. 놔요!"

"가만있어!"

그가 그녀의 몸을 더듬을수록 레인의 몸을 차가워졌다. 잠자리에서만은 정열적으로 타오르던 그녀였지만 지금은 달랐다. 멈추게 해야 했다. 아니라면 둘 다 후회할 게 분명했기 때문에.

와장창!

그녀가 팔을 뻗어 붙잡은 침실 등이 바닥으로 내던져져 파열음이 나자 그제야 정신을 차린듯 혁진이 고개를 쳐들었다.

"그만해요! 제발 부탁이에요."

"……."

물끄러미 그녀를 내려다보던 혁진이 몸을 일으켜 침실을 나갔다. 거칠게 닫힌 문이 내는 쾅 하는 소리가 집 안에 울려 퍼졌다.

허탈한 얼굴을 한 레인은 침대에 누운 채 두 눈을 감았고, 그대로 차를 몰고 나간 혁진은 그 밤이 지나도록 집에 돌아오지 않았다.

레인이 우현과 만남을 가진 사실을 알고 화가 난 건 비단 혁진뿐만이 아니었다. 우현의 모친 우미란 또한 놀란 마음을 추스르지 못하고 있었다. 귀가가 늦어 걱정을 하고 있던 우현이 술에 만취해 비틀거리며 집에 들어온 것이다.

"어머니, 우리 어머니구나. 후후. 기억하지 못한대요. 하나도요, 하나도……."

"우현아. 어디서 술을 이렇게……."

"제인이가요, 절 모른대요. 생판 남처럼 대하더라고요. 제가 나쁜 놈이죠. 제가 죽일 놈이에요. 제가……."

"우현아?"

"그때, 그때…… 제인일 혼자 내버려 두는 게 아니었는데, 무슨 일이 있었던 게 분명한데……. 당당하게 밝힐 수가 없었어요. 큭큭큭. 그래서 친구, 친구 하자고 했어요. 저 웃기죠. 가식적이죠. 그렇죠, 어머니?"

우현이 혀 꼬부라지는 소리로 하는 말을 통해서 그가 레인을 만나고 왔음을, 그도 그 아이가 기억을 잃었다는 것을 알았음을 알 수 있었다. 이 미련한 놈이 아직도 레인이라는 아이에게 미련을 버리지 못하고 있는 것이 분명했다.

미란은 초조해졌다. 자칫하단 엄청난 일이 도래할 수 있는 것이
다. 두 그룹이 합작의 길을 걷고 있는데 만일 그녀가 저지른 일을
알게 되는 최악의 경우가 생긴다면……. 모두 죽는 것이다. 그녀와
남편이 일생을 바친 대진그룹은……. 그녀는 눈앞이 아득하기만 했
다.

그렇지 않아도 손을 써 달라 부탁했던 양아치 놈들이 그녀를 되
려 협박해 오고 있었다. 누군가 그들의 목줄을 죄어 오고 있다면서
보호해 줄 것을 확인받고, 또 받았고, 그것도 모자라 지금은 외국
으로 잠시 몸을 피해 있겠다며 거액의 돈을 요구하고 있었다. 자승
자박에 빠져 버린 형국이었다.

그들의 목줄을 죄고 있다고 한다면, 이 일을 알고 끼어든 사람이
있다는 뜻이었다. 레인이 기억을 잃음으로써 모든 게 끝났다고 생
각했던 일이 천천히 그녀를 압박해 오고 있었다.

'쥐가 궁지에 몰리면 어떻게 한다고 했었지?'

미란은 죄어드는 불안감을 이기지 못하고 술에 곯아떨어진 아들
의 재킷에서 핸드폰을 꺼내 들었다. 통화목록을 훑고 내려가다 제
인이라는 이름에서 손가락이 멈췄다. 보고 또 보아도 제인, 그 아
이의 이름이었다.

지워 버려야 할 이름, 영원히 눈앞에 나타나지 말았으면 했던 존
재가 그녀의 삶을 뒤흔들고 있었다. 아니 아들의 인생도 망치려 들
고 있었다. 이대로 두었다간…….

미란은 비틀거리는 우현을 부축해 그의 방으로 데려가 침대에
눕혔다. 그리고 그 옆에 앉았다. 밤새도록 생각하고 또 생각해 봐
도 출구는 보이지 않았다. 처음부터 잘못 채워진 단추였다. 애초부

터 잘못은 이름을 감추고 생활했던 제인 그녀에게 있는 것인데!

머리에 쥐가 날 정도로 방도를 모색해 봐도 종착지는 결국 하나였다. 한 사람이 없어져야 마음 놓고 살 수 있다는 것. 나쁜 마음은 한 번 먹기가 힘든 법이다. 두 번이 세 번이 되자 양심의 가책도 받지 않는 미란이었다.

이름을 잃고 기억을 잃었다는 건, 분명 엄청난 충격을 이기지 못해 지웠다는 의미일 테니……. 역으로 이용해 기억을 되살리면 충격으로 정신을 놓아 버릴 수도 있지 않을까. 그렇게 되기만 한다면, 그렇게 될 수만 있다면, 그렇게 만든다면…….

잠에 취한 아들을 내려다보던 그녀는 어스름한 새벽빛이 창문을 투과해 아침을 알릴 때쯤 이미 결심을 굳히고 있었다. 하지만, 죄를 감추기 위해 하나의 죄를 더한다는 것이 얼마나 무거운 큰 죄인지 그녀는 알지 못했다.

18.

[저예요. 잠시 집에 내려가 있을게요.]

짧은 한 문장의 메시지를 보낸 레인은 핸드폰을 조수석에 던진 채 액셀을 밟아 차를 출발시켰다. 어젯밤 혁진이 아무 말 없이 본가로 가 돌아오지 않았다. 레인은 홀로 차를 몰고 정읍으로 향했다. 결혼 후 첫 부부싸움이었다.

도망치듯 집을 떠나온 건 혁진의 폭력적인 태도에 놀란 탓도 있었지만 생각할 시간이 필요했기 때문이다. 다정하던 그가 이렇게 변해 버리는 모습을 보자 과거를 기억하지 못한다는 걸 밝혀야 하는 건지 판단이 서질 않았고 용기도 나질 않았다.

사랑을 하면 비겁해지는 것일까. 그를 잃을지 모른다는 두려움이 이렇게 몰래 도망치게 만들었다. 그녀도 그를 사랑하고 있었다. 그가 그녀를 사랑하는 것처럼. 그래서 두려웠다. 미치도록 사랑하는 만큼 두렵고 무서웠다.

서울을 출발해 두 시간 정도 내려왔을까. 자꾸 속이 메슥거리고 머리가 아팠다. 아침을 거르고 운전해서 멀미라도 난 건가 싶어 간단히 요기라도 하기 위해 휴게소에 들렀다.

평소엔 눈길도 안 주던 통감자가 먹음직하게 보여 덜컥 사 버렸다. 게 눈 감추듯 먹고 나서 물도 들이켜자 살 것 같았다. 사람에게 식욕이 얼마나 중요한 욕구인지 새삼 깨닫는 레인이었다.

'이 상황에 먹을 걸 탐하다니 나도 참……'

누가 기다리는 것도 아니기에 포만감 그득한 배를 꺼뜨릴 겸 휴게소 연못 주위를 서성거리고 있을 때였다. 고요한 풍경을 가만히 둘러보며 얼마쯤 걸었을까 그녀의 핸드폰이 울렸다. 혁진이었다.

"저예요."

— ……어디지?

"정안 휴게소예요."

— 레인, 난…….

"머리 좀 식히고 갈게요. 당신 기다리지 못하고 먼저 내려왔어요."

수화기 너머 침묵이 계속되자 레인이 먼저 선수를 쳤다.

"오래 머물지 않을게요. 머리가 복잡해서 그래요. 쉬고 싶기도 하고요. 신경 쓰지 마세요."

— 내가…… 아니, 아니야. 나도 따라 내려갈게.

"그러지 마요."

— 레인.

"쉬러 간다고 했잖아요. 오래 머물지 않고 올라갈 테니까 걱정 마세요."

— ……경호원 보낼까?

"아뇨."

조용했지만 단호한 어조였다.

"이만 끊을게요. 당신, 일하셔야 하잖아요."

— 난……. 내가 심했어. 정신이 나갔었나 봐. 정말 미안해. 진심이야.

잘못을 인정하고 미안하다고 말하는 게 쉽지 않은 사람이라는 걸, 남편이기 이전에 상사로 모셨던 사람이기에 너무나 잘 아는 그녀였다. 그가 자신을 위해 굽히고 양보하고 미안해하고 있었다. 짧은 침묵 사이사이 느껴지는 애타하는 그의 마음을 짐작할 수 있었다. 그것만으로도 어느 정도 마음이 풀어진 레인이었다.

"아니에요. 나도 당신을 속였으니까 피장파장인걸요."

— 오래 머물지 말고 올라와.

"네. 그럴게요."

무언가 머뭇거리는 혁진의 반응을 알고 있었지만 레인은 모르는 척 전화를 끊어 버렸다. 고요해진 핸드폰을 손에 잡은 그녀는 복잡한 마음을 감추지 못한 채 오고 가는 무리 속에 한참을 서 있었다.

레인…… 사랑해.

그 말이 왜 이리 어려운 걸까. 정상에 오를 때면 저도 모르게 나오는 짧은 한 마디가 맨정신일 땐 이리도 어려웠다. 빨리 돌아오라고 하는 게 고작이라니. 전화를 걸기 전에도 얼마나 망설였는지 모른다.

혹 그를 다시 보지 않겠다고 하면 어쩌나, 이런 사람인지 몰랐다고 하면 어쩌나 별별 상상을 하며 겁쟁이처럼 머뭇거린 저였다.

레인은 그의 전화를 담담히 받았지만 그 반응이 더 불안했다. 차라리 소리치며 따져 물으면 좋을 것 같은데……. 저런 목소리로 그를 응대하면 더 미칠 것 같았다.

미친 듯 화가 났다. 그건 질투임을 모르지 않았다. 저만 애타고 저만 그녀를 원하는 것 같아 서운하기도 하고 손해 보는 것 같은 옹졸한 맘도 들어 일부러 전화 한 통 없이 그녀를 홀로 내버려둔 그였지만 그녀가 그를 떠나 친정으로 가 버릴 줄은 예상치 못했었다.

다시 그녀 스스로 껍데기 속으로 들어가 버리면 어떻게 하지? 겨우 마음을 비추며 제게 호응해 오던 아내였는데.

가까이 있다면 당장에 데리러 가고 싶은 마음이었지만 혁진은 눌러 참고 있었다. 날이 갈수록 아내에게 소유욕과 저도 감당이 안 될 정도의 애정을 느끼는지라 간격을 둘 필요는 있어 보였다. 보면 안고 싶고 안으면 놓고 싶지 않으니 그것도 병이었다. 심각한 중병.

그녀를 생각만 해도 가슴이 뻐근했다. 닿고 스치기라도 할라치면 가슴이 조여들었다. 심장이 미친 듯 펌프질 하고 붙잡히지 않아 애도 탔다.

사랑이란 게 이렇게 사람을 무기력하게 하고 소심하고 미친 놈으로 만들어 버릴 줄이야. 처음엔 그저 안달난 욕망인 줄 알았었지만 그것이 열망으로 이름을 바꾸는 건 순간이었다. 그리고 지금 혁진은 아내 레인을 상대로 열렬한 사랑을 하고 있었다.

눈앞에 있어도 불안한 존재였던 아내는, 이렇게 보이지 않으니 마치 그를 엄마의 부재로 안정을 잃어버린 아이처럼 만들어 버렸다.

그녀가 남긴 편지를 읽고 심장이 오그라들었던 혁진은 전화를 끊고 난 지금도 정맥이 솟은 관자놀이와 힘줄이 불거진 손등의 힘을 경감하지 못한 채 어두운 오오라를 흩뿌리고 있었다.

조금은 가벼워진 마음으로 정읍까지 도착한 그녀는 어지러운 마음과 울렁거리는 속을 좀 가라앉히고 싶은 마음에 조금 더 차를 몰아 백양사로 향했다.

백양사 입구로 들어서 차를 정차한 뒤 호젓한 숲길을 걷기 시작했다. 평일이라 그런지 한가했다. 물건 파는 상인들이 내놓은 다기 세트와 목공예품을 감상하며 느리게 걸음을 옮겼다.

사찰 경내에 들어서 이곳저곳을 감상하던 레인이 대웅전 앞에서 약수를 표주박에 받아 마셨다. 연거푸 시원한 물을 들이켜자 울렁울렁대던 속이 빠르게 가라앉았다.

"애 섰나 보네."

"네?"

"아니에요? 애 선 거 같은데, 천천히 마셔요."

무슨 말인지 처음엔 알아듣지 못한 그녀였다. 사람 좋은 미소를 띤 중년 여인이 그녀를 지켜보고 있었다.

"아직 몰랐나 보네요? 내가 맞을 거예요. 여자만 여섯인 집안에서 자라서 척 보면 알아요. 평소 먹지 않았던 거 눈길 가고, 식탐 많아지고, 지금도 속이 울렁거려 시원한 거 찾는 것 같은데 아니에요?"

"아⋯⋯!"

그제야 레인은 깜짝 놀라 배로 시선을 내렸다. 왜 그 생각을 하지 못했을까.

"몸조심해요. 그렇게 가녀려서 원. 모체가 건강해야 건강한 아이를 순산하는 거예요."

갑자기 선물을 받은 느낌이었다. 싱숭생숭하던 마음까지 확 밝아지고 세상이 달라진 듯도 싶었다. 혁진과 그녀의 첫아이였다. 지나가던 아주머니의 말에 레인은 정신이 확 하고 깼다.

"감사합니다."

고개를 끄덕이며 사람 좋은 미소를 지어 주는 아주머니를 뒤로하고 레인은 다리에 힘이 풀려 가까운 경내 문설주에 몸을 기대고 앉았다.

그렇지 않아도 결혼한 지 1년이 되자 시아버지 강 회장이 은근히 기다리는 눈치였다. 레인은 슬며시 배를 손바닥으로 쓸어 보았다.

언제 찾아온 선물인지 모르겠지만 내내 그녀의 심란했던 마음은 임신이라는 확인되지 않은 사실 하나만으로 전혀 다른 성질의 것으로 변해 갔다.

심장이 떨리고 기대감이 부풀어 올랐다. 그가 얼마나 좋아할까, 아버님이 얼마나 기뻐하실까 상상하니 날아갈 것 같았고 빨리 서울로 올라가 정확한 진단을 받고 싶었다.

이대로 친정으로 가야 할까? 아니면⋯⋯. 레인이 고민하며 망설이고 있을 때 핸드폰이 울렸다. 당연히 혁진일 거라는 생각에 확인도 하지 않고 전화를 받은 레인이었다.

"여보세요?"

— ……하레인 씨?

그러나 전화를 건 사람은 중년의 여자였다.

"누구신지……?"

— 기억할는지 모르겠지만 나, 성우현의 엄마 우미란이에요.

"아…… 네. 무슨 일이시죠?"

— 만나고 싶은데 시간 내 줄 수 있나요?

"저를요?"

— 네.

그녀라면 얼굴은 기억하고 있었다. 그러나 레인은 미란이 그녀를 부르는 호칭이 달라졌음을 눈치챘다. 레인은 뭔가 불안했다. 경계하고 조심하라는 경고의 목소리가 들리는 듯도 싶었다.

"죄송한데 서울이 아니에요. 그리고 따로 만날 이유는 없는 걸로 알아요. 혹 남편이 하는 사업과 관계되는 것이라면 더욱더."

— 꼭 만나야 해요. 만나서 이야기할 게 있어요. 그곳이 어디죠? 내가 찾아갈게요.

"전라도에 있는 백양사예요. 서울에서 내려오기엔 너무 먼……."

— 지금 출발할게요. 미안하지만 기다려 주겠어요?

"네? 여길요?"

소스라치게 놀란 레인이었다.

왜…… 이렇게까지 하는 거지? 무슨 일로 저를 만나려 하는 걸까?

— 놀라는 게 당연해요. 무례한 부탁인 것도 알아요. 하지만 만나야 해요. 레인 씨가 미국에 있을 때 이야기예요.

쿠웅 하고 심장이 떨어지는 소리가 들리는 것 같았다. 죄지은 것도 아닌데 세상을 살며 이토록 무서워 본 적이 없을 정도로 공포가 밀려왔다.

"미국이요?"

— 그래요. 아들이 전부 말하지 않았을 거예요. 그렇죠? 레인 씨가 모르는 일이 있어요.

"……."

대답을 해야 하는데 어떤 말도 나오지 않았다. 그저 막막하고 암담하기만 했다. 성우현, 그와 자신이 무슨 특별한 관계였던 것이 틀림없다는 생각이 불현듯 들었다. 그가 저를 바라보는 눈빛이 심상치 않았었다. 그를 미술관에서 만났던 날 가슴이 답답하고 아팠던 기억도 한꺼번에 밀려들었다.

— 여보세요. 여보세요?

"말씀하세요."

— 백양사로 출발할게요. 그리고 부탁이 있는데.

"……?"

— 우리 만남, 비밀로 해 주었으면 해요. 부탁해도 될까요?

비밀.

미국에서의 일로 할 말이 있다.

이곳까지 만나러 오겠다.

레인의 머릿속은 혼돈으로 가득 차 버렸다. 가슴은 심하게 두근거렸고 손발이 덜덜 떨려 왔다. 차라리 도망칠까? 만나지 않겠다고, 만날 이유가 없다고 잡아뗄까? 수초 간 오만 가지 생각이 떠올랐지만 그녀의 입에선 마음과는 다른 말이 흘러나왔다.

"알겠어요. 비밀로 하죠. 이곳에 와 있다는 것 아직 아무도 모르고 있으니까요. 기다리겠습니다."

— 고마워요. 그럼.

어차피 맞을 매라면 미리 맞고 싶었다. 피하기만 하면 아무것도 해결되지 않을 테니까. 그토록 알고 싶어 하던 잃어버린 과거를 대면할 시간이 다가오자 오히려 도망치고 싶어지는 이 마음은 뭐란 말인가.

그녀는 무의식중에 배를 문지르고 있었다. 아직 아무런 느낌도 나지 않고 형체도 만들어지지 않았을 테지만 이렇게라도 의지하고 싶은 마음이었다.

점점 어둠이 절을 덮칠 듯 휩싸자 인적이 드문드문해지기 시작했다. 몇 시간째 입구 쪽 한방 찻집에 앉아 있다가 일어나 산책을 하고 있던 레인은 핸드폰이 울리자 그것을 들여다보았다.

저장되지 않은 번호였지만 그게 누구인지는 알고 있었다. 긴장되는 마음을 심호흡으로 가라앉히고 전화를 받았다.

— 나예요. 어디죠?

"절 안에 있어요."

— 나 지금 백양사 입구 주차장에 와 있어요 여기로 올 수 있나요?

그곳은 레인이 차를 세워 둔 곳이기도 했다. 어둠이 일찍 찾아든 백양사엔 고목나무들이 즐비하게 늘어서 그녀가 가는 길을 더욱 음습한 분위기로 물들였다.

비자나무를 지나 쌍계루를 건너는 그녀의 발걸음이 물먹은 솜처

럼 무겁기만 했다. 바람이 불어 공예품을 파는 상점에 매단 풍경이
흔들리며 짤랑거리는 소리를 내고 있었다. 듣는 이의 마음이 불안
해서일까. 자꾸만 불길하게 느껴지는 방울 소리 같기만 했다.

주변 풍경은 보이지 않는 듯 그저 앞만 보고 걸어가는 레인이 이
리저리 휘청거리며 방향을 잃고 있었다. 수령 700년 먹은 갈참나
무가 보였다. 온갖 형극을 인내하며 버티고 살아남은 고목에서 발
걸음을 잠시 멈춰 서 나무를 올려다 보았다.

부디 아무 일 없기를, 제가 잊고 살았던 기억이 무겁지 않기를,
견딜 만한 고통이기를 빌었다. 품은 아이를 위해서도 과거를 마주
봐야 할 때였다. 숨을 깊이 들이마신 그녀는 그렇게 한 걸음 한 걸
음 과거에 다가가고 있었다.

미란은 운전석에 앉아 레인이 걸어오는 모습을 지켜보았다. 이미
주위는 어둑어둑해져 사방 분간이 되지 않았기에 그녀의 마음은 더
욱 대담해져 가고 있었다.

여자인지 남자인지, 어른인지 아이인지 사람의 형체만 겨우 분간
할 수 있는 어두운 시간. 그리고 아무도 그들을 알지 못하는 이곳
이 일을 저지르기엔 최적의 장소라 할 수 있었다.

탁!

자동차에서 내린 미란이 레인에게 다가서자 바닥을 보며 걷던
그녀가 눈을 들었다. 당돌하게 미란을 쳐다보던 옛날의 제인이 떠
올랐다. 지금 레인은 조금 긴장한 듯 보였다.

"……내 차에 가서 이야기해요. 그다지 자랑할 이야기가 아니라
서요."

레인은 그녀의 차와 약간 떨어진 곳에 주차된 미란의 차를 흘깃 쳐다보았다. 아무 생각도 나질 않았다. 자랑할 이야기가 아니라는 말만 곱씹을 뿐.

조용히 미란을 따라 그녀의 차 조수석에 올라탔고 미란은 운전석에 탔다. 레인이 침묵으로 일관하자 미란이 먼저 운을 뗐다.

"내가 오늘 찾아온 건 아들은 몰라요. 그건 오해하지 말아 주었으면 해요."

미란은 잠깐 숨을 돌리며 레인을 곁눈질했다. 그녀는 아무 표정도 없이 앞만 보고 있었다.

"이대로 묻어 버리자, 잊자 했는데도 우현이가 그러지 못하나 봐요. 우현인……."

"잠깐만요. 우현 씨와 제가 무슨 사이였는지부터 이야기해 주시겠어요?"

미란은 기다리던 그녀의 반응에 회심의 미소를 짓고 있었다. 단번에 일을 마무리 지어야 했다. 이런 기회가 다시 오지 않을지도 모른다는 생각이 들자 더욱 잔인해지기로 마음먹은 그녀였다.

"아직도 모르겠어요? 당연히 사귀었던 사이였죠."

"뭐……라구요?"

"아아…… 사귀었다는 말로 부족하겠네요. 레인 씨는 우현이를 속이고 이름도 거짓으로 가르쳐 주었어요. 제인이라고."

"……."

"기억나지 않아요? 아님 일부러 기억하려 하지 않는 건가요?"

"네?"

"흠, 불리한 기억은 지워 버린다 이거군요. 여하튼 아들은 동거

중이었던 레인 씨와 헤어지기로 결심했고 서울로 돌아왔어요."

"……동거라고요?"

"네. 동. 거."

흡.

제 입술을 손바닥으로 막고 비어져 나오는 비명을 삼키는 레인을 보며 미란은 나름 생각해 온 각본을 읊어 대기 시작했다. 물론 거의 거짓으로 꾸며 낸 이야기였다.

"그렇게 끝났다고 생각했는데 레인 양이…… 우현이를 겁주기 시작했어요."

"겁이라뇨?"

미란은 레인에게 마지막 결정타를 가하기 위해 숨을 골랐다.

"우현인 이미 맘이 떠났는데 임……신을 했다고, 결혼해 주지 않으면 죽어 버리겠다고 울며불며 매달렸었죠."

"……!!"

헉, 레인은 숨이 막힐 듯 목이 조여오는 느낌에 잠깐 말을 잃었다.

"임……신이요? 누가요, 제가요?"

"네. 진위를 떠나서 우현인 많이 괴로워했어요. 그땐 미국에 없었거든요. 그래서 내가 대신 미국에 찾아갔는데……. 레인 씨 집에 강도가 들었나 보더라고요. 그것도 기억나지 않나요?"

강도…… 남자들…….

임신.

기분 나쁜 소리가 뇌리를 강타했다. 그것은 둔탁한 타격음이었다. 비릿한 미소를 띠며 짓밟던 남자들, 아파 죽을 것 같아 감싸쥔

배에 계속해서 가해지는 발길질…….

"헉."

가슴을 움켜쥔 레인이 조수석 앞 창문에 기대자 미란은 거짓말에 박차를 가하기 시작했다.

"강도가 들이닥쳤다고 주변 사람들한테 들었어요. 병원에 이송되었다고 해서 찾아갔는데 레인 씨는 이미 모습을 감춘 뒤였고요. 아들의 일이기도 하고 또 같은 여자로서 안됐기도 해서 들렀던 건데……. 유산한 몸으로 사라졌더라고요. 계속 맘에 걸렸어요. 우현이와 내가 죄지은 것 같기도 했고. 그렇게 몸을 버리면 임신이 어려울 수도 있다던데……. 참, 강 본부장님은 이런 사실 모르죠?"

헉, 헉.

유산…… 발길질…….

제발 멈춰 달라고, 아이를 가졌으니 살려 달라고 비는 여자의 모습이 눈앞에 떠올랐다. 그건 강한 충격이었고 심장이 단번에 멈춰 버릴 정도로 아픈 기억이었다.

살려 줘요!

살려…… 제발!

아이는 안 돼요!

우현, 우현 씨, 살려 줘요!

아래로 흘러내리는 붉은 피가 웅덩이를 이룰 때까지도 발길질은 멈추지 않았다. 여기저기 걷어차인 몸은 힘이 들어가지 않을 정도가 되었지만 죽을힘을 다해 몸을 돌돌 말고 어떻게든 배를 보호하려고 기를 썼다.

확실히 처리하라잖아. 실수하면 너나 나나 이거야, 이거.

에이 씨팔. 이런 일, 돈만 아니면. 퉤엣.

"기억나나 봐요? 우리를 원망하는 거 당연하겠지만 만약 아이가 살아 있었다면 상황은 달라졌을 거예요. 아이까지 있다는데 어떻게 매몰차게 외면할 수 있겠어요. 우현이 그 아인 아직도 저를 책망하고 있어요. 죄의식 때문에 아마 사실을 밝힐수 없었을 거예요. 그렇겠죠. 제 아이를 임……."

탁, 딸칵.

레인은 겨우 기어 나오듯 조수석 문을 열고 바깥으로 나왔다. 숨을 쉴 수 없었기 때문이다.

성우현, 그와 연인 사이였다. 그의 아이를 가졌었다. 헤어졌는데 그에게 매달렸단다. 그를 협박했다고 한다. 그리고…… 강도가 들어 폭력을 당해 아이를 잃었단다. 아이…… 아이!!

가슴이 죄어들어 오그라드는 듯한 흉통이 심해졌다. 불편한 압박감, 꽉 찬 느낌, 쥐어짜는 느낌은 무시할 정도의 것이 아니었다. 핏줄이 솟아나고 심장이 불규칙적으로 미친 듯이 뛰기 시작했다.

"살려 줘, 누가……. 혁진 씨, 여보……."

초인적인 인내로 버티고 있었다. 평소의 그녀라면 정신을 잃었을 테지만 이미 또 다른 생명을 잉태하고 있지 않은가. 이 아이마저…… 잃을 순 없었다. 레인은 비틀거리며 처방받은 약을 꺼내기 위해 차로 돌아가고 있었다.

그녀의 그런 모습을 보던 미란이 입술을 깨물었다. 지금은 죽고 없는 엄마를 닮아 심장이 약할 거라고 했다. 예상대로라면 지금쯤 가슴을 부여잡고 충격으로 쓰러졌어야 했다. 아님 미쳐 버리거나.

그런데 멀쩡하게 걸어가는 모습을 보니 일이 조금이라도 잘못될까 불안해졌다. 거짓말이 밝혀지면 모든 게 끝이었다.

"안 돼. 여기서 끝장을 봐야 해."

부응— 붕붕—

자신의 차까지 여덟 발자국 정도 남았을까. 자갈밭인 주차장에 타이어가 회전하는 소리에 무심코 뒤를 돌아본 레인은 숨이 멎어 버렸다. 미란의 차가 그녀를 향해 돌진해 왔던 것이다.

아……!

순간에 그녀는 몸을 돌려 자신의 차를 향해 뛰었다. 위험하다는 인식이 들자마자 취한 행동이었다. 자갈밭에 발이 미끄러졌지만 미란의 차가 닿기 전 레인은 자신의 차에 거의 다다랐다.

보닛 위로 몸을 던지는 순간, 미처 올리지 못한 다리가 뭔가에 부딪쳤다.

쾅!

차 보닛에 살짝 걸친 몸이 주르륵하고 미끄러져 내릴 즈음 뒤로 물러섰던 차가 다시 달려들 것처럼 거친 엔진음을 냈다. 다친 다리를 움직일 수 없었다. 감각이 없었고 코앞에 다가온 죽음의 냄새에 질식할 것만 같았다.

"꺄아아악!"

레인의 비명이 아니었다. 어둠 속에서 일어나는 범죄를 목격한 누군가의 새된 비명 소리였다. 저쪽에서 부리나케 달려오는 인영을 발견하고 놀란 미란은 그대로 차를 돌려 줄행랑을 쳤고 보닛에 매달리려 손을 뻗은 채 정신을 붙잡고 있던 레인은 그제야 바닥에 힘을 잃고 쓰러졌다.

이전처럼, 그때 그날처럼 피가 흐르고 있었다. 하지만 하혈이 아닌 레인이 다리를 치어 흐른 선홍빛의 피였다.

"이봐요, 이봐요! 정신 차려 봐요. 거기 누구 없어요?"

까마득한 정신에 여자의 목소리가 들렸다. 레인은 자신의 몸을 조심스럽게 잡고 흔드는 손길을 느끼며 까무룩 정신을 놓고 말았다.

✱

하루 종일 일이 손에 잡히지 않던 혁진은 결국 하던 일을 마무리하고 비행기에 올랐다. 차를 타고 갈 여유도 없을 만큼 불안감을 느꼈다. 왜 이렇게 마음이 불편한 건지……. 그리고 정읍에 도착했을 때 그의 불안감은 배가 되었다.

"무슨 말씀이십니까. 도착하지 않았다니요!"

"레인이가 집에 온다고 했단 말인가?"

하 이사가 금시초문이라는 듯 그를 바라보자 혁진은 정신이 쏙 빠져 버리는 것 같았다. 그럴 리가 없었다. 아무리 그가 비행기를 타고 내려왔다고는 하지만 아침 일찍 출발한 그녀가 이미 도착하고도 남았을 시간이었다. 그런데 대체 어딜…….

심상찮은 사위의 모습에 하 이사는 황급히 어딘가로 뛰어갔다.

"레인을 경호하라 지시한 사람 연결해, 당장."

혁진이 고용한 경호원들도 있었기에 자신이 고용한 사람들은 거리를 두게 하여 그녀를 이중으로 보호하게 했었다. 그럼에도 일이 생겨 버리다니, 예상치 못한 돌발 상황에 하 이사는 등에서 식은땀이 흐르는 것을 느꼈다.

19.

미국 대학 입학금 외에 일절 부친에게 기대고 싶지 않았던 레인은 그곳에서 학비와 생활비를 충당하느라 아르바이트를 병행하며 어렵게 생활해 가고 있었다.

부친이 어느 정도의 자산가인지, 얼마나 대단한 인물인지는 알고 싶지 않았다. 저는 하레인이지만 그 사람의 딸은 아니니까. 제 마음속에 유일하게 가족으로 인정하는 사람은 오직 단 한 분 외할아버지뿐이었다. 서운해하는 하헌승에게 레인은 단호하게 선언했다.

"제 힘으로 졸업할 겁니다. 입학금만으로도 감사합니다."

"레인아, 도움이 필요할 땐 언제라도 연락 주렴. 기다리마."

"그런 일 절대 없을 겁니다."

샌프란시스코 AAU(Academy of Art University). 레인이 선택한 곳이었다.

누구 탓을 하고 싶지 않았던 그녀는 과감히 그곳으로 떠날 준비를 마쳤다.

다행히 1학년 때는 시각예술이 주가 된다고 하니 부담이 덜 되기도 하였고 무엇보다 답답하게 지속되는 부친과의 관계에서 벗어나고 싶었다.

어쩌면 그녀는 부친을 이해하고 싶고 사랑하고 사랑받고 싶은 마음 사이에서 갈등하고 있었는지도 모른다. 떠나지 말았으면 하는 마음이 담긴 부친의 눈빛을 보면서도 등 돌릴 수밖에 없었던 건 아마, 다신 기대라는 것을 하고 싶지 않아서였던 것도 같다.

나사 빠진 사람처럼 몸은 공기 속을 부유하고 있었지만 적당히 소속감을 느끼고 싶어 하던 때였다.

그녀에게 사랑은 차가운 비수로 가슴을 찔린 것 같은 상처였고 끝없는 기다림이었다. 그녀 마음에 핀 유일한 꽃이던 외조부의 죽음으로 레인의 심장은 돌덩이처럼 단단해졌다.

사랑하고 싶지만 손을 내밀지 못했던 건 제 마음을 거절당할지도 모른다는 사실과 그로 인해 다시는 마주하지 못할 이별을 맞이하게 될까 두려워했기 때문이었다.

다시 내밀어진 손을 부여잡지 못한 비겁함은 깨어나면 사라질 꿈이라고 놀림당할지도 모른다는 막연한 공포에서 기인했다.

누구를 사랑할 수 없을 것 같아 무서웠고 평생 이렇게 혼자일까 두려웠다. 그래서 그녀는 과감히 한국을 떠나기로 했다.

입학금을 부친에게 받는 것으로 더 이상의 원조를 거절한 그녀였다. 누구누구의 딸이라는 이름이 생소하기도 했고 필요할 때만 얍삽하게 그 이름을 빌리고 싶지 않았다. 이상한 고집, 이상한 자존심이었다.

미국 서부에 위치한 샌프란시스코는 워싱턴DC, 시카고와 더불어 미국에서 권총 소지를 할 수 없는 도시 중 하나였다.

날씨는 선선한 가을, 아르바이트를 원할 땐 마음만 먹으면 구할수 있고, 팁이 후한 식당 같은 경우 하루 100달러에서 120달러 정도를 받았다. 한 달 순수하게 용돈으로만 쓰는 비용을 제외한 학비를 벌기 위해 레인의 몸은 쉴 틈이 없었다. 학교 도서관과 아르바이트 하는 곳을 열심히 오가는 그녀를 모두 한국에서 온 고학생이라고만 알고 있었다.

미국에 온 지 2년이 지나던 어느 날이었다.

『아가씨, 여기 에스프레소 한 잔.』

『네.』

오늘 레인은 수, 목요일 오후 노천 카페에서 서빙 아르바이트를하는 바쁜 날이다. 우연히 시작한 아르바이트였지만 여러 사람들을만날 수 있어 그녀는 이 일이 좋았다.

어느 날인가부터 항상 고정적인 자리에 앉아 같은 메뉴만 주문하는 한국 남자가 오늘도 그녀를 향해 에스프레소를 주문했다. 저절로 시선이 갔지만 내색하지 않은 그녀였다.

『헤이, 제인. 저 남자 지금 이 주일째야. 제인에게 관심 있어, 분명히.』

레인이란 이름을 사용하지 않은 것은 한국 유학생들의 모임에서자신의 이름을 들은 어떤 사람이 부친을 아느냐 물어 온 적이 있었던 탓이었다. 모른다는 거짓말이 순간 나오지 않았기에 긍정도 부정도 하지 못했고 그날 이후 모임에 나가지 않았다. 그녀라고 향수병이 없을 리 만무했지만 꿋꿋이 견디고 있던 참이었다.

2년의 학기 이수 중 반년을 남긴 시점에 그렇게 레인은 처음 가슴을 떨리게 하는 사람을 만나게 되었다. 자신에게 줄곧 같은 메뉴를 주문하던, 성우현이라는 남자.

　첫눈에 알아보았다며 세상 빛이란 빛은 모두 혼자 받는 듯 환한 미소를 짓는 남자였다. 그 미소와 녹을 듯한 감미로운 목소리에 마음을 빼앗긴 레인이었다.

　자유로움과 바람 내음을 물씬 풍기는 그에게서 비슷한 예술적 감응을 느꼈었다. 그녀는 한국 유학생이라 밝힌 그 남자와 통성명을 했다.

　데이트를 신청했던 그가 며칠 연락도 없이 나타나지 않아 상심한 그녀 앞에 우현은 1주일 만에 나타났다. 아무 일 없다는 듯 그녀에게 인사를 건네는 그에게서 레인은 등을 돌렸다.

　"제인! 내 말 좀 들어 봐요."

　"들을 시간도, 이유도 없어요."

　"제인, 미안해요. 어머니가 아파서. 거짓말 아닙니다."

　레인이 멈칫하며 자리에 멈춰 섰다. 아프다는 말, 엄마라는 말이 아프게 와 닿았다.

　"한국 갔다 온 겁니다. 제인과 약속을 어기고 싶었던 게 아닙니다. 믿어 줄래요?"

　"……한국을요?"

　"네? 어머님이 심장이 안 좋으시거든요. 그래서."

　"아……."

　"오해 풀렸어요? 내일 쉬는 날 맞죠? 영화 보러 가요. 내가 속죄하는 뜻으로 낼게요."

눈을 찡긋하며 용서해 달라 엄살을 떠는 그를 거부할 수 없었다. 아니, 기다렸었다. 배신감과 잊혀졌다는 오해로 무너지고 아팠던 가슴을 그가 다시 감싸 주기를.

그렇게 시작한 사랑이었다. 저와 많이 비슷하다 생각했던 사람, 감성적이고 아름다운 것을 찬미할 줄 아는 남자였다. 내민 손을 잡고 두 사람은 연인으로 발전해 갔다.

이상한 상황이었지만 암묵적으로 두사람은 서로에 대해 캐묻지 않기로 했고 그렇게 만남을 지속했다. 그녀는 제인이고 그는 성우현이었을 뿐이다. 그저 남녀로 서로를 마주하고 사랑했다.

하지만 사귀는 도중에도 우현은 훌쩍 어딘가로 여행을 떠나 며칠간 연락이 되지 않는 때가 종종 있었다. 그리고 언제 그랬냐는 듯 다시 나타나기의 반복. 그리고 반복.

억압되는 것이 죽기보다 싫다는 우현의 성격을 이해하면서도 그를 사랑하면 할수록 레인의 불안감은 커져 갔고 사랑이 깊어질수록 불안정한 심리 상태가 지속되었다.

"제인, 이번에 한국에 나가면 네 이야기를 할게."

"우현 씨……."

"결혼은 당장 약속하지 못하겠지만, 널 사랑해."

그러던 어느 날 그가 꺼낸 결혼이라는 말. 그가 얼마나 힘겹게 내뱉은 것일지 알기에 레인은 우현의 품에 안겨서 아무 대꾸도 하지 못하고 있었다. 졸업논문은 이미 통과하였기에 그녀도 한국으로 돌아갈 준비를 해야만 했다. 따라서 본명도 밝혀야 했다.

"나도 할 말 있어요."

"그래, 뭔데?"

"그게 난 사실 하레⋯⋯."

갑자기 울린 핸드폰 벨소리에 그녀의 말은 막혀 버렸다. 전화 한 통에 그는 급하게 한국에 다녀와야 한다며 그렇게 레인의 집에서 달려 나갔었다.

추적추적 비가 내리는 날. 달려 나가는 뒷모습을 붙잡고 매달리고 싶었던 이상한 예감. 레인은 혼자 남겨져 그 자리에 서서 양팔로 제 몸을 감싸고 있었다.

몸이 으슬으슬하게 추웠다. 감기 기운이 며칠 계속되어 피곤하고 눈이 자꾸만 감겨 왔다. 하지만 우현에게서 연락이 끊긴 지 만 하루가 지나고 이틀, 1주일이 지나도록 그에게서 연락이 오질 않았다.

그리고 부닥친 현실, 마치 세상이 소용돌이치는 듯 빙글빙글 도는 감각을 느낄 만한 충격적인 소식이었다.

'아이를 임신했다고 연락을 해야만 하는데⋯⋯. 아니지? 우현 씨, 나 잊은 거 아니지? 그렇지?'

불안의 끝. 무엇인가를 배 속에 담았다는 경외감, 희열보다는 두려움과 공포 그리고 온갖 나쁜 상상들이 그녀를 암흑으로 몰아가고 있었다.

"누구시라고요?"

"우현의 엄마예요."

"아⋯⋯."

식은땀을 비질비질 흘리고, 몸도 제대로 가누기 힘들 만큼 힘이 없는 그녀 앞에 그의 모친이라는 사람은 온몸에 권위의식을 나타내며 조용히 흰 봉투를 내밀었다.

"돈이에요. 적진 않을 거예요. 똑똑한 아가씨니까 내 말뜻 알 거예요."

"우현 씨는……."

"우현이가 가 보라고 해서 온 거라고 몇 번을 말해야 알겠어요?"

"그럴 리가 없어요. 아니, 그렇다고 해도 본인과 만나 이야기하고 싶습니다."

두 손을 무릎 위에 놓고 부들거리는 몸을 겨우 추스르며 레인은 혼몽한 정신줄을 부여잡고 있었다.

"미국에 없어요. 아마 지금쯤 스페인에 있겠네요. 알고 있겠지만 우현이 한곳에 정착하지 못하는 습성이 있어요. 무언가를 책임지고 매이는 것 싫어하는 자유로운 아이예요. 그 아이를 구속하지 말아요. 불행해하는 모습 보기 싫다면."

"제가…… 아이를 가졌습니다."

"우리 우현이……가 한 불장난에 대해 책임을 지라는 거군요. 좋아요. 이 금액 두 배를 제시하지요. 대신 아이는 정리해 주길 바라요. 우현이도 그걸 바랄 거예요."

불장난. 아이. 자유로운 영혼. 대화가 거듭될수록 레인은 혼돈 속에 빠져드는 것만 같았다.

"현명한 선택 하리라 믿어요. 혹 어렵다면 병원 대신 알아봐 줄 수도 있어요."

눈을 감은 채 아무 대꾸도 하지 않는 레인을 내려다보던 따가운 시선은 몇 분 뒤 닫힌 문 너머로 사라졌다. 레인은 겨우 눈을 떠 흰 봉투를 바라보았다. 그리고 떨리는 손을 움직여 핸드폰을 찾았다.

따르르—

— 지금 거신 번호는 없는 번호이오니…….

스페인, 결번이 된 전화번호, 그리고 오지 않는 우현.

모든 상황을 간추려 보고 이성적으로 판단해 볼 때 그녀는 버림받은 게 확실했다. 목구멍 안으로 쓴 물이 올라와 화장실로 달려간 레인은 변기통을 부여잡고 토악질을 했다. 그사이에도 꺽꺽대는 울음은 간헐적으로 흘러나와 배가 당기듯 아파 왔다.

그래도 자신의 배 속에는 생명이 있었다. 살고자 하는 생명을 위해 밥을 꾸역꾸역 챙겨 먹으며 설움을 삼켰다.

'아버지에게 도와 달라고 할까? 아니야, 이런 모습으로 어떻게…….'

이러지도 저러지도 못하고 레인이 망설이고 있는 사이 3개월이 훌쩍 지나갔다. 자세히 보면 아랫배도 봉긋이 나와 있었다.

어느 날, 그녀는 평소 찾지 않던 석류가 먹고 싶어져 마트에 다녀왔다. 유독 그날따라 석류가 없어서 이곳저곳을 헤매이다 어렵게 찾아 가장 큰 것을 골라서 검은 비닐봉지에 고이 싸 집으로 돌아온 참이었다.

집에 도착하자마자 카디건을 벗지도 않고 석류를 씻고 다듬어 빨간 알을 입에 넣은 그녀 얼굴에 기쁨이 들어찬 순간이었다.

띵동, 초인종이 울렸다.

『누구세요?』

『가스 점검입니다.』

『다음에 하면 안 될까요?』

『벌금이 꽤 클 텐데요.』

어쩔 수 없이 현관으로 간 레인이 걸쇠를 열자마자 덩치 큰 남자들이 밀고 들어왔다. 그들은 동양인이었고 한눈에도 험악한 인상의 남자들이었다.

『뭐……뭐예요, 당신들? 아악!』

그들은 다짜고짜 그녀의 배를 가격했다. 그리고 타격은 한 번으로 끝나지 않았다. 바닥에 뒹굴면서도 아이를 위해 몸을 동그랗게 말고 그들이 구둣발로 차고 짓이기는 것을 열심히 피해 보려고 애썼다. 하지만 그걸 피할 방법은 없었다. 어느새 힘이 풀린 다리 사이로 피가 흐르고 있었다

『제발……. 가진 것, 다 줄게요. 아이만…….』

무차별적인 폭력 앞에 레인의 의식이 가물가물 흐려져 갔고 그들이 나눈 말소리는 드문드문 흘러 들어왔다. 과다출혈이었다. 흐릿한 의식 속에 한국말이 들려오는 것도 같았다.

"야야, 그만 가자. 이젠 된 거 같은데."

"아냐. 그 여자가 확실히 하라고 했어. 아님 각오하라고. 일 깨끗하게 처리하고 아이는 확실히 지워야 돼."

비가 내리는 날이었다. 빗줄기 같은 피눈물이 레인의 눈을 적시며 흘러내리고 있었다. 의식을 붙잡으려 했지만 자꾸만 두 눈이 감겼다.

고통을 넘어선 극한의 공포감에 레인은 몸을 떨었다. 이런 끔찍한 현실을 인정하고 싶지 않았기에 비명도 지르지 않고 배를 움켜쥔 채 피가 웅덩이를 이룬 바닥을 데굴데굴 구르고 있었다.

타닥타닥!

누군가의 급한 발걸음 소리, 그리고 비명 같은 쇳소리가 들렸다. 그녀는 차라리 죽는 것이 나을 것 같다는 생각과 함께 마지막 의식의 끈을 놓아 버렸다.

"레인아! 정신 차려라, 아가!!"

"……아기, 내 아기 좀."

삐이—

팡— 파방—

번쩍이는 플래시가 터진 것도 같고 눈앞에서 죽음의 사신이 커다란 창을 든 채 그녀를 노려본 것도 같았다. 악몽과 현실 그리고 꿈의 세계에서 헤매던 레인이 정신을 차렸을 땐 한국에 있는 그녀의 방이었다.

레인이 세 번의 발작을 일으켰다는 것, 깨어난 그녀가 유산한 것을 알고 죽으려 했다는 것, 몇 번이고 혼절을 반복했다는 사실은 기억 속 가장 깊은 곳에 꼭꼭 묻어 둔 채.

지워라. 지워야 한다.

이제 아무것도 기억하지 못하는 거다. 아무 일도 일어나지 않았던 거다.

기억을 잃은 건 교통사고 때문이다.

하레인. 넌 하레인이야.

제인은 없다. 넌 처음부터 지금까지 레인이었다.

그것만 기억한다. 그것만.

레인은 반복적인 암시와 강한 최면에 걸려 남아 있던 기억마저 깨끗하게 잊었다.

그녀는 미국에서 제인으로 살았던 시간을 전부 잊었다. 부친이 그녀의 행적을 모조리 지워 버렸다는 사실도 알지 못했다.

스페인으로 떠났다던 성우현은 모친의 술수로 한국에 발목이 붙들려 있었다. 미란이 여자가 생겼다는 아들의 말을 듣자마자 자신의 건강을 핑계 삼아 차일피일하며 그의 미국행을 반대했던 것이다.

우현에게 잠시 한국에서 머무르면서 냉정하게 생각도 해 보고 이성적으로 대처하자고 설득한 모친이었다. 심장이 좋지 않은 모친 이기도 하였고 그 또한 레인에 대한 감정을 이성적으로 생각할 시 간이 필요하다 생각했기에 미국으로 가는 것을 보류하고 잠시 한국 에 있기로 했다.

하지만 그사이 미란은 그의 핸드폰을 고의적으로 망가뜨리고 우 현의 눈을 피해 미국에 들러 제인을 협박했다. 그녀의 배경을 조사 할 생각은 애초에 하지도 못했고 간단히 처리하려고만 하다 그녀가 임신한 사실을 알았기 때문에 서두를 수밖에 없었다.

하나뿐인 외아들의 앞길에 방해물이 될 여자를 치워 버릴 생각 외엔 아무것도 못하고 일을 저지른 무모한 그녀였다.

우현이 다시 미국으로 돌아갔을 때, 제인의 흔적은 어디에도 없 었다. 그녀가 살던 집은 살림살이 하나 없이 텅 비어 있었고 학교 에도, 아르바이트를 하던 곳에도 그녀의 행방을 아는 사람이 없었 다.

제 여자였기에 언제까지나 그를 기다리고 있을 거라는 믿음은 어디서부터 출발한 오만이었을까. 한참을 수소문하며 돌아다니다 마지막으로 다시 찾은 제인의 집엔 아무것도 남아 있지 않았다. 그녀가 이곳에 머물렀단 그 어떤 흔적조차도. 그렇게 그는 허무하게 사랑하는 사람을 잃어버렸다.

✻

혁진은 목이 타들어 갔다. 그녀가 쓰러져 가까운 종합병원에 실려 갔다는 사실을 접하자마자 출발해 병원으로 가고 있는 길이었다. 믿기지 않는 사실에 혼이 나가 버린 것 같았다.

소중한 사람…… 제 심장을 움켜쥔 여자였다. 인생을 살아오면서 오늘처럼 아득하고 앞이 보이지 않았던 적이 없었다. 그녀가 무사하다는 말을 듣기 전엔 숨도 크게 내쉬지 못할 것 같았다.

그런데 정신없이 도로를 달리고 있는 그의 핸드폰이 울렸다. 처음 울렸을 땐 그마저도 듣지 못해 끊어졌고 두 번째 벨소리가 울렸을 때에야 그는 전화가 오고 있다는 것을 알아챘다.

그는 전화를 받을 정신이 아니었다. 하지만 벨이 끈질기게 울려 화면을 들여다본 혁진은 전화를 받지 않을 수 없게 되었다.

헌승의 지시로 레인의 경호를 맡고 있던, 그들에게 그녀의 사고 소식을 전해 주었던 사람의 번호였다. 그는 재빨리 도로변에 차를 세우고 전화를 받았다.

— 본부장님. 사모님 지금 다른 병원으로 옮겼습니다. 전주 예수병원입니다.

"전주요?"

― 네. 처음 갔던 병원에는 산부인과가 없다고 해서 급히 옮기느라 이제 연락 드립니다.

"뭐…… 뭐라고 했습니까. 산부인과요?"

― 네. 임신…… 4주째라고 합니다.

얼빠진 표정의 혁진은 경호원이 전하는 말을 듣고 있으면서도 다른 나라의 말을 듣는 듯 느껴졌다. 임신, 그녀가 내 아이를…….

― 다친 다리보다 그쪽이 더 시급할지도 모른다면서 검사에 들어갔습니다.

혼이 나간 혁진은 잠시 후 전화가 끊어지는 것도 알아차리지 못하고 멍하니 앞만 보고 있었다.

다리를 심하게 다치고 의식을 잃은 채 아직 깨어나지 못했다는 레인의 걱정을 채 벗기도 전에 더욱 놀라운 사실을 알아 버렸다. 아이의 몫까지 두 배, 아니 열 배쯤 되는 걱정이 그의 마음을 무겁게 짓눌렀다.

정신이 하나도 없는 혁진을 병원에 보내 놓고 하 이사는 일의 해결을 위해 홀로 남았다. 레인에게 해코지하고 죽이고 싶어 하는 사람이 있다면 그건 우미란뿐이었다. 그녀의 사고 소식을 알린 경호원이 혁진이 떠난 후 알려 온 자초지종을 총해 추측은 확신이 되었다.

미국에서 레인에게 폭력을 가했던 놈들은 거의 정리가 끝난 상태였다. 그들을 서서히 압박하며 궁지에 몰아넣고 착실히 증거를 수집하고 있는 중이었다. 이런 일이 생길 줄 알았다면 속전속결로

366

처리해 버리는 거였는데!

혹, 한숨을 내쉰 하 이사는 모든 일의 원흉인 미란을 어떻게 처리할까 고심했다.

레인이 모두 다 잊고 행복하게 살고 있었기에 죄를 벌하는 데 망설였던 것도 사실이었다. 맹목적인 자식 사랑, 우미란의 비뚤어진 사랑을 전부는 이해하지 못하여도 저도 아비이기에 조금은, 아주 조금은 이해하고 있었는지도 모른다.

그러나 그녀는 이미 도를 넘어섰었다. 잠시나마 그런 여자를 이해했다는 것만으로도 스스로를 용서할 수 없었다. 맘 같아선 곧장 달려가 멱살을 끌고 나와 길거리에 패대기를 치고 싶었지만……우선 딸이 깨어나는 게 급선무였다.

그리고 이젠 사위에게 사실을 알려야 할 때라고 판단한 그의 얼굴이 급격히 어두워지고 있었다.

"앉게."

만 하루가 지났건만 레인은 미동조차 없었다. 헌승은 뜬눈으로 밤을 새운 혁진을 소파에 앉혔다.

"내가…… 결혼을 허락할 때 뭐라고 조건을 달았는지 기억하나?"

"네?"

"기억할걸세. 자넨 똑똑한 사람이니까. 내가 부드럽고 자상한 남편이 되어 달라고 했었지."

"아……. 기억합니다."

"그리고……."

혁진은 긴장으로 굳어진 헌승을 바라보았다.

"누군지…… 알아내신 겁니까."

"음, 알아냈지. 증거만 잡으면 돼. 그 일보다 우선 자네가 알아두어야 할 일이 있네."

그는 딱딱하게 굳은 얼굴로 잠깐 입을 다물었다. 혁진은 그가 하려는 말이 가볍게 들을 말이 아님을 짐작하고 조용히 다음 말을 기다렸다.

"내가 말한 또 다른 조건도 기억하고 있을 걸세. 레인이에게 문제가 생기거나 더는 결혼 생활을 유지할 수 없다고 생각될 때 내게 돌려보내 주라고, 그것 외엔 아무것도 원하지 않는다고 했던 말 말이네. 기억하나?"

"네. 기억납니다."

"아무래도 긴 이야기를 해야 할 것 같네."

혁진은 자신의 허벅지 위에 두었던 손을 꽉 쥐었다. 그의 긴장을 읽었는지 헌승은 곧 이야기를 시작했다.

정말 짧고도 긴 이야기였다.

혁진은 레인의 과거를 헌승의 입으로 전해 들으면서도 믿기지 않았다. 얼마나 사랑했으면, 얼마나 괴로웠으면 스스로 기억을 지웠을까. 그녀 성격에 맘을 쉽게 주지 않았을 텐데…… 버림받고 얼마나 암담했을까. 그런 데다 사랑하는 사람과의 아이까지 그런 식으로…….

"같은 사람인 겁니까?"

"자네……."

묵직해진 목소리로 묻는 혁진의 질문에 헌승은 놀란듯 눈이 커졌다. 혁진은 눈에 힘을 주어 단호하게 말했다.

"장인어른께서 무얼 걱정하고 염려하시는지 알겠습니다만, 절 고작 여자의 과거 따위에 연연해하는 옹졸한 놈으로 보는 건 아니시겠지요?"

"할 말이 없네. 나도 딸의 아비이기 전에 남자일세. 받아들이는 게 쉽지 않을 거야. 그렇다고 해도 난 이해하네. 레인, 그 아이를 불쌍히 여기고 아무 말 없이 내게 돌려주게. 그거면 되네."

"장인어른!"

"지금이야 깨어나지 못하고 저러고 있으니 안쓰럽고 불쌍하고, 뭐든 다 이해할 수 있다고 말할지 모르지만, 살다 보면 생각이 날 게야. 그러면 우리 레인이 천덕꾸러기로 만들지 않는다는 보장이 없지 않은가. 그럴 거라면 차라리 지금 정리하는 게 옳다고 생각하네."

혁진은 지금껏 장인 하헌승을 완벽하게 오해하고 있었다. 부전여전인 건지 레인의 차가움을 고대로 빼닮은 듯 차갑고 시린 눈빛을 가진 그였다.

지나가는 말이라도 살갑게 한 적 없었다. 그건 두려움에서였나. 그는 차가운 얼굴 뒤로 깊고 뜨겁고 무게감 있는 사랑을 남 모르는 곳에서 홀로 쏟아붓고 있었던 거다.

"전 레인이 없으면 안 됩니다. 그녀를 사랑합니다."

"……."

"레인이 깨어나기만 바랄 뿐 아무것도 원하지 않습니다. 그녀와 제 아이가 무사하기만 기도해 주십시오. 이렇게 그녀를 잃을 순 없습니다. 제 아내입니다. 그리고 제 아이의 엄마입니다."

헌승은 혁진을 뚫어지게 응시했다. 고집스럽고 강한 성정을 가진 사내. 그의 사위는 온몸으로, 눈빛으로 딸아이를 사랑한다 외치고 있었다.

우려했던 일은 일어나지 않을 것 같았다. 그의 눈빛은 서린을 보던 자신의 눈빛과 매우 닮아 있었다. 그의 딸은 한 사내의 온전한 사랑을 받고 있었다. 걱정했던 맘을 조금이나마 내려 두어도 좋을 듯싶었다.

"그래……. 내 딸 잘 부탁하네."

헌승이 고개까지 숙이며 혁진의 손을 꼬옥 잡았다.

✻

움직일 수가 없었다. 다리가 늪에 빠져 허우적거릴수록 움직여지지 않았다. 멀리서 누군가 손짓하는 것 같은데……. 레인은 현실과 꿈의 경계를 오락가락하고 있었다.

갑자기 소름 끼치는 금속성이 온 세상을 뒤흔들 듯 날카롭게 울렸다. 소스라치게 놀라 몸을 움찔거리는데 누군가 따스한 체온으로 몸을 끌어안고 녹여 주고 있었다. 혁진이었다.

"음……."

"레인?"

만 하루를 넘기고 이틀째 맞는 새벽, 레인이 고통스러운 신음을 토하며 눈을 반짝 떴다.

"여보……?"

"정신이 들어? 날 알아보겠어?"

"네……. 제가 왜……."

그에게 물으며 몸을 일으키려던 레인은 손과 발이 자유롭지 않아 가슴이 덜컥 내려앉았다.

"걱정 마. 손은 찰과상과 열상 때문에 붕대를 감아 두었고 다리는…… 깁스를 해 둔 거야."

"깁스요?"

"응. 움직이면 안 된대. 피가 많이 났어."

피, 그 한 단어를 듣는 순간 레인의 눈앞에 시뻘건 피 웅덩이가 스쳐 지나갔다. 갑자기 숨이 턱 막혔다.

"레인?"

헉, 허어어억.

피 웅덩이로 시작한 기억들이 그녀의 머릿속에 산발적으로 스쳐갔다. 레인은 편린처럼 떠오르는 소소한 기억들과 잔인한 목소리 때문에 가슴을 움켜쥐고 있었다.

"아이……. 아이가 있었어. 흐읍."

"레인!"

"안 돼, 안 돼!"

호흡이 가빠지고 괴로운 듯 울기 시작하는 그녀를 보고 혁진은 급히 의사를 불렀다. 그녀는 한없이 괴로운 표정으로 몸을 들썩였다. 의사와 간호사들이 나타나 한바탕 소란스러운 가운데 혁진은 아프고 혼란이 가득한 표정을 짓는 그녀를 지켜보았다.

의사의 처치로 레인은 금방 안정을 되찾았다. 의사가 절대안정이라는 말만 남기고 병실을 나선 뒤, 혁진은 멍한 얼굴로 눈물을 흘리며 앉아 있는 레인의 곁으로 다가갔다.

"흐흑."

"레인."

"흑……. 으윽."

과거를 마주한다는 건 레인에겐 고통이자 충격이었다. 눈물이 하염없이 나와 멈출 수가 없었다.

"그래. 잊지 마. 잊으면 안 돼."

"여보……?"

"알고 있었다고 했잖아. 당신에 관한 건 전부 다."

"언제……부터였어요?"

"처음부터."

"네?"

혁진은 장인에게 들은 지 하루밖에 되지 않았다는 말은 하지 않았다. 그건 그냥 사족일 테니까. 알게 된 시점이 언제인 게 무슨 상관인가.

그녀가 자신을 속였다는 죄책감으로 평생 미안해하고 눈치 보며 살게 하고 싶지 않았다. 당당할 수 있도록, 사랑에 최선을 다한 아름다운 사람이었다고 기억할 수 있도록 믿음을 주고 싶었다.

"당신 자체를 사랑한 거야. 언제 어느 때든 어느 모습이든 그대로의 하레인을 강혁진이 사랑한 거야. 솔직하지 못해서 미안해. 내가 옹졸한 남자였거든. 당신 그대로를 원해. 아내로서. 내 아이의 엄마로서."

"아! 아이!"

레인이 황급히 배로 시선을 내리자 흐뭇한 표정의 혁진이 우스갯소리를 한다.

"어릴 적부터 경험을 많이 시켜 줘야 해. 미국, 영국, 프랑스 어디가 좋을까? 참, 지중해 연안? 우리 신혼여행 아직이잖아."

잔뜩 긴장했던 표정을 풀며 레인이 물끄러미 남편의 얼굴을 올려다보았다.

"아이 때문에 이러는 거라면……."

레인의 눈동자가 흐려지자 혁진은 지금이 제 진심을 알려 줄 중요한 때라는 걸 직감했다.

"사랑해, 하레인."

"……."

"처음 본 순간부터, 아내가 된 지금은 말로 다 할 수 없을 만큼 당신을 사랑해."

"흑……. 흐흐흑. 미안. 미안해요."

혁진은 수없이 미안하다 말하는 레인의 가녀린 어깨를 끌어당겨 품 안에 고이 품었다. 아플 때 보듬어 주고 더 아껴 주고 사랑해 줘야 한다는 결혼식 축사가 기억났다. 그저 흘려들었던 말이 이제서야 더 절박하게 와 닿았다.

그녀를 잃었을까 봐 눈앞이 아득했던 경험을 또렷이 기억하기에 그는 그녀가 숨 쉬고 있다는 사실만으로도 대만족이었다.

"그만 울어. 엄마가 하도 울어서 우리 아이 코가 빨개져서 태어나겠다."

"네? 당신도 참……."

"아이 태명은 루돌프로 해야겠는데?"

혁진의 가벼운 농담에 그녀의 마음이 한결 가벼워졌다.

지나간 과거는 분명 충격이었지만 아닌 척, 아무 일도 없었던 척 감추며 그를 속일 수는 없다고 판단했었다. 그런데 그가 모든 걸 알고 있었다니. 알고도 결혼을 했다니.

감춰진 속내를 가감 없이 드러내는 혁진을 보고 아픈 과거에 현명하게 대처해야겠다는 다짐이 생겼다. 쉽게 받아들여지지 않을 여자의 과거를 사랑한다는 이유만으로 감싸는 혁진을 마주하며 그녀 또한 부친에게 품어 왔던 서운함과 원망을 내려놓아야겠다고 생각했다. 사랑과 용서와 이해가 종이 한 장 차이라는 걸 왜 알지 못했을까.

"다리는 수술하지 않아도 될 것 같아. 신경이 다치지 않았대. 천만다행이야."

끄덕.

"당신을 다치게 한 사람, 누구지?"

죽이려고 덤벼들었던 검은 자동차. 그때 느꼈던 깊은 두려움을 기억해 내자 레인은 저도 모르게 몸을 부르르 떨었다.

"레인, 괜찮아?"

"아⋯⋯. 괜찮아요."

힘없이 말하며 레인은 눈을 감았다.

'나를 다치게 한 사람, 나를⋯⋯ 이렇게 만든 사람⋯⋯.'

미웠고, 증오스러웠고 미치도록 싫은 여자였다. 아무리 생각해봐도 자신을 죽이려고 한 건 이해가 되지 않았다. 설마. 설마⋯⋯.

"복수해 줄까? 당신을 이렇게 만든 사람, 절대 가만두지 않을게."

혁진이 레인의 머리카락을 부드럽게 쓸어 넘겨 주며 다정하게 말했다. 하지만 부드러운 목소리와 다르게 담고 있는 내용은 무서운 것이었기에 레인은 눈을 떠 혁진을 보았다.

"여보."

"왜……. 싫어?"

그녀를 다치게 한 게 우미란이라는 걸 레인도 알고 있을 것이다. 레인과 미란이 백양사의 주차장에서 만났다는 걸 경호원을 통해서 들었던 것이다. 그런데 레인이 대답을 망설이자 성우현, 그자를 옹호하고 있다는 생각이 들어 서운한 혁진이었다.

그의 기분을 눈치챈 레인은 이유를 말하기로 했다. 그가 솔직했으니 저도 솔직할 시간이었다.

"복수, 그거 하고 싶어요. 누구보다 제가 간절히. 그런데……. 그런데 말예요. 아이를 품은 여자는 항상 좋은 말만 하고 좋은 생각만 하고 좋은 것만 먹어야 한대요. 그래야 귀하고 예쁜 아기를 얻는 거래요. 그런데 어떻게 아이를 품은 제가 복수를 생각해요."

레인은 손을 배에 얹고 부드럽게 원을 그리며 말을 이었다.

"던지면 돌아오는 부메랑처럼 나에게, 당신에게, 우리 아이에게 다시 칼날이 향할 거예요. 난 착한 여자도 아니고 그렇다고 감정이 풍부한 여자도 아니에요. 지극히 이기적인 여자예요. 잊히진 않겠지만 곱씹으며 원망을 키우고 싶지 않아요. 어리석은 짓을 반복하고 싶지 않아요."

그녀의 손길에서 아이에 대한 애틋한 마음이 그대로 느껴졌다. 혁진이 그녀의 손 위에 자신의 손을 얹었다.

"사랑해."

"저도 당신을 사랑해요."

혁진의 눈에는 레인이 한없이 곱고 예뻤다. 이렇게 나날이 아름

다워지는 건 왜일까. 제 아이를 품어서일까. 아니면 이제야 그녀가
눈을 똑바로 응시하며 저를 담아서일까.

"알겠어. 당신이 원한다면."

　말은 그렇게 했지만 혁진은 눈에는 눈 이에는 이, 사업에서도 다
른 일에서도 받은 만큼 돌려주는 것이 인지상정이라 생각하는 남자
였다. 헌승이 벌써 움직이고 있었다. 그의 장인은 자신에게 맡겨
달라고 했지만 아내에게 손댄 사람을 가만 놔둘 리 없는 혁진이었
다. 그의 진행하에 조사가 은밀하게 진행되고 있었다.

20.

"이게 전부 사실인가?"

"네. 본부장님."

"……나가 봐."

책상 위에 깍지를 낀 손을 얹은 혁진의 얼굴이 일그러지고 있었다. 처음부터 이유도 없이 마음에 들지 않았던 성우현이라는 자가 레인의 남자였다. 그리고 레인에게 일어난 모든 불행한 사건의 배후에는 그놈의 어머니인 우미란이 있었다. 제 딴에는 증거를 남기지 않으려 죽도록 애쓴 모양이지만 세상 비밀은 있을 수 없었다.

'감히 내 여자를 건드려?'

대진그룹과 J그룹 간 기술협약이 한창 진행 중이었다. 다른 방법을 찾을 필요도 없이 계획을 실행할 좋은 기회를 가지게 된 혁진은 대진그룹 성 회장과 약속을 잡으라고 지시했다.

지금 그의 책상 위에는 헌승이 모아서 보내 준 자료들이 놓여 있었다. 우미란을 잡을 결정적 증거들. 헌승이 자료를 충분히 모아 주었으니 숨만 붙은 채 겨우겨우 목숨만 연장할 수 있도록 압력을 가하는 일은 자신이 실행하기로 했다.

"뭐라고요?"

"사실입니다. 제 아내는 요양 중입니다. 임신 중인 데다 이번 사고로 아이와 아내를 한꺼번에 잃어버릴 뻔했습니다."

마시던 물컵을 내려놓은 성 회장의 눈빛이 당황함으로 일렁이고 있었다.

"그럴 리가 없습니다. 그 사람…… 그렇게 잔인한 사람이 아닙니다. 뭔가를 잘못 안 것 같은데……."

"증거가 필요하다면 보여 드리지요."

혁진이 서류 봉투를 꺼내 테이블에 내려놓았다. 봉투엔 헌승이 찾아낸 사진과 여러 가지 서류가 들어 있었다.

여러 장의 사진에는 절 입구로 들어서는 미란의 자동차와 그녀의 자동차가 레인을 향해 돌진하는 장면이 찍혀 있었다. 백양사 곳곳에 설치된 CCTV에 찍힌 것들이었다. 자동차 넘버까지 선명하게 찍혀 확실한 증거가 되어 주고 있었다. 서류에는 레인의 전화에 걸려 온 전화번호 목록이 있었는데 미란의 전화번호에 형광펜으로 표시가 되어 있었다.

"이래도 의심된다면 11일의 행적을 한번 물어보시죠. 알리바이를 댈 수 있는지."

11일이라면 성 회장도 기억이 났다. 동창 모임에 갔다 왔다던 아내가 피곤하다며 자신보다 일찍 잠이 든 날이었기 때문이다. 한 번도 그보다 먼저 잠이 든 적 없는 아내였기에 어디 몸이 좋지 않은지 물어보기까지 하지 않았던가. 창백한 안색이 좋지 않아 보였었지만 피곤해서 그런다며 신경 쓰지 말라고 대답했던 바로 그날.

"그리고……."

이어 강 본부장의 입을 통해 흘러나온 아내의 여죄는…… 차마 입에 담지 못할 잔인한 이야기였다. 한 번만으로도 천인공노할 짓을 저질렀는데 과거에도 이미 저질렀던 일이었다니……. 제 핏줄을 사람을 시켜 죽이라 지시했다고 한다. 성 회장의 손자가 되었을지 모르는 생명을.

"허…… 허어."

"제가 오늘 성 회장님을 만나고자 한 이유는 단 한 가지입니다."

충격으로 말도 하지 못하는 그를 단호한 눈빛으로 바라본 혁진이 말을 이었다.

"제 아내 곁에 절대 모습을 드러내는 일이 없도록 하십시오. 만약이라도, 무슨 이유에서도 아내의 주변을 알짱거리거나 알량한 머릴 굴려 접근하려 한다면 그땐 제 방식대로 움직일 겁니다. 무슨 말인지 아시겠습니까?"

성 회장은 그제야 혁진의 분노가 얼마나 깊은지 깨달았다. 그건 미란의 사교계 출입을 전면 통제하라는 의미였다. 별일 아닌 것 같지만 혁진의 말대로 하면 그의 아내는 어디에고 설 자리를 잃게 될 것이다.

누구누구의 아내로 공식 석상에 모습을 드러내지 않는다면 많은 루머와 추측을 불러일으킬 테고 그녀의 입지도 바닥으로 떨어질 게 분명했다. 결국 표면적으로는 용서하는 듯 보여도 실상은 미란의 완벽한 고립을 요구하는 것이었다.

'미련한 여자 같으니. 일을 어쩌다 이 지경으로!'

성 회장은 골치가 아파 왔다. 대내외적으로 완벽하고 남부럽지 않은 인생을 살아왔다 자부하던 그였다. 그런데 아내가 뒤통수를 치다 못해 제 인생과 그가 쌓아 올린 그동안의 업적을 송두리째 뒤흔들고 있었다.

이 일이 밝혀진다면…… 아내가 살인교사로 감옥이라도 들어간다면 어찌 될지 너무나 뻔했다. 그도 함께 일을 모사한 것일지 모른다는 추측이 난무하는 기사 한 줄만 나가도 그의 인생은 바닥으로 곤두박질칠 것이었다.

"내가 약속해 주면 되겠습니까."

"지켜보기로 하죠."

모든 증거가 혁진, 그에게 있었다. 굳이 서로 간의 협약을 서류로 남기지 않아도 우미란의 약점이 혁진의 손에 쥐어져 있는 한 성 회장의 미래는 저당 잡힌 거나 마찬가지였다. 앞으로 날개를 달고 세계로 눈 돌리려 했던 그의 찬란한 야심은 멍청한 그의 아내 때문에 피기도 전에 꺾여 버렸다.

그 무렵 레인의 아버지 하헌승은 우현을 만나고 있었다.

"뭐라고요? 누가 무엇을? 말도 안 돼요. 그런 거짓말로……."

탁, 탁.

탁자 위에 던져진 서류 봉투가 우현의 입을 다물게 했다.

"열어 보게. 그걸 보고도 자네 어머니라는 여자를 옹호하고 싶으면 해."

헌승의 눈빛이 심상치 않게 빛났다.

처음엔 레인의 부친이라며 만나고 싶다는 전화가 걸려 왔을 때 우현은 적잖이 당황했었다. 미국에서의 일을 물어보려 하는 거라고 넘겨짚고 있었다. 그녀가 기억을 잃었다는 사실을 안 지 얼마 안 되었기에 만남을 망설이고 있었다.

지켜 주지 못했다는 죄책감, 그거 하나만으로도 그는 레인의 일에 나설 자격도 그녀에게 다시 만나자 할 권리도 없는 거였다. 그래도 무슨 일이 있었던 것인지 묻는다면 솔직하게 대답을 해야 하는 것인지, 그게 그녀를 위한 길인지만 고민했던 그였다. 그런데……. 한 장 두 장 서류를 넘겨 보는 그의 손이 심하게 떨리고 있었다.

"녹취한 음성도 들어 보게."

녹음기의 재생 버튼을 누르자 공포에 질린 남자들의 목소리가 귓전을 파고들었다.

— 사, 살려 주십시오!

— 제발, 우린 시키는 대로 했을 뿐입니다.

— 우미란 그 여자가…… 그 여자가 전부 지시한 일입니다. 정말입니다! 깨끗이 처리하지 않으면 가만두지 않겠다고 해서…….

— 살려 주십시오!

가슴에서 세찬 고동 소리가 둥둥 울려 퍼졌다. 어머니가 우아한 미소를 지으며 저를 부르던 모습을 떠올리며 우현은 저도 모르게 고개를 내젓고 있었다.

"아니야……. 이건 사실이 아닌……."

탁.

헌승이 거친 손길로 그의 앞에 무언가를 내려놓았다. 사진이었다. 차마 눈 뜨고 보지 못할 처참한 사진들이었다. 피 웅덩이 속에 널브러져 있는 것은 제인이었다. 지금의 레인이 아닌, 유학 시절 미국에서 만났던 제인이었다. 얼굴이고 몸이고 성한 데가 없어 보였다.

"그날 내 딸아이는 죽음 직전까지 갔었어. 자넬 사랑했다는 이유만으로."

"……이럴 수가……."

"아직도 못 믿겠으면 가서 직접 물어보게. 그토록 믿고 있는 자네 어머니에게."

헌승의 말이 떨어지자마자 우현은 자리에서 벌떡 일어나 밖으로 내달렸다. 그의 뒷모습을 바라보며 헌승은 눈을 감았다.

"지옥, 그거 별거 아니지. 내 사람이 다칠 때, 죽음에 이르렀을 때 아무것도 하지 못했고 막지 못했다는 무력감, 그리고 믿었던 사람의 본모습이 내가 알아 왔던 실체가 아니었다는 것에 대한 배신감에 직면했을 때 비로소 지옥이 열리는 걸 테지. 성우현 자네의 지옥은 어떤 모습인가. 아니, 내가 정말 궁금한 건 우미란 그 여자의 지옥이겠군. 지옥의 입구에 들어선 걸 환영하네."

감았던 눈을 뜬 헌승은 우현이 사라진 문을 일별했다. 그의 눈빛은 한겨울 휘날리는 눈발처럼 매섭고 시렸다.

우현은 어떻게 운전해 왔는지도 모르게 정신없이 집으로 돌아와 현관문을 열었다. 그런데 거실에서는 먼저 온 성 회장이 미란에게 고래고래 고함을 지르고 있었다.

"대체 무슨 짓을 한 거야!"

"아니에요. 여보 제 말 좀. 모함이에요!"

"모함? 모함이라고? 전부 다 드러났어. 천인공노할 짓거릴 해 놓고 또 사람을 죽이려 들어? 며칠 전 동창 모임 갔다 왔다던 그날 맞지?"

"아니에요! 아니라고 했잖아요!"

미란은 악을 쓰며 끝까지 잡아뗐다. 그녀는 증거가 없을 거라고 철석같이 믿고 있었던 것이다.

"강 본부장이 그렇게 허술하게 보여? 만만해? 그 나이에 J그룹 차기 회장으로 낙점받은 사람이야. 아무 증거도 없이 날 찾아왔다 고 생각해? 그래?"

"무슨……."

"이 멍청한 여자야! CCTV에 다 찍혔다고! 전부 다! 거기다 당신 이 일 시킨 남자들도 다 잡혀 있다는 거 알아?"

허억.

우미란은 정신이 아뜩해졌다. 산속의 절이었고 목격한 사람이라 고는 비명을 지르고 달려오던 여자 하나밖에 없었으니 증거가 없을 거라 생각했던 건 자신만의 생각이었던 거다. 그렇다면 구속이 되 는……. 안 돼, 안 돼! 그럴 순 없어!

"여보…… 잘못했어요. 여보, 당신 날 좀 살려 줘요. 네? 우리 회사 전담 변호사 실력 있잖아요. 네? 여보. 흐흐흑."

매달리듯 성 회장의 바짓가랑이를 붙들고 매달리는 미란을 성 회장은 한심하다는 듯 내려다보았다.

"우매한 것도 정도가 있어야지. 한 번도 아니고 두 번이나. 당신이 사람이야? 짐승이야? 엉? 거기다 듣자 하니 지금 임신 중이라던데, 가중처벌이야! 알아!"

"여……여보!"

미란은 머리를 재빨리 굴리고 있었다. 이번 위기만 넘기면 된다는 생각밖에 없었다. 살아남아야 했다. 절대 감옥 같은 델 갈 수는 없었다. 절대.

"제발 살려 줘요. 우리 우현이를 봐서라도. 네?"

"……사실이군요?"

"우, 우현아!"

현관에 서서 두 사람의 말을 듣고 있던 우현이 비척거리며 거실로 들어섰다.

"전부 사실이네요. 어머니가 그녀를…… 설마설마했어요."

"아냐. 아니야!"

"왜 그러셨어요? 네?"

미란은 아들까지 이 일을 알게 되었다는 것에 정신이 아득해지는 것을 느꼈다. 이젠 감옥에 간다는 사실보다 목숨보다 소중한 아들이 저의 죄를 안다는 사실 앞에 기절할 것만 같았다.

"우현아, 나는 널 위해, 흑흑, 널 위해서……."

"절 위해서란 말은 마세요!"

"우현아……."

"절 사랑해서란 말로 위장하지 마세요. 제가 언제…… 어머니더러……. 왜 어머니 맘대로 결정하고 어머니 맘대로 그런 짓을 하신 거예요? 네?"

"내 탓만은 아니야! 그 아이가 첨부터 본명만 밝혔어도 이런 일은 없었어!"

"어머니……."

자상하고 부드럽고 가장 따스한 분이라 믿었던 어머닌 어디로 갔을까. 이 세상에서 그가 가장 사랑하는 분이었다. 그래서 믿었다.

꼬박꼬박 불우이웃 성금을 내시고 고아원을 방문하시고 자원봉사도 즐겁게 가시던 분이었다. 그런 어머니를 누구보다 자랑스러워했던 우현이었다. 하지만 그 모든 게 거죽이었고 허상이었던가?

"왜…… 그녀를 가만두지 않았어요? 이미 기억을 잃은 그녀를 왜 또 죽이려 하셨어요?"

"두려워서 그랬어. 우현아, 아들, 내 말 좀 들어 봐. 하루하루 피를 말리는 공포 속에서 살아야 했어. 그래서 나도 모르게……. 아들, 엄마 용서해 줄 거지? 넌 날 버리지 않을 거지? 응? 우현아!"

아득했다. 지금도 그의 어머니는 죄를 뉘우치는 게 아니라 감추기 급급했다. 그게 우현을 절망하게 만들었다.

"전부 제 탓이에요. 저 때문에 이렇게 된 겁니다. 모두 저로 인해 일어난……."

털썩하고 맥없이 주저앉은 우현의 눈동자가 허공을 맴돌고 있었다. 레인, 아니 제인을 홀로 두고 어머니가 아프다는 전화 한 통에 한국에 갔던 그날을 저주했다.

그리고 구속당하고 싶지 않은 마음에 차일피일 돌아가는 날을 미룬 제 치졸했던 이기심에 치가 떨렸다. 그로 인해 죽음의 강을 두 번이나 건너야 했던 그녀에게 무어라 사죄해야 한단 말인가.

"흑흐흐흑."

비틀거리며 일어난 우현은 미란의 계속되는 통곡에도 불구하고 제 방으로 가 문을 걸어 잠갔다.

"우현아!"

미란은 놀라 그의 방문을 두드리기 시작했다. 그러나 안에서는 아무런 대답도 없었다. 그리고 한 시간 뒤, 우현은 커다란 캐리어 하나를 끌고 방을 나왔다. 거실에 널브러지듯 앉아 있던 미란은 뛰어오를 듯이 놀라 그에게 달려가서는 가방을 잡고 애원하기 시작했다.

"어딜 가려고? 용서해 줘, 아들. 제발, 이 엄마를 이해해 줘. 너만은 이해해 줘야 해! 다른 누구도 아닌 너만은!"

"놓으세요."

"우현아!"

"용서받고 싶으시면 방법은 있습니다."

"뭘?"

"레인이에게 가서 엎드려 빌고 합당한 대가를 치르세요."

"뭐라고? 그건 안 돼! 내가 감옥에 가면 대진그룹도 네 외조부 회사도 함께 망하는 거야!"

"……놓으십시오."

"우현아! 널 위해서였어, 너만을!"

"놓으세요! 오늘 이후 어머니의 아들은 없는 거라고 생각하세요!"

"우현아!"

야멸차게 내쳐진 미란은 자신을 밀치다시피 하고 떠나가는 아들의 뒷모습에 오열했다.

남편도 미란을 향해 일갈을 하며 다짐을 받아 냈다. 공식 석상에 일절 모습을 드러내지 않을 것과 미란이 주도하던 모든 일에서 손을 놓는다는 것, 그리고 외출 시에는 경호원을 대동하고 다닐 것. 그 모든 것은 그녀에게 창살 없는 감옥을 의미했다.

"견뎌. 만약 당신이 이 조건을 어긴다면 내 손으로 당신을 경찰에 넘길 테니 알아서 해."

"당신 이럴 순 없어요. 내가 아버지에게 가서……."

"맘대로 해. 대신 장인어른의 회사도 조각날 각오는 하고 저질러."

"이럴 순 없어요. 내가 뭘 얼마나 잘못했다고!"

"정신 아직도 못 차렸어! 그러니 사람을 그 지경으로 만들어 놓지. 잔인한 사람 같으니."

"여……여보."

성 회장의 눈에 한 번도 비치지 않던 생소한 빛이 어려 있었다. 끔찍함, 잔인함, 그리고 깊은 실망감이 그녀를 향하고 있었다. 비수 같은 그 눈빛에 미란은 입을 다물 수밖에 별도리가 없었다.

이후 그녀는 서서히 고립되어 가기 시작했다. 그녀의 지옥이 시작된 것이다. 생지옥이었다. 살아 있어도 산 것이 아닌 그녀만의 지옥에 갇혀 죄의 대가를 견뎌야 하는 형벌. 언제 끝날지 알 수 없는 기나긴 형벌이 이제 막 시작된 것이었다.

✱

레인은 정원을 산책하고 있었다. 시원한 공기를 쐬니 편안해졌다. 혁진이 해외 출장을 가며 걱정을 내려 두지 못하자 그녀가 먼저 친정에 가겠다고 자청했다.

"레인아."

"아버지."

이젠 제법 불룩해진 배를 쓰다듬는 레인의 얼굴엔 편안함이 담겨 있었다. 죽음의 고비를 넘기고 남편과 아버지의 사랑을 알게 된 레인이었다. 딸을 외면했지만 뒤늦게나마 사랑을 주고 싶어 했던 부친의 심경을 전부는 아닐지라도 일부는 이해할 수 있게 된 그녀였다.

그녀 또한 아이를 잃었었고 사랑하는 사람이 생김으로 인해 잃는다는 고통이 얼마만큼 큰 것인지를 알게 되었으므로.

"날이 춥다."

"괜찮아요."

"딸이라고 했다면서?"

"네."

"강 본부장이 서운하게 생각하지 않고?"

"설마요. 저 닮은 딸이면 좋겠다면서 벌써부터 난리도 아니에요. 온 방을 핑크빛으로 도배했다니까요."

"허허."

부친의 미소에 레인은 그동안 담아 두었던 제 마음을 슬며시 드러냈다.

"감사해요, 아버지."

"……."

"절 위해 하신 모든 일들을요. 늦게나마 알게 되어 다행이에요."

"정말 그렇게 생각하니?"

"네. 그래도 저에게 선택할 권리는 주셨으면 좋았을 거예요."

"두려웠다. 너마저…… 그 사람처럼 될까 봐. 네 어미를 보내고, 사는 게 사는 게 아니었다. 다신 내 사람을 보내고 싶지 않았어."

"아버지."

레인은 눈시울이 뜨거워졌다. 얼마나 노심초사하셨을까. 피를 흘리던 저를 끌어안고 얼마나 괴로워하셨을까. 권 박사님에게 어떤 마음으로 최면을 걸라고 하신 걸까.

아직은 부모가 되기 전이지만 하루하루 커 가는 배 속의 아이의 존재가 그녀를 강하게도 만들고 이렇게 감수성 풍부한 여자로도 만들었다. 레인은 처음으로 부친에게 다가가 가만히 어깨에 머릴 기댔다.

"험험, 어험."

어색하기도 하고 좋기도 한지 연신 헛기침을 해 대는 헌승의 품에서 레인은 작은 행복을 만끽하고 있었다. 어쩌면 부친을 향한 절대적 미움은 사랑받고 싶은 마음에서 생긴 것이 아니었을까. 사랑받기만 기다릴 게 아니라 먼저 손을 내밀어 잡아 보려 노력하지 않았던 저에게도 잘못이 컸었음을 이제야 알게 된 레인이었다.

연락을 기다리기만 하지 않고 먼저 전화해 잘 도착했는지, 어디 아프지는 않은지 물어보고 챙기는 레인으로 인해 혁진은 오늘도 열심히 일을 하고 있었다. 복잡하고 치밀한 남자 강혁진은 하레인에게만은 빈틈 많고 단순해지는 착한 남편이었다.

"여보 사랑해요. 보고 싶어요. 빨리 돌아오세요."

— 레인……. 그런 말 하면 지금 이곳에서 어쩌라고.

"그러게요. 큭큭."

— 우리 루돌프 먹고 싶은 것 있다고 신호하면 알려. 알겠지?

"네. 더 이상 분홍으로 된 거 사 오면 화낼 거예요."

— 하하, 알았어. 그치만…….

"무슨 일 있어요?"

— 저기……. 영국 왕실에서 사용했다는 유모차가 있다기에 벌써 사 버렸는데 어쩌지?

"네에?"

정말 못 말리는 남편이었다. 레인은 어이가 없어 웃기 시작했지만 결국 그것은 행복을 만끽하는 달콤한 미소로 마무리되었다.

[사랑은 실체 없는 무지개처럼 아득히 멀고, 잡을 수 없는 뜬구름 같지만, 항상 우리 가까이에 있다.]

— *The end*

에필로그

"엄마, 엄마, 빨리빨리."

"의인아 잠깐만 기다……."

"엄마, 나 검도장 갔다 올게!"

딸 의인이 나가고 난 뒤, 아이의 방은 무슨 폭격을 맞은 것처럼 처참한 모습이었다.

"사모님, 나가 계세요. 제가 치울게요."

이젠 일하는 아줌마 보기도 창피해 얼굴을 들지 못할 정도였다. 방 한가운데에는 속옷이 널브러져 있었다. 얼른 달려가 딸아이의 속옷을 집어 든 레인의 얼굴은 당황으로 물들어 있었다.

"이놈의 계집애, 돌아오기만 해. 내가 다른 건 몰라도 속옷은 꼭 세탁 바구니에 넣으라고 그렇게 일렀건만."

레인은 지금쯤 정원에 물을 주고 있은 김 씨가 눈치채지 못하게 얼른 딸 의인의 속옷을 가지고 허둥지둥 방을 나왔다.

"아침부터 왜 이리 춥지?"

"여보, 휴일인데 왜 벌써 일어나셨어요?"

"응. 신문 가지러. 그런데 너무 추운데."

"네? 그럴 리가 온도를……. 어멋."

현관문이 활짝 열려 있었다. 의인이 나가면서 열어 둔 게 분명했다.

"내가 못 살아, 정말. 누굴 닮아 그런지 모르겠어요."

"흐음, 그건 의인이가 나 닮은 거라고 말하고 싶은 건가."

"네? 아니에요!"

얼른 부정하는 아내를 보며 혁진은 빙그레 웃고 있었다. 강의인, 중3. 그들의 딸은 혈기 왕성 그 자체였다. 에너지가 넘쳐 주체를 못 하는 그들의 첫째 딸은 어려서부터 온갖 무술을 섭렵하더니 골목대장을 도맡아 했고 또 인기는 얼마나 많은지 주위에 사람이 항상 넘쳤다.

대체 누굴 닮았나 궁금하기도 한 혁진이었다. 의인을 낳고 2년 뒤 둘째 아들 우혁을 얻고 그 1년 뒤 셋째 아들 의한을 낳아 2남 1녀를 슬하에 둔 그들이었다. 하지만 삼 남매는 성격이 모두 제각각이었다.

둘째는 혁진을 고대로 빼닮아 치밀하고 완벽하지 않으면 견디지 못하는 스타일이었고 셋째 의한은 애교 덩어리에 눈치는 백단이었고 레인을 닮아 예술적 재능을 물려받아 온갖 미술대회에서 상을 휩쓸다시피 했다.

둘째나 셋째는 각각 엄마와 아빠를 닮았는데 딸 의인은 강씨 집안의 미스터리 그 자체였다. 하지만 의문점은 의외로 쉬운 곳에서 풀렸다.

강 회장은 삼 남매 중에서도 특히나 의인이를 가장 예뻐했다. 귀한 손녀라 그런 줄로만 알고 있었는데 알고 보니 의인이가 돌아가신 혁진의 어머니를 고대로 빼닮았다는 것이 아닌가. 도무지 믿어지지 않았지만 혁진의 어머니가 젊을 적 못말리는 말괄량이에 선머슴이었다고 했다.

강 회장과 맞선을 보던 날, 일부러 파투를 내려고 작정하고 나온 혁진의 어머니는 청바지에 화장기 하나 없이 선 자리에 나와 게걸스럽게 음식을 먹었다고 했다. 하지만 인연이었는지 그 모습이 귀엽고 진솔해 보였다고도 했다.

'네 어머니가 나 때문에 많이 힘들었을 거다. 그룹 안주인 역할이 버겁기도 했을 거고.'

'아버지……'

혁진이 기억하는 어머니의 모습과는 확연히 차이가 났지만 딸이 돌아가신 어머니를 닮았다는 부친의 말을 듣고 난 그는 아이를 제약하기보단 자유롭게 풀어 주기로 했다. 그 이후로 하고 싶다는 무술을 배우게 해 준 게 사달이었나 보다. 자유를 지나쳐 망둥이가 되어 가고 있었다.

"의인이가 걱정돼."

"여보."

"유학이라도 보낼까?"

혁진의 심각한 얼굴에 빙그레 웃는 레인이었다.

"조금 더 두고 보기로 해요."

"그래도……"

"나도 당신을 만나고 달라졌잖아요. 사랑하는 사람이 생기면 달라지는 게 여자예요. 난 의인이가 자유롭게 성장했으면 좋겠어요."

"그래서 공식 석상에 내보내지 않는 거야? 다들 궁금해한다고."

"다듬을 곳이 많아요."

"알아, 나도. 어떤 놈이 좋다고 채 갈까 봐 두렵기도 하고."

남편이 의인이를 얼마나 예뻐하는지 레인은 잘 알고 있었다. 영국 왕실에서 사용했다던 유모차까지 공수해 온 그가 아니었던가.

아들은 아들답게 키워야 한다며 의혁이와 의한이에겐 사랑한다는 표현을 극히 아끼면서도 의인이가 목을 그러안고 애교를 부리면 금세 화를 풀곤 하는 남편이었다. 물론 두 아들은 그럴 때마다 누나인 의인이를 지칭해 여우라느니 꼬리 달린 구미호라느니 하며 샘을 냈지만.

14년.

레인은 가슴속 깊이 묻은 상처를 혼자 있을 땐 꺼내어 보기도 했다. 딸 의인이 태어났을 때 잃어버린 아이의 몫까지 열심히 키워야 겠다고 다짐하고 또 다짐했다. 그러라고 하늘이 다시 제게 준 생명이라고 여겼다.

누군가의 말처럼 자식은 전생에 업이자 빚이었다는 말을 통감하며 나날이 성장하는 의인에게 최선을 다했다. 마음을 표현하고 안아 주고 다독이고 아낌없이 사랑을 퍼부었다. 의인인 그녀에게 두 몫이나 마찬가지였으므로.

얼마 전 일부러라도 듣고 싶지 않던 우미란의 소식을 전해 들은 그녀였다.

'거기 아들이 돌아왔다면서요? 얼마 만이에요?'

'그러게요. 그래도 성 회장님과 대진실업이 한숨 돌리겠는데요?'

'성 회장님이 혈압으로 쓰러지지 않았다면 돌아오지 않았을 거라던데요?'

'그렇게 사이 좋았던 어머니와 왜 그리 된 걸까요?'

'글쎄요. 우 여사가 공식석상에 나오지 않은 지도 오래되었는데.'

레인은 이젠 무덤덤해졌다고 생각했지만 들려온 우현의 소식에 절로 긴장해 움츠러들었다. 죄는 미워하되 사람은 미워하지 말란 말이 이렇게 어려운 말인지 몰랐었다.

살다 보니 기억이 점차 선명하게 돌아왔고 미란이 과거의 일에 연관이 깊었던 것도 알게 되었다. 잔인함과 무서움에 오싹 한기가 들었지만 그녀의 주위에 강력한 바리케이드를 설치한 남편과 아버지로 인해 안온한 하루하루가 흘러가고 있었다.

"여보, 이번 주말엔 아이들 데리고 친정에 다녀올게요."

"아버님께?"

"네. 기력도 떨어지시고 건강 때문에 걱정이에요."

혁진이 보낸 간호사가 헌승의 곁에 상주하고 있었지만 항상 나이 든 부친이 걱정인 그녀였다. 함께 살자고 해도 살던 곳이 좋다시며 한사코 서울로 올라오길 거절하는 부친 때문에 마음이 천근만근이었다.

"나도 같이 가지."

"당신 바쁘잖아요."

"살아 계실 때 효도해야지. 안 그래?"

"고마워요."

"나도 우리 아들딸 건강하게 낳아 주고 예쁘게 키워 줘서 항상 고마워, 레인."

남편의 눈빛엔 젊은 날 열기 가득했던 열정과는 색깔이 다른 그녀를 향한 깊은 정이 담뿍 담겨 있었다. 고맙다는 말, 사랑한다는 말을 자주 하니 이렇게 듣기 좋고 행복한 것을 왜 그리 아끼며 감추기 바빴던 건지 모르겠다.

'엄마 식사 감사합니다.'

'다녀오겠습니다. 사랑해요.'

'키워 주셔서 감사합니다.'

아들딸들에게 어릴 적부터 의식적으로 시키는 말들이었다. 말이 주는 효과, 그건 아주 크고 지대해서 삼 남매와 부부가 함께하는 모습을 많은 사람들이 부러워하고 닮고 싶어 했다. 먼저 부부가 솔선수범하여 사랑하는 모습을 보여 주고 서로를 챙기는 살뜰함을 시연해서 가능했던 일일 것이다.

"추워. 목도리 든든히 하고."

휴일인 일요일. 오늘 자원봉사를 나가는 그녀의 복장을 살피던 혁진이 성큼 다가와 목도리를 매 주며 챙기고 있었다.

"몸 아끼면서 해."

"네, 알았어요."

부부의 익숙한 동작들과 오고 가는 다정한 눈빛을 바라보는 삼 남매의 얼굴에도 미소가 피어올랐다. 그들은 항상 두 사람을 보며 자신의 부모님처럼 늙어도 저렇게 아껴 주고 살피는 반려를 얻게 되길 기대하고 있었다.

촉.

이마에 혁진의 입술이 잠깐 머물다 사라지자 레인의 얼굴에 홍조가 깃들었다. 아이들이 빤히 쳐다보고 있다는 걸 알면서도 짓궂게 구는 그의 행동이 싫지만은 않았다.

"사랑해. 하 여사."

"……."

"대답 안 해?"

"애들이 보잖아요."

레인이 속삭였지만 혁진은 짐짓 심각한 척 미간을 찌푸렸다.

"안 해 주면 삐칠 거야."

"……저도요."

"뭐라고?"

"사랑해요, 강 본부장님."

빙그레 웃음 짓는 남편의 머리카락엔 드문드문 흰머리가 섞여 있었다. 본부장이 아닌 회장 자리에 오른 그였지만 아직도 그 호칭을 부르면 가슴이 떨리고 그때로 돌아간 듯한 착각마저 들었다.

"나는 당신보다 더 많이 사랑해, 하 비서."

귓가에 울리는 낮은 저음의 목소리에 레인의 몸이 움찔거렸다.

"아, 좀!!"

딸 의인이 보다 못해 소리를 질러 댔다.

"아주 현관 앞에서 야동을 찍죠? 누가 보면 오랫동안 헤어지는 줄 알겠네. 내 참."

의인의 투덜거림을 듣던 두 사람의 눈동자가 마주쳤다. 반짝. 이심전심, 이젠 말하지 않아도 통하는 부부 사이가 아닌가.

"야동이라, 어디 근사하게 찍어 보실까요?"

혁진의 말에 놀란 아들딸의 눈이 휘둥그레졌다. 그에 보답이라도 하듯 레인과 혁진은 진한 입맞춤을 시연하고 있었다.

"아아악~ 징그러!"

입술을 뗀 혁진은 딸을 향해 씩 웃음을 지으며 폭탄을 투하했다.

"엄마와 아빠가 이렇게 사랑해서 네가 태어난 거다 알겠냐?"

"우……."

할 말을 잃은 의인이었다. 그러면서도 수줍은 듯 아버지 뒤로 모습을 감추고 얼른 밖으로 나가는 어머니 레인을 존경과 걱정이 교차하는 시선으로 좇는다.

의인은 많은 사랑과 어쩌면 넘친다 싶을 만큼의 관심과 애정을 받았기에 줄 줄 알고 받을 줄도 알았다. 하는 짓은 선머슴이었지만 마음만은 비단결 같은 강의인은 사랑을 한다면 부모님처럼 녹진하고 뚝배기에 끓인 된장국같이 바글바글 조용히 끓어올라 오래오래 온기를 유지하는 그런 사랑을 하리라 다짐하고 있었다.

"설명 좀 부탁드려요."

"강의인 씨! 지금 내가 제대로 올린 보고서에 일부러 트집을 잡고 있다 이겁니까?"

"이틀을 꼬박 새워 만든 거예요. 어디가 어떻게 맘에 안 드는데요? 네?"

"의인 씨······ 참아요······."

"참긴 뭘 참아요. 해도 해도 너무하잖아요. 외국물 먹고 오면 다예요? 어디서 갑자기 튀어나와 가지고선."

"뭐라고 했습니까?"

"왜요, 낙. 하. 산이라고 쉽게 풀이해 드려요?"

"이 여자가 정말!"

사회초년생이자 쌈닭 강의인, 푸르덴셜 새 팀장. 해외에서 그을린 피부를 가졌다 해서 연탄불 칠면조로 불리는 유성진 fight!!

갇혀버린 시간

1판 1쇄 찍음 2015년 3월 2일
1판 1쇄 펴냄 2015년 3월 6일

지은이 | 류은채
펴낸이 | 정 필
펴낸곳 | 도서출판 **뿔미디어**

편집장 | 이재권
기획 · 편집 | 정시연, 이은정

출판등록 | 2002년 9월 11일 (제1081-1-132호)
주소 | 경기도 부천시 원미구 소향로 17, 303(두성프라자)
전화 | 032)651-6513 / 팩스 032)651-6094
E-mail | scarlets2012@hanmail.net
블로그 | http://blog.naver.com/dahyangs
홈페이지 | http://bbulmedia.com

값 9,000원

ISBN 979-11-315-6287-1 03810

※파본은 구입하신 서점에서 교환하여 드립니다.